M A R C U S　S A K E Y

BRILLIANCE
異能時代

馬可斯・塞基——著　謝佩妏——譯

獻給我生命中三個不可思議的女人——

我母親 Sally、我太太 g.g. 和我女兒 Jocelyn，

我是天底下最幸運的男人。

摘自一九八六年十二月十二日《紐約時報》民意論壇

近日尤金·布萊斯博士對「異能」的研究廣受矚目。所謂的「異能」，是指一九八〇年以後出生、具有過人秉賦的小孩。我們對其天賦的了解儘管有限，可以確定的是，這群天才並非一代才出現一次，而是每天每個小時都在誕生！

「天才」一詞在歷史上通常跟「低能」成對出現，組成「低能天才」這個帶有歧視卻未失精準的專有名詞。過去，這些擁有過人天賦的少數分子，通常也有某方面的障礙。例如只看一眼就能畫出倫敦天際線，卻不知如何點餐；光憑直覺就能理解弦論或非可換幾何，卻無法理解母親的笑容。演化彷彿取得了某種平衡，給了一些，也拿回一些。

然而，今日的「異能」已跟過去的「天才」不可同日而語。據布萊斯博士估計，一九八〇年之後出生的小孩，一百個當中就有一個是「異能」，但從統計數字來看，這些小孩在其他方面並無異於常人之處。換言之，除了具有特殊的聰明才智之外，他們跟有史以來的人類小孩毫無二致。

目前，大眾都把討論重點放在異能的成因上，例如這些小孩從何而來？為什麼出現在當代？這樣的人類會持續出現、抑或只是曇花一現？這樣的發展或許不令人意外。

然而我們忽略了一個更重要的問題，其背後隱含的意義令人怔忡不安。問題雖然早已呼之欲出，卻遲遲未公開討論——會不會是因為我們害怕聽到答案？

這個問題就是：這些小孩長大之後，將對社會造成何種衝擊？

第一部 獵人

1

廣播主持人說戰爭即將爆發，口氣好像很期待。日暮時分，庫柏在沙漠中迎著冷風，身上沒穿外套。王八蛋，他邊聽收音機邊想。

庫柏追捕瓦茲奎茲至今已經第九天了。有人在庫柏趕到波士頓那棟無電梯公寓之前，跟那名程式設計師通風報信。公寓裡唯一的光線來源是對著通風口的一扇窗，還有電腦、路由器和穩壓器上顯示電源的閃亮紅光。椅子抵著後方的牆壁，好像有人從裡頭跳出來，丟棄在桌上的拉麵還冒著熱氣。

瓦茲奎茲逃了，庫柏緊追在後。

後來克里夫蘭傳來偽造信用卡的使用紀錄。兩天後，監視器拍到瓦茲奎茲在諾克斯維爾租車，之後又沉寂了一陣子，然後在密蘇里短暫現身，旋即又消失無蹤，接著就是今天早上——他們趕到阿肯色州一個名叫希望的小鎮，最後還是讓煮熟的鴨子飛了。

十二個小時以來大家都繃緊神經，看著墨西哥邊境逐步逼近。過了邊境，瓦茲奎茲這種人就可以銷聲匿跡，海闊天空。但那個異種每次行動，庫柏就更能預測他的下一步。就像把一層層棉紙打開，露出裡頭的內容。從一團模糊之中，他逐漸看清追捕目標的行為模式。

艾麗克斯．瓦茲奎茲，二十三歲，身高五呎八，貌不驚人，但能在腦中看見電腦程式語言立體攤在眼前，說她寫程式，不如說她轉譯程式。十五歲就輕輕鬆鬆拿到麻省理工學院的碩士學位。瓦茲奎茲聰明絕頂，本領高強，以前大家說這種天才百年難得一見。

現在不了。

酒吧位在聖安東尼奧郊區一家小旅館的一樓。庫柏走進酒吧，暗自在心裡跟自己打賭：Shiner Bock啤酒的霓虹招牌、被煙燻黑的假天花板、角落一臺自動點唱機、老舊斑駁的撞球桌、黑板上寫著今日特餐。酒保是女的，金髮露出黑色髮根。

結果呢，今日特餐寫在白板上，女酒保一頭紅髮。庫柏不由揚起嘴角。半數桌子都坐了人，大多是男性，也有少數女性。桌上擺了塑膠水壺、一包包香菸，還有手機。音樂開得很大聲，是他沒聽過的鄉村搖滾歌曲。

當個正常人我爹的爹就安心，
當個正常人我就心滿意足，
正常人建立了美利堅合眾國，
正常人教我遊戲規則……

庫柏拉了一張高腳椅坐下，指尖在吧檯上跟著節奏打拍子。他聽人說過，鄉村歌曲的精髓就是三和弦加人生真理。呃……三和弦這點還是成立。

「喝什麼，帥哥？」紅髮女酒保的髮根是黑的。

「咖啡就好。」他往旁邊一瞥。「順便再給她來一罐百威，她那罐快空了。」

坐他旁邊高腳椅上的女人正在撕長頸後面的標籤，右手指關節瞬間一閃，T恤肩膀部位繃緊。「謝謝，不用了。」

「別擔心，」庫柏亮出微笑，「我不是在搭訕，只是今天心情不錯，想跟人分享。」

她猶豫了片刻才點頭，脖子上的金色細鍊隨著動作一閃一閃。「謝了。」

「好說。」

兩人把目光轉回前面。酒吧後面一排酒瓶，更後面是一張張褪色的快照，用圖釘拼成一大片。笑嘻嘻的陌生臉孔一個疊著一個，大家都高舉啤酒，每個人都笑得很開心。他很好奇這些照片放在那裡多久了，照片上的人有多少還在這裡喝酒，人生有了什麼轉變，哪些人已經不在人世。照片是種奇怪的東西。拍照的那一刻，照片就過時了。從一張照片看不出什麼，不過把一連串照片放在一起，圖像就會浮現眼前。有些改變很明顯，比方頭髮變短、變胖、變瘦、時尚流變等等，但有些改變不是一般眼睛看得出來。「今天住這兒？」

「抱歉，你說什麼？」

「妳的口音，聽起來不像本地人。」

「你也不像。」

「的確不是，」庫柏說，「只是路過，今天晚上就要走了，事情很順利。」

紅髮酒保端來咖啡，然後從冰箱拿出一罐啤酒，冰水從罐子上滴落。她從後口袋拿出開罐器，動作優雅俐落。「四塊錢。」

庫柏放十元在吧檯上，看著女酒保找錢。她很內行，找他六個一塊錢，而不是五塊加一塊，這樣他就比較容易多給小費。酒吧另一邊有人喊：「雪拉，親愛的，妳再不來我就快死了。」女酒保露出老練的笑容走過去。

庫柏輕啜咖啡，味道很淡，有股焦味。「又一起爆炸案，妳聽說了嗎？這次在費城，我在路上聽廣播說的，談話節目，主持人是個南方鄉巴佬。他說戰爭要爆發了，叫我們要張大眼睛。」

「我們是誰？」女人看著自己的手說。

「在這裡，我想『我們』應該是指德州人，『他們』就是地球上剩下的七十億人口。」

「是啊。因為德州一個異能都沒有。」

庫柏聳聳肩，又輕啜一口咖啡。「是比其他地方少，不過在這裡出生的異能比例上沒有比較低，只不過他們通常會搬去更開放、人口密度更高的城市。那裡的人包容力比較強，也有更多機會碰到同類人。所以德州不是沒有異能，只不過平均來說沒有洛杉磯或紐約多。」他頓了頓。「或是波士頓。」

艾麗克斯．瓦茲奎茲握著啤酒的手一緊。剛剛她一直低頭垂肩（整天守在電腦前的程式設計師常有的職業病），此刻卻直起了背，兩眼正視前方好一會兒。「你不是警察。」

「我是分析應變部的人。衡平局。」

「熄燈人？」她的瞳孔放大，後頸汗毛倒豎。

「沒錯，我們負責熄燈。」

「你們怎麼找到我的？」

「今天早上差點就在阿肯色州逮到妳。那裡離邊境還有十個鐘頭車程，還得換車，白天要趕到很難。妳很聰明，知道利用白天過境。白天人多，警衛比較粗心大意。而且妳在城市裡比較自在，聖安東尼奧又是越境之前最後一個大城市……」他聳聳肩。

「我也有可能跑去別的地方躲起來。」

「妳是該這麼做，但我知道妳不會。」他露出微笑。「妳的行為模式害妳洩了底。妳在躲我們，可是同時也在前往某個地方。」

瓦茲奎茲努力不露聲色，但許多細節像霓虹燈在他眼前閃爍，暴露出真相。你可以辭了這份工作去打牌，如果現在還有人打牌的話，娜塔莉有次這樣跟他說。「我猜的。妳不是單獨行動吧？」

瓦茲奎茲搖搖頭，動作緊繃而自制。「你很得意是吧？」

庫柏聳聳肩。「要是在波士頓就逮到妳是很得意，阻止妳散播病毒才算任務成功。妳離目標多近了？」

「再兩天，」她嘆道，舉起啤酒灌入喉嚨。「或許一個禮拜。」

「妳知道會害死多少無辜的人嗎？」

「我們只鎖定軍機的導航系統，不會有百姓傷亡，只有軍人。」瓦茲奎茲轉頭看他。「這是戰爭，記得吧？」

「戰爭還沒爆發。」

「去你的！」瓦茲奎茲脫口而出。酒保雪拉回頭一瞥，旁邊桌子的人也看了他們一眼。

「去跟你害死的人說。」

「我沒有害死誰，」庫柏說，「只是結束了他們的生命。」

「因為他們是異類，所以就不算？」

「因為他們是恐怖分子，所以不算。他們傷害了無辜的人。」

「他們自己就是無辜的人，只是做得到你想像不到的事。我看得見電腦語言，你懂嗎？一般人看不懂的演算法在我眼中只是一堆圖案，自動會跑進我的夢境。我的夢裡會出現世界上最美的、從來沒人寫過的程式。」

「加入我們，為我們作夢，現在還不遲。」

她握著啤酒瓶的瓶頸，在椅子上轉了一圈。「是啊。彌補社會是吧？命是保住了，卻成了奴才，成了出賣自己人的叛徒。」

「沒那麼簡單。」

「你什麼都不懂。」

庫柏含著微笑說：「妳確定嗎？」

她眼睛一亮又瞇起，淺淺吐出一口氣，嘴脣微動像在喃喃自語，但沒發出聲音。最後她說：「你是異能？」

「對。」

「可是你——」

「對。」

「嘿，小姐，沒事吧？」

為了打量說話的男人，庫柏一瞬間岔開視線。身高六呎一，兩百二十磅，臃腫而結實，不是健身房練的，是勞動的結果。對方半舉雙手橫在他面前，膝蓋微蹲，腳踩牛仔靴，平衡感不賴，隨時可以出手揍人，但並不期待演變成這種局面。

他把視線轉回瓦茲奎茲身上時，發現她握啤酒瓶的手勢有異。果然，下一秒就見她趁隙反手朝他揮來。她抬起手肘，使出全力，酒瓶咻咻咻往他的腦袋瓜飛過來。

他人已經不在原地。

也罷。無法確定那個牛仔會作何反應，小心為妙。庫柏滑向旁邊，往牛仔的下巴揮了一記左鉤拳。對方閃得很快，身體晃了晃就出手反擊。這拳不算太猛，或許會把一般人打趴，但庫柏不是一般人。他從對方眼中看出一閃而過的動作。三角肌繃緊、腹斜肌扭動等線索，瞬間印入他眼中，就像一般人看見「停止」標誌一樣，其中的意義他再清楚不過。這一拳是來真的，不過庫柏看得出拳頭會落在何處，所以不費吹灰之力就能避開。他從眼角看見瓦茲奎茲滑下高腳椅，快速跑向另一邊牆的出口。

夠了。他站上前，提起手肘往牛仔的喉嚨一劈。對方一轉眼洩了氣，兩手倏地抓住喉嚨，手指猛扒皮膚尋找血跡，膝蓋再也站不穩，最後整個軟掉。

庫柏想告訴對方不會有事的，他沒傷到他的氣管。可是瓦茲奎茲已經從另一邊的門溜出去，這件事只好留給牛仔自己去擔心了。他從人群中推擠而過，大家都目瞪口呆，少數人開始移動腳步，但速度很慢。有個人跳起來，把高腳椅翻倒。庫柏讀出那人的肌肉比例、椅子翻倒的弧度，立時從中做出折衷的判斷：從金屬椅上跳過去，不管那傢伙了。自動點唱機換成林納．史金納樂團的歌，主唱朗尼正好唱到「給我三步，先生，給我三步走出門」。要不是趕時間，他說不定會笑出來。

門上貼著「非旅館住客勿入」的告示，門關上之前庫柏才看見。他把門推到底，確保瓦茲奎茲沒躲在門後；他沒看見她身上有武器，有可能她進酒吧之前就藏好了。確認門後沒人，他才一閃而入。走廊通往另一扇門，可能是旅館大廳。有道樓梯往上延伸，上面鋪了橘灰兩色的黯淡地毯。他跑上樓梯，音樂聲和酒吧裡的聲音遠去，他的呼吸聲在空心磚之間迴盪。又一扇門通往走廊，走廊兩邊都是旅館房間。

他抬起右腳，踏上——

四種可能。

一：毫無準備，落荒而逃。但她是程式設計師，每天跟邏輯運算為伍，應該會考慮各種可能。

二：抓個人質當擋箭牌。不太可能，因為沒時間一個房間一個房間找人，也難以把握控制得了人質。
三：去拿藏匿的武器。但這也改變不了一條鐵律：假如你看得到她，她就傷不了你。
四：逃離現場。沒錯，這棟建築物已經被包圍，但她應該早已料到。這就表示還有替代路線。
懂了。

——走廊。總共十一扇門，除了房號以外，其他十扇門都長得一模一樣。最後一扇門比較樸素也沒有門號，是放打掃工具的小房間。庫柏跑過去轉動門把，門沒鎖。房間方方正正，有點陰暗。裡頭有輛堆著清潔用品和小包裝化妝用品的小推車，還有一臺吸塵器、疊放在鋼架上的毛巾、一個深水槽，近旁牆上架有一道鐵梯，一扇通往天花板的活門。活門開著，他從方形洞口看得見夜晚的天空。

她一定是登記入住之後就布置好了。活門本來可能上了鎖，是她剪斷或撬開鎖，給自己留一條很棒的逃亡路線。真聰明。這間旅館只有兩層樓高，周圍一排都是類似的建築，從一棟樓跳到另一棟樓，再從太平梯爬下去逃走並非難事。

他抓住細長的階梯往上爬，暫停片刻，確定她沒埋伏在上面伺機拿石頭砸他腦袋，才抓住天花板爬上屋頂，一腳踩上黏答答的瀝青。城市的燈光雖然耀眼，地平線上仍星光閃閃。他聽得到底下街道的車流聲，還有他們的小隊衝進酒吧的吆喝聲。他放低身體，左右張望，看見一道纖細的身影背對著他。她雙手攀住三呎高的扶壁，旁邊就是屋頂，然後把自己撐起來，一隻膝蓋鉤住壁架再站起來。

「艾麗克斯！」庫柏站起來時拔出手槍，但把手壓低不讓她看見。「站住！」

程式設計師一怔。庫柏趁她慢慢轉身時上前幾步。她的姿勢傳達出既沮喪又無可奈何的感覺。「該死的應變部。」

「下來，然後把手舉起來。」

街上的燈光照亮她的臉，眼神冷酷，嘴唇發出冷笑。「你是異能，」她的金項鍊又一閃，小鳥圖案的墜飾，做工很細。「哪方面的？」

「模式辨識，尤其是肢體語言。」他繼續向前挪，直到兩人之間只剩下五、六步的距離。貝瑞塔手槍仍然壓得很低。

「所以你動作才那麼快。」

「我沒有比妳快，只是知道妳會往哪裡跑。」

「真感人。你還利用這種才能追捕跟你同類的人。你喜歡這種感覺嗎？」她雙手插腰。「這樣讓你覺得很了不起嗎？一定的吧。你的老闆會因為你抓到我們這種人摸你的頭嗎？」

「下來，艾麗克斯。」

「不然你要對我開槍嗎？」她瞥了瞥對面隔著一條小巷的建築物。距離雖遠，大約六呎，但值得一試。

「沒必要這樣，妳還沒傷害到任何人。」他從她身上看出猶豫，她的小腿在發抖，肩膀繃緊。「下來，我們談一談。」

「談？」她哼了一聲。「我知道你們應變部的人都怎麼談。政治人物是怎麼說的？『加強問訊』是嗎？真好聽。聽起來比拷問好多了。就好像『分析應變部』聽起來比『異種控制局』好多了。」她的肢體動作告訴他，她心志已堅。

「沒必要這樣。」他重複一遍。

「你叫什麼名字？」她放輕聲音問。

「尼克。」

「尼克，那個廣播主持人說的沒錯，戰爭要爆發了，那就是我們的未來。」莫名的決心油然而生，她把雙手插進口袋。「你不能阻止未來，只能選邊站。」她轉頭瞥一眼小巷。

庫柏看出她心裡的打算。他往前挪移，但走不到兩步，雙手深深插進口袋的艾麗克斯・瓦茲奎茲就跳下屋頂。

頭朝下。

2

庫柏一整晚都在收拾善後。隔天也用去了大半天。

艾麗克斯．瓦茲奎茲的破碎屍骸算小意思，法醫會處理，他們把屍體搬上擔架時還拿死因開玩笑。他跟昆恩全程在旁觀看。昆恩拿著一根菸轉來轉去，一下塞進嘴裡，一下夾到耳後，不是因為正在戒菸，他只是喜歡拿菸到點菸之間的緊張感。他終於深吸一口煙時，庫柏從他臉部肌肉的變化看得出來這根菸讓他失望了。

「我一直好奇有沒有人辦得到，」昆恩抬頭望著三十呎高的旅館屋頂。「頭下腳上，要壓抑求生本能一定很難。」

「她先把手插進口袋才往下跳。」

巴比．昆恩吹了聲口哨。「媽的，庫柏，你在上面對人家做了什麼？」

他們在她住的旅館房間找到她不見蹤影的軟式平板，也在她的衣服口袋裡找到了迷你硬碟。兩樣他都交給露意莎和法樂麗，要她們上聖安東尼奧分局查查看。瓦茲奎茲說病毒程式還要一個禮拜才能完成，如果她沒說謊，那一定是個極度複雜的程式，不是隨便一個程式設計師就能完成。

我的夢裡會出現世界上最美的、從來沒人寫過的程式。

凌晨兩點左右，他撥了電話給衡平局局長德魯．彼得斯。大半夜的，但老闆聽起來非常清醒。「尼克，辛苦了。怎麼樣？」

「艾麗克斯．瓦茲奎茲死了。」

停頓。「有必要嗎？」

「她自我了斷的。」庫柏討厭講電話。看不到對方的肌肉線條、毛孔變化、瞳孔擴張，讓他覺得缺手缺腳。看不到人，他就無法解讀對方話中的含意，只好聽到什麼就姑且信之。他聽說有些像他這樣的人偏愛通電話，這麼一來就能排除嘴巴說的跟心裡想的之間的龐大落差。但對他來說，那就好像不喜歡某樣東西的味道就剪斷舌頭一樣。「我阻止不了她。」

「真可惜。我原本想跟她談一談。」

「我想那就是她自殺的原因。她跳下去之前我們談過話，她提到問訊，好像很害怕。不是害怕問訊的過程，而是怕洩露情報。」

又一次漫長的停頓。「這種結果對我們很不利。」

「是，長官。」

「好。無論如何，任務還算成功，雖然不是百分百。幹得好，孩子。事情處理好就回家吧。」

掛上電話之後，還得應付警察和管轄權的問題。衡平局掌握的權力雖大，地方警察沒人敢質疑，但政府作業永遠要記錄清楚以免後患無窮，所以還得填一堆表格、傳授權碼、寫報告。他們小隊找過其他房客問話，確認瓦茲奎茲沒有同夥。他已經安排把屍體運回華府——第一批異能誕生至今已有三十年，可是法醫到現在還是喜歡解剖他們的腦袋。他指派地方刑警去通知死者家屬。瓦茲奎茲的母親住波士頓，父親住弗林特，爸媽都是正常人。她哥哥布萊恩也是正常人，原本是前途無量的工程師，後來中途輟學，最近一次有人看見他在柏克萊賣大麻菸。

經過幾天漫長的追捕行動，這些表格和程序讓庫柏苦不堪言。精神好的時候他對官僚作業就不大有耐心，等他終於坐上飛往華府的包機時，躺椅對他來說簡直有如羽毛床。他看看錶，三小時的飛行時間加一小時的時差，再加上從杜勒斯機場到戴爾瑞的車程，差不多十點會到。有點晚但不會太晚。他往後靠，閉上眼睛，艾麗克斯·瓦茲奎茲的身影自動浮現：微微轉動腳跟洩露內心的意圖、雙手插進牛仔褲口袋深處、右腳離地彎身往下跳。

我的夢裡會出現世界上最美的、從來沒人寫過的程式。

飛機還沒起飛，庫柏就睡著了，就算作了夢，他也不記得了。

只記得有隻手輕拍他的肩膀，將他喚醒。他眨眨眼，抬頭看見空姐低頭對他微笑。「抱歉，我們要降落了。」

「謝謝。」

「不客氣。」空姐的笑容定在臉上，非常嫵媚，但他看得出來是職業笑容。「需要什麼嗎？」

「不用了。」他揉揉惺忪的眼睛，望向窗外。雨中的華府一片朦朧。

走道旁的昆恩說：「那女的對你有意思。」

「那是因為她不知道我替政府工作。」他伸伸懶腰，肩膀和手肘關節劈啪作響。這架噴射機是商務包機，比他們常搭的軍用機舒服。機上只有他跟昆恩兩名乘客。露意莎·亞伯拉罕、法樂麗·衛絲，還有另外兩名組員在聖安東尼奧處理完畢後，明天就會搭機回來。說到……

「有病毒的消息嗎？」

「好消息、壞消息都有。露意莎說那個病毒程式——借用她的話——雞歪到極點，好消息是它還沒完成。法樂麗認為別的程式設計師都沒辦法收尾，她說她絕對沒辦法。」

「壞消息呢？」

「瓦茲奎茲不可能發動病毒攻擊，除非通過軍方的網路安全協定。那可是我們裡頭最強的異種設計的。」

庫柏瞪他一眼。

「無意冒犯。總之，露意莎說病毒要發揮功效，得先通過防火牆才行。」

「意思是軍中有人接應艾麗克斯．瓦茲奎茲。」

「而且一定是有頭有臉的人。你想那會不會就是她豁出去的原因？這樣才不會抖出背後的大咖？」

「也許。」她可能因為害怕出賣朋友或情人而生出勇氣。庫柏不是自殺型的人，但在他的想像中，如果要跳樓，應該會找高到看不清楚地面、跳下去必死無疑的地方。瓦茲奎茲應該看得到水泥路上的每條痕跡、每坨被踩到變黑的口香糖、每片閃閃發亮的玻璃碎片。要把雙手插進口袋，用腦袋去撞水泥地，一定需要無比強大的意志力。

噴射機觸到跑道，彈跳一次就開始往前滑。空氣和引擎聲呼呼作響，最後他們停在一輛計程車前。

「局裡也傳來消息，好像正在醞釀什麼行動。」

「什麼行動？」

「細節還不知道。目前只聽到風聲，但大家都很興奮。」

真是大新聞。大家從一九八六年就興奮到現在。

那一年，尤金．布萊斯博士在《自然》科學期刊發表他的研究，正式指出異能的存在，其中年紀最大的異能年僅六歲。當時，異能是種奇聞軼事或怪異現象，大家以為可能是濫用殺蟲劑、注射疫苗或臭氧層破洞造成了演化上的變異。

過了二十七年，雖有成千上萬筆研究陸續發表，卻仍然未能釐清異能的成因。我們只知道異能約占新生兒百分之一，其中大部分具有第四級和第五級天賦，例如日期推算、速讀、超強記憶力、複雜的計算能力。雖然都是些驚人的能力，但並未造成社會問題。

直到出現艾瑞克・艾普斯坦這樣的第一級天才。

在艾普斯坦眼中，股市的起起落落就像瓦茲奎茲眼中的電腦程式同樣一目了然。他從股市撈了三千億美金（淨賺），後來政府不得不在二〇一一年關閉紐約證券交易所，其他國家大多跟進，全球股市關閉至今。債權人喪失了理智；財產權訴訟在每個國家都堆積如山；企業文化一夕之間消失；小企業倒的倒、關的關；第三世界比過去更加悽慘。

全都因一人而起。

一般人都感覺到山雨欲來的氣氛。過去的奇聞異事如今變成了一大威脅。無論這群人叫異能、天才、異種還是異類，他們都改變了一切。

分析應變部（簡稱應變部）就這樣應運而生，設法挽救一個劇烈變動的世界。雖然才成立十五年，應變部得到的非特定項目資金已經超越國家安全局。分析應變部負責監測、研究、提供立法建議，並在內閣中占有一席。每當有異能工程師把科技往前推進十年，就又有滿滿的資金流向分析應變部。總之，異能只要對社會有貢獻、安分守紀，就跟其他人享有同樣的權利和保障。

只有不合作的分子才會受到應變部的關注。

「反正聽起來是要投入全部人力找出老鼠屎。好人有得忙了。」巴比・昆恩邊說邊打呵欠。「你要自己開車，還是我幫你叫車？」

「叫車好了。」他拉出行李，掏出鑰匙。

「嗯……庫柏？」

「怎樣？」

「那不是車鑰匙嗎？」

「看起來是。」

昆恩翻了翻白眼。「當德魯．彼得斯的愛將一定很爽。」

「有新發現就跟我說。」庫柏走向已經打開的機艙門。空姐對他微笑，他也對她笑，然後走下樓梯踏上跑道。

壞天氣把大家都關在家裡，所以交通一路順暢。戴爾瑞位在亞歷山德里亞的北端，是個舒適宜人的住宅區，房子一棟貼著一棟，住的都是小家庭。家家都維護得很好，清一色中產階級，每隔四棟房子就看見溼答答的旗子掛在門廊上。

娜塔莉家是棟乾淨清爽的平民維多利亞式建築，兩層樓高，亮藍色外牆，窗戶很多。郵票形的院子圍著一圈柵欄，院子裡有輛黑色越野車橫躺在槭樹底下。庫柏把車開進車道接著熄火。他取出腰帶上的手槍和槍套，鎖進副駕駛座底下的保險箱。樓下的燈還亮著，或許還不會太晚。

雨變大了，庫柏快步上樓，還是想要一件外套。走到前門時，他聽到門後的腳步聲。門閂喀一聲，門往內打開。他的前妻穿著條紋睡褲和印著綠色和平組織標誌的破舊T恤站在他面前。娜塔莉光著腳，頭髮綁成一束馬尾。她笑著對他說：「尼克。」

「嘿。」他走進門給她一個擁抱，一瞬間被她的熟悉味道圍繞。「抱歉我來晚了。我想看看他們。」

「他們睡了。」

「我可以看一看他們嗎？」

「當然可以，」她說，「我剛開了一瓶紅酒，來一杯嗎？」

「太好了。好。」他彎身脫鞋，把鞋子放在一堆布鞋旁邊的地墊上。「我一下就好。」

走廊的燈關了，但這道樓梯庫柏走過不下千萬次。他放輕腳步，避開吱嘎響的最高一階。他輕輕打開房間門走進去。微光從窗戶灑下來，他停了停讓眼睛適應光線。

房間裡都是小孩的氣味，是陽光混合了襪子和汗水的味道。左邊是恐龍和星雲的海報，還有一幅從月亮看地球升起的裱框畫。成堆成堆的玩具、機器人、騎士和牛仔。

他兒子側身捲成一團，頭髮很亂，嘴巴張開，口水從他嘴巴拖曳到枕頭上，被子擠到腳邊。庫柏輕輕拉起毛毯蓋住穿著蜘蛛人睡衣的陶德。小男孩動了一下，輕呼一聲又滾到另一邊。庫柏彎身親他的額頭。*都九歲了，再過不久就不肯讓我親他了。*這個念頭讓他心頭一刺，苦甜參半。

另一半屬於凱特的空間比較整齊。她仰躺著，表情平靜，連睡著都那麼沉穩。他坐在床邊摸她的頭髮，感覺她的體溫，四歲小孩的小額頭柔嫩得不可思議。肌膚乾淨、清新得有如五月的清晨。她睡得很沉，他看著她規律、輕柔地呼吸。這一幕讓他精神一振，好像女兒連他的份也一起睡了。他撿起地上的布偶熊，塞進她的身側。

下樓時他聽見細微的音樂聲，是娜塔莉喜歡的某個不知名女子民謠樂團。他循著聲音走進客廳，看見她坐在沙發上，像小女生盤著腿，膝上放著一本雜誌。她抬頭看見他走進來，往茶几上的希哈葡萄酒點點頭。「孩子們都還好嗎？」

他點點頭，給自己倒杯酒，走到沙發另一頭坐下。「有時候真不敢相信我們生了他們兩個。」

「我們的傑作。」她舉起酒杯，他跟她碰杯。紅酒味道醇厚。他長吁一聲，頭往後仰，閉上眼睛。

「漫長的一天？」

「從聖安東尼奧開始。」

「追捕行動嗎？」

他點頭。「女的，是個程式設計師。」

「有必要殺她嗎？」娜塔莉直直看著他。她一向直來直往，甚至讓人誤以為她很冷酷，其實她是他遇過最溫暖的人，只不過就是一根腸子通到底。當初他就是被她這種個性吸引，他很少遇到言行和想法如此一致的人。

「她是自殺的。」

「所以你很難受。」

「沒有，」他說，「我沒事。她是恐怖分子，她正在寫的病毒程式可能害死上百上千人，甚至會癱瘓軍隊。唯一讓我煩惱的事是……」聲音漸小。「抱歉，妳真的想聽嗎？」

她聳聳肩，輕薄T恤底下的肩頸肌肉優雅起伏。「我願意聽你說。」

他想告訴她，不是因為目睹瓦茲奎茲跳樓而覺得不安或需要娜塔莉的安慰，純粹只是因為這樣跟一個人分享一天發生的事感覺很好。然而這不再是理所當然的事了。兩人一直深愛對方，但離婚至今已經三年。「不用了，我沒事。」他啜一口酒。「好酒。謝了。」

「不客氣。」

這房間溫暖又舒適，茶几上的蠟燭傳來陣陣肉桂香。屋外細雨綿綿。一陣強風撼動樹枝。他不會坐太久（兩人都謹守分際），不過窩在這個避風港、孩子就在樓上熟睡的感覺很好。

直到娜塔莉輕啜一口酒，上前把酒杯擱在茶几上，兩腿盪到地上，深呼吸，雙手放大腿。

哦，不會吧。「怎麼了？」

娜塔莉斜睨他一眼。「你知道嗎，以前你這樣會讓我抓狂。你看得出來我有心事，不表示你不能閉上嘴巴，等我自己說出來。」

「如果我記得沒錯，懂得妳的肢體語言也有好處。」

「對，尼克，你在床上很行，高興了嗎？」

他笑了笑。「妳在想什麼？」

「是凱特。」

他全身一僵，父親的防衛本能立刻跳出來，一聽到「是凱特」開頭的句子，他就自動聯想到最糟糕的狀況。「怎麼了？」

「她今天整理了玩具。」

這句平淡無奇的話幾乎讓他笑了出來。他滿腦子都是他想像的各種可能：是凱特，她今天摔到頭。是凱特，鄰居對她亂來。是凱特，她得了腦膜炎。「所以呢？她喜歡東西整整齊齊。很多小女生不都是？」

「我知道。」

「妳自己不也是嗎？看看這個家。」他指了指一塵不染、排列整齊的相框，還有方方正正的地毯和沙發、茶几上收遙控器的竹籃。「她只是想跟媽媽一樣。」

娜塔莉盯著他看了很久。「跟我來。」她站起來，從拱門走進廚房。

「去哪——」

「跟我來就是了。」

庫柏勉為其難站起來，手中還握著酒杯。他跟著她穿過廚房，來到兼作遊戲室的日光室。三面牆都是玻璃牆，娜塔莉把第四面牆畫成一幅壁畫，是《森林王子》中的一幕：大熊巴魯在河面上漂浮，毛克利躺在他的胸前。娜塔莉很有藝術天分，以前她會在筆記本上畫滿塗鴉，當時他們正值年少，以為愛是名詞，是可以擁有的東西。娜塔莉打開天花板的電燈。陶德占用的那邊亂七八糟。玩具盒沒關好；一列玩具火車遭到絨毛貓熊的攻擊；未完成的樂高積木有天或許會變成一座城堡。

凱特那邊卻整齊得像手術室。玩具盒都蓋上，圖畫書排得整整齊齊，好像用尺對過似的。矮櫃裡放的是布娃娃和絨毛動物，有紅髮安、雷龍、塑膠鱷魚、四方形的消防車、少了隻眼睛的絨毛高飛、鸚鵡、奇妙仙子、胖嘟嘟的獨角獸，全都像海軍陸戰隊隊形一樣排成一列。

「我懂了，」他說，「很整齊。」

娜塔莉用短促而尖銳的聲音說：「有時候我真搞不懂你，庫柏。」

她叫他庫柏的時候通常沒好事。「什麼？」

「你有超乎常人的觀察力，只要看到某個人的信用卡帳單、他們看的書、他們的家庭相簿，就能猜出他們會往哪裡跑、會做什麼事。你可以追蹤恐怖分子跑遍全美國，難道會連這個都看不出來？」

「那不代表什麼。」

「不代表……你不是說過，只要知道世界就是各種模式的組合，就會了解異能的思考方式。異能就是比一般人更能看穿模式的人，其他的都是次要，不管你的天分是情感的、空間的、音樂的或數學的都一樣。」

「再給她一點時間。規定八歲才要接受測驗不是沒有道理的。」

「尼克，我不要她接受測驗。這件事我要自己處理。我想知道她需要什麼。」

「聽我說，她才四歲，那只是在模仿大人，沒有——」

「看看她的娃娃。」娜塔莉走過去指著娃娃，但視線仍停在他身上。「豈止是整齊，簡直是照字母順序排列。」

他當然知道，燈一打開他就發現了。但要他的寶貝女兒去做測驗、被貼上標籤？學園的傳聞很多，那裡發生的事時有耳聞。他絕對不會讓凱特被送去那種地方。

「看看她那些書，」娜塔莉仍不死心。「書脊全部照顏色排列，從紅色到紫色。」

「我不——」

「凱特是異能，」她說，不帶感情，就事論事。「你很清楚，說不定比我更早發現。我們不得不面對這個事實。」

「或許妳說的沒錯，或許她是個異類——」

「不好笑。」

「或許她只是有個異類老爸的小女孩；或許她模仿的人不是妳，是我。就算她有某種天賦好了，妳想怎麼辦？幫她做測驗嗎？如果她是第一級呢？」

「別那麼殘忍。」

「如果她是呢？妳知道那就表示得進學園。」

「想都別想——」

「那麼……」

「我說我們必須面對現實，找出她的天賦，幫她挖掘自己的天賦。她也許需要人幫助或指引，慢慢學會操控自己的天賦。」

「也許我們應該順其自然，讓她當個普通的小女孩。」

娜塔莉挺直腰桿，雙手插腰。這個動作他很熟悉，表示她立場堅定、絕不讓步。但他前妻還沒開口，他的電話就響了。庫柏對她聳聳肩，丟了個我能怎麼辦？的眼色，然後掏出手機。螢幕上顯示昆恩－手機來電。他按下通話鍵：「現在不方便，能不能——」

「抱歉，不行。」巴比．昆恩的口氣完全是工作模式。「你一個人嗎？」

「不是。」

「一個人的時候再打給我。」他的朋友掛上電話。

庫柏把手機塞回口袋，揉揉眼睛。「工作的事，我得去處理。可以晚點再談嗎？」

「逃過一劫，呵？」娜塔莉的眼神還是帶著火藥味。

「我一向很幸運。」

「庫柏——」

「不是不能談，但現在我得走了，而且沒必要今天晚上就下決定。」他微笑。「學園這個時間也不收學生。」

「不要開玩笑。」她說。但看她鼻子一皺，他就知道暫時沒事了。

她送他到門口，每走一步硬木地板就咯吱一聲。外面風呼呼吹，風雨漸強。

「我會跟他們說你來過。」娜塔莉說。

「謝了。」他握住她的手。「別擔心凱特，不會有事的。」

「一定不能有事。她是我們的寶貝。」

那一刻，他想起艾麗克斯·瓦茲奎茲跳下屋頂前的模樣：底下街道的光線照得她五官分明，她堅定無比的姿勢，還有突然轉為平靜的語氣。

你不能阻止未來，只能選邊站。

「怎麼了？」娜塔莉問。

「沒事。只是看看天氣。」他對她微笑。「謝謝妳的酒。」他打開前門。雨變大了，冷風陣陣。他對前妻揮了揮手就踏上走道。這次的暴風雨來勢洶洶，走到車上時，他的襯衫都溼答答黏在肩膀上。庫柏打開車門，鑽進車內，把暴風雨擋在門外。看來真的需要投資一件外套。

這通電話是公事，所以他先啟動防竊聽裝置才撥號。他把手機夾在耳朵和肩膀中間，拉出副駕駛座底下的保險箱。「可以了。」保險箱是拉絲鋁材質，鎖上密碼鎖。庫柏打開彈簧鎖。手槍固定在扣帶皮套上，底下墊黑色泡棉。說也奇怪，異能讓這世界突飛猛進，槍炮科技卻沒有太大變化。不過真正說來，從二次世界大戰之後，槍炮科技就沒有太大進展。槍可以改良得更快、更輕、更精準，但子彈基本上就是子彈。「什麼事？」

「你那邊安全嗎？」

「當然。」

「庫柏——」

「防竊聽開了，我坐在前妻家外面的車上，一個人，外面風雨交加。你還要我說什麼？」

「好吧。抱歉打擾，但得請你來一趟。有個人你會想跟他談一談。」

「誰？」

「布萊恩·瓦茲奎茲。」

艾麗克斯·瓦茲奎茲的哥哥。不知去向的中輟生。「留他在偵訊室住一晚，明天我去找他談。」

「沒辦法。狄金森把人搶走了。」

「什麼？他找我目標的哥哥做什麼？」

「不知道。不過你知道根據我們的檔案，布萊恩成了街頭混混，結果並沒有。他其實是一間名叫北極星的公司的大人物，想必是他妹妹駭進電腦，修改了他的資料。北極星是軍火商，猜猜他們專攻什麼產品？」

庫柏把手機換到另一邊耳朵。「軍機導航系統。」

「你聽說了？」昆恩驚訝地問。

「沒有。」

「那你怎麼——」

「艾麗克斯需要有人幫她植入病毒。他們一起工作？」

「對，」昆恩說，「不只這樣。他說他們直接跟約翰．史密斯合作。」

「放屁。」庫柏拿起貝瑞塔手槍，先檢查彈藥，然後彎身將槍套繫上皮帶。

「誰知道。你該看看那傢伙眼睛發亮的樣子。還有……」昆恩深吸一口氣才又開口，聲音變模糊，好像用手摀住話筒。「庫柏，他說會有一場攻擊，大規模攻擊，相較之下，他妹妹的病毒根本是小意思。」

車裡的空氣瞬間急凍，庫柏覺得雞皮疙瘩都浮上來了。「她的病毒會害死好幾百人。」

巴比．昆恩說：「沒錯。」

「我的好朋友也有一些是普通人，我的意思是，那也沒什麼大不了。」

——喜劇演員吉米．卡諾

3

分析應變部就跟其他類似的單位一樣，從外面看來很不起眼。花崗岩標誌前是一片維護良好的花圃，前後共有六間警衛室，密密一排樹將裡面整個遮住。

走出來的兩名警衛身材結實，表情嚴肅，身穿黑衣黑褲，肩上掛著衝鋒槍。其中一個拿著大手電筒繞過車子，另一個走到駕駛座窗前。

「晚安，長官。」

「嘿，麥特。我說過了，叫我庫柏。」

對方笑了笑，低頭查看庫柏拿出的證件，再回頭看他的臉。他的同伴拿著手電筒往車後座照，右手手指輕靠槍把。「要命的一天？」

「是啊。」

穿透他後座車窗的手電筒燈光熄滅。警衛往車頂一瞥，然後說：「祝好運，長官。」

庫柏點點頭，升起車窗，把車開進柵門。

在一般人眼裡，這條車道可能是為了美觀才設計得彎彎曲曲，其實背後有其安全考量。彎道可以限制車速，降低汽車炸彈波及建築物的機率。整齊的草皮可讓瞭望臺上的狙擊手一覽無遺，但精心修剪的樹叢無法完全遮住瞭望臺。有幾次他的車輪輾過縮起的尖釘，發出喊喀喊喀的規律聲音。從停車場這裡，庫柏只看得到一小片架在屋頂上的防空飛彈。

從開始到現在真是一條漫漫長路。從他跟著德魯．彼得斯進老紙廠到現在，真的已經過了七年歲月？他到現在依然記得紙廠裡那股淡淡的屁味，還有光線斜斜射進工廠高窗的畫面。那棟建築關閉了十年之久，隱身在維吉尼亞州的某工業區裡，乾乾淨淨，租金低廉。局長帶隊進駐，庫柏和另外十八名組員跟隨著他，個個都是一時之選。大家都很緊張不安，都不敢表露出來。二十名精銳人才組成應變部的最新單位，頂尖中的頂尖。衡平局。彼得斯稱他們是「信徒」。

十八個月以來，信念是他們唯一的支柱。他們在風呼呼吹的廠房裡工作，把牌桌充當辦公桌。由於資金有限，有兩個月大家都沒薪水可拿。前幾次獵捕行動之後，司法部對他們展開調查，希望他們收攤。信徒走了一半。德魯．彼得斯仍然堅定不移，但黑眼圈逐漸浮現。謠言說國會即將成立調查小組，說民怨沸騰。他們所做的事太過極端，會讓一個單位掌握前所未有的特權——獵殺平民百姓。彼得斯向他們保證他已取得最高層級的支持，他們所做的事不受傳統法律制度規範。但如果他錯了，他們就會面臨牢獄之災，甚至死刑。

後來，有個名叫約翰．史密斯的異種恐怖分子走進華府國會山莊特區一家名叫單眼鏡的餐廳，屠殺了七十三人，包括一名美國參議員和六名兒童。彼得斯的想法一夕之間不再那麼極端。不到一年，紙廠活躍起來；不到兩年，衡平局成了應變部底下聲譽最隆的小組。

庫柏停好車，走向前門，雨已經轉成毛毛雨。內部安檢一樣嚴格，入口分兩階段，每階段都要掃瞄證件和錄影，還得通過金屬探測器（有證件可跳過）跟爆裂物檢測器（有證件也不能跳過），從頭到尾都有配備防彈衣和自動槍械的安檢人員在旁監督。他不假思索地通過這些流程，在腦中重播跟昆恩的對話，從不同角度思考這件事。瓦茲奎茲兄妹真有可能在為約翰．史密斯工作？真是這樣的話，那又代表什麼？

分析應變部有很大一部分被「分析」占去。數千名科學家和官員負責籌措研究資金、探索理論、為政治人物提供建言。崔氏－唐氏分級制就是出自他們的設計，經他們一改再改，永遠沒有改完的一天。這個分級制是針對年滿八歲的小孩所做的測驗。當局會保留第一級和第二級異能的檔案，持續追蹤及核對系統中的每筆資料，從醫療到信用紀錄都不放過。他們編列預算、管理營運、應付法律問題，在小隔間和會議室裡透過電話或網路完成工作。辦公室看起來跟企業總部沒兩樣。

但衡平局可就不同了。

指揮中心中間是張牆壁大小的美國超立體地圖，標出全美各地的動態和行動。分析師不斷輸入資料，追蹤鎖定目標的動靜。庫柏停下腳步掃視圖板，看著變化不定的顏色，由綠到黃再到橘，這就是動盪指數，亦即用圖像呈現國家目前的情緒狀態，舉凡街頭塗鴉的頻率、竊聽電話的內容、各地的示威遊行到獵殺目標都納入紀錄，一起放在地圖上，有如天氣變化圖。聖安東尼奧上有個紅點，標示昨天在那裡逮到艾麗克斯．瓦茲奎茲。雖然不是公開的緝捕行動，但酒吧裡、街道上的人都受到了影響。石頭丟得再怎麼平順，總會在水面上留下漣漪。

地圖周邊的螢幕和跑馬燈播送著各大媒體的新聞。嗡嗡的電話交談聲在空中迴盪，跟五角大廈、聯邦調查局、國家安全局和白宮直接連線。空氣中有股鐵腥味，像咬到叉子的味道。

指揮中心就像巨輪的軸心，走道像輪輻往四面八方擴散出去。他刷過證件，用力拉開一扇厚門。櫃檯人員抬起頭，一認出是庫柏，無聊的表情立刻變成一臉諂媚。「長官好，有什麼能為你效——」

「我找狄金森。哪間偵訊室？」

「四號，他的嫌犯也在裡面。」

「是我的嫌犯。」庫柏解下腰帶上的手槍，丟在櫃檯上。

「是，長官，可是……」

「可是什麼？」

「狄金森探員吩咐不能讓人進去打擾。」

「我會記得道歉。」庫柏步上走廊，鞋子踩在光滑的瓷磚地板茲茲作響。經過一扇扇木門

——

狄金森明知道艾麗克斯．瓦茲奎茲是我的案子，卻甘冒越權的危險，搶走我的人。可能的原因有：

一：布萊恩．瓦茲奎茲涉入另一案件。不太可能。

二：狄金森聽說這案子跟約翰．史密斯有關，為了找機會出頭，不惜把我惹毛。

三：狄金森想盡辦法要找到我搞砸了瓦茲奎茲一案的證據。

四：二跟三皆是。王八蛋。

——每扇門中間都裝上強化玻璃窗。前三間有兩間裡頭坐著緊張不安的男女，刺眼的燈光照著樸素的桌面。傳聞（還是笑話？在應變部很難分辨）日光燈是斥資百萬的研發結果，專門用來營造一種讓人了無生趣的燈光。是真是假庫柏不確定，但每個人在日光燈下的確都像死了兩個禮拜，連羅傑．狄金森這種長得像美式足球電影裡四分衛悍將的猛男也不例外。

四號偵訊室的厚重木門擋住了門內的怒吼，聲音模糊不清。庫柏從玻璃窗看見狄金森靠著桌子，一手壓在桌上，一手指著對方的鼻子，此人的顴骨和眉毛跟艾麗克斯．瓦茲奎茲一模一樣。狄金森的手在空中比劃，戳來戳去，像在按什麼鈕似的。

庫柏把怒吼聲當作掩護，輕輕打開門溜進去，一手抓住門，再輕輕關上。

「——你最好快招，聽到了沒？這可不是開車超速或吸毒被逮那麼簡單。你面對的是恐怖

攻擊的指控，老兄。我會讓你從這世界上消失——」狄金森直起身體，雙手往前伸，瞪著雙手，裝出一臉驚駭。「人呢？有個傢伙不是一分鐘前還在這裡？就那個異種的好朋友？呼！人不見了，沒人知道他到哪裡去了，從此再也沒人看過他。」他再次靠上前。「聽清楚了沒？」

「聽到了。」庫柏說。

狄金森腳跟一轉，一手飛快按住空空的槍套。這傢伙動作真快。一看見庫柏，他心虛了一下，隨即被赤裸裸的反感取代。「我正在忙。」

「是嗎？忙什麼？」庫柏趁隙瞄了布萊恩．瓦茲奎茲一眼，看他不像要幹傻事，就又把目光轉回狄金森身上。「你倒是說說看，是哪個案子？目標是誰？」

狄金森露出貪婪的獰笑。「只是在追線索，會有什麼發現還不知道。」庫柏上前跟他正面相對。「直到我找到為止。」

他腦中閃過在學校打架的回憶——多到數不清。軍人子弟經常是鎮上新搬來的小孩、外來客，每次到了新地方，都得爭取立足之地。可是身為一個異種，在這個才剛承認這種新現象的世界裡，又把這個問題推向另一個不同的層次。他總覺得每次轉到新學校，就會有長得比較高大的小孩想擔起「修理怪胎」的角色。

有次他想屈服，看看會不會比較順利。當時他爸剛被派到歐文堡國家訓練中心，離洛杉磯要兩個鐘頭車程。庫柏當年十二歲，那個小流氓十五歲，一個長著兔寶寶牙的紅髮小子。紅髮小子看起來不比其他小流氓凶狠，所以庫柏決定讓他幾拳，也許對方只要耍耍威風，展現他的男子氣概，就會識相走開，不會造成實際的傷害。

如果庫柏只是普通小孩，只是被他霸凌的其中一個倒楣蟲，或許就會成功。但他偏偏不是，他跟普通小孩之間的差異——那天他發現——讓對方獸性大發、徹底失控。

後來是數學老師在廁所裡發現他。他縮在地上，旁邊的馬桶都是血，兩眼腫到張不開，鼻梁被打斷，睪丸淤青，兩根手指骨折。在地上挨的那幾腳讓他賠上了脾臟。

他爸問是誰幹的，醫生和發現他的老師也不停追問，但庫柏堅持不說。他只是咬緊牙挨過三個月，等傷口癒合。

痊癒之後他去找小流氓那一夥人算帳，這次不再讓步。

「你在打什麼主意，羅傑？」他硬碰硬，毫不退讓。這種示威儀式既愚蠢又原始，他並不喜歡，但這支舞非跳不可。「你有什麼想說的嗎？」

「我說過了。」狄金森沒退縮也沒眨眼。「可以讓我工作了嗎？」

算他有種。雖然愛唱反調、腦袋固執又爭強好勝，可是這傢伙起碼還算有種。所以呢？你要跟他據理力爭到什麼程度？

「兩位。」後面發出的聲音就像棉花壓住硬邦邦的鋼鐵。就像樹枝劈啪斷裂，把校園裡劍拔弩張的一刻打斷。庫柏和狄金森同時轉過頭。

老式西裝、無框眼鏡、乾淨光滑的臉頰，德魯．彼得斯看上去就像辦事員或小兒科醫生，難以想像下令獵殺美國公民是他的例行工作。「跟我到走廊上來。」

厚重木門一關上，彼得斯便轉過頭，「這是怎麼回事？」聲音低沉穩重。

庫柏說：「我跟狄金森探員正在討論處置布萊恩．瓦茲奎茲最好的辦法。」

「原來如此。」彼得斯前後張望。「這類討論或許應該私底下進行。」

「是，長官。」狄金森說。庫柏點點頭。

「狄金森探員，怎麼會是你在偵訊瓦茲奎茲？」

「我的小組發現布萊恩．瓦茲奎茲的檔案被動了手腳。目前的檔案顯示他是無業遊民，地址不詳，但原始檔案上指出他在華府居住、就業。」

「有駭客侵入我們的系統？」彼得斯第一次露出憂慮的口氣。

「是，長官。要不就是……」狄金森聳聳肩。

「就是什麼？」

「可能是內賊所為。」

庫柏笑了出來。「你懷疑我在替布萊恩．瓦茲奎茲掩護？以為我們這些異種週末夜都在一起廝混？」

狄金森白他一眼。「我只是要說，從內部修改檔案不是難事。在這種情況之下，我想立刻扣押瓦茲奎茲才是上策。既然庫柏探員不在，我就先行偵訊了。」

「非常積極主動，」彼得斯淡淡地說，然後轉向庫柏。「你接手負責。」

狄金森說：「長官，可是——」

「瓦茲奎茲是他的目標，不是你的。」

「對，可是——」

局長眉毛一抬，狄金森馬上閉嘴。片刻，彼得斯說：「去喝杯咖啡。」

狄金森猶豫一下才說：「是，長官。」然後就識相走開了。在庫柏眼中，他身上每塊肌肉發出的張力和怒火，讓他看起來就像一團人肉火球。

庫柏說：「麻煩的傢伙。」

「我不認為。他是個優秀的探員，跟你幾乎不相上下，而且他有野心。」

「野心我很欣賞，但我不喜歡獵殺女巫的單人秀。」

「燒死女巫的人……你想是因為喜歡看人活活燒死，還是因為相信這麼做能擊退惡魔？」

「這重要嗎？」

「非常重要。兩種人都是在做一件殘酷的事，但第一個是在娛樂自己，第二個是在保衛世界。」局長摘下眼鏡，拿出手帕擦亮。「你跟狄金森很像，你們都是真正的信徒。」

「狄金森唯一相信的事就是我擋到他的路。你不會真的相信局裡有人竄改了檔案吧？」

彼得斯揮揮手，戴上眼鏡。「我毫不懷疑艾麗克斯．瓦茲奎茲有能力入侵我們的系統。」

「狄金森也知道，但還是照樣含血噴人。」

「不意外。他一定很想把你的位置搶過來。而且，說不定他打從心裡懷疑你。別忘了，很多人還是無法接受異能不是敵人。唉，大家會在雞尾酒會上高談闊論，說這不是異能跟非異能的問題，而是文明社會跟無政府狀態的問題，其實心裡……」

「德魯，我不是小孩，不需要羅傑．狄金森喜歡我。不喜歡我的人多的是，畢竟我是個獵殺異種的異種，讓人想到就害怕。」

「不只如此，還有你掌握的權力。局裡其他人都沒有你那麼行動自如，不受限制。你知道為什麼嗎？」

「因為我是元老，而且資歷比他們輝煌。」

「不對，」局長慈藹地說，「孩子，那是因為我信任你。」

庫柏張嘴又閉上，片刻之後點點頭。「謝謝。」

「那是你自己贏來的。好了。你可以跟狄金森合作偵訊嗎？」

「當然，沒問題。」他腦中閃過狄金森靠在桌上、滿臉通紅、大吼大叫的畫面。「不過我猜我會扮演白臉。」

「那樣的話，」彼得斯面無表情地說，「布萊恩．瓦茲奎茲可有罪受了。」

4

「是什麼樣的攻擊？」

「我說過了，我不知道。」瓦茲奎茲的聲音又疲憊又害怕，而且極力想討好。「我只知道會發動攻擊。」

「是啊，說來說去都是同一句。」狄金森用手指敲著金屬桌面。「問題是，你要我怎麼相信你？」

偵訊已經進行了半小時，庫柏大多都讓狄金森負責暖身。偵訊就像跳舞，一開始的舞步雖然重要，但算不上細膩，所以他利用這段時間打量布萊恩·瓦茲奎茲，觀察他的眉目變化，讀取他身上發出的能量。他的天賦有個特點，有時候人在他眼中就像顏色。不是指真正的顏色，他不能看到人體呈現的色彩，而是指心裡留下的印象。上百個細微肌肉變化合成的結果（比方一個人說出的話和藏在心裡的話之間的不一致），會在他腦中轉化成色彩，就像熱湯嚐起來是紅色，森林聞起來是綠色。娜塔莉是清冷冬晨的矢車菊藍，率性而淡漠；彼得斯局長是名牌西裝的石南灰。

布萊恩·瓦茲奎茲在他腦中則是刺眼的橘，劍拔弩張，火氣很大但兩眼無神，有所保留但演技不佳。

「你沒讀過歷史書嗎？這叫革命！為了避免出賣自己人，準備工作都得個別進行。我沒辦法告訴你是什麼樣的攻擊，因為連我自己都不知道。他故意這樣安排的。」

「他就是約翰．史密斯。」狄金森說。

「對。」

「你跟他說過話？」

「艾麗克斯有。」

庫柏問：「面對面嗎？」

「不是。」略有遲疑，幾乎看不出來。「電話上。」

謊話連篇的臭小子。你老妹見過約翰．史密斯本人，難怪她會跳下屋頂。但他開口卻說：

「你怎麼知道她說的是實話？」

「她是我妹。」

「你有幫忙她寫病毒程式嗎？」

瓦茲奎茲啞然失色。

「布萊恩，我們知道她正在寫一個用來癱瘓軍機導航系統的病毒程式。」他傾身靠在桌上。「之後負責執行的人是你嗎？」

「不是。」聲音很弱，接著又說，「不是我。我只幫忙她技術規格的東西。艾麗克斯電腦很行，但是飛機……」他笑出來。「我甚至不確定她知不知道怎麼繫安全帶。不過病毒要進得了軍方的根層防火牆，這需要比我厲害很多的人才有辦法。」

「誰？」

「我不知道。」他的眼神平穩，脈搏加速但不到慌亂的程度。他說的是實話。庫柏說：

「所以你說的攻擊要怎麼進行？」

「照計畫我後天應該把東西交給另一個人。」

「誰？」

「不知道。我只要出現，那個男的就會來找我。」

「你怎麼知道對方是男的？」

「艾麗克斯說的。」

「在哪裡？」

布萊恩．瓦茲奎茲雙手抱胸。「當我是白痴嗎？老子才不會白白告訴你，我甚至不確定艾麗克斯有沒有在你們手上。」

狄金森靠上前，板起臉。「你到底知不知道自己麻煩大了？我說會讓你從這世界上消失不是在說笑。」他轉向庫柏，「對吧？」

「對。」庫柏說，觀察他的反應。他看到了：喉結浮動，顴骨冒汗。但布萊恩不改鎮定地說：「有麻煩的不只是我，你們也一樣。」

「何以見得？」狄金森又露出貪婪的獰笑。

「不管是什麼樣的攻擊，都會在近期之內發生，而且規模很大，我們所做的事只不過是它造成的一個必然結果。懂了嗎？」布萊恩靠上前。「我跟艾麗克斯癱瘓軍方系統是為了接應真正的攻擊。你說，誰才麻煩大了？」

庫柏想起之前在飛機上跟巴比．昆恩的對話。昆恩說局裡有很多風聲，大家都很興奮。衡平局平時會監聽全國的電話和數位通訊，如果有大規模的攻擊行動正在醞釀，應該會從各種祕密通訊中看出端倪。艾麗克斯．瓦茲奎茲又浮現他腦海：她跳樓前的那一刻、頭微轉、金光閃爍的項鍊，還有她把手插進口袋的模樣。

「我不懂，」狄金森說，「你不是異能，幹嘛要幫她？」

布萊恩的表情就像咬到發臭的食物。「這就好像問一個白人為什麼要跟金恩博士一起上街遊行。我幫她是因為這是對的事。異能也是人。他們是我們的小孩、我們的兄弟姊妹、我們的鄰居，你們卻想給他們貼上標籤、追蹤他們的行動、壓榨他們的天分，不聽話的就格殺勿論。這就是原因。」

庫柏表面上不動聲色，可是腦袋正在快速運轉，分析瓦茲奎茲的思考脈絡。幫助妹妹只是他的目標之一，他還把自己當作迎戰巨人歌利亞的大衛，一個等待機會嶄露頭角的無敵英雄。這種人最容易被革命領袖利用。這傢伙真有可能跟約翰·史密斯距離那麼近嗎？

想到這裡，他心中一悚。

光在單眼鏡餐廳就葬送了七十三條人命，之後又有數百人死在他的命令之下，天知道接下來還有多少人會喪命。全美國最危險的恐怖分子。眼前這個人或許能把他引出洞。

狄金森沉默片刻，讓瓦茲奎茲的義憤填膺冷卻下來。「很感人，我都快哭了。」語調拿捏適中。「問題是，你不是跟金恩博士一起上街遊行，渾蛋，你是要害飛機從天上掉下來。」

瓦茲奎茲別開視線。最後他低聲說：「她是我妹。」

日光燈嗡嗡作響。庫柏在腦中編了一場戲，反覆思量之後決定放手一試。「布萊恩，現在的重點是，目前為止你還沒犯下大錯，但你妹的麻煩可大了，那個病毒會害她下半輩子都得坐牢，這還不是最慘的結果。」

「什麼？」瓦茲奎茲直起腰桿。「不可以！她沒有負責執行，你們不能只因為她參與計畫就控告她──」

「那是以軍方為目標的恐怖攻擊，」庫柏說，「再加上她又是個異種。相信我，我說會就會，而且說到做到。」

布萊恩‧瓦茲奎茲張嘴又閉上。「你們要我怎麼做？」

「帶我們去交東西。」

「就這樣？」

庫柏點點頭。「當然要看跟你接頭的人有沒有出現，假如沒有，或者你事先警告他，那麼交易就吹了。」

「條件是？」

「我以個人名義向你擔保我們不會控告你妹。」

狄金森扭過頭瞪他一眼。

「光用嘴巴說還不夠，」瓦茲奎茲說，「我要白紙黑字。」

「可以。」

「庫柏，你——」

「安靜。」他兩眼盯著狄金森，同時瞥見瓦茲奎茲陷入天人交戰，心裡忍不住想：彼得斯指名由他負責此案，現在答應放走一個恐怖分子會不會害他丟了任務。他也看見狄金森正在懷疑他是不是公器私用，包庇同類。

瓦茲奎茲的眼神游移不定。他說：「我想見她。」

「不行。」

「那我怎麼知道人是不是在你們手上？」

「我會證明給你看，」庫柏說，「但事成之後你才能見她。如果你敢耍我，就永遠別想再見到她。」

橘色怒火從布萊恩‧瓦茲奎茲的臉上一波波往外發射。庫柏看得出來他正在衡量自己是不是那種會跳到桌上襲擊探員的人，後來認清自己不是那塊料，從來就不是，而且發怒也不能改變事實。最後瓦茲奎茲舉起雙手，指尖碰指尖，往掌心裡長吁一口氣。「好吧。」

「很好。我們去準備字據，馬上回來。」

偵訊室裡空氣不流通是故意的，悶濁的空氣讓人昏昏欲睡，一不小心就會說溜嘴。有冷氣的走道讓人精神一振。聽到偵訊室的門喀一聲關上，庫柏才轉過頭。

「你瘋了嗎？」狄金森的兩眼暴突，「竟然讓一個恐怖分子——」

「去把字據擬好，」庫柏說，「盡量簡單明瞭。布萊恩如果照我們的話去做，我們就放她妹妹一馬，句點。」

「我不是你的手下。」

「現在是了。別忘了，是你先偷跑。」庫柏伸了個懶腰，折折脖子。「擬好就去樓下從艾麗克斯的私人物品裡拿條項鍊上來。小鳥圖案的金鍊子。把鍊子拿上來給布萊恩，證明他妹在我們手裡。」

狄金森一臉困惑。「樓下？」

「對。停屍間。」他轉頭要走，又回過頭。「羅傑，還有，確認上面沒有血跡好嗎？」

皮爾斯．摩根：今晚的特別來賓是《危險就在你身邊：異能時代的平凡危機》作者——大衛．鄧布羅斯基。大衛，謝謝你接受我們的採訪。

大衛．鄧布羅斯基：我的榮幸。

皮爾斯．摩根：近年來，一直不乏有關異能及其影響的書，可是你的書提出了很不一樣的觀點。

大衛．鄧布羅斯基：對我而言，這是整個世代的問題。一個世代誕生了，然後長大成人，掌握權力，之後再把權力傳給下一代。這是自然的秩序，不過這個秩序如今卻被打亂了。大家都把注意力放在科技發展上，或是在懷俄明州建立的新迦南特區，然而真正的問題其實很簡單，那就是自然的秩序改變了，這是我們這個世代要面對的問題。

皮爾斯．摩根：每個世代不都對下個世代憂心忡忡？每個世代不都認為——恕我直言——這世界急速惡化、一代不如一代嗎？

大衛．鄧布羅斯基：是的，這種想法非常自然。

皮爾斯．摩根：那麼其中的差異在哪裡？

大衛．鄧布羅斯基：差異就是，我們完全沒有出頭天，沒有出人頭地的機會。我才三十三歲，卻已經被社會淘汰。

5

「你要讓他以為他妹還活著？」巴比·昆恩含著咖啡杯緣竊笑。「你這傢伙有夠卑鄙。」

「管他的。他說異能同樣有人權我不反對，但埋炸彈也不是解決之道。他跟他妹可能害死幾百名士兵，難道我要因為騙了他就淚眼汪汪？」庫柏聳聳肩。「沒感覺。」

昨晚的雨停了，轉成華府常見的陰冷天氣。一團團烏雲低低罩住天空，日光也變得黯淡。風很冷，庫柏終於穿上了外套，再加上補了六小時眠，他的心情總算撥雲見日。

華府西北十二街跟G街的交叉口。四面都是單調無趣的辦公大樓，窗戶反射出灰冷的天空，中間有片水泥磚鋪成的廣場。手扶梯從地鐵中心站的出口往上延伸，吐出穿著上班服的男男女女，這些人不是在看錶，就是在講手機。布萊恩·瓦茲奎茲說他只要走出來站在角落，其他的對方會搞定。

「很慘，」昆恩說，「能見度高，逃生路線多，附近一大堆人。」

「跟瓦茲奎茲接頭的人可以從任何一棟大樓監視他。」庫柏往後仰，慢慢轉了個圈。「確保他沒被跟蹤的絕佳地點。」

「也可能是一個團隊。一些人在大樓裡監視，一些人在地面上防守，或許假扮成修路工人。還有，要等他們碰面，我們才能確定目標是誰。從戰略上來說，對方占盡了優勢。」

「我們有勝算嗎？」

「當然，」昆恩笑道，「我們可是熄燈人。」

「我從來就不喜歡這個外號。」

「你知道從哪來的吧？維多利亞時代。那時候的街燈都是靠人力關的，做這件事的人就叫——」

「大教授，我知道。重點是，不覺得這個稱呼有點血腥嗎？」

「我們是異能終結者，人類基因庫的終極保鏢。」

「所以答案是不會。」

「不會。」

「願上帝赦免你的罪。」庫柏在胸前畫個十字。「好吧，你說要怎麼布局？」

「這裡一撮人，」他的同伴用咖啡杯指了指，「那裡一撮。分別把人放在一輛聯邦快遞車和一輛電信公司的箱型車裡。另外在街上放幾個便裝探員，最好是女性，那些壞蛋如果是業餘的，或許比較不會對女人起疑。」

「露意莎和法樂麗回來了嗎？」

「今天下午的民航機。露意莎想知道『她得吸誰的小頭』——她說的——下次才能坐到噴射機？」

「女人對用字真有一套。」

「這女的是個詩人。」一輛公車停在馬路一角，煞車聲很大。昆恩指著它，「仔細看。」公車車身被亂畫一通，橘色和紫色的字有六呎高，上面寫著我是約翰．史密斯。

「不會吧？」庫柏搖搖頭。

「最近到處都看得到。前幾天我在酒吧看到小便池上面的牆壁也被畫了，後來還有人加上我尿在自己的鞋子上。」

庫柏哈哈笑。「我們的人什麼時候就定位？」

「電信公司的箱型車今天就可以到場，人就睡在裡面。聯邦快遞車在赴約之前半小時再到場，車上得塞滿郵件，派個探員進出大樓送件。另外還得在瓦茲奎茲身上裝個追蹤器。」

「兩個。」

「兩個？」

「一個在他身上，一個在他準備交出去的硬碟上，以防萬一。還有，我要狙擊手在射擊線暢通的地方待命。」

昆恩把頭一歪。「我以為你想活捉。」

「沒錯。但要是有個萬一，我寧可殺了他，也不要讓他跑掉。我還要裝有紅外線影像辨識系統的飛艇，該有的都不能少。」

「為什麼？我們的主要目標是艾麗克斯，人都到手了。散播病毒的工作一定會交由某個值得信賴的人負責，那種人怎麼可能自己出馬？今天來的人一定是小咖，某個用完就可以踢開的人。」昆恩拋著手上的咖啡杯，攤攤手。「好吧，你才是老大，我會照辦。不過為了一個小咖，這麼做不會太費工嗎？」

「確實是，不過那不只是一個小咖，而是一個可能會帶我們找到約翰・史密斯的關鍵人物。」

昆恩咬著牙猛吸一口氣。「史密斯說不定早就知道我們在追捕艾麗克斯・瓦茲奎茲，畢竟我們花了……九天才逮到人，她應該早就找人傳話給他了。」

「或許。但是她正在逃亡，他又沒有固定的電話號碼，一直在移動，每天都在不同的地方過夜。他一定會對我們從單眼鏡案之後就對他展開的搜捕計畫起疑。最新版的 Echelon 是學園的程式人員寫的，而且是像艾麗克斯・瓦茲奎茲這種電腦一流的第一級異能。約翰・史密斯只要打電話、開電腦，就等於在跟五千名想置他於死地的專業人員玩捉迷藏。他有可能策畫了這一切，然後臨陣脫逃，免得被瓦茲奎茲波及。」

他的同伴陷入沉思。「我不確定，老兄。」

「我確定。把人安置好就是了。」庫柏看看錶。上午十點。開車要將近三小時。他可以申請直升機，但又懶得解釋理由。再說，開車穿越會讓屁股開花的西維吉尼亞州山脈好像很有趣。他選擇四百七十四馬力、要他半年薪水的 Charger 不是沒有道理的。再說他也不會因為超速就被警察攔下，他車上的詢答機會向警察證明他是衡平局的人。「你有車可以回去嗎？」

「當然。反正我還要待一會兒。你要去哪？」

「去看約翰・史密斯是怎麼長大的。」

6

小男孩年約九歲，長得蒼白瘦弱，嘴脣飽滿，一頭黑髮亂蓬蓬。瘦歸瘦，卻給人一種豐沛的感覺，尤其是發亮的嘴脣和捲蓬的頭髮。他舉起雙手，像上個世紀的拳擊手，細瘦的手臂弱不禁風。

飛來的拳頭笨手笨腳，根本亂揮一通，可是力量大到足以讓男孩的頭甩向一邊。男孩一怔，放下防備，對手再次揮拳，這一拳打得他嘴脣撕裂、鼻子淌血。男孩倒在地上，奮力用一手遮住臉，另一手護住胯下。他的對手，一個比他高四吋的金髮男孩撲在他身上，朝他的肚子、背部、大腿等毫無防護的地方猛搥猛打。

圍觀的小孩愈聚愈多，好多拳頭在空中揮舞。辦公室窗戶是雙層玻璃窗，因此庫柏只隱約聽到底下傳來斷斷續續的吆喝聲。這就足以喚醒他腦中許許多多的校園回憶，包括被揍扁的臉貼著冰涼陶瓷馬桶的畫面。「老師怎麼不去把他們拉開？」

「我們這裡的老師都很有經驗，」園長查爾斯・羅立治說，指尖碰指尖，「會在適當的時機出面。」

兩層樓底下，四十碼遠的地方，在西維吉尼亞州白花花的陽光照射下，金髮男孩爬起來跨坐在黑髮男孩的胸膛上，膝蓋抵住他的肩膀。黑髮男孩想反擊，但對手的重量壓著他，讓他無法動彈。

羞辱人的時刻到了，庫柏暗想。只有贏永遠不夠。惡霸不會就這樣滿足，一定要把人踩在

腳下才甘心。

金髮男孩吐出一條亮晃晃的口水，年紀較小的男孩想轉過頭，但金髮男孩抓著他的頭髮去撞地板，中間頓了一下，那條口水剛好啪一聲落在他血淋淋的嘴唇上。

兔崽子。

哨聲響起。一男一女快跑穿過操場。小朋友們一哄而散，回頭去玩單槓或鬼抓人遊戲。金髮男孩跳起來，雙手插進口袋，裝作沒事地望著西邊的天空。黑髮男孩滾到一邊。

庫柏的手指頭都擰到發麻。「我不懂。你們的『老師』剛剛眼睜睜看著一個十歲小孩把另一個小孩打到昏過去。」

「這就言過其實了，庫柏探員。這對兩個小孩都不會造成永久的傷害，」戴維斯學園的園長心平氣和地說，「我知道看起來有點嚇人，但這種事對我們的工作不可或缺。」

庫柏想起陶德昨晚的模樣：穿著蜘蛛人睡衣睡得正香甜，皮膚溫暖滑嫩、乾淨無瑕。他兒子今年九歲，或許跟那個黑髮男孩差不多年紀。他想像陶德在這樣的遊樂場上，被一個年紀比他大的男生壓在腳下，頭上下擺動，小石子刺痛他的背，一張張臉圍繞著他，都是幾分鐘前還跟他玩在一起的小孩的臉，現在卻嘲笑他受的每個傷和每個羞辱。他想起四歲的女兒凱特，把玩具排得井然有序，照光譜色彩排列圖畫書。無論他跟娜塔莉怎麼說，種種跡象都顯示這孩子有過人的天賦。

甚至可能是第一級異能。

庫柏暗忖，如果他抓起羅立治的灰色花呢翻領去撞窗戶，他會隨著亮晶晶的玻璃碎片摔出去，還是直接彈回來？如果是後者，那麼撞第二次會不會成功。

冷靜點，老兄。或許你從沒親眼看過，可是想也知道這種地方不會是童話世界。或許這裡

頭有你不了解的東西。

再怎麼想斃了這傢伙，都得忍耐。

他擠出不置可否的微笑。「對你們的工作不可或缺？怎麼說？那個金髮男孩難道是暗樁？」

「當然不是！那就破壞了原來的目的。」園長繞進辦公桌，拉出一張皮椅，然後指指對面。「這裡的小孩清一色都是異能，大部分是第一級，少數是第二級，但在其他方面表現突出。舉例來說，通常是智商高於常人。」

「如果他們都是異種，兩個都是玩真的——」

「我們為什麼還要激起這類事件？」羅立治靠著椅背，雙手疊放在腿上。「這些孩子雖然都有高人一等的天賦，畢竟還是小孩，跟一般小孩一樣可塑性高、容易被操弄。衝突是可以培養的，出賣和背叛也可以操作。只跟知心朋友說的祕密，突然變得人盡皆知；最心愛的玩具平空消失，卻破破爛爛出現在另一個小孩的房間；偷親別人或初次來潮一夕之間變成公開的祕密。簡單地說，我們從每個小孩都有的負面成長經驗中取材，根據每個人的心理剖析，以超快的速度製造出各種衝突。」

庫柏想像一排排隔間裡坐著穿西裝、戴厚眼鏡的男人，竊聽著深夜的傾訴、廁所裡的激烈手淫聲或想家的啜泣聲，然後進行分析，做成圖表，計算如何利用這些內心深處的祕密發揮最大的效用。「怎麼辦到的？要怎麼知道這些事？」

羅立治笑道：「我示範給你看。」他啟動桌上的終端機，開始打字。庫柏發現他的手指修長又纖細，是鋼琴家的手指。「就是這個。」

他敲下按鈕，電腦的擴音器傳來聲音。是女人的聲音。

「……嘿，沒那麼糟。」

「我很痛。」小孩故意把每個字拉長。

「我提醒過你要小心那傢伙。那孩子是危險分子，他的話不能信。」

先是呻吟，接著開始低泣。「他們都笑我。為什麼要笑我？我以為我跟他們是好朋友。」

一陣寒意從庫柏的腳底往上竄。說話的女人應該就是剛剛出面調停的老師。她接著說：「我看見他們都指著你哈哈大笑，這樣對待朋友對嗎？」

「不對。」聲音微弱又悽慘。

「所以那些人也不能相信。我才是你的朋友。」聲音又甜又做作。「沒事了，親愛的，你安全了。我不會再讓任何人傷害你。」

「我的頭好痛。」

「我知道，寶貝。要不要吃藥？」

「嗯。」

「好。我會保護你的。來，把藥吞——」

羅立治敲了個鍵，聲音隨即消失。「懂了嗎？」

庫柏說：「這裡的每個角落都裝了竊聽器？」

「只針對新生。不過，學校這麼大，再加上有戶外空間、激烈的比賽，要面面俱到實在不可能。現在我們想出了更好的辦法。」羅立治頓了頓，嘴脣一抹若有似無的微笑。

為什麼？是什麼讓這傢伙那麼洋洋得意？

「你不是在學校裡裝竊聽器，」庫柏緩緩說出口，「是在小孩身上裝了竊聽器。」

園長眉開眼笑。「厲害。新生一進入學園，不管是戴維斯或其他分校，都要接受徹底的健康檢查，包括肝炎、肺炎鏈球菌和水痘的預防接種，其中一種疫苗植入了體感辨識器。這種儀器很驚人，不但能記錄體溫、白血球指數等等生理變化，還可以把收到的聲音傳到校園各角落的接收器。了不起的發明。進階奈米科技，小孩體內的生理機制就是動力來源。」

庫柏覺得頭暈目眩。他的工作跟學園並無重疊之處，所以儘管有關學園的傳聞甚囂塵上，他從沒想過傳聞可能是真的。沒錯，每隔幾年就會有記者撰文揭發學園的內幕，但都純屬臆測，從未獲得入內採訪的許可，於是他習慣把最嚴厲的指控歸類為炒新聞。畢竟衡平局的傳聞也所在多有。

剛剛他進門時經過一群抗議民眾，第一次體會到了殘酷的現實。示威抗議現在已經成了生活的一部分，變成大家習而不見的背景。街上總是有人在抗議某些事，誰搞得清楚？

但這群人不太一樣。或許是因為維安警察特別多，而且警察不像在維持現場的秩序，更像在抓人。或許是因為示威群眾看起來都神智清醒，穿著體面，不是些頂著大光頭的激進分子。其中有一個剛好跟他四目交接，一個披頭散髮的灰髮婦人，看起來好像曾經頗有姿色，卻因為傷心過度而形容憔悴；傷痛壓垮她的肩，塞滿她的胸口。她高舉著用兩張布告板釘成一張的標語，上面貼了個笑嘻嘻小孩的放大照，長得跟她很像，粗黑的大字寫著：我想念我兒子。

兩名警察撲向她時，她隔著擋風玻璃跟他四目相對，微微舉起標語做了個很小的手勢。藉由動作凸顯她的訴求。不是聲嘶力竭的叫喊，而是懇求，他看得出來她的內心波濤洶湧。

「那個男孩是誰？」

「抱歉，你說誰？」

「剛剛那個被揍的孩子，他叫什麼名字？」

「我通常只記他們的詢答機號碼。他叫……」羅立治敲了個鍵，「威廉·史密斯。」

「又一個史密斯。我就是為了約翰．史密斯才來的。」

「叫約翰．史密斯的人很多。」

「你知道我指的是誰。」

「是。呃……他不在我的任內。」羅立治乾咳一聲，別開視線又轉回來。「我們考慮過禁用這個名字，但這就等於向恐怖主義低頭。總之，這個史密斯恐怕跟你要找的史密斯無關。小孩到了這裡之後，我們就會幫他們重新取名，男生都叫湯瑪斯、約翰、羅伯、麥克或威廉，女生就叫瑪麗、派翠莎、琳達、芭芭拉或伊莉莎白。這也是教育的一部分。一旦他們進入學園，就要一直待到十八歲畢業才能出去。為了完成我們的工作，我們認為不讓他們受過去的記憶干擾最好。」

「過去的記憶？你是指他們的父母吧？他們的家，還有家人。」

「我了解親眼目睹會很震驚，可是我們所做的事，背後都有一定的道理。重新取名字是在強調他們本質上是一樣的，讓他們知道完成學業之後他們才有價值。到時候他們就可以挑自己喜歡的名字，願意的話還可以回到原生家庭。不過你或許很難相信，有很大比例的人都不願意。」

「為什麼？」

「他們在這裡的這段時間已經建立了新的認同，寧可選擇新的身分。」

「不該這樣，」庫柏說，「為什麼要這麼做？我以為學園的目標是要為這些天才兒童提供特殊的訓練，培養一個知道如何駕馭潛能的世代。」

園長往後一靠，手肘放扶手，指尖碰指尖。誰都看得出他正在豎起防衛，準備迎戰。雖然羅立治跟他眼神接觸時依然輕鬆自在，也從容不迫地回答：「我還以為分析應變部的探員不用問就知道答案。」但庫柏看到的不只這個。

「這不是我管轄的領域。」

「儘管如此，為了這個答案也不需要特地跑——」

「我喜歡親眼求證。」

「庫柏探員，你為什麼沒受過學園訓練？」

讓庫柏大感意外不是因為他話鋒一轉（他從對方嘴唇的線條和眼睛的皺摺就猜到了），而是他問的問題。*我沒說過我是異能或是第一級異能，他光用看的就知道。*「我一九八一年出生。」

「你是第一批。」

「嚴格來說是第二批。」

「那麼，第一所學園開辦那年，你應該才十三歲，當時只有不到百分之十五的第一級異能入園受訓。下一年蒙福學園成立，我們預期能達到百分之百。一般民眾當然不知情，但想想看，每一個在美國出生的第一級異能，一個都不少！真可惜你生得太早。」

「我可不這麼認為。」庫柏笑了笑，想像把對方的脖子扭斷。

「告訴我，你是怎麼長大的？」

「博士，我問了一個問題，我想知道答案。」

「我正在給你答案。就當幫我一個忙，談談你的童年好嗎？」

庫柏嘆道：「我爸是軍人，我媽在我很小的時候就過世了，我們常搬家。」

「你認識很多跟你一樣的小孩嗎？」

「你是說軍人子弟？」頑劣的一面又跑出來，這一面的他很不會應付達官顯要。

不過羅立治沒上鉤，只語氣平和地說：「我是說異種。」

「沒有。」

「你跟你父親的感情好嗎？」

「好。」

「他是個優秀的軍官嗎？」

「我沒說他是軍官。」

「他是吧？」

「對，他是個優秀的軍官。」

「很愛國？」

「當然。」

「但不是膜拜國旗的愛國主義者。他在意的是準則，不是外在的符號。」

「這才是愛國主義的真義，其他的都只是盲目的崇拜。」

「你朋友多嗎？」

「夠多了。」

「你常跟人打架？」

「不算少。你快讓我失去耐心了。」

羅立治微笑。「庫柏探員，看來你跟受過學園訓練沒有兩樣。你的童年基本上就是我們想複製的童年。當然了，我們增加了強度，同時也提供發展天賦的課程，這些資源多到你父親無法想像。不過呢，你從小就很孤單，被人孤立，常因為自己是異能而受到壓迫。你沒有機會學會信任其他異能，也因為忙著保護自己，更不可能去尋找其他異能。你的朋友不多，又經常搬家，這就表示你對撐起你世界的支柱特別依賴，也就是你的父親。他是個軍人，所以盡忠職守這個觀念在你腦中潛移默化，你自然而然就學會了我們在這裡灌輸的原則。你甚至進入政府機關工作，跟我們大部分的畢業生一樣。」

庫柏極力忍住上前抓住他的臉去撞桌子的衝動。激怒他的不是對方說的話，那些都是真的，只是很多年不再刺痛他。激怒他的是那種高高在上的態度，更可惡的是那張飛揚跋扈的嘴臉。羅立治不只想證明自己是對的，還想把人踩在腳下，就跟剛剛運動場上的金髮男孩一樣。

「你還是沒回答我的問題。為什麼？」

「你明知故問。」

「就當幫我一個忙。」他說。

羅立治把頭一歪，聽出他反將了他一軍。「有一大部分異能的天賦價值不高，可是少數異能擁有的天賦，相當於我們歷史上的絕世天才。光這一點就值得約束他們的才能。不過真正的問題不在個人，而是群體。拿你來說好了，如果我想攻擊你，你會怎麼樣？」

庫柏含著微笑說：「我勸你不要。」

「如果是更厲害的人呢？比方拳擊手或武術大師？」

「經由訓練可以學會自我防衛，除非你是一等一的高手，不然身體還是會洩漏你的下一個動作，我要躲開攻擊並非難事。」

「我懂了。那麼假如三個武術大師一起上呢？」

「我會輸。」庫柏聳聳肩。「因為眼花撩亂。」

羅立治點點頭，低聲說：「假如換成二十個身材走樣、體能欠佳的普通大人呢？」

庫柏瞇起眼睛——

他說「我們歷史上」還有「他們的才能」，顯然沒把異能當人看。但不能否認他對異能了解透徹，一眼就看出你是異能。這種辨識技巧應用在這裡的各個生活層面。

光靠對話，他就能剖析你的過去和你的弱點。

他可以用一百種不同的方法闡釋他現在的論點，卻偏偏拿格鬥當作比喻。

——然後說：「我會輸。」

「一點也沒錯，而我們除了隨時保持優勢，別無他法。絕不能讓異能集結成軍。所以從他們小時候開始，我們就教他們不能信任彼此，其他異種都殘酷、弱小又低賤。他們唯一的慰藉來自一名正常人，就像你剛剛看到的那位女老師。他們同時也在這裡學習服從和愛國這些核心價值。這就是我們捍衛人類的方法。」羅立治一頓，然後露齒微笑。怪異的表情，不懷好意，彷彿一逮到機會就會咬他一口似的。「這樣你明白了嗎？」

「嗯，」庫柏回答，「我懂了。」

羅立治揚起頭，不管聽不聽得出言外之意，他至少聽出對方語氣有異。「請包涵，我話匣子一開就停不來。」

領教了。

「也該說一下實際的好處。我們學園的畢業生在化學、數學、工程、醫學上都貢獻卓越——全都受政府管控。記得我提過的紀錄器？那個奈米科技產品也是校友的發明。現在最新的軍事裝備也都是異種設計的，電腦系統也是。甚至連新的股市也是，諷刺的是，新設計能防止異種入侵。

「這些都是學園校友的貢獻。多虧了我們，所有異種都在美國政府的管控之下。想必你也同意，我們的國家或人民再也禁不起另一個艾瑞克・艾普斯坦。」

哪些人民，博士？庫柏感覺到體內的怒火正在沸騰，他恨不得自己順從那股怒火行事。這裡的一切比他想像的還要糟糕。

不對，老實說吧，你從沒真正想像過這裡的狀況。

就算現在知道了，他又能怎麼辦？殺了園長，再把全體教職員殺光光？然後拆了牆壁，炸掉宿舍？像摩西出埃及一樣帶領小孩離開這裡？

要不就離開這個鬼地方。他站起來。

羅立治一臉訝異。「你滿足了？」

「還差得遠。」但他再多待一分鐘就會失控，於是大步走出辦公室，踏上光滑閃亮的走廊，經過映著山景綠林的狹小窗戶，心想，不應該這樣。

還有，約翰・史密斯從小在學園裡長大，不是這一間，但都大同小異，都有羅立治這樣的行政官員領軍坐鎮，獨攬大權，一個了解學生也痛恨學生的操控高手。

從小在學園裡長大的約翰・史密斯……

正在跟自己的童年宣戰。

7

「地面一？」

「就緒。」

「地面二？」

「就緒。」

「三？」

「就緒，雖然冷到我奶頭都快掉了。」露意莎再度展現她的語言長才。

「瞭望臺呢？」

「兩個方位，視線重疊。就緒。」

「上帝？」

「上面的視野好得不得了，孩子。」聲音背後傳來旋轉輪的轟轟聲。飛船所在的高度上，只有一個深灰色圓點貼著淺灰色的天空。「老天很賞臉。」

庫柏微微一笑，按下傳送鍵。「願和平與你同在。」

「你也是。願好膽敢跑的人渣不得好死，不然我們就發射雷電攻擊。」

「阿門。」他切斷通話，隔著雙層玻璃看著赴約地點。

今天跟昨天沒啥兩樣，華府十一月到三月間的天氣經常可以這麼說。陽光微弱，冷風拉扯著政治掮客的外套、女強人的圍巾。

地面二就是聯邦快遞的貨車。停在G街的西北角，後門升起，一名變裝探員正忙著把紙箱搬上推車，並逐一核對送貨單。臨時貨架後面躲了四名探員，裡頭又擠又不舒服，但跟地面一比起來算好的了。地面一是輛公務車，已經停在十二街上一整晚。

庫柏以前也窩在類似的地方幹過偵察工作。裡頭又暗又窄，夏天熱得要命，冬天冷到手腳麻痺，所有動作都得壓到最低限度，用來裝尿的罐子發出陣陣尿騷味。一次有個資淺探員打破尿罐，辛辛苦苦蹲了六個鐘頭，大家都想掉頭不幹，打得那小子滿地找牙。

十一點三十分。約定時間是中午。這幫壞蛋想得真周到。午餐時間周圍大樓的人蜂擁而出，街角的人潮會更多。

「影像傳輸都正常？」

「豈止是正常！」巴比．昆恩坐在二十呎長的光滑木桌前，根本是把法律事務所的表演方式搬到自己的移動式總部。他面前閃著幢幢鬼影，都是從不同角度傳來的影像畫面。「十字路口到處都是監視器，像立體攝影棚一樣密不透風。」

「發送器在哪？指給我看。」

昆恩一比劃，一張城市街道圖旋即亮起。「綠點就是。」昆恩把硬碟拋給他。看起來毫不起眼，旁邊的標示有一半已經磨到褪色。庫柏收進口袋。他的搭檔接著說：「紅點是瓦茲奎茲本尊。」

「你把竊聽器裝哪？」

「他的結腸。」昆恩面無表情，庫柏瞪他一眼，昆恩接著說：「亮晶晶的新玩意兒，剛從研發部送來的。學園有個天才發明了裝在膠囊裡的追蹤器，酵素會把它黏在大腸內壁上。」

「哇。那他……它……」

「不會，黏著劑大約一個禮拜就會分解，跟其他垃圾郵件一起排出。」

「哇。」庫柏再次發出讚嘆。

「給了『尾大不掉』這個成語一個新的定義。」

「你老早就想試用了吧？」

「從膠囊交到我手上那一刻。」昆恩抬起頭對他笑，「今天有啥新發現嗎？」

「有。我發現怪不得史密斯會抓狂。」

「响响，哇。」昆恩放低聲音。「狄金森聽到這句會翻桌。」

「狄金森去吃癟吧。」

「是啦，你知道他會很高興看到你吃癟，所以小心點。」昆恩往後一靠。「到底怎麼了？」

庫柏想起昨天下午。開車上路之後，他才終於喘了口氣。莫農加希拉國家公園模糊掠過眼前：濃密的樹木，崎嶇的山脈，任意堆放的組合屋。

我想念我兒子，灰髮婦人手舉的標語上這麼寫。

「巴比，那不叫學校，根本就是洗腦中心。」

「少來——」

「不是我多愁善感，是真的。沒錯，傳聞我都聽過，我們都是，但我從沒當真。誰會那樣對待小孩？」庫柏搖搖頭。「結果答案是：我們。」

「我們？」

「他們是政府機關，應變部底下的單位。」

「又不是衡平局。」

「相差無幾。」

「誰說的。」昆恩拉高聲音。「整個部門的所作所為不是你一個人要負責的。」

「看吧，你錯就錯在這裡。我們都——」

「你相信艾麗克斯要把這個世界變得更好嗎？」

「什麼？」

「你相信艾麗克斯——」

「不相信。」

「你相信約翰·史密斯要把這個世界變得更好嗎？」

「不相信。」

「你相信他要為好幾條人命負責嗎？」

「相信。」

「而且是無辜的人？」

「對。」

「還有小孩？」

「對。」

「那我們就去逮他，這就是我們的工作。把害死好人的壞蛋抓起來，要是能在他們傷害好人之前更好，這就是我們的責任。任務完成之後，」昆恩說，「我們就去喝一杯，你請客，這就是你的責任。」

庫柏不由得發笑。「哈，好，巴比，我瞭了。」

「很好。」

「算你厲害，」庫柏站起來，「竟然對我說起教來，都不知道你有這一面。」

「我層次很豐富的，像洋蔥一樣。」

「這我相信。」庫柏拍拍朋友的肩膀。「我去看看瓦茲奎茲的狀況。」

「安撫他一下好嗎？他緊張成那樣，我怕竊聽器都會被他抖下來。」

「很生動的畫面，謝了。」

「好說，老大。」昆恩打了個呵欠，抬起腳放在光亮的木桌上。

庫柏步上走廊，經過印著三個白人的名字加上有限公司的金色商標。這間法律事務所所在的大樓可以鳥瞰地鐵站，也就是會面的地點。昨天昆恩聯絡上事務所，三個合夥人很樂意幫衡平局的忙。庫柏稍早跟其中一個見過面，對方身材結實，滿頭白髮，還祝他獵捕順利。

獵捕順利。媽的。

兩名守衛站在邊間辦公室外面，平常穿的黑衣黑褲今天換成了簡單的西裝，衝鋒槍掛在肩上待命。他對他們點點頭，其中一個說「長官好」，並打開辦公室門。

房間裡，只見布萊恩．瓦茲奎茲站在窗前，手貼著玻璃。聽到聲音，他嚇得跳起來，轉過頭時臉上的表情半是內疚、半是焦慮。

發燒橘，庫柏決定把這種顏色叫這個名字。他跟守衛道聲謝便踏進門。

「你嚇到我了，」布萊恩說，一手按著玻璃，一手按著胸口。他的手指在窗戶上留下了鬼影般的白色壓痕。他的腋下一圈汗漬，胸口上下起伏，呼吸急促，邊抿嘴邊把重心從一腳換到另一腳。

庫柏把手插進口袋——

他很愛妹妹，但也不想出賣朋友。他擔心自己的安危但又不願意承認。祕密行動、小圈圈、並肩作戰這些概念深深吸引他。

他需要一隻強而有力的手，但又不能強到把他壓垮。他需要有人替他打打氣，然後銜命去為改善這世界盡一分心力。

——走進房間。「抱歉。每次碰到這種狀況，我也會很神經質。」他拉張椅子轉過來，然後手靠著椅背坐下。「這個部分讓我很抓狂。」

「哪個部分？」

「等待。腦袋裡太多胡思亂想，開始行動就會好多了。你知道該做什麼，去把它完成就對了。比乾等簡單，你不覺得嗎？」

布萊恩．瓦茲奎茲抬起頭，轉頭抱著雙臂靠在窗戶上。「不知道。我從來沒有為了救自己的妹妹出賣自己的理念過。」

「也是。」他沉默片刻。布萊恩看起來像個準備挨揍的男人，卻漸漸發現沒有拳頭迎面飛來。一陣微弱的風沿著窗框呼呼吹，遠處傳來汽車喇叭的聲音。布萊恩終於走向桌子，在另一邊的椅子一屁股坐下，動作僵硬。

「我知道不容易，」庫柏說，「但你的決定是對的。」

「是啊。」聲音從桌子另一邊飄過來。

「聽我說。」看到對方抬起頭，庫柏才接著說，「前幾天你對異能受到不平等對待的看法，我都同意。」

「嗯。」

「我也是異能。」

布萊恩的臉部肌肉往不同方向扭曲，驚訝、不敢置信和憤怒皆有。最後他說：「你是哪一種？」

「模式辨認，算是某種強化的直覺。我能看穿一個人的意圖，有時非常明確，比方猜到某人要往哪個地方揮拳。當然也能看穿一個人的行為模式，熟悉一個人之後，我的腦袋會勾勒出某種脈絡，要猜出他們的行動就輕而易舉。」

「如果你是異能，那你為什麼——」

「替應變部工作？」庫柏聳聳肩。「事實上，就跟你幫助你妹的原因差不多。」

「狗屁。」

「並不是。我希望我的小孩活在一個異能和正常人和平共處的世界。差別在於，我不認為炸彈能達到目的，尤其當一群人遠遠多過另一群人的時候。你想想，平常人，像你——」他雙手合掌指向他，「只要下定決心，要把像我這樣的人全數鏟除不是問題。一個都不放過，或者只留少數活口，到時候殺了多少也無所謂了。這是一種數字遊戲，你們百分之九十九對我們百分之一。」

「那就是為什麼——」布萊恩欲言又止。

「我知道你對艾麗克斯受到的對待很生氣。但你是個工程師，理性地想一想：正常人和異能之間的關係就像火藥，你真的想擦亮火柴嗎？」

他從口袋拿出硬碟放在兩人中間的桌上。「別忘了，」庫柏說，「你這麼做不是為了我，是為了艾麗克斯。」

這是一場精心策畫的表演，給原本的「重獲自由牌」增加些個人的動機。這不是他第一次對嫌犯說謊，類似的話他不知說過多少遍。

那我為什麼會有罪惡感？

學園。那個地方激起了他以為自己早就說服自己的問題。庫柏揮開在操場上看到的畫面和那個高舉標語的女人，收好臉上的表情。

布萊恩拿起硬碟。

庫柏說：「我們走吧。」

「四分衛報告：比賽開始。重複一遍：主角走出去了，總部請確認。」

「確認。」巴比．昆恩的聲音在他耳中嗶啵響。「兩邊訊號都很強。」

對街的廣場跟往常一樣整齊而冷清。樹木修剪得整整齊齊，黑色樹枝迎風顫動。兩個不怕冷的人縮在最近一棟大樓的入口抽菸，兩隻腳動來動去。地鐵中心站的入口一直有人進進出出。一排報紙自動販賣機沿著矮牆排放，紅的、橘的、黃的都有，販賣機盡頭有個坐輪椅的男人對著來往行人搖晃手上的紙杯。

庫柏保持輕鬆的姿態，壓低聲音問：「上帝，你看到什麼？」

「主角在十三街上往北走。」

「視線清楚嗎？」

「上帝全都看在眼裡，孩子。」

一切就位。你就要朝全美最危險的恐怖分子前進一步了。

街道對面，聯邦快遞車上的探員已經卸好貨，開始走向大樓。廣場的一張長椅上，兩個穿半正式休閒服的女人邊吃沙拉邊聊天，一個看起來像中學副校長，另一個看起來跟足球員一樣個頭嬌小、身手矯捷。

「妳們那邊還好嗎，露意莎？」

「沒想到我會這麼說，」她用紙巾按按嘴脣，遮住嘴巴，「不過真希望回我們前一腳才離開的德州鄉下看母牛互幹。」

露意莎．亞伯拉罕的身高不到五呎，漂亮但算不上美女，說話出了名的粗魯。她可能是庫柏認識的人當中最頑固的一個。當初找她加入團隊有個故事。她在一次行動中跟負責人失聯，負責人不知道她身分曝光，需要支援，於是露意莎一個人追著嫌犯跑了兩哩遠，最後把人逮到手，完成任務，再用嫌犯的手機打給負責人。她把負責人罵到臭頭，那些難聽的話在局裡傳了好幾個禮拜。

此刻她坐在長椅上，旁邊是法樂麗．衛絲，兩人假裝在吃午餐。法樂麗是資料分析高手，不過實地行動很容易緊張。庫柏看著她把紙巾撕成一條一條，思忖該不該說些什麼。這時露意莎碰了碰她的膝蓋，關掉麥克風說了些話。法樂麗點點頭，挺起肩，把紙巾塞進口袋。很好。通常庫柏不鼓勵組員談戀愛，但這兩人常因為這樣表現得更好。

半個街區之外，布萊恩出現在人群中，走在一對背著相機的觀光客後面。

「全體注意，」他說，「主角到指定地點了。」

庫柏在腦中檢視清單，確定一切都已就緒。追蹤器、相機、飛船、變裝探員等層層盯哨，諒他們插翅也難飛。無論來跟布萊恩接頭的人是誰，一個小時內就會坐進偵訊室，暴露在了無生趣的燈光下，難以相信外界傳聞衡平局握有「加強問訊」的特權竟然一句不假。

可惜不能放他們走，循線逮到其他人。那樣說不定會滿載而歸，但風險實在太大。眼看攻擊行動步步逼近，如果讓唯一的線索飛了，天知道會賠上多少條人命。

庫柏透過耳機聽到組員追蹤布萊恩的回報和確認。布萊恩正走在街道的另一邊，庫柏刻意只用眼角餘光看他，放鬆姿勢，打開感官，試圖把整個場景收進眼底，然後加以分析，過濾出表面下的模式。黃色計程車掠過的模糊光影；花呢外套的質料；車輛排出的廢氣；速食店傳出的油耗味；天光灰冷黯淡，雖然是大中午卻沒有影子。布萊恩踏上人行道時挺起肩膀，有點壯士斷腕的意味。風把旗竿的升降索吹得喀喀作響、翩翩飛舞。瓦茲奎茲背後有紅色和黃色的報紙販賣機。模糊的地鐵行駛聲。水溝蓋飄出的腐臭味。兩條街外的尖銳煞車聲。一個非常非常漂亮的女孩正在講手機。

有個穿暗紅色皮夾克的男人越過馬路走向瓦茲奎茲。腳步堅定，庫柏看得出來他有明確的目標，就像瞄準之後射出的箭。

「可能目標：皮夾克男。」

他耳中響起小組確認目標的聲音。長椅上的露意莎放下沙拉，一手放皮包。

瓦茲奎茲轉頭面對那傢伙，眼中充滿問號。

皮夾克男把手伸進右前口袋。

瓦茲奎茲左右張望。

庫柏強迫自己稍安勿躁，先確定再說。

皮夾克男走向瓦茲奎茲……跟他擦肩而過。他從口袋掏出一把零錢，投進報紙販賣機。

庫柏舒了口氣。他轉回去看瓦茲奎茲，希望用眼神給他力量，讓他知道一切順利，都在控制之中。

因此，當布萊恩·瓦茲奎茲全身爆炸的那一刻，那就是他正在做的事。

超立體電視？
可摺疊的軟式平板？
全像通訊？

那是2013年的事

在梅傑林設計，今天的事已經過時。

我們感興趣的是明天和未來。

因此我們是第一個只收異能工程師的龍頭電子公司。
我們的團隊合作無間，遠遠超越傳統的科技研發模式。

這代表什麼？

尖端的光學神經傳導器，讓電影就跟周圍世界一樣真實？
還是皮下電腦晶片，將平板的功能植入手中，
讓你「一手掌握」？或是瞬間挪移技術？
答對了！目前我們正緊鑼密鼓研發中。

梅傑林設計：天才之作！

8

火焰往四面八方噴射，像霞光豔豔的海洋，橘色、黃色和藍色的火花波浪洶湧翻騰。那畫面美得有如仙境。火舌纏繞交錯，把模糊黑影炸得一飛沖天。老實說，還挺美的。

直到震波捲起的金屬碎片像一千片飛鏢擊中布萊恩·瓦茲奎茲。

「時間抓得很精準，」昆恩說，「看到他怎麼引爆的嗎？砰！直接從報紙販賣機炸開，看得出來經過周詳的計畫。力量都從密實的金屬片往外噴射，所以爆炸範圍僅限於鎖定的目標，不會傷及其他人。」

在庫柏看來，上千金屬碎片就像一群蝗蟲把瓦茲奎茲撕爛。他的頭陣陣作痛，耳朵也受到強烈的衝擊，到現在昆恩的聲音聽起來仍然像隔著厚毛巾。為了把一個尖叫的女人拉離現場，他不小心碰到了金屬垃圾桶，因此燙傷了手。

炸彈引爆之後，有一瞬間世界在詭異的平衡中漂浮。殘骸冒出滾滾濃煙；枝幹燒得火紅透亮，像秋天的金黃落葉；聲音被打亂，首尾連不起來。有個女人舉手擦臉，抹掉曾屬於布萊恩的血液和毛髮。

庫柏暗想，炸彈彷彿就埋在布萊恩體內，他簡直就像顆人肉炸彈。

大家面面相覷，不知如何是好，不知如何看待這起擾亂日常生活的事件。不過近年來爆炸案愈來愈常見，就算沒遇過至少也在電視上看過，多少從中學到了應變方法。有人快速躲開，有人跑去求救，只有少數人驚慌大叫。警笛聲響徹四周。探員從聯邦快遞車和電信公司公務車中湧出。之後真正的混亂才開始，警察、消防員、急救人員和採訪隊從四面八方蜂擁而至。一場噩夢。原本是低調的祕密行動，卻變成CNN密集報導的大新聞。德魯・彼得斯馬上打出國家安全牌，切斷這件事跟應變部的關聯。光是今年就發生過六起爆炸案，多半是爭取異能人權的偏激團體所為，把這次爆炸推給他們並非難事。但爆炸現場在華府，離白宮僅半哩遠，肯定會引來更多矚目，難保不會有人挖出應變部跟這件事的關聯。

但那跟庫柏無關，他不碰政治。他在意的是，這下著了約翰・史密斯的道，唯一連到攻擊計畫的線索就這麼沒了。「誰引爆的？穿皮夾克的那傢伙？」

昆恩搖搖頭。他們終於回到了應變部總部，昆恩把爆炸影片放到大螢幕上播放。他敲了幾個鍵，火紅畫面跳上跳下，布萊恩出現，火焰往後倒退，像旗幟一樣飄送，然後是報紙販賣機關上，爆炸畫面消失，穿皮夾克的男人把一份《紐約時報》放回旁邊的販賣機。「看到沒？他站在引爆處的旁邊，一邊耳朵炸掉了，不過反正沒差，站那麼近鐵定會變聾子。醫生正在想辦法救回他的左耳。」

「有可能是自殺攻擊。」露意莎說，嗓門超大，她比任何人都靠近爆炸現場。

「也許，但何必呢？再說，如果他想當烈士，幹嘛不把炸彈裝自己身上，還要大費周章設一個假的報紙販賣機？」

「會不會因為那裡是安全管制區？所以那是唯一能把炸彈偷渡進去的方法？」她個頭雖小卻天不怕地不怕，庫柏看過她跟塊頭大她一倍的大男人幹過架。「我以為現場都在你的掌控之中。」

「我是啊。」昆恩脫口而出，舉雙手投降，看看露意莎，再看看法樂麗，發現沒人挺他。她們兩個雖然沒被碎片炸到，可是都被震得七葷八素，而且看起來不會那麼快忘記這件事。昆恩轉向他。「該死。尼克，我昨天一整天都守在那裡，車上小組還留守過夜，二十四小時都有錄影監視。相信我，沒有人在那裡埋炸彈。」

庫柏咳了咳。他的搭檔紅著臉說：「我是說，沒人在我們監視期間埋下炸彈，一定是之前就埋好了。」

「而你卻沒查到。」露意莎話中帶刺。「巴比，這樣好了，下次換我搞定現場，你穿裙子坐在長椅上？」

「呦呦呦，很抱歉，不過——」

「你敢！你這個混——」

「夠了，」庫柏說。他揉揉眼睛，傾聽周圍的聲音：劈劈啪啪敲鍵盤的聲音；分析員和技術員對著麥克風低聲說話的聲音。儘管碰到這麼大的事，而且隨時會爆發大規模攻擊，還是有上千名第一級異能得持續追蹤，其中有數十名是重點目標。「夠了。我們浪費了兩天，忙了兩天卻一事無成。」他直起背脊，輪流看著每個人。「大家要搞清楚一件事。約翰・史密斯不只是個想要報仇洩恨的異能，這個人或許反社會，同時也是個西洋棋高手，頭腦跟愛因斯坦一樣好。我敢打賭他幾個禮拜前就埋好炸彈了。聽清楚了嗎？好幾個禮拜前！說不定早在艾麗克斯・瓦茲奎茲離開波士頓前就搞定了。」

露意莎和法樂麗互看一眼。他看出法樂麗眼中的恐懼，還有露意莎疼惜的眼神。昆恩張開嘴，彷彿期待嘴巴自己說話，最後他說：「你說的對，我很抱歉。我應該把會面地點一百碼內的每樣東西都檢查過。」

「是應該這麼做。你搞砸了，巴比。」

昆恩垂下頭。

「我應該提醒你要檢查，所以我也搞砸了。」庫柏深呼吸，然後用力吐出。「好了，先來釐清誰引爆了炸彈。法樂麗，妳是咱們的分析專家。」

「我還沒時間回顧——」

「拿出魄力。」

「好吧。如果是我，我會遙控引爆，只要有引爆器跟清楚的視線就夠了。」

「用什麼引爆？」

「手機吧，」她接著說，「便宜、好用，就算有人看到也不會起疑，只要按下——」她突然停住，雙眼圓睜。「巴比，起來！」

「嗄？」

「起來。」她把巴比推出椅子，一屁股坐進去，手指在鍵盤上飛舞。大螢幕閃爍不定，定格的爆炸畫面消失了，換成了一列列數字。

庫柏說：「如果可以進入附近的手機基地臺，查出爆炸前幾秒打出的電話——」

「我在查了，老大。」

後面傳來一個聲音。「我們需要談一談。」

狄金森。可惡，長得人高馬大，走路卻無聲無息。庫柏轉身，迎上他的視線，看見他怒火沸騰，但不是抓狂，不是情緒失控想找人發飆，真要說的話，憤怒就像他的動力來源。

庫柏對小組說：「繼續查，我馬上回來。」他邁步走開，揚頭示意狄金森跟上，沒留意對方是否跟上來，一副他才是老大的姿態，很蠢但有其必要。他走到樓梯旁的死角，壓不住臉上的笑容，然後說：「你在想什麼？」

「我在想什麼？我倒要問你領子上那是什麼？」狄金森指了指。「不會是布萊恩的血吧？」

庫柏低頭一看。「不是。是我從火場拉開的某個女人的血。」

「覺得自己很了不起嗎？」

「我不會這麼說。有事嗎？」

「當初找到布萊恩的人是我，把他帶來的人也是我。好不容易找到線索，特別把人帶來，結果呢，你卻讓他被炸成肉醬。」

「對，其實我們都看他不順眼，於是大家就投票決定管他的——」

「你覺得我在開玩笑嗎？」

「羅傑，告訴我，換成是你會怎麼做？」

「一開始我就不會讓他上街赴約。」

「哦，是嗎？直接把那個異能的走狗關起來，然後把鑰匙往後一丟嗎？」

「錯。把那個異能的走狗銬在椅子上，開始辦正事。」

「來點加強問訊當作消遣嗎？」庫柏搖搖頭，嗤之以鼻。「你可以灌水灌到他長出魚鰓，也改變不了他什麼都不知道的事實。」

「知不知道很難說，但現在永遠找不出答案了。」

「我們是美國政府的探員，不是第三世界獨裁者的祕密軍隊。那不是我們做事的方法，這裡的地下室也沒有刑求室。」

「也是。」狄金森目不轉睛瞪著他，跟他平視。「或許應該有才對。」

要命。

「羅傑，我不知道你哪根筋不對，個人恩怨也好，想出鋒頭也罷，或者只是需要來一炮。

不過對於此次任務的目標，我們的意見有根本上的差異。不好意思，我得去幹正事了。」他舉步走開。

「你想知道我對你有什麼意見嗎？你真的想知道？」

「我已經知道了。」庫柏轉過身。「因為我是異種。」

「不對，跟這無關，我沒那麼小心眼。重點是，」狄金森站上前說，「你是個無能的傢伙，帶領行動卻一事無成。衡平局需要強人、信徒。」他又瞪了他一會兒才走開。

庫柏目送他的背影，搖搖頭。我看是需要來一炮。

回到工作站後，巴比・昆恩問他：「還好吧？」

「嗯。有什麼發現？」

法樂麗・衛絲說：「最近的手機基地臺回傳了爆炸十秒前的十二通電話。有八通是本地通訊。利用三角測量定位，只有一組衛星座標對得起來：經度38.898327，緯度-77.027775。」

「也就是……」

「就在……」她把地圖拉近。當她這麼做的時候，庫柏突然有股直覺。那感覺就像腦袋被呵癢，天賦突然跳出來告訴他眼睛即將看到的東西。「這裡。」螢幕上出現G街的畫面，十二街以東半個街區遠。一家銀行的入口。他馬上認出來。

當時他就站在旁邊。

庫柏閉上眼睛，回想當時的情景。那一刻的動靜全都收進他眼底。黃色計程車掠過的模糊光影；車輛排出的廢氣；速食店傳出的油耗味；模糊的地鐵行駛聲。水溝蓋飄出的腐臭味。兩條街外的尖銳煞車聲。一個非常非常漂亮的女生正在講手機。

不會吧。他轉向昆恩。「我們有那個角落的監視畫面嗎？」

「我的攝影機都對著街道。」昆恩看著螢幕，噘起嘴脣，然後彈指。「銀行！銀行一定有監視畫面。」

「去聯絡看看能不能拿到引爆者的照片。」

昆恩抓起椅背上的西裝外套。「遵命。」

庫柏把視線轉回兩個女組員。「我們要先發制人。法樂麗，我們有艾麗克斯跟布萊恩的手機號碼對吧？」

她點點頭，說：「標準作業程序是逮到人就把手機騙到手。分析員現在說不定已經在調查艾麗克斯的手機，根據她的通訊資料找出她的行動模式。」

「好。展開搜尋。我要他們手機上的每個號碼都裝上電子監聽器。連朋友的朋友都不能放過。」

露意莎的下巴差點掉下來。「天啊。」

法樂麗又開始玩手指，只是這次沒有紙巾讓她撕。「朋友的朋友？」

「對。兩支手機上的每個號碼都要監聽。至於這些號碼裡有的號碼……也要監聽。通話紀錄查到……六個月前。」

「媽媽咪呀，」露意莎瞪大眼睛，「那會有好幾百人。」

「也許更多，一萬五到兩萬人都有可能。」庫柏看看錶。「還有，跟學園畢業的程式人員聯繫，必要的話叫他們暫停 Echelon II 程式，把追蹤掃瞄約翰．史密斯的工作擱下，先跳進來支援。只要任何人說到任何跟攻擊案有關的任何事，我要分析員在十五秒後展開調查。聽懂了嗎？」

「懂了。」法樂麗的臉上終於露出興奮之情。對她這樣的人來說，這就像美夢成真、一把通向王國的鑰匙。庫柏等於是把這個無比龐大的調查案放第一順位，並將任務交由她負責。

「老大，」露意莎說，「不是我想多嘴。不過兩萬筆國家安全等級的竊聽，沒拿到法院許可就展開行動？帳單媽的會有多嚇人，更不用說還得爭取有的沒的資源？你確定嗎？你知道事情如果沒成，他們會怎麼整你吧？」

「罰我沒吃晚餐就上床睡覺。」庫柏聳聳肩。「所以非成不可。不成的話，還有比我的事業更要命的事得擔心。」

9

國會山莊上的單眼鏡餐廳是棟公家建築，離參議院辦公室只有幾條街，五十年來一直是華府的政治掮客請客吃飯的地方。牆壁上貼滿了五十年來每個大政治家（甘迺迪之後的美國歷任總統）的八乘十吋照片，還附上親筆簽名。即使是星期一晚上也人滿為患。

約翰·史密斯大剌剌走進門那天，就是這樣的星期一晚上。

他身材壯碩但腳步輕盈，美式足球四分衛的體格包在筆挺的西裝下，裡頭是白色襯衫，領子敞開。三個男人跟在他後面，動作幾乎完全一致，好像練過怎麼腳步齊一地走進餐廳一樣。

史密斯沒理會他們。他在門口停住，環顧四周，似乎想記住整個場景。有個漂亮的女服務生輕觸他的肩膀，問他是不是約了人，他點頭微笑，她也嫣然一笑。

餐廳分為吧檯區和用餐區。吧檯鬧烘烘，笑語喧譁。六臺平板螢幕上正在播美國職籃華盛頓巫師隊的比賽，離結束還有三分鐘，他們還落後十分。客人多半是男性，領帶拉到襯衫的第三和第四顆鈕釦之間。史密斯從他們中間走過，掠過坐在高腳椅上的律師、觀光客、辦事員和戰略員。三個男人緊跟在後。

用餐區燈光昏黃，設有高背雅座，走奢華路線，帶有復古的感覺。有個上訴法官跟一個不像他女兒的女人碰杯。一個從印第安那州來的家庭觀察著周圍的環境，爸媽邊往嘴裡塞牛排邊聊天，小孩利用漢堡屑鞏固薯條搭成的堡壘。有個獵人頭公司的員工正在跟戴書呆子眼鏡的小伙子交代徵人的事。

約翰．史密斯經過這些人，走向右手邊的一張雅座。鈕釦沙發有點老舊，桌面透著歲月的光澤。牆上的吉米．卡特對著底下的人眉開眼笑，簽名上面有一行歪歪斜斜的字：「本地最好吃的蟹肉餅！」

坐在雅座裡的男人身穿直紋西裝，抹了髮膠，八字鬍六成白，鼻子紅通通，微血管交錯，是漫畫家最愛的那種鼻子。當他轉頭看見約翰．史密斯時，馬上眼睛一亮，繃緊神經，動作本身濃縮了他多年以來塑造的形象——曾經呼風喚雨、至今仍受人敬重的俄亥俄州參議員，曾任財務委員會主席，同時也是呼聲極高的前總統候選人（直到巴拿馬事件才急轉直下）。

一瞬間，兩個人就這樣互看著對方。海姆勒參議員破顏微笑。

約翰．史密斯朝他臉上開槍。

三名保鏢抖落身上的外套，露出斜背的 Heckler & Koch 軍用衝鋒槍。每個都從容不迫地拉長伸縮式的金屬槍托，把武器架在肩上。出口標誌的紅色燈光像鮮血灑落在他們的背上。子彈精準又密集，既沒亂飛，也沒有大範圍掃射。他們給了目標兩槍，就移往下個目標。受害者多半還沒站起來就中彈。少數人試圖逃跑，有個男人才跑到一半，喉嚨就被轟爛。有個盛裝打扮的女人站起來，子彈射穿她手中的雞尾酒杯再飛進她的心臟。第二批人馬走進來，酒吧區傳來更多尖叫聲和槍擊聲。第三批人馬從後門闖入，朝穿廚師白袍的外國移民開槍。從印第安那州來的那個媽媽躲到桌子底下，連帶把兒子往下拉，緊緊摟住他。

子彈用罄之後，槍手重新上膛又開始射擊。

庫柏輕觸軟式平板的螢幕，影像定格。監視器設在通往會議室的樓梯旁邊，角度一度歪掉，畫面慘不忍睹，少了好萊塢特效的血腥攻擊顯得更加赤裸裸。定格畫面捕捉到一抹衝鋒槍槍管射出的白煙。約翰．史密斯站在三名槍手後面，手槍放旁邊，表情專注但事不關己，像在欣賞一齣戲。綽號「榔頭」的海姆勒參議員往沙發一倒，額頭上一個俐落的彈孔。

庫柏嘆了口氣，揉揉眼睛。凌晨快兩點了，雖然很累又全身痠痛，但睡意還是遲遲不來。在床上躺了四十五分鐘之後，他決定如果要瞪著一樣東西看，那麼看檔案總比看天花板好。

他的手指在觸碰螢幕上緩緩移動，畫面便動了起來。快轉：一名槍手鬆開彈匣，讓它掉在地上，同時重新填裝彈匣，再度瞄準發射。倒轉：一名槍手拉出彈匣，另一排彈匣倏地彈起，卡進槍身。過程如入化境，流暢俐落，精準無比。不管快轉或倒轉都一樣。

庫柏用兩隻手指把畫面拉近、拉遠，然後轉動鏡頭，直到史密斯的臉填滿整個鏡頭。他的五官對稱，下巴強勁，睫毛濃密，是女人可能會覺得英俊而非性感的長相，高爾夫球選手或出庭律師大概就長這樣。絲毫看不出血腥、野蠻或發狂失控的一面。當他的手下展開大屠殺，把餐廳裡的男女老幼、打雜工、觀光客、參議員等共七十三人一一槍殺之際，約翰．史密斯就站在旁邊看，神色平靜，不為所動。人殺光之後，他走了出去，不忙不亂。四年來，這段影片庫柏看了不下百次，對裡頭的殘忍恐怖、噴血畫面、殺人不眨眼的槍手已經麻痺。但有件事至今仍令他不寒而慄，看在眼裡更是驚悚。那就是發動這起大屠殺的人對眼前的畫面完全無動於衷。他的肩膀下垂，頸部放鬆，腳步輕盈，手也沒有握成拳頭。

約翰．史密斯信步走出單眼鏡餐廳，好像只是進去喝杯小酒。

庫柏退出影片，把平板丟在桌上，灌下一大口水。伏特加當然更好，不過明天早上慢跑就會有苦頭吃。水裡的冰塊融化了大半，杯壁一層滑溜的冰水。他扭扭脖子，又拿起平板隨意點擊檔案。屠殺案之後，新聞標題從客觀中立（異能激進分子屠殺七十三人；參議員命喪華府喋血案）到煽動性十足（殺人天才；殺人狂就在你左右）的都有。還有隨之而來的報導和後續報導、異能小孩在學校挨揍的新聞（阿拉巴馬州甚至有個第二級異能被私刑打死）。專欄作家呼籲大眾冷靜自重，提醒大家不該以偏概全，遷怒所有異能；也有權威人士火力全開，對喪心病狂的惡魔大加鞭撻。總之，屠殺案占滿新聞頭條，然而幾個月甚至幾年下來，約翰．史密斯仍未落網，這則新聞就從大眾矚目的訊息中逐漸退場。

不只這些。他的檔案裡還有屠殺案前史密斯為了爭取異能人權發表的演說，他口才一流，既能激勵人心又會拉攏人心。此外，還有Echelon II程式所做的鉅細靡遺的追蹤紀錄、六次差點逮到他的書面報告、他的詳細生平、遺傳檔案、個人資料，以及針對他的天賦的長篇分析。上面說此人對邏輯和策略很有一套，十一歲就成了西洋棋大師，史密斯比過的每場西洋棋棋譜他都有。上兆位元的檔案，庫柏每個字都讀過，每個畫面都看過。

儘管如此，今天的事還是發生了。

他又在平板上按了幾下，VCS取代了新聞標題。VCS就是虛擬犯罪現場（Virtual Crime Scenes）。這種他不確定該覺得高興還是難過的新科技，可以把約翰．史密斯留下的犯罪現場變成影像逼真、操控簡單的模型，從每灘血跡到噴出的腦漿都不例外。有了這種技術，畫面就能轉動自如，從哪個角度看都行，比方從天花板往下看或把鏡頭拉近。這是種十分強大的辦案工具，偵察許多案件時都能派上用場。即使如此，當他把畫面拉到桌子下，朱麗葉．林區把兒子凱文往下拉的地方，心裡還是一樣難受。能夠看清她身體的角度、她臉上的星形彈孔，對法醫來說非常方便。但清清楚楚看見她的表情，看見一個女人毫無預警看著丈夫的頭被轟掉，家庭出遊的幸福畫面莫名其妙變成呼天搶地的人間地獄，看見她殘缺不全的臉，對庫柏來說是一大折磨。明白她死時知道（而非害怕）兒子也難逃一劫是一回事，看見她伸出去保護兒子的手上滿是彈孔，彷彿母親的手可以擋住子彈，那又是另一回事了。

*去他的慢跑。*庫柏從沙發上站起來，走去廚房。日光燈在這種時候看起來很詭異，標準規

格的黑白瓷磚也陰森森的。他把剩下的水倒進水槽，往杯子裡丟了兩塊冰塊，再倒入冰涼的伏特加。

回到客廳，他拿起電話撥號，含一口酒在嘴裡，讓冰冷的感覺在口中擴散。

「嗨，庫柏，」昆恩接起電話，聲音睏倦。「還好嗎？」

「我剛在看單眼鏡。」

「又看一遍？」

「嗯。巴比，我們在做什麼？」

「呃，絕對不是在睡覺。」

「抱歉。」

「沒事，逗你的。你說單眼鏡怎樣？」

「VCS。那個躲在桌子底下的女人。」

「朱麗葉・林區。」

「對，我又看了一遍。突然想到那也可能是娜塔莉，而那個孩子也可能是陶德。」

「媽的。嗯。」

「我們到底在做什麼？我是指我們所有人。從學園回來之後，我就一直擺脫不了那種感覺。」

「什麼感覺？」

「情況會愈來愈糟。我們站在懸崖上，卻沒有一個人想要後退。我們造成的恐慌、學園、單眼鏡，其實都一樣，只是同一件事的不同面罷了。現在我還多了兩個孩子。」

「你在想像凱特進了學園、陶德在單眼鏡餐廳會怎麼樣。」

「對。」

「別跟自己過不去。」

「我知道。」

「事情一團亂，我知道，大家都知道。不只是應變部，全國、全世界都知道。我們踏上這條險路已經有三十年了。」

「那為什麼不轉向？」

「考倒我了，老大。這問題超出了我拿的薪水等級。」

庫柏發出似笑非笑的聲音。「說的對。」

「被這種想法卡住的時候，你知道我會幹嘛嗎？」

「幹嘛？」

「給自己倒杯烈酒。」

「倒了。」

「很好。聽我說，我知道你想把責任往身上攬，但我們能做的就是把工作做好，做一天是一天。起碼我們正在戰場上奮戰，其他人只能祈禱情況愈來愈好。」

「他就在那裡，在某個地方策動攻擊。我是說約翰．史密斯。」

「你知道他沒做什麼？」

「什麼意思？」

「他一定沒打電話給麻吉，說他多擔心這世界毀掉。由此可見我們是好人。」

「是啊。」

「去睡一下吧。如果我們的情報沒錯，史密斯明天就會發動攻擊。」

「你說的對。謝了。抱歉吵到你了。」

「客氣什麼。還有，庫柏……」

「嗯？」

「把酒乾了。」

隔天早上，他還是按照計畫去跑步。五哩長的慢跑，一週兩次，沒慢跑就去健身房報到，有時他很樂在其中，但不是今天。天氣不錯，稍微回溫了，也不像昨天陰霾籠罩。昨晚的失眠酒沒像他擔心的影響太多，不過運動帶來的快樂有點打折。通常運動能讓他的腦袋暫時關機，專注於呼吸、肌肉的擺動，還有透過耳機傳來的脈搏聲，可惜今天早上約翰．史密斯在他腦中揮之不去。一路上，庫柏滿腦子都是昨天他說過的話：這個人或許反社會，同時也是個西洋棋高手，頭腦跟愛因斯坦一樣好。

重點在於找出擊敗那種人的方法。庫柏是全國數一數二強大組織裡的最高階探員，手中握有豐富資源，可以調閱機密檔案、竊聽電話、指揮警力和類似的聯邦單位、部署美國國土上的祕密行動小組。一旦有異能被列為目標，庫柏就算殺了對方也不用負法律責任，這種狀況至今已經發生過十三次。簡單地說，他要多少人力就有多少人力……只要他知道該瞄準哪個目標。

然而，他的對手想拿什麼地方開刀、想什麼時候攻擊都行。更何況，此人只要部分成功就算大獲全勝，對庫柏來說，只要失之毫釐就算一敗塗地。即使阻止了自殺炸彈客造成的一半死傷，凶手還是逍遙法外，未來還是有一堆屍體等著你。

想著這些事讓五哩長的慢跑感覺有十哩長。經過他家巷尾的便利超商時，他在耐人尋味且不免諷刺的一瞬間，看見超商的安全捲門被噴上新的塗鴉：我是約翰．史密斯。老兄，你不過是拿一罐噴漆的王八蛋。要是剛好被老子逮個正著，就要你吃不完兜著走。

進了公寓，他脫掉黏答答的T恤，聞到一股味道（噢，該洗衣服了），然後走進浴室沖澡。沖完後他打開CNN新聞，邊拿毛巾把頭髮擦乾。

「……所謂的不安指數大幅增加至七點七，創下該測量法引進以來的新高點。指數攀升的主要原因是華府昨日發生的爆炸案，造成……」

他從衣櫃拿出淺灰色西裝和淡藍色開領襯衫。他檢查手槍裡的子彈——滿的，無庸置疑，但軍人的習慣很難改——然後把槍套夾在腰上。

「……備受爭議的億萬富翁艾瑞克．艾普斯坦在懷俄明州建立的新迦南特區，目前人口已達七萬五千人，絕大多數都是異能及異能的家人。艾普斯坦從多家控股公司手中買下這片兩萬三千平方哩大的土地之後，不只在懷俄明州（新迦南居民占全州百分之十五的人口），也在全美形成一股分裂國土的力量。一切都始於參眾兩院第九十三號共同決議案，案中訂出該地區脫離美國獨立的途徑……」

早餐時間。庫柏在碗裡敲了三顆蛋，打到起泡倒進不沾鍋。他烤了兩片酸麵包，倒了一杯可以停遊艇的超大杯咖啡，把炒蛋鋪在麵包上，上面擠了些是拉差甜辣醬。

「……將在今天下午兩點的開幕典禮上達到高潮。全新打造的華爾拉斯交易所，連艾普斯坦這種人也難以動搖。未來華爾拉斯交易所將扮演拍賣所的功能，不再像紐約證交所過去那樣即時買賣股票，改以叫價拍賣的方式交易公司股份，最後價格會根據股票賣出的平均價固定不動，免除可能的……」

蛋有點過熟，幸好有辣醬，辣醬是所有食物的好朋友。庫柏吃完最後幾口，舔舔手指，瞄一眼時鐘。早上七點剛過。就算碰到車潮，他也能趕在每週目標資料匯報之前，去看看竊聽電話有沒有什麼重大發現。

他把盤子收進水槽，拍掉手上的碎屑就出門了。他沒搭電梯，直接爬三層樓梯下樓。美好的早晨。空氣和煦，帶有一種他常跟雷雨聯想在一起的鐵腥味，但地平線清晰又明亮。走到車旁時，他的手機響起。是娜塔莉。咦。他前妻有很多特質，比方待人誠懇、聰明伶俐、是個好母親，但「早起」並不包括在內。「哇，我不知道妳可以這麼早爬起來打電話。」

「尼克。」她說。聽到她的說話聲和哽咽聲，美好早晨的陽光瞬間一掃而空。

這還只是他聽到消息之前。

10

庫柏位在喬治城的公寓，離他跟娜塔莉以前在戴爾瑞的房子有八哩遠。一路上跟華府大部分的馬路一樣，單調醜陋的建築成排延伸而去，中間偶爾冒出讓人眼睛一亮的豪宅，全都劃分成一個個街區，距離短就算了，每條街都設了紅綠燈，讓人急得跳腳。把市區車潮算在內，八哩路通常要開二十五分鐘（如果你沒上三九五號公路，繼續走市區，那就要三十分鐘）……

庫柏十二分鐘就解決。

他開上傑佛遜戴維斯路，一條顯然並不賞心悅目的馬路，不過雙向都有四線車道。他車上的詢答機會發出訊號，讓一哩之內的所有警察都知道他是熄燈人。他把速限當笑話，把紅燈當參考，當一長排紅色煞車燈逐漸逼近時，他換到低速檔，從車陣中切到中間車道。

當開到娜塔莉家附近時，他放慢速度（這條街有很多小孩），然後停車，熄火，一骨碌鑽出車。

娜塔莉已經朝他走過來。她一身工作打扮，及膝灰裙，乳白色毛衣，長靴。儘管眼睛是乾的，睫毛膏也沒化開，她在他眼中卻像正在嚎啕大哭。他張開雙臂，她投向他的懷抱，用力將他整個人抱住。她身上有種溼溼的感覺，眼淚彷彿從毛孔滲透而出，呼吸帶著咖啡的味道。

庫柏抱了她一會兒便往後一站，拉住她的手。「告訴我。」

「我跟你說過了——」

「再說一次。」

「他們要測試她，但凱特才四歲，按照規定八歲才必須——」

「噓。」他的拇指在她手掌上移動，往掌心按壓——他以前的習慣動作。「別慌。告訴我發生了什麼事。」

娜塔莉深呼吸，然後大聲吐氣。「他們打電話到家裡。今天早上。」

「誰？」

「分析應變部。」她把手舉到耳邊，像要撥頭髮，儘管沒有頭髮落在耳邊。「你們。」

他腳底一陣涼，雖然張開了嘴，一時之間卻無言以對。

「對不起，」她說，別開眼神，「那樣說很惡劣。」

「沒關係。」他也吐出一口氣。「告訴我——」

「凱特在學校發生了一些事，有『不尋常的表現』。」她刻意加重語氣。「一個禮拜前發生的。有個老師看見凱特在做的事，就去向應變部通報。」

異能在小孩身上沒有特定的表現方式，通常只是特別聰明，按照規定八歲才必須接受測驗。但特定工作者只要發現兒童出現第一級異能的明顯跡象，就應該立即通報，例如老師、牧師、全職保母。這就是庫柏痛恨這一切的原因，對他來說，這世界不需要更多打小報告的人。

「什麼不尋常的表現？發生了什麼事？」

她聳聳肩。「我不知道，那個膽小怕事的公務員不肯告訴我。」

「所以——」

「所以他就問方不方便下禮拜四或五幫我女兒做測驗。我說她才四歲，你又在應變部工作。他一直重複說：『抱歉，夫人，但這是規定。』好像他是電信局，而我只是在抱怨他媽的帳單。」

娜塔莉平常不罵髒話。這個想法沒來由地掠過他腦海。「妳跟她談過了嗎?」

「還沒有。」她頓了一下又說,「我……我們得跟她談一談。尼克,她是異能,我們都很清楚,要是她是第一級呢?」她別過頭,再也忍不住淚水,從他抵達那一刻起就看見的淚水此時攤在全世界面前。「他們會把她帶走,送她進學園。」

「別說了。」庫柏伸出手捧住她的臉,把她轉過來面向自己。「不會發生這種事的。」

「可是——」

「聽我說,不會的,我不會讓這種事發生。我們的女兒絕不會被送進學園。」我想念我兒子,那女人高舉的標語上寫著。「絕對不會。我不管她是不是第一級,是不是有史以來第一個第零級,能一邊從肚臍發射雷射光還能一邊扭轉時空。總之,我絕對不會讓她進學園。下禮拜她也不會去做測驗。」

「爸比!」

他跟娜塔莉交換眼神,一個比他們兩個都要老的眼神。一旦當上父母,這種眼神就會在夫妻之間傳遞。兩人後退一步,對著朝他們飛奔而來的兩個孩子。陶德跑在前面,凱特緊追在後,身後的紗門砰一聲關上。

他蹲下來展開雙臂,孩子撲進他懷中,溫暖,充滿活力,周圍一切自動消失。庫柏緊緊抱住他們,差點讓他們喘不過氣,鬆手時還不忘裝出無辜的眼神。「喔噢。喔噢!」

凱特抬起頭,一臉憂慮;陶德笑嘻嘻,猜出爸爸的詭計。

「喔噢,我得走了!我得走了,誰要跟我一起去?」

「我!」凱特興高采烈地說。

「我也要。」陶德說,介於天真無邪和懵懵懂懂之間的語氣。

「好。」他伸出雙臂。「坐好啦！機艙如果突然失重，氧氣罩就會從天花板掉下來，到時候記得像猴子一樣抓住它們盪來盪去。準備好了嗎？」

凱特在他左手邊，身體纏住他的手臂就像……猴子；陶德巴住他的右手臂，三個人抓住彼此的手臂。

「好的，準備發射，倒數計時：三……」他上下搖晃，「二……」再晃，「一！」他跳起來，利用腿的力量讓他們飛出去，然後一半像在丟球，一半像在被球丟。陶德真的變重了，但管他的，他只要站穩腳，用力甩出去，他們就飛起來了。兩個孩子的臉充滿整個世界，凱特邊尖叫邊咯咯笑，陶德開懷大笑，他們後面是一團模糊的草皮、枯樹和灰色汽車。他甩得更用力，腳像舞者一樣旋轉，手臂展開抬高，孩子們飄浮在半空中，動力助了他一臂之力。「發射！」

往後，他會想起這一刻，拿出這段記憶回味，像老兵回味褪色的戰場照片。那是他拋下的生活的碎片，是固定船隻的錨，是導引方向的星星。孩子笑咪咪的臉龐，對他完全的信任，後面的世界變成綠色漩渦。

然後陶德說：「我想飛！」

「想飛嗎？」

「想飛飛飛飛飛！」

「好，」他說，咬緊牙轉得更快，再轉一次、兩次，到第三次他用力抬起右手，陶德放開手，他也鬆開手，踉蹌之間他瞥見兒子從他手中飛出去，手臂往後抬高，頭髮飛起來，接著隨重力加速度轉到視線之外。他慢下來，凱特抓住他的手臂，一轉，陶德降落在地上；二轉，陶德躺在地上哈哈笑；三轉，觸地得分，凱特的身體跟他輕輕一撞，他的世界有點搖晃。動作停下來時，他放開她的手但緊貼著她，等她恢復平衡——父母無止盡的掛念，總是在確認寶貝女兒沒跌倒、摔破頭、踩到尖銳的東西、碰到世界殘酷的一面。

如果她是第一級呢？他們會把她帶走，送她進學園。

庫柏甩開這個念頭，揚起笑容。他彎下身，手肘碰到膝蓋。凱特用嚴肅的眼神盯著他看。陶德躺在地上。「陶德小弟，你還好嗎？」

陶德立刻抬起手，豎起拇指。庫柏露出微笑，瞄了娜塔莉一眼，看見她的眼神，開心的笑容底下藏著恐懼。她意識到他的眼神，又摸摸頭髮，說：「我們剛要吃早餐，你吃過了嗎？」

「還沒，」他說謊，「一起進去吃早餐怎麼樣？來點媽咪煎的雷龍蛋？」

「爸比，」陶德從地上爬起來，拍拍長褲上的青草。「那只是普通的蛋。」

庫柏想要像平常一樣跟他鬥嘴——你看過雷龍蛋嗎？沒有吧？那你怎麼知道？——但力不從心。「說的對，小子。那來點普通的蛋怎麼樣？」

「好。」

「好。」他丟給娜塔莉一個眼神，換成別人絕不會發現。「去幫媽媽的忙好嗎？我馬上來。」

他的前妻彎身牽住兒子的手。「走吧，小飛俠，我們去做早餐。」

陶德有點遲疑，但還是跟著娜塔莉走進門。庫柏轉向凱特說：「想再飛一次嗎？」

她搖頭。

「愈長愈高嘍，很快就換妳帶爸比飛了。」他蹲下來快速綁好鬆掉的鞋帶。

凱特問：「爸比，媽咪為什麼怕我？」

「什麼？什麼意思，小可愛？」

「她看著我，表情很害怕。」

庫柏目不轉睛地看著女兒。她哥哥從小就是個好動的孩子，庫柏常常三更半夜抱著他哄他睡覺、跟他說話。等到終於把他哄睡了，庫柏往往不敢再亂動，知道輕輕一動都會吵醒他。於是他就跟自己玩遊戲，試圖從兒子臉上找到自己的影子，細細觀察兒子濃密的黑髮（現在變成黃棕色）、寬闊的額頭、簡直像從娜塔莉臉上直接拿來的嘴唇，還有酷似庫柏祖父的招風耳。人家都說從兒女身上可以看到自己，但他從來就看不出來，至少得等陶德大一點，開始做出跟他一模一樣的表情，或許才看得出來。

凱特就不同了。從她出生那天起，他就在女兒身上看到自己。除了五官，還有她的舉手投足、她觀察事物的方式。這世界就像個電腦系統，幾年前他曾對娜塔莉說過，這孩子努力要破解這個系統，只是還沒有掌握全部的資料。凱特多半時間都很乖，當她想要某樣東西，比方喝奶、睡覺或換尿布時，都能表達得一清二楚。

「寶貝，妳為什麼覺得媽咪怕妳？」

「她的眼睛比平常大，皮膚比平常白，看起來好像在哭，又沒有真的在哭。」

庫柏把手放在——

瞳孔放大。

血液從皮膚流向肌肉以面對爭吵或恐慌。

眼輪匝肌顏色變深。

生理對恐懼和憂慮所做出的反應，在你眼中就跟廣告看板一樣一目了然。

——女兒的肩上。「首先呢，媽咪並不怕妳。絕對不要這麼想。媽咪很愛很愛妳。我也是。」

「可是我看到了。」

「不是這樣的，親愛的。沒錯，媽咪是有點心煩，但不是怕妳，也不是因為妳或妳做的事而覺得心煩。」

凱特盯著他看，咬著一邊的嘴唇。他看得出來女兒正在他所說的話和她看到的事之間拉扯。他了解。那也是他成長過程的一部分。

事實上，目前大致都還是他預料中的必經過程。

庫柏盤腿坐下來，臉比女兒的臉低一些。「妳很快就要變成大女孩了，所以爸比要告訴妳一些事，雖然現在的妳不一定能全部理解。好嗎？」見她認真點點頭，他開始說，「妳知道這世界上有各式各樣的人，對吧？有人高，有人矮，有人是金髮，有人頭髮像冰淇淋。這些都沒有對錯或好壞。也有些人很擅長一般人不擅長的事，比方音樂，或把很大的數字加起來，或看得出一個人是傷心還是生氣。這些事每個人都會一點點，但有些人特別厲害。比方我，我想妳也是。」

「所以這是好事？」

「沒有好或壞，那只是我們的一部分。」

「其他人沒有。」

「有些人有，但不多。」

「所以我是……」她又咬住嘴唇，「我是怪胎嗎？」

「什麼？不是。妳從哪裡聽來的？」

「比利．帕克說傑夫是怪胎，大家都哈哈笑，之後就沒人要跟傑夫玩了。」

這就是赤裸裸的人際關係。「比利說話跟流氓沒兩樣。還有，不要那樣叫別人，那樣很可惡。」

「可是我不想要別人覺得我怪。」

「親愛的，妳不怪，妳很棒。」他摸摸她的臉頰。「聽我說，那就跟一頭棕髮或特別聰明一樣，不過就是妳的一部分，不代表妳是什麼樣的人。妳是什麼樣的人要由妳自己決定，一步一步決定。」

「那媽咪為什麼要害怕？」

聰明的孩子！你以為躲得了嗎？你說呢，老兄？

娜塔莉懷孕期間，他們討論過很多次跟孩子說話的方式。要跟孩子坦承什麼事、什麼時候坦承；要跟他們說耶誕老公公真的存在，還是那只是大家玩的一種遊戲；怎麼跟他們說明死掉的金魚、上帝、吸毒這些事。後來他們決定誠實才是上策，卻也沒必要鑽牛角尖；模糊帶過好過謊話連篇；某個年紀的時候說「你認為小寶寶是從哪裡來的呢？」好過圖表、數據。

奇妙的是，他們從沒想過要是小孩能看穿他們的想法又該如何？許多研究都證明，異能父母生出異能子女的機率並沒有比較高，就算生出異能小孩，小孩的異能也跟父母的異能關係不大。事實上，異能幼童絕少表現出特定的天分。像凱特這個年紀的小孩，通常只會對圖形異常敏感，日後才會發展出數學甚至音樂方面的天分。

但他女兒這麼小就能看出眼球肌肉的細微變化。

她是第一級沒錯。

「有些人呢，」庫柏接著說，小心措辭並控制臉上的表情，「想要多了解我們這樣的人，也就是能做到妳跟我做得到的事的人。」

「為什麼？」

「小寶貝，這有點複雜。現在妳只要知道媽咪沒有怕妳，她只是……有點驚訝。今天早上有個那樣的人打電話給她，所以她才覺得驚訝。」

凱特想了想，說：「那些人是壞人嗎？」

他想起羅傑．狄金森。「有些是，也有些是好人。」

「那打電話給媽咪的人是壞人嗎？」

他點點頭。

「你會去揍他一頓嗎？」

庫柏笑出聲。「必要的時候才會。」他站起來，抱起她把她舉到腰際上。這個動作對她來說已經太幼稚，但此時此刻他不在乎，她也是。「什麼都不必擔心，好嗎？我跟媽咪會把事情處理好，不會讓人——

如果測出她是第一級，她就會被送進學園。

她就會換上新的名字。

被植入傳聲器。

在不信任和恐懼中長大。

從此你再也見不到她。

「——傷害妳的。不會有事的，爸比跟妳保證。」他直視她的雙眼。「妳相信我嗎？」

凱特點點頭，又開始咬嘴脣。

「好。我們進去吃些蛋吧。」他舉起步伐。

「爸比？」

「嗯？」

「你害怕嗎？」

「我看起來害怕嗎？」他對她笑。

凱特搖搖頭，停了一下又點點頭，噘起嘴唇。最後她說：「我看不出來。」

「寶貝，爸比不害怕，我保證。」

害怕不是我現在的感覺。

不是。

而是憤怒。

犀利哥麥克斯就是要把你惹毛！
《娛樂周刊》二〇一三年三月十二日

洛杉磯報導：你可以說他是個神通廣大、鬼靈精怪的馬戲團團長，也可以說他是繼查克．貝瑞斯之後最大膽無恥的電視節目主持人，「客氣有禮」跟他絕對八竿子打不著。

「社會良知很無趣耶，親愛的，」犀利哥說，在Urth咖啡館喝下三倍特濃的濃縮咖啡。「他媽的政治正確。俺是來娛樂大眾的好嗎？」

如果收視率可為憑證，那麼他的最新節目《正常了沒？》正是美國人想要的娛樂節目。這個真人實境秀安排異能跟正常人團隊一起比賽，項目包括模擬暗殺、行搶，甚至還有肉搏戰，每週都吸引四千五百萬觀眾守在電視機前。

這個節目引發各界批評，含蓄地說是激化社會對立，說難聽一點就是煽動種族歧視。

「古羅馬人還把奴隸鬥獅子當作娛樂。娛樂本來就是血腥的運動，寶貝，」犀利哥說，「而且，這樣哪裡算種族歧視了？咱不都是同一個種族嗎？傻逼。」

這就是這位麻辣主持人的標準回答。他以羞辱、批評他的名嘴和觀眾為樂，而且從不迴避爭議話題。在本季的節目中，三名異能參賽者的任務是侵入國會圖書館安裝炸彈。炸彈是假的，安全防衛則是如假包換，但到頭來卻阻擋不了電視炸彈客的攻擊。

在國內恐怖攻擊頻傳、導致人心惶惶的時代，這樣的節目更加怵目驚心，也引起聯邦電信委員會跟聯邦調查局的關切。前者對播出該節目的電視公司開出鉅額罰款，後者成立調查小組調查是否對該節目提出刑事告訴。

「我把這當作在為人民服務，」犀利哥說，「透過節目指出制度的弱點。不過要告我就來啊，我有百分之四十二的公司股份，全世界的律師俺都請得起。」

11

庫柏利用開車上班的時間在腦中想劇本。想到把今早打電話給娜塔莉的膽小公務員揪出來，打得他桌上聽筒全是血時，庫柏從中得到不少殘酷的樂趣。荒謬到極點！那是什麼樣的工作？坐在小隔間裡，打電話通知某某家庭發生了某些事，卻又不能明說是什麼事，結果他們的兒子或女兒隔天就得接受崔氏－唐氏測驗。躲在通知單和答覆流程圖的後面，說抱歉先生，抱歉夫人，這是規定。

可以找德魯·彼得斯幫忙。頂尖探員總該可以從應變部最好的單位拿到一些好處。七年來的付出，上山下海、出生入死，還有他手上染的鮮血，總該有點價值。

他想起彼得斯剛聘用他時，他跟娜塔莉的一段對話。當時他已經是應變部的人，起初只是軍方聯繫人，退伍之後轉為全職。衡平局是個全新的世界，不只是追蹤、分析異能，還要積極追捕異能。

「我們的任務，」西裝筆挺、態度沉穩的彼得斯說，眼神中透著堅毅，「就是維持平衡，確保可能擾亂世界秩序的人都在掌控之中，並在某些情況下先發制人。」

「先發制人？意思是……」

「意思是當危險臨頭、證據確鑿的時候，我們要趕在他們之前行動。換言之，與其等恐怖分子擾亂我們的生活，任由他們煽動同胞展開自相殘殺的戰爭，我們要主動出擊，預防這類事件發生。」

對一般人來說，這些話可能令人傻眼，對軍人出身的庫柏而言，這是很簡單的邏輯。把左臉也轉過去讓人打的情操很偉大，但在真實世界裡，通常只會換來鼻青臉腫。更言之成理的是，何必等到被打才還手？應該在傷害造成之前就把威脅移除。「我們有權力這麼做嗎？有權力終結別人的生命嗎？」

「我們有最高層人士的支持，行動小組也會受到保護。可是我們需要最頂尖的腦袋、最公正無私的道德感。我需要能夠了解這些道理的人，有能力、有膽識、有強烈的信念，想為國家做大事。我要的是……」德魯．彼得斯局長說過，「信徒。」

「他要的是……」他把這段話說給娜塔莉聽時，她說，「殺手。」

「有時候是，」庫柏回答，「但不只是這樣。這不是某個從中情局分出去的邪惡小組在修理政治敵手。我們的任務是保護人民。」

「藉由殺害異能。」

「藉由追捕恐怖分子和殺人凶手，其中有些——好吧，是大部分——都是異能。然而重點不是這個。」

「那是什麼？」

他停了很久。一束挾帶灰塵的陽光讓公寓裡刮痕斑斑的硬木原形畢露。「妳知道電影裡當好人站在一起的那一刻？為了重大的目標克服萬難，一心相信他們的好弟兄會跟他們站在同一邊？」

「你是指浪漫喜劇到最後，男主角的好麻吉催他趕去機場留住女主角的時候？」

他假裝推她一下，她噗哧一笑。「好啦，我知道你在說什麼。每次看到那種橋段，你都會眼泛淚光，雖然假裝沒事，但我都看得出來。很可愛。」

「眼泛淚光是因為我真的相信，相信英雄氣魄、重責大任、犧牲小我完成大我，相信所有的好東西。這就是當初我從軍的理由。」

「不過現在你卻在打擊其他異能，那些跟你一樣的人。」

「我知道這聽起來很怪。」他抓住她的手。「異種——」

「可不可以不要用那個詞？」

「好吧。異能會把我當作叛徒，新加入的同事也會對我有所保留，這個我懂。」

「那你為什麼——」

「因為我們有個兒子。」

娜塔莉本來想回嘴，聽到他的答案卻啞口無言。她低頭看自己包覆在他手心裡的手。「我只是……只是不希望到頭來你會恨自己。」

「不會的。我是為了爭取一個不在乎我兒子是不是異能的世界而戰。為了這個理由，就算要我殺人也在所不惜。」這時候，嬰兒床裡的陶德剛好動了一下，兩人同時屏住呼吸。等兒子安靜下來，庫柏又說：「而且，我希望情況惡化時，我有能力保護你們，沒有地方比衡平局更能達到這個目標。」

現在是測試這個理論的最佳時機。

衡平局的指揮中心跟平常一樣忙碌。二十四小時都有人輪班，日班或晚班的分析員輸入資料，分析其中的意義和重要性，然後更新標出全國動態的電視牆。今天電視牆上的橘、紅兩色比昨天多，這是全國局勢緊張程度的度量衡。一排螢幕播放著有線電視新聞，有兩臺在報導股市重新開張的晚間消息，有一臺是某個老學究在黑板上塗寫的畫面，另一臺在播記者於某場研討會上攔住沃克總統，問他對新迦南特區的看法。總統一臉疲憊但仍保持風度，他提醒世人異能也是美國公民，而且新迦南是合法購買的法人土地。

庫柏走向樓梯，有個女人從背後叫住他。他爬上樓梯，沒理她。法樂麗・衛絲追上來。

「庫柏！」

他轉過頭但沒停步。「我在忙。」

「聽我說，竊聽有新發現，你一定要聽──」

「待會再說。」

「可是──」

他轉身。「我說待會再說，這句話已經夠清楚了。」

法樂麗的表情像挨了一記耳光。「是，長官。」

庫柏一手扶著欄杆快步上樓。指揮中心、辦公室和會議室外圍著一圈陽臺。局長辦公室幾乎四面都是玻璃牆，方便他留意電視牆和樓下的動靜，然而現在百葉窗全部拉上。局長祕書瑪姬是個五十出頭的時髦女人，笑容可掬但骨子裡冷若冰霜。庫柏走近時，她抬起頭。瑪姬跟在彼得斯身邊已經二十年，經驗豐富再加上受局長信任，地位反而更像行政主管。

「我有事找他。」

「他正在講電話。先坐一下。」

「馬上，瑪姬。拜託了。」他刻意露出心急如焚的表情。

瑪姬鎮定地打量他，然後轉向鍵盤打字。沒多久就聽到即時訊息叮一聲。「進去吧，庫柏探員。」

局長辦公室窗明几淨，燈光高雅，對彼得斯這種大人物來說小了些。一角放著沙發，上面掛著亨利・沃克總統的肖像以示敬意，但抓住庫柏目光的永遠是其他照片。牆上沒掛彼得斯跟世界領袖的合照，那樣太落入俗套，炫耀意味太濃，而是掛著追捕目標的照片。約翰．史密斯的黑白照占據了最突出的位置，照片中的他拿著麥克風對國家大草坪上的人群演講，像個激動的傳教士貼著麥克風。

坐在辦公桌後面的彼得斯指指椅子，繼續講電話。「這我了解，議員。」停頓。「就這個意思。我了解。」彼得斯翻了個白眼。「也許當初你就不該把大半個州都賣給他，對吧？」再次停頓。「是，當然歡迎。恕我失禮了，我還有約。」他掛上電話，摘下輕薄的耳機往桌上一丟。「咱們了不起的懷俄明州參議員。艾瑞克．艾普斯坦在他的州買了兩萬三千平方哩大的土地，大小相當於一整個西維吉尼亞州，這位好議員竟然沒想過要問為什麼。」局長搖搖頭。「如果大家不再投票給有親和力、可以跟他們喝一杯的人，開始投給比他們有頭腦的人，這世界應該會好一點。」彼得斯靠著椅背，疑惑地打量庫柏。「在想什麼？」

「我需要幫忙，德魯。」在公開場合永遠是「局長」或「長官」，然而這份出生入死的工作已經讓他們的關係超出工作範圍。彼得斯為人冷酷、謹守分際，但不是每個探員在他口中都是「孩子」。

「怎麼了？」

「是私事。」

「好。」

「你見過我的小孩。」

「當然。陶德該有……八歲了吧？」

「九歲。不過我要跟你談的是凱特。她母親今天早上接到應變部的電話，顯然是學校裡發生了一些事，他們想安排她做崔氏－唐氏分級測驗。」

彼得斯的臉皺了一下。「啊，尼克，我很抱歉。我確定那沒什麼，只是為了謹慎起見。」
「問題就在這裡。」庫柏深呼吸，然後吐氣。「確實有什麼。」
「她是異能。」
「對。」
「你確定？」
「確定。」
局長長嘆一聲，摘下無框眼鏡。「這很難。」
「所以我才來請你幫忙。」
彼得斯重新戴上眼鏡，轉過頭去看照片。恥辱之牆。照片上的約翰．史密斯緊貼著麥克風。
「不覺得很奇怪嗎？不久之前，每個父母都希望生下的小孩是異能，現在卻……」
「長官，我知道這件事讓你為難，我很抱歉，但她才四歲。」
「尼克。」語氣中有一絲責備。
庫柏迎上他的視線，毫不動搖。「我需要幫忙，長官。」
「你知道我幫不上忙。」
「你知道我為這裡盡了多少心力，我為你殺了多少人。」
局長的眼神一暗。「為我？」
「為了衡平局，為了……」他攤開手，「上帝和美國。而我從沒要過任何好處，從沒開口要你幫忙。」
「我知道。你相信我們所做的事，所以才能表現得那麼傑出。」
「不，是因為我的孩子，」庫柏說，「我在這裡所做的一切，都是為了讓他們活在一個更好的世界。因為我相信這個地方所做的一切，是達成目標的唯一途徑，可是現在這個地方卻要奪走我的女兒。」

「首先，」彼得斯說，「你想得太嚴重了。別意氣用事。這個測驗全美國的小孩都要……」

「八歲才要，她現在才四歲。」

「而且百分之九十八點九一的檢測結果是陰性。」

「我說過了，她是異能。」

「其中又只有百分之四點九一是第一級。」彼得斯深呼吸，然後傾身靠著桌子，全身上下的每塊肌肉都透露著同情。「你知道，有時候我真恨這份工作。你不是第一個小孩要提早做測驗的探員，我大概每年都會遇到一次。但你聽過凱撒的老婆更要潔身自愛這句話。我們就好比凱撒的侍衛隊，潔身自愛不只是一個崇高的理想，而是必備條件。我們不能無視法律的存在，不然就會變成蓋世太保。」

庫柏了解原則，也知道原則有存在的必要。要是昨天昆恩來找他幫同樣的忙，他站在局長的立場也會說一樣的話。但這次是我的孩子。「可是——」

「我很抱歉，尼克，真的很抱歉。我也希望能為你做點事，不是我不想幫你，是我真的幫不上忙。」

庫柏說：「你的小孩做過測驗嗎？」

彼得斯瞇起眼睛。一瞬間，赤裸裸的情緒掠過他築起的灰冷高牆，庫柏為他的激烈反應感到訝異。接著，局長說：「你知道我太太不在了。」

庫柏從沒見過伊莉莎白，彼得斯徵召他的前一年她就過世了。照片中的她有種氣質，雖然不算美人胚子，卻也魅力獨具。有張照片尤其吸引他：伊莉莎白正在開懷大笑，頭往後仰，笑到張不開眼睛，渾然忘我。

「四十一歲的某個星期三早上，她發現身上有硬塊，十八個月後就走了。三個女兒是我帶大的。她葬在他們家族位於橡樹丘的家族墓園。他們家是望族，有個祖先還當過林肯總統的閣員。國會山莊有一半都是她父親泰迪．伊頓的資產。媽的，那傢伙是個渾蛋。」彼得斯一向低沉的聲音語調一轉。「他女兒垂死的時候，那個老頭竟然求女兒跟全家人葬在一起。『妳是伊頓家的人，不是彼得斯家的人，應該跟我們在一起。』」彼得斯望著遠方。

「我很遺憾，德魯。」

「在橡樹丘埋葬她的那一天，我想是我這輩子最慘的一天。」他的眼睛重新聚焦在庫柏的雙眼上，幾乎聽得見喀的一聲。「我的小孩受過測驗嗎？當然有。我錯了。把心愛的女人埋葬在一個我無法跟她長眠的地方，還不算最慘。我女兒接受測驗的那天，才是我這輩子最慘的一天。兩次都是。今年春天夏綠蒂就要滿八歲，那也會是我這輩子最慘的一天。」

麻木的感覺漫過庫柏的全身。多年前的某個失眠夜晚閃過他腦海。當時凱特剛出生，才七磅重，弱小又無助，在聖誕節燈光下哇哇大哭，他努力哄她入睡。所有的時間、所有的陪伴，所有當父親的酸甜苦辣。

一定有法子的。

「我知道很難接受，尼克，但你是衡平局的人，記住這點。」

「你認為我沒有——」

「我認為，」彼得斯說，「當家庭跟工作相衝突的時候，的確很難抉擇。別忘了有人相信戰爭就要爆發，有些人巴不得戰爭爆發，而我們是唯一能阻擋他們的力量。」

庫柏深呼吸一口氣。「我知道。」

「只要做好一件事，你就是在幫凱特。」局長的淡藍色眼睛銳利如刀。「你的工作。去工作吧，孩子。」

12

沒有更好的辦法了，庫柏只得這麼做。無論如何，恐怖攻擊即將發生，還有許多生命岌岌可危。

況且，你還有機會逮到約翰．史密斯。你想要有轉圜的餘地是嗎？那就去抓全美頭號恐怖分子，之後再來看會不會得到不一樣的答案。

他跑去找法樂麗，剛剛沒必要對她那麼凶，尤其她聽起來好像有重大發現。全部組員都在，大家的情緒都很激動。法樂麗面前的螢幕是衛星實況畫面，一排密密麻麻的房子約一哩長、半哩寬，前後是狹小的巷弄。露意莎靠在她的肩膀上劈哩啪啦講電話；巴比穿著胖鼓鼓的防彈背心，正在檢查彈藥。庫柏走近時，三個人都轉頭看他，都在同一秒開始說話。

二十分鐘後，他坐在直升機的後座，螺旋槳轟轟轉，飛過原野和森林、郊區和高爾夫球場。東邊的乞沙比克灣是一條細細的藍色緞帶，太陽在上面灑下點點珠光。

「線索很薄弱。」庫柏在轟轟聲中大吼。他早就從口袋拿出軟式平板打開來，將布螢幕拉平。螢幕上顯示的是三個小時前的電話錄音謄本，通話者一個叫達斯第．伊凡斯，另一個身分不明。

達斯第（簡稱「達」）：喂？

不明人士（簡稱「不」）：早。還好嗎？

達：很好。很期待去釣魚。
不：全都準備好了嗎？
達：工具都已經打包。你要的東西都準備好了。
不：水呢？
達：跟玻璃一樣透明。
不：很好。我們今天要去抓大魚。
達：是的，長官。到時候一定美呆了，對吧？
不：沒錯，會的。幹得好。
達：謝謝。我的榮幸。
不：我才榮幸。晚點再說。

「你說要竊聽全部的電話，」昆恩也用吼的，「我們有二十幾筆發現，分析員破解的只有這一通。」

「明顯用了暗號，除了這個呢？達斯第．伊凡斯是誰？」

「一名電工，二十四歲，未婚。九二年檢驗為第四級異能，數學異能。二〇〇四年從軍，沒多久就被踢出來，應該是因為動手揍了士官長。有兩張超速罰單、一次在酒吧打架被控傷害罪。」

「他在瓦茲奎茲兄妹的通訊錄裡？」

「不是。大概三個月前，他打電話給名叫莫娜．阿比思莫的女人，這女的在艾麗克斯的通訊錄裡。」

「就這樣？」庫柏的心一沉。有一刻他以為自己靠意志力召喚出奇蹟，此刻卻覺得自己又掉回一堆無解的問題裡。「這樣是浪費時間，他說不定只是在跟大麻販子通電話。」

「那也要他對野生大麻有興趣才行。」昆恩咧嘴笑。「後來查到不明電話的源頭是懷俄明州的手機，從新迦南打出來的，手機主人名叫約瑟夫．史提里茲。」

「而你聯想到約翰．史密斯，因為兩個名字的縮寫都是ＪＳ？」

「老大，不是我，是分析員。」

「聲音似乎不像？」五年來，他們運用有史以來最複雜的電腦搜尋系統追捕約翰．史密斯。要不是史密斯從不接電話，更有可能是他故意變聲，這靠數位線路不難辦到。

「不像，」昆恩說，「但那支手機上個月剛買，從沒用過。誰會買了新手機卻一個月後才開機？」

「事先有計畫的人。想得好！通知地方警察了嗎？」

「通知了。他們知道不能輕舉妄動。露意莎負責協調，我想他們都很怕她。」

「很好。」庫柏的手指在平板上滑移，瀏覽臨時收集到的有關達斯第．伊凡斯的資料。酒吧的逮捕紀錄列出他的外型特徵：身高六呎二，體重兩百三十磅，黑髮，棕眼，無疤，右二頭肌上有繞蛇骷髏頭的刺青。伊凡斯的臉部特寫看起來就像個血氣方剛的年輕人，瞪著鏡頭的眼神充滿不屑。

他登記的住址在紐澤西州伊麗莎白市，曼哈頓以西四十五分鐘車程的勞工小鎮。他名下有輛舊型的福特發財車。短暫的從軍紀錄上寫著：射擊高手，體格強壯，但紀律不佳。

直升機轉彎，機身一斜，庫柏整個人貼在機殼上。他看到低伏在地平線那頭的工業城，應該是費城——友愛之都。他想起跟艾麗克斯在酒吧燈光下交談的情景，他告訴她費城那天發生了爆炸案，咖啡的酸味在他口中擴散。炸彈炸掉了一間郵局，在下班時間。一個愚蠢又無謂的目標。

兩個想法在他腦中盤旋。第一，如果約瑟夫．史提里茲真是約翰．史密斯，那麼庫柏現在離他前所未有地近。第二，今天美國會有一起大規模恐怖攻擊，起碼可知攻擊行動從今天展開，可能會分好幾個階段。根據他們掌握的資料，史密斯可能對白宮下手，但庫柏無法確定。

沒有足夠資料就要分析狀況，就像看著一顆球飛在半空中的照片，卻要試圖推測它的方向。球正在往上彈、往下掉，還是往旁邊飛？或是正要撞上球棒？球真的在動嗎？還是有什麼機關讓它定住？單一畫面不代表任何事，要有足夠的資料才能組成圖像。有了足夠的資料點，幾乎能夠預測一切。

庫柏的天賦也是如此。那就像是一種直覺。他可以走進嫌犯住的公寓，看他們的照片、他們整理衣櫃的方式、水槽裡有沒有碗盤，從中得出電腦資料庫跟研究小組往往無法取得的發現。那不是隔空抓藥的超能力，也無法強求。如果沒有資料，他就跟看著飛球照片的人一樣毫無頭緒。

目前他手上只有達斯第．伊凡斯的資料，今天之前他甚至聽都沒聽過這個人。一個前途黯淡的米蟲，沒有一技之長，沒有了不起的人脈，怎麼看都不像是約翰．史密斯的同夥。另一方面，他是個憤怒青年，一名異種青年，正好是史密斯很吃得開的族群。

窗外的費城愈來愈近。庫柏看看錶，大約再半小時就會降落，很快就會知道伊凡斯是何方神聖了。他轉過頭，看見同伴正看著他。「怎樣？」

「還有件事。」昆恩抓抓太陽穴。庫柏看得出來他不太自在，而且欲言又止。

「難道要我猜嗎？」

「好啦。我傳給你。」昆恩敲了敲他的平板，庫柏的螢幕上隨即出現對話框，問他要不要接收一個檔案。他點下同意，一張照片填滿整個螢幕。

照片沒捕捉到她行雲流水的動作、輕盈優雅的步伐、美若天仙的姿態，但講手機的女孩仍然非常非常漂亮。大約二十七歲，嘴唇飽滿，時髦的髮型凸顯她舞者般的肩膀，膚色像地中海人，也可能是猶太人。睫毛膏很厚，除此之外沒有上妝，看起來並不俗麗，反而有種異國韻味。非常纖瘦，他看得出她合身T恤下的鎖骨輪廓。

確實美若天仙。

「這就是咱們的炸彈客，」昆恩說，「這張照片是從自動櫃員機的監視器找來的。幸好現在大型銀行都用新型監視器遏阻詐騙，所以照片品質很好，五年前可能還只是模糊的黑白照。總之，法樂麗查過手機基地臺紀錄的時間和衛星座標。是她沒錯。」

庫柏不發一語，只是盯著相片看。她嘴上有一絲笑意，好像知道什麼祕密。

「重點是……」昆恩語帶遲疑。

「我就在她旁邊。」

「對。」

庫柏哼笑一聲，然後深呼吸。「我也在擔心這件事。」他迎上昆恩的視線，說，「昨天我們發現手機從哪裡打出來的時候，我就懷疑是她。」

「當時你有注意到她嗎？」

「我有看到。」

「但你沒有……」

庫柏搖搖頭。「壓根沒想到。」他又笑，然後把照片存到桌面。「有她的資料嗎？」

「沒有。」

「她用的手機呢？」

「手機主人是個牙齒保健師，女的，名叫萊思麗……」昆恩查看檔案，「姓安得斯。我們找她談過。昨晚她發現手機掉了，以為忘在某個地方。我們正在確認，但我想她沒涉案，應該是那個漂亮寶貝從她皮包裡摸來的。」

「手機找到了？」

「沒有。大概丟進水溝了。」昆恩搖搖頭。「老大，這個小妞把我們耍得團團轉。二十名探員、一艘飛船，滴水不漏的攝影機、狙擊手，結果還是讓她輕鬆溜進去，炸了我們的證人。」他沒明說她引爆炸彈時，庫柏就站在她旁邊，但那只是因為這句話藏在括弧裡。

庫柏嘆了口氣，把平板揉成一塊塞進口袋。「起碼有件事可以確定。」

「什麼？」

「羅傑．狄金森今天過得比我爽。」

一點之前，他們已經開著黑色的Escalade在伊麗莎白市的街道上馳騁。車子是從應變部策略應變組那裡搜刮來的。巴比正在滔滔不絕發表他的理論，庫柏負責開車，努力把他的聲音隔絕在外。這輛改裝車配有雙渦輪增壓引擎，結果就是全身上下的肌肉都在怒吼，這種感覺庫柏很喜歡。

「我終於明白那些反懷俄明人士的想法了，」昆恩說，「以前我會覺得，有何不可呢？反正誰想要懷俄明州？你去過嗎？當然沒有，沒人去過。如果異能有個安全的避風港，或許能減輕社會對立。艾瑞克．艾普斯坦把那裡取名為新迦南，不是太令人意外吧？訴諸大眾對猶太人的同情，把兩種情況等同視之。」

「嗯。」庫柏應了一聲，瞄了一眼衛星導航地圖。窗外的伊麗莎白市看起來跟他想像的一模一樣。房子多半只有兩層樓高，小而整潔，彼此挨得很近。老舊房車停在私占車道上，上頭的電線縱橫交錯。這是個護士跟水電工可以建立家庭、養家活口的地方。

「後來我明白了。那就跟危機一樣。」

「危機？」庫柏忍不住問，「有誰喜歡危機？」

「不是那個危機。我是指那個叫『危機[1]』的桌遊，有很多塑膠小配件，還有一張世界地圖，想起來了嗎？」

「哦，好吧。」庫柏頓了頓。「還是不瞭。是什麼樣的遊戲？」

「你玩過嗎？」

「不確定。很久以前可能玩過。」

「有一次幾個姪子來找我玩，動物園、國家大草坪都逛過了，我急著想找東西跟他們同樂。你知道，那個遊戲的目標就是攻占全世界——」

「這就是你對新迦南還有異種跟平常人之間權力關係的頓悟？他們的目標就是攻占全世界？」

「聽我說完。遊戲一開始要先在不同的國家部署兵力，然後攻擊鄰國，每回合都會依照你占領的國家增加兵力——其實是依照你占領的大陸。反正重點是，占領不同的大陸會讓你得到不同的兵力。」

「嗯哼。」庫柏轉上榆樹街。伊凡斯他家在榆樹街一〇四號。他看看後照鏡，沒看見警車，應該不會打草驚蛇。天空白晃晃。

「假設你攻占澳洲好了，很得意是吧？一次吃掉一點，然後開始有好處拿了，因為每回合都能增加兵力，而且還跟其他國家隔著一大片海洋，爽死了。」

「對。」

「錯。因為擁有亞洲的人虎視眈眈。他們的軍隊是你的三倍。你每回合獲得兩點兵力，他們就獲得六到七點。一回合還不算什麼，對吧？一開始大家的兵力相等，對手多得幾點就開始有了差距，不過還不算大。澳洲至少還在戰場上。但過了幾回合，情況愈來愈不妙。亞洲快速茁壯，澳洲看得出來這樣下去只會更糟。再戰十或二十回合呢？沒戲唱了。雙方差太懸殊，根本沒得比。一開始或許起跑點一樣，可是現在另一方只能任人宰割。」

九八號、一〇〇號、一〇二號、一〇四號。眼前是一棟看不出什麼建築樣式的平房，外牆漆成過期奶油起司的顏色。一輛福特發財車停在車道上，車牌號碼吻合。庫柏從前面開過去，把車停在半個街區外的路邊，熄火。「異能就是這個遊戲裡的亞洲，我們一天比一天壯大。」

「對。三十年前，人類基本上都大同小異，賴比瑞亞的小孩聽到或許不敢相信，但你懂我的意思。後來不知是因為疫苗、家畜注射的荷爾蒙還是臭氧層破洞，你們這些人出現了。轟！你們比我們優秀不是個人意見，而是有根據的事實。」昆恩聳聳肩。「而且每個領域都是，科技、軟體、工程、醫學、商業，甚至音樂、運動都是，一般人根本不是你們的對手。你想全世界一流的程式設計師比得過艾麗克斯．瓦茲奎茲嗎？」

庫柏搖搖頭，一邊檢查手槍。習慣使然。彈藥從早上到現在都沒動過。

1 又譯戰國風雲。

「而且只會愈來愈糟。現在我們才到前幾回合，但十年後、二十年後呢？」昆恩聳聳肩。「問題在於，澳洲很難不去計算成敗，很難不去想再這樣下去他們會徹底邊緣化。我們這些普通人會徹底邊緣化。」

「準備好了嗎？」

「好了。」

他們打開車門，下車。庫柏帶頭，匆匆瞥了街上一眼，繼續往東走。巴比解開西裝外套，拿出香菸，夾在指間轉來轉去。空氣冰涼而清新，像秋天不像冬天。不遠處，有人在打籃球。

「你的理論有個問題。」庫柏說。

「說來聽聽。」

「你拿澳洲跟亞洲當例子是嗎？現在每年在美國出生的異能只有……四萬人吧，這三十年來差不多有一百二十萬人。其中三分之二不到二十歲，成年異種大概才四十萬人。」

「對。」

「可是一般人卻多達三億。」他們走到伊凡斯的家，踏上人行道。庫柏保持步伐穩健，眼睛留意窗戶。「朋友，我們不是亞洲，甚至不是澳洲。我們只是一個被極度不安的多數團體包圍住的少數團體。這個多數團體迫不及待想擁有自己的新科技產品，這樣才能在超立體電視上看到拜瑞．亞當斯，於美式足球場以不費吹灰之力攻進防守線，但絕對反對把女兒嫁給他。」

「你在開玩笑嗎？亞當斯跟芝加哥熊隊簽下一億六千三百萬美金的合約。我跟前妻和女兒談那檔子事的時候，我們會跟她說：『性行為只在相愛的兩個人之間才能發生，或者兩個人之中有一個是拜瑞．亞當斯，碰到這種狀況，想想我們說過的話，妳就會全力以赴。』拜託，我祈禱上帝讓我女兒嫁給他。」昆恩像電視上的傳教士張開手臂。「神啊，請祢幫幫忙，賜給祢忠心的僕人一個有錢的異能女婿吧。」

庫柏轉頭笑了笑，這時前門轟出一個洞，碎片如雨下，爆破聲把其他聲音都淹沒。昆恩往後一倒，西裝前襟支離破碎，表情像小孩一樣困惑。第一個洞旁邊又轟出一個洞，門後傳出玻璃碎裂聲。庫柏抓起搭檔的胸口往上一提，同時把膝蓋往後踢，巴比不像跌倒，反而像全身軟掉。庫柏邊旋轉邊用右手掏出手槍對門開了三槍，再開兩槍，有效壓制對方的行動。第一槍最大聲，其他槍聽起來很遠。他不給裡面的人喘息機會，快速前進兩步拽開門，旋身而入。被腎上腺素推著走，全身神經繃到快斷掉，奮力一搏總比夾著尾巴逃跑好。而且他得要看到開槍的人，看不到人，他就無法判斷對方的行動。

一間客廳，擺設很少，一張沙發，一張茶几。有個男人站在拱門旁邊，後面好像是飯廳，男人高約六呎，長髮，黑色T恤，手握獵槍，槍管在擺盪，而且——

獵槍對你不利。大型鉛彈射程寬，會縮減你的活動範圍。

不過門上的洞不大，只有拳頭大小。

他用的是八點四甚至九點一公釐的子彈。假設每發子彈裡都有六顆彈丸好了，足以致命，但對方開槍是為了嚇阻，這表示他拉上了槍管內的全塞式阻氣門，以提高準確度。鉛彈在五十碼內的擴散幅度只會有十八吋。

而庫柏離他十呎不到。

——他按下扳機，庫柏側移十吋，獵槍轟的一聲，金屬碎片灑落他剛剛站的地方。他舉起手槍往下瞄準。穿T恤的男人跑回飯廳，到角落找掩護。庫柏的眼睛追著他跑，槍口放低約兩吋，發射。子彈像射中面紙一樣射穿清水牆。男人尖叫一聲，癱在地上，獵槍匡啷啷掉落硬木地板。

庫柏高舉手槍，快速走向角落。男人倒在地上啜泣呻吟，猛擰大腿，血從他指間源源不絕湧出。房間裡有一張牌桌和兩張椅子，另有一扇拱門通往廚房。沒有其他人。他拾起獵槍，扣上保險栓，朝向前門把槍丟回地上。「達斯第．伊凡斯人呢？」

「媽的我的腿！」他臉色發白，冒冷汗，身體前後搖晃。「天啊，我的天啊，好痛！」

「我問伊凡斯人在——」

另一個房間傳來吱軋聲，接著又啪地一聲。庫柏從男人伸長的大腿和逐漸擴散的血泊跳過去，衝進廚房。一扇木門敞開，剛剛的聲響是外門關上的聲音。他用肩膀把門推開，走進小小的後院。一叢玫瑰，只有刺，沒有花；一間小工具間；一座烤肉架放在野餐桌旁。院子周圍圍了八呎高的圍牆，達斯第．伊凡斯正要翻過牆。庫柏抓住他的腿使勁一扯。

對方跳回地上，上前準備反擊，身高六呎二、血氣方剛的酒吧滋事者。庫柏手裡還握著槍，但槍的問題就是會造成出乎意料的後果。子彈不一定都會打中活人，在這個地方，那個人可能是小孩。他等伊凡斯先出手，對方比了個十字，虛晃一招，實際上是要趁機戳他。庫柏一閃而過，舉起槍朝對方的脖子側邊狠狠一劈。伊凡斯一癱，骨頭像是散了般倒地。等到他能動的時候，庫柏已經徹底搜過他的身，將他的雙手反銬在後。

「嗨。」庫柏說，拉著他被銬住的手站起來。

「我靠。」

「對。」他把人往前推。「走。」

廚房裡有股煙硝味。庫柏推著伊凡斯往前走。「巴比？」

「是。」聲音聽起來沉重又吃力。「我在這裡。」

他把犯人推進飯廳。受了傷的槍手躺在地上，戴上手銬的手拚命要把自己撐起來。「天啊，老天啊。」

庫柏不理他，轉頭去看搭檔。只見巴比靠在牆上，一手按著手槍，一手抱著胸口。「背心有擋住吧？」

「有。」昆恩咬著牙，勉強擠出一句話。「但起碼斷了一根肋骨。」

「也毀了你的西裝。」

巴比哈一聲，馬上又痛得縮起來。「媽的，庫柏，不要逗我笑。」

腎上腺素逐漸消退，取而代之的是四肢僵硬的感覺。庫柏把槍收進槍套，伸伸手指，然後深呼吸。「屋裡都檢查過了？」

昆恩點頭。「安全。」

庫柏再次深呼吸，看看四周。這地方感覺像學生宿舍，東西都是廉價的二手貨。沙發是救世軍的義賣品。牆上沒掛照片。空心磚和木板搭成的架子上堆滿了書，大部分是政治議題的書，也有幾本回憶錄，還有一排電子產品說明書。超立體電視是裡頭唯一的貴重物品，而且是最新型的，立體全像清晰又穩定，色彩鮮明。電視正在播放ＣＮＮ新聞，提到新證交所的盛大開幕儀式，股票行情看板和走勢圖浮在半空中，女主播的頭跟肩膀顯得模糊不清。一包多力多滋玉米片放在茶几上，旁邊還有半打啤酒。

庫柏轉向兩名犯人。「兩位在狂歡嗎？」

「你們有搜索票嗎？」伊凡斯怒眼問道。「有證件嗎？」

「我們是熄燈人，不是警察，不需要搜索票，也不需要法官或陪審團。」

伊凡斯極力壓抑臉上的表情，但恐懼仍像聚光燈閃過他臉龐。

昆恩說：「還覺得這條線索很弱嗎，老大？」

庫柏笑了一聲，拿出手機。得在當地警察緊張兮兮趕來之前，讓他們知道剛剛的槍戰是怎麼回事。另外，局長也會想知道他們逮到了人。更重要的是，這是三年來第一次錄到可能是約翰·史密斯本人的聲音。

不用說，壞消息就是——這表示今天很可能發生恐怖攻擊……

等一下！

啤酒。多力多滋。CNN新聞。

媽的。

喇叭聲叭叭響。庫柏猛地往右急轉，輪胎擦過路肩，車後碎石紛飛，差一點就撞上路燈。坐在副駕駛座上的人大聲尖叫。他們已經在他腿上綁了條廚房抹布，不過藍色格紋布現在已成一片深紅。他一直在努力止血，雙手仍然銬住，手跟手銬上都是血跡。後座的昆恩咕噥一聲，但沒說什麼，坐他旁邊的達斯第·伊凡斯又變回一張「老子不爽」的臉。

庫柏猛踩油門，繞過前方的小貨車後馬上切回原來的車道。他把警笛和警示燈都打開，同時幾乎把油門踩到最底，感覺車子跑得比警笛聲還快。

儀表板上的時鐘顯示現在是一點三十二分。他瞄了衛星導航一眼。三十分鐘車程，但他們沒有那麼多時間。他繼續把油門往下踩，時速已經超過一百哩。一號國道上的水泥護欄和低矮倉庫都變成一團模糊。飛往紐華克國際機場的飛機劃過灰暗的天空。

「嘿，」庫柏說，「你叫什麼名字？」

「我需要找醫生，現在就要。」

「我保證很快就幫你找醫生。說，你叫什麼名字？」

「蓋瑞．尼──」

「別跟他們廢話，」後座的達斯第．伊凡斯打斷他。「全是蓋世太保的狗屁話。這就是我們要對抗的東西。」

「聽著，蓋瑞，」庫柏不理他，接著說，「我們的時間不多。」前方一輛聯結車車斗逐漸逼近，煞車燈亮起，顯示要往路邊靠。但庫柏開得很快，車子穿梭車道間，左後照鏡離水泥護欄只有幾吋，右後照鏡幾乎要擦到貨車檔板。他是個飆車好手，喜歡金屬車身飛馳的快感，但此刻的光景──警笛、喇叭、煞車燈、叫罵、鮮血，更何況是迫在眉睫的危機──讓一切變得詭異。他擔心危機成真。「我需要你回答我幾個問題。首先，炸彈在什麼地方？」

「你怎麼會知道──」

「不是叫你別跟他們廢話嗎？」伊凡斯又說，「你聾了嗎？」

金屬抵住皮膚的聲音。庫柏很快瞄了後照鏡一眼。伊凡斯變成了雕像，眼睛往上翻，肌肉定住不動。巴比拿槍指著伊凡斯的太陽穴，兩眼瞪著伊凡斯。「繼續。我想後座沒意見了。」

「謝了。」庫柏擠出他像樣的微笑。「好。我們知道你們埋了炸彈。」才怪，其實直到剛剛蓋瑞說溜嘴才知道，但誠實沒必要用在這種地方。他超越一輛轎車，看見前面謝天謝地一路暢通便踩下油門。「有幾件事我必須知道。炸彈埋在哪裡？是什麼樣的炸彈？威力多大？怎麼引爆？什麼時候會引爆？」

蓋瑞咕噥一聲，身體往前晃，雙手抓住左大腿。他臉色慘白，手背上都是乾掉的血。「真的好痛啊，我需要醫生。」

「把腿抬高。」

蓋瑞看著他，庫柏點點頭。「抬高。」

蓋瑞緊張地解開安全帶，轉個身，讓身體靠在車門上。他笨拙地抬起腿，邊呻吟邊把一隻腳靠在置物箱上。

「好點了嗎？好。聽我說。炸彈埋在哪裡？是什麼樣的炸彈？威力多大？怎麼引爆？什麼時候會引爆？」

「我不知道。」車子以一百一十二哩的時速撞上地面的坑洞，顛得七葷八素，並從一輛遊覽車旁邊飛馳而過。「該死的！帶我去醫院！」

庫柏睨他一眼。蓋瑞．尼什麼的披頭散髮，滿身大汗。他的身體在發射怒火，全身肌肉繃緊。從外表就斷定他是什麼樣的人太過冒險，不過可以確定一件事：手上少了獵槍，這傢伙馬上小了一號。

他慢慢地、小心翼翼地再問一遍：「炸彈埋在哪裡？是什麼樣的炸彈？威力多大？怎麼引爆？什麼時候會引爆？」

蓋瑞看他一眼，淚眼閃爍，嘴唇在發抖，然後喃喃說了些話。

「什麼？」

「我說，」他屏住呼吸說，「去你的熄燈人！我就是約翰．史密斯。」

鐵灰的天空，雙向共四線道的柏油路。前方半哩處，有座橋跨在灰灰土土的帕賽克河上。

庫柏看看後視鏡。

他靠到蓋瑞．尼什麼的胸前，把方向盤往左拽，同時狠狠扳開門把。向心力再加上身體的重量讓車門彈了開來。

驚險的一瞬間，蓋瑞就像氣球一樣飄出去，嘴巴開開，手在胸前飛舞，當風呼呼將他包圍時，手銬的長鏈還在他的兩手之間擺盪。

接著，庫柏把方向盤拽回右邊，驚險避開分隔島。車門砰地關上。從後照鏡看去，蓋瑞正以一百哩的時速撞上路面，身體碰碰撞撞，慘不忍睹。後面的遊覽車刷的一聲緊急剎車，之後他的身體便消失在車輪底下。

昆恩說：「老天啊！庫柏——」

「閉嘴。」庫柏看看後照鏡。達斯第．伊凡斯雙手摀住嘴巴，喉頭在抽動，兩眼瞪大，一副難以置信。庫柏等到他轉過頭，跟他視線相對時，才問：「炸彈埋在哪裡？是什麼樣的炸彈？威力多大？怎麼引爆？什麼時候會引爆？」

13

說曼哈頓南端是世界的中心不算太誇張。百老匯、華爾街、金融區、股票交易所和少女巷所構成的水泥峽谷，一百年來都是世界金融中心。最大的聯邦儲備銀行設在這裡。AIG、摩根史坦利、勤業眾信、美林證券也在這裡。在艾瑞克·艾普斯坦這樣的異能迫使美國政府關閉紐約證交所之前，每天都有一千五百三十億美金在裡頭流動。

這裡有大批觀光客和商業人士，是一片大理石、玻璃、鋪石街道組成的風景，有貨車開進百老匯的轟隆聲、地鐵發出的陣陣暖風，還有巨大的美國國旗和莊嚴肅穆的雕像。上班日的人潮會膨脹六倍，即使在最好的狀況之下也很難輕鬆抵達。

庫柏不覺得今天是最好的狀況。

全新的華爾拉斯證券交易所位在一棟富麗堂皇的舊大樓裡，也就是紐約證交所舊址。儘管大眾都把焦點放在艾瑞克·艾普斯坦身上，其實這位二十歲的億萬富翁，只是一票靠著聰明才智破壞全球金融體系的異能中最成功的一個。兩百年來，金融市場靠著人人平等這個神話存活下來。這其實是個謬論，但當金融獲利指日可待之時，卻是個很容易讓大眾接受的謬論。

然而這個謬論逃不過異能的眼睛。艾普斯坦和跟他一樣的人輕易就攻下市場，就像庫柏輕鬆就能躲開迎面飛來的巴掌一樣。

兩年前，美國政府對無可避免的結果低頭，解散了股市，造成的殺傷力好比投下核彈，在炸毀股市的同時，副作用跟著撲天蓋地而來。少了自由市場撐腰，美國企業只能自食其力，很多到頭來都撐不下去。小企業成了瀕危物種。企業銳減。華爾街上的抗議示威至今未歇。資產一夕成空，把錢藏在床墊下的老奶奶突然變成最聰明的儲蓄人。

要存活下去，美國就得打造任憑異能如何投機取巧也攻不破的全新交易系統。華爾拉斯交易所將以拍賣場的形式運作，以平均出價為最後的股價，雖然一下子拿掉了投資股票的瞬息萬變、興奮刺激，仍然給予企業公開募資的機會。這雖然是一種倒退，卻也辛辛苦苦花了兩年時間才打通政治關節。

今天，二〇一三年三月十二日下午兩點，奇異電子將成為全新金融系統的第一個公開募股公司。下午兩點，這裡將創造歷史。

這就表示下午一點五十一分的現在，曼哈頓下城簡直是個噩夢。華爾街很多條街道都被封鎖。交警在百老匯大道上指揮交通，吹哨子，不耐煩地比來比去。六輛校車停在自由女神像周邊，手忙腳亂的老師努力把興奮不已的小朋友集合在一起。一排抗議群眾推擠著警方設的路障，高舉海報，大喊標語。有支軍樂隊在三一教堂外表演，銅管樂幾乎淹沒在噪音中，但貝斯聲轟轟轟敲著每個人的肚子。媒體直升機在頭上盤旋。巴比的軟式平板正在實況轉播某個講臺上的畫面：前紐約證交所主席站在樓梯上，正在跟華爾拉斯證交所的新主席和紐約常務副市長聊天，三人被穿西裝、戴墨鏡的人團團圍繞。

有比這裡更慘的爆炸地點嗎？庫柏想不出來。

「老兄，我是個電工，根本不會做炸彈。」看見朋友摔到柏油路的那一刻，伊凡斯的狠勁頓時消失無蹤。「我只是聽命行事。我的公司幫新的證交所安裝了一些管線。史密斯先生要我偷拿鑰匙進去埋幾顆炸彈。」

「幾顆炸彈？所以不只一顆？」

「有五顆。」

他們前方有兩名警察正在放置路障。庫柏按一下警笛，先指指自己，再指指後面的街道。離他較近的警察點點頭，把路障移走。庫柏舉手向他敬禮，然後把車開進切口。他全身的每根神經都想把油門踩到底，但置身在遊客和觀光客之中，車子只能以五哩的時速慢慢爬行。有人拍了拍後車窗。一名金髮女郎站在他正前方擺姿勢好讓滿臉痘花的男朋友替她拍照。庫柏猛按喇叭。

一點五十三分。

「炸彈長什麼樣子？」

「就電影裡的樣子。盒子型，外面塗了灰色油灰，大概重十五磅。」

「全部？」

「一顆。」

整路的問答差不多就是這樣。每個問題都會導向一個令人不悅的答案。等到對方顯然已經把計畫全抖出來之後，昆恩再拿一副手銬把他的手交叉銬在腳踝上，這姿勢又怪又不舒服。只見一個大男人低聲啜泣，身體幾乎彎成兩半。

「閉嘴。」昆恩說。他已經爬到副駕駛座。發現庫柏盯著他看，他歪頭深呼吸，鼻孔張大，那表情像是在說至少咱們進來了。「我們可以疏散人群。」

「疏散政治人物還有可能。」庫柏開到路邊，好讓一名騎馬的警察通過。「但不可能全部。」

「至少疏散一些人，動員警察、特警部隊──」

「那會引發恐慌，到時大家會踩來踩去、亂成一團，況且我們不知道是不是定時炸彈。要是史密斯看到大家四處逃竄，說不定會提早引爆。」前面一排速食攤販直接停在百老匯大道中間。他皺起臉，很想把炸豆泥餐車鏟走，丟進停車場。一點五十六分。「我得想辦法自己去拆炸彈。」

「你自己？放屁。我——」

「你少說斷了一根肋骨。」

「我撐得住。」

「我知道你撐得住，但你會拖慢我的速度。再說，拆除炸彈的知識我都是從以前的警匪片學來的。除非我剛好剪對線，不然就會需要支援。」他打開彈匣，還有八發子彈。「我需要你去找防爆小組來。」

「這裡人那麼多，來不及的。」

「那就請他們跟我通話，我會戴上耳機。還有，打電話給彼得斯，讓他知道狀況。」他深呼吸，打開車門，街上的喧鬧聲將他包圍。「巴比，還有，以防萬一——」

「安排救護車跟急救人員，我知道。盡量避免這種結果，好嗎？」搭檔眼中的恐懼不是因為擔心自己或庫柏的安危，而是一種更深、更大的恐懼。庫柏認得那種眼神，同樣的恐懼也閃過他的腦海——他要是失敗會造成什麼後果？這世界會不會就此瓦解？

庫柏甩上車門，開始從人潮中推擠而過。一點五十七分。

典禮不會準時開場，這種儀式從來就不會。約翰．史密斯是個喜歡戲劇效果的傢伙，他會等到全部攝影機都對準他才開始表演。

然後炸掉一切。除非你及時阻止他。

他跑了起來，在占滿街道的人群中移動。庫柏討厭人群，在人群中他總是有被侵犯的感覺。所有人的念頭互相交錯，好像同時要聽一千個人說話。雖然他的腦袋可以把一千個人的聲音轉成模糊的噪音，不去管他們在說什麼，卻無法不去看肢體語言和細微的動作。這些訊息同時從四面八方湧來，他只能盡量把注意力集中在幾個目標上：看前面的女人肩膀的弧度，就知道她想把袋子換到另一邊肩膀；有個男人就要開口跟朋友說話；有個長得很像凱特的小女孩（把這個想法推開，現在沒時間想凱特了）伸手去牽媽媽的手。

找不到縫隙，他只好抬起手肘像船頭一樣劈開一條路。後方響起叫罵聲。有人撞他肩膀。

「庫柏，」昆恩的聲音從耳機傳來，「彼得斯正在設法聯絡現場負責的警官，不過目前情況一團亂。」

「可想而知。」他從一群女學生中間推擠而過。「防爆小組呢？」

「正在趕去，估計十五分鐘後到。」

十五分鐘。該死、該死、該死。街角有家銀行，他飛快跑進旋轉門，大廳讓他鬆了口氣。絲絨繩，單調的顏色，汙濁的空氣，還在可控制範圍內的人群。他往前衝刺。有位經理從座位上站起來，警衛對他大喊，庫柏全都置之不理，一心只想從對面的門跑出去。

他跑出門，到了華爾街和百老匯大道的轉角。在歷史即將改寫的這一刻，世界鬧烘烘、亂糟糟。

街上人群摩肩擦踵。亂七八糟的力場、集體移動的人潮，讓他不由得縮起身體。他從來就無法解讀或了解人群，他擅長分析的一向是個體、個人、行為模式。

集中注意力。快沒時間了。

南邊那棟宏偉的建築就是紐約證交所舊址。六根巨大的圓柱撐起上面的細緻雕像。底下是舞臺和講臺，達官顯要在周圍走來走去，保鏢繞著他們打轉，就像行星繞著恆星轉。

他開始往南推擠，盡可能溫柔，不行就只好用蠻力。無論如何他都得到布羅街的入口。進了大廳，有道門通往管理員出入的走廊，他可以搭貨用電梯到地下室，從那裡就能進入達斯第．伊凡斯埋炸彈的管線地道。

是啊，老兄。只要穿過人群，經過守衛，走進大廳，下樓到地下室再爬進地道，接下來想辦法拆除五個按照戰略方位設置的炸彈就好了。

一點五十九分。

體味、揮來揮去的手肘、髮膠味、咒罵聲。他吃力地一步一步往前推擠。每個人嘴巴都閉著，但看起來都像在大喊大叫。一股挫敗感將他淹沒，他強忍住拔槍射擊的衝動，那樣做沒有意義。擠到前面要花很多時間，就算擠過去了，也還有一大票警衛。一定得想個更好的辦法。庫柏擠到一臺報紙販賣機前（布萊恩．瓦茲奎茲從他腦中一閃而過），然後爬到販賣機上面。

布羅街入口的警衛很多，那後面的華爾街呢？那裡一定有側門，雖然也有警衛，但應該沒那麼多，如果出示身分不能快速通過，那就再想別的辦法。他瀏覽人群，在腦中計畫行動，視線掠過西裝筆挺的商業人士、背著相機一臉疲憊的家長、來看免費戲劇的當地居民、一個搖著杯子的流浪漢、一群舉著標語的示威民眾、一個非常非常漂亮的女生正往西走去……

媽的。

他跳下販賣機，跟一個手拿大杯汽水的大塊頭撞個滿懷，人跟飲料往反方向飛。庫柏保持同樣的步調，卡進大塊頭空出的縫隙，趕緊離開典禮現場。「巴比，我看見咱們要找的炸彈客了，就是照片裡的那個女人。她正在華爾街上往西走。」

「收到。我會通知警察——」

「稍安勿躁。重複一遍：稍安勿躁。要是發現有人在追她，她說不定會引爆炸彈。」

「庫柏——」

「稍安勿躁。」他往前推擠，克制全力衝刺的衝動。有可能是約翰．史密斯派她來現場拿捏引爆炸彈的最佳時機，把傷亡程度拉到最大。

這次他打錯算盤了。庫柏跟炸彈不熟，可是他知道怎麼對付炸彈客。

他摩肩擦踵擠過人群，一下找到人、一下跟丟，然後又找到人。離講臺愈遠，視野愈清楚，最後他終於又能讀取個別的肢體語言。他大著膽子加快腳步，她雖然腳步從容，卻好像每走一步就離他更遠。怪的是，周圍的人總是會自動讓路給她。兩名身穿足球衣的醉漢邊唱歌邊鑽進人潮，剛好在她前面開了一道縫。一名父親把兒子舉到肩上，她從他們背後一閃而過。兩名警察擠過人潮，她順著開出的路走了半棟建築物之遠。就好像看著拜瑞．亞當斯大搖大擺穿過球場，對手拿他無可奈何；就好像她能預測人群走到她面前時的反應和動作。

她是異能。

不意外。史密斯手下的高層人員應該多半都是。這就說明了上次在華府她為什麼輕易就把他們打敗。如果她跟拜瑞．亞當斯一樣是模式辨識天才，那麼整個世界在她眼中就像一堆移動的箭頭。通過警衛的防守對她來說想必也輕而易舉。甚至她說不定早就把庫柏視為行動首腦，站在他咫尺之外引爆炸彈就是要讓他難看。

想到這裡他滿肚子火，不由得加快腳步。他離她二十碼遠，正在快速追趕中。她沒回頭看，一次也沒有，全副精神都放在前面的路況。這表示她已經接近目標。他往前看，沒錯。證交所的側門就在前方。

兩名警察守在門邊，姿勢放鬆。她從他們面前走過去，超前側門幾步，然後停下來看錶。其中一名警察拉拉腰帶說了些話，逗得另一名警察哈哈笑。她微微一轉就繞到他們身後。庫柏不敢相信自己的眼睛。要是她舉起纖細的手臂，還可以拍拍警察的肩膀，而他們完全不會察覺她的存在。不可思議，這種出神入化的隱遁法讓她瞬間隱形，精采歸精采，但他就這樣眼睜睜看著她推開證交所的門溜了進去。

「可惡。她進去證交所了，我還在追。」

「你想要——」

「等等。」庫柏走向警察。那女孩利用警察的盲點溜了進去，但他沒這種本領。得罪了，朋友。「警官，請問一下，你知道舞臺在哪嗎？」

「在街角那邊，」警察邊說邊指，「沿著——」

庫柏身體一低，往對方毫無防備的腎臟揮了記左鉤拳，拳頭落在防彈背心的布料上。警察倒抽一口氣，腳步踉蹌。庫柏趁機抓住他的前襟，用力把他推向另一名警察，兩人撞在一起雙雙倒地。庫柏趁勢抬起膝蓋踹第二名警察的心窩，然後跳起來衝進門。

大理石門口，寬敞又明亮。陽光灑進窗戶。人穿梭來去，拿著香檳四處聊天。有個弦樂四重奏樂團在角落演奏，音符在大理石和玻璃之間迴盪。離開人群對他來說就像躍出水面呼吸。他四處張望，看見那女孩拐進右邊的轉角，又趕緊追上去。在那兩個警察喘過氣、通報同仁、追殺進來之前，他了不起只有三十秒鐘。

十步走到轉角。他拐過去，血液沸騰。女孩站在走廊中間，一扇金屬彩繪門前，一手拿著一串鑰匙，一手拿手機。

不可以。

庫柏放棄了所有趁隙奪人的念頭。時間像刀子一樣捅過來。他的眼睛捕捉到細節：新鮮的油漆味、燈光的嗡嗡聲。聽到他的腳步聲，女孩抬起頭，塗了睫毛膏的一雙大眼睛睜得更大。

她放下鑰匙卻舉起手機。庫柏使盡全力往前推擠。再也無法更快的鬼打牆感覺、在腦中重播昨天華府爆炸的畫面、大火慢動作噴射、布萊恩．瓦茲奎茲化為一團紅色煙霧，所有一切都壓縮成他風馳電掣的動作。現在她又要故技重施，只不過這次她要處決的不只一個人，而是好幾百個，還透過全國電視播放。手機已經到了她面前，她跟他四目相交，她正要開口說話，庫柏倏地正手一擊，將她手上的手機打落。手機掉到地上應聲裂開，塑膠零件在大理石地板上彈跳。

她說：「等等，你不——」他一拳揮向她的肚子，她彎下身。庫柏不喜歡打女人，但這次他絕不能冒險。

「我逮到人了，」他說，「目標到手。」耳機傳來巴比的歡呼聲。

庫柏鬆了很大一口氣。天啊，真的好險。他把女人轉個圈，將她一手反轉在後，伸手去摸手銬。

「聽我說，」她邊說邊喘，「你一定……要……放開我。」

他不甩她，直接銬住她的一隻手，準備再銬上另一隻。為了搭檔著想，他說：「巴比，剛剛為了混進來，我擺平了兩個警察。你能不能跟紐約警局聯絡，盡快安撫他們？我不想——」

話還沒說完，就聽見行星相撞般的轟然巨響，他腳下一空，整個人飛起來，手臂張開扭曲，所有一切——

14

緊接而來的是喧鬧聲。各種聲音混雜重疊。痛苦的哭叫。焦急失控的吶喊。刺耳的刮擦聲。嚴肅的倒數聲。警笛聲忽遠忽近。

他沒有意識到自己正在水中漂浮。

接著，不成形的音節慢慢組成一個個單字，有味道和重量的字彙。出血。截肢。骨折。腦震盪。

刮擦聲變成木椅或木桌從水泥地拖行而過的聲音。

正在倒數的人們數到零就一齊放手，好像正在抬東西。

警笛聲仍持續不斷。他漸漸發現周圍好多聲音，有些在移動，有些靜止，有些距離很遠。

庫柏張開眼睛。

他身上蓋著帆布。圖案模糊不清，顏色旋轉扭曲。一瞬間他以為是自己眼花了，後來才發現是互動迷彩服，一種會隨著外在環境變色的聰明衣料。軍隊發的。他眨眨眼，眼睛又乾又腫，周圍的聲音無視他的存在，繼續嘰嘰喳喳，互相重疊、打斷。

「……這裡需要更多氧氣……」

「……呼吸，專心呼吸……」

「……我先生，他在……」

「……好痛，痛死我了……」

庫柏深吸一口氣，胸腔鼓起來時劈啪響，有點刺痛。不是太嚴重。他舉起右手，小心地拍拍後腦杓，熱熱、腫腫、痛痛的，頭髮都黏在一起。一定是撞到頭了。怎麼撞的？

他慢慢翻身，把腿盪下行軍床。床也是軍方的，他發現。這是軍方的醫療帳棚。一瞬間他頭暈眼花，雙手扳住床沿，痛的感覺出現了，轟轟旋轉的感覺重壓過來。

「慢慢來。」

庫柏抬起頭，張開眼睛。一名身材結實的男子站在他旁邊，身上的手術服都是血。這傢伙從哪冒出來的？

「我怎麼會在這裡？」

「一定是有人把你帶來的。哪裡痛？」

「我的——」他咳了幾聲，喉嚨裡都是灰塵。「我的頭。」

「看著這個。」醫生拿出小手電筒。庫柏跟著燈光移動視線。醫療站，他現在在某個醫療站裡。他怎麼會在這裡？他記得自己擠過人群，穿過洶湧混亂的人潮，在兩點前趕到現場，結果……炸彈……他設法要阻止炸彈引爆，卻看見——

「她人呢？」庫柏扭過頭，疼痛如影隨形，但現在沒時間管它了。這裡是擠滿帆布床的大帳棚，幾乎床貼著床擺放。身穿手術服的男女在走道上擠來擠去，邊照顧傷患邊說個不停。大概有二十張床，他看不到全部的床，那女孩可能也在裡面。

「嘿，」醫生的語氣堅定，「看這裡。」

連本帶利的痛讓他忍不住呻吟，感覺就像腦袋中間卡了一支老虎鉗，痛到骨髓裡。他把視線轉回醫生身上。「她人呢？」

「我不知道你在說誰，」對方說，把聽診器放進耳朵，「但我很確定她沒事。現在我要你放輕鬆，讓我看看你傷得多重。」

喀的一聲，散落的碎片終於拼了回去。他一路追蹤約翰．史密斯派來的密探，一個能穿牆而過的女人，有一雙大眼睛的手機炸彈客。他在證交所逮到她，不過還是太遲了。

「多嚴重？」庫柏覺得有東西沉下胸口。

「我正在檢查。深呼吸。」

庫柏深呼吸，空氣在胸腔裡啪啪響。「我不是指我。我是指情況有多嚴重？」

「哦。深呼吸。」醫生聽著庫柏的胸腔，眼睛望向遠方，似乎對聽見的聲音感到滿意。

「我不知道怎麼回答這個問題。」

「有多少人……」

「我把心力都放在我眼前的這幾個。」醫生把聽診器掛回脖子上，然後看看錶。「你有輕微的腦震盪，而且吸入大量的濃煙和灰塵，但不會造成長期的傷害，相當幸運。先不要睡覺，大概撐八到十個鐘頭，如果覺得頭暈或想吐就馬上去醫院。」他說完就掉頭走開。

「等等，就這樣？」

「如果還很虛弱就留下來，但如果你覺得可以行走，那就騰出空間讓我們使用。」

「我可以行走。」庫柏深呼吸，看看四周。「我幫得上忙嗎？」

「你受過醫療訓練嗎？」

「基本的急救訓練。」

醫生搖搖頭。「已經很多人來幫忙了，現在讓出空間就是最好的幫忙。」說完他就去巡下一張床了。

庫柏在床沿坐了一會兒，讓紛亂的思緒慢慢沉澱下來，平復心情，重整記憶。他逮到她了，不是嗎？打落她的手機，還拿出手銬。他贏了，制伏了壞蛋。一個女孩。

然而現在情況是這樣。

他深呼吸，咳了幾聲，嚐到舌頭後面的灰塵，然後站起來。如果炸彈引爆了，一定有比他嚴重很多倍的患者。最好讓出床位。

離開之前，他看了看其他張床，但不見她的身影。

他慢慢走向出口，以免疼痛在腦袋中擴散。他推開帆布門擋，踏了出去。

走進一片墓地。

霎時間，他以為是自己的幻覺。

天空變成一片厚重的布幕，灰塵漫天飛轉。空氣中有股焦味。在微弱的光線下，樹木看似枯骨剪影，像引渡亡魂的船夫指向冥府。周圍全是墓碑。上面刻了名字、日期的大理石墓碑。

庫柏伸手去摸帳棚，捏著布料搓一搓，手指有摩擦和疼痛的感覺。帳棚上一層薄薄的灰塵，但摸得到扎實的、踏實的帆布觸感。這是真的，現在發生的事是真的，那麼這些墳墓……

三一教堂。這是教堂的墓園。美國開國元老亞歷山大．漢密爾頓就葬在這裡的某個地方。

也對。在擁擠的曼哈頓，能容納醫護帳棚的地方很少，即使如此……眼前的對比仍然殘酷無比。他在一個世界裡睡著，在另一個世界裡醒來。第一個世界陽光普照、鑼鼓喧天，第二個世界黯淡無光、塵土滿天。

到處都是人。有些似乎是救援隊的人，抬擔架、搬醫療用品、指揮救護車，忙得團團轉。其他人有很多都怔在原地目瞪口呆，抬頭看著教堂的尖塔或後面濃煙密布的華爾街。

華爾街。證交所。或許她還在那裡。

庫柏穿過墓園。他頭痛、全身痠痛，但身體沉重、變了個人的感覺比什麼都要強烈。就像開車回家，原本跟著廣播哼歌，突然聯結車攔腰撞上，車子在空中翻筋斗，世界快速旋轉，色彩、天空、地面、天空、地面一閃而過，然後是巨大的衝擊，金屬車身壓扁碎裂，那一刻世界面目全非，一秒鐘前還很重要的東西甚至已經無足輕重，可是收音機仍播放著同一首歌。

他覺得自己就像那首歌。

他慢慢提起腳穿過墓園，爬過低矮的護欄到百老匯大道，越過停了餐車擋住路的街道。有人撞上他，兩人肩膀用力一擦，他猛然一震。他已經很久沒有這樣被撞了。世界像水，流動不息，不斷變化。有個警察揮手要他後退，他摸摸口袋拿出徽章，對方就讓他過去了。煙霧更濃了，能見度只有十到十五呎，更遠最多只能看出閃爍的顏色，是警笛的顏色。他走了過去。民眾拖著腳往另一個方向走，臉髒兮兮，衣服破碎，表情驚恐。大家互相攙扶。士兵抬來擔架。

庫柏往前走，腳步緩慢而規律，在一個節拍大亂的世界裡，維持四四拍的步伐。

每走一步就愈加陌生。大樓開腸破肚，骨架裸露在外。崩塌的牆把圓石埋在底下。碎裂的玻璃散落一地，銳角閃閃發光。不可見的大火把團團灰塵照得更亮。他走到當初看見穿牆而過的女孩的角落。消防員正在挖瓦礫堆，臉上戴口罩，制服上有反光條。

南邊就是紐約證交所。這棟建築矗立了百年，經歷過經濟蕭條、戰爭和難以想像的社會動盪，一直都象徵著資本主義無可抵擋的力量，直到他這種人出現才擋住那股力量。這棟建築曾經在信念被推翻、事實被否定、信仰變得脆弱不堪時，代表世界為新平衡而努力的希望，儘管非常短暫。這棟鋼筋水泥大廈的存在，宣告著推動世界前進的引擎運轉良好。如今它卻成了一片廢墟。

前門的六根大圓柱只剩下一根。其他都斷裂倒塌，其中一根直直落下，砸在街道上。後面的玻璃牆一定也炸毀了，四層樓高的致命碎片飄浮在狂風烈焰中。從原本是一堵牆的開放空間看過去，整棟建築物光禿禿，一覽無遺。辦公室裸露在外，浴室四分五裂，樓梯不知去向，滿目瘡痍。

到處都是死屍。屍體橫陳。

街上，建築物裡，倒塌的石柱下，蜘蛛網般密布的纜線上。到處都是。

屍體支離破碎，五顏六色的衣服像在嘲弄這個黯淡的新世界。

上百人。上千人。

不應該發生這種事。

你應該阻止這種事發生的。

愚蠢的想法。他不能把世界上所有的錯都往身上推。可是就差那麼一點點。是他逮到艾麗克斯．瓦茲奎茲，然後把她哥哥當成餌；是他下令竊聽電話，循線找到達斯第．伊凡斯；是他再一次跟約翰．史密斯交手，又再一次輸給他，白白葬送那麼多條人命。

庫柏轉身走開，沒有方向或目標，也沒有想法或計畫，陪伴他的只有挫敗和憤怒這兩個朋友，他們三個一起走過曼哈頓街頭。

●

一雙勻稱美腿上的繫帶高跟鞋掛在時髦的黑色窄裙上，腰部以上的身體不翼而飛。

●

專賣廉價皮包和劣質雨傘的小攤販，把貨品都推下摺疊桌（他吃飯的傢伙），讓兩名消防員把摺疊桌充當行軍床，抬走一名呼天搶地的男子。

●

灰濛濛的空氣像布料、像絨布一樣移動，飄過在空中旋轉的灰燼。路上行人都灰頭土臉，全身髒兮兮。世界變成黑白兩色。

接著，百老匯大道中央冒出一抹鮮豔的粉紅色，是小朋友的絨毛娃娃。

電話亭周圍擠滿排隊的人潮。真正的紐約大熔爐：一個大光頭站在股票經紀人旁邊，兩個穿藍色工作服的男人，一個時裝模特兒，一個熱狗小販，一對手牽手的小男孩和小女孩。大家都耐心排隊，沒人推擠插隊。

●

一名穿西裝的女人走到人行道中央，一邊肩膀掛著名貴的皮革公事包，血從她的側臉細細淌下，她懷中抱著一株三呎高的盆栽。

●

兩條小巷的轉角，有輛計程車的車門打開，收音機開到最大音量。紐約客紛紛靠過去，聽新聞記者結結巴巴播報新聞。

「……華爾拉斯證交所發生爆炸。眼……眼前的景象前所未見。大樓東側全毀，到處都是屍體，死亡人數估計達數百甚至數千人。至今仍無人出面說明爆炸原因，應該是炸彈引起，而且可能不只一顆炸彈。我……我沒想到有生之年會看到……」

會的機動慈善隊來了。數百名志工捲起袖子，投入救援工作。

●　●

爆炸現場一哩外，寬闊明亮的哥倫布公園裡有三輛大巴士停在綠油油的足球場上。紅十字

休士頓街以北，爆炸又再重演。

超立體螢幕廣告看板掛在一棟辦公大樓的二樓。平常的廣告和轉來轉去的公司商標不見了，只見證交所的畫面飄浮在半空中——幾個小時前的證交所，巨大的美國國旗仍然在舞臺上飄揚。畫面又顫又晃，鏡頭失控亂轉，還有大樓突然間被濃煙吞噬，不知名物體從空中飛過，飛到螢幕邊緣就變大、變模糊。

「我的天啊。」站在庫柏身旁的女人輕呼。

畫面一轉，換了個角度，濃煙突然減弱，大樓開腸破肚的畫面出現在眼前。消防員噴灑水柱；紙張和絕緣物在漩渦裡漂浮；警察看守現場，急救人員入內尋找生還者。螢幕底下有行字寫著：證交所爆炸現場實況。

「一定是異種幹的。」他身後傳來粗啞的聲音。庫柏很想反擊這種偏頗的言論，但還是忍住。畢竟他說的沒錯。

「或許吧。」另一個人說。

「不然還有誰？」

「天曉得。反正呢，我看答案要很久才會揭曉了。」

「為什麼？」

「老兄，看看這裡，亂成這樣，你要怎麼分辨好人跟壞蛋？」

畫面又切回爆炸現場。這個畫面大概會重播三個月。當街上每個人的眼睛都盯著爆炸畫面看時，庫柏轉身去看剛剛說話的那兩個人。他們看起來像球賽簽賭人。兩人意識到他的目光，先後轉頭打量他。「幹嘛？」塊頭較大的那個問。「需要幫忙嗎，老兄？」

你要怎麼分辨好人跟壞蛋？

「謝謝。」

「什麼？」

庫柏已經跑走，全力往前衝刺。

「很簡單。場上所有人都盯著對方的球門線，我盯著他們要跑的方向，然後往別的方向跑。」

——拜瑞・亞當斯，美式足球芝加哥熊隊跑鋒，談他如何以單季二四三七碼的跑陣成績，刷新艾瑞克・迪克森一九八四年締下的二一〇五碼紀錄。

15

麻州大道高地位在華府的海軍天文臺以西，是一片舒適宜人的住宅區。紅磚屋一棟連著一棟，院子不大，十足低調，以免鋒芒外露。雖然比不上豪宅和政要群集的謝里登－卡洛拉馬區，仍然是個富裕的住宅區，是大家公認很適合養兒育女的地方，也是許多政治人物、醫生和律師的家。

西北三十九街的房子古色古香，看得出來經過精心維護。有漂亮的門廊、修剪整齊的籬笆，還插了一支美國國旗。監視器就沒那麼明顯了，除了房子本身，走道、樹上、鋼筋加固的門框，還有每小時不定時經過兩次的低調灰色轎車，全都裝了監視器。

庫柏來過這裡很多次。他曾經坐在風景如畫的後陽臺喝啤酒，看著小孩在一旁玩耍。他還幫忙設計了這裡的保全系統，甚至充當司機好幾個月。有一次誘捕行動期間，他們故意洩密給恐怖分子，他帶領小組出擊，睡在客房裡，一心盼望約翰．史密斯快快上鉤。這棟房子對他來說並不陌生。

儘管如此，晚上這種時候不請自來，穿得破破爛爛又滿身汗味和柴油味，並不是他平常會做的事。

他摁下門鈴，拳頭開開合合，感覺好像過了很久，一直意識到瞄準他的各種保全儀器。門終於打開，德魯．彼得斯盯著他看了好一會兒。會計師般的精明眼睛打量每一個細節，但臉上不露聲色。庫柏不發一語，他人站在這裡就說明了一切。

最後衡平局局長看看錶，說：「先進來再說。」

庫柏打斷了他們家的晚餐，彼得斯帶他穿過廚房跟大家打招呼。廚房明亮又溫馨，硬木桌面，玻璃板櫥櫃。庫柏總覺得跟他印象中灰冷剛硬的局長很不搭。

當然，在家他不是局長，是父親，而庫柏有時候是尼克叔叔。每次他來，兩個姊妹都會開心尖叫。瑪姬正是少女懷春的年紀，夏綠蒂常常拉著他玩直升機起飛的遊戲。

然而今晚，夏綠蒂無精打采地戳著盤子裡的花椰菜，瑪姬盯著雙手看。最後，年紀最大的亞蘭娜站起來，問：「嗨，庫柏，你還好嗎？」母親過世時她才十一歲，之後她就成了這個家的女主人，照顧兩個小的兼打理三餐。庫柏常為亞蘭娜感到不捨，才十九歲卻得裝像四十歲。他不由得想，假如伊莉莎白還活著，不知道亞蘭娜跟現在會有什麼不同，或許她自己也想過同樣的問題。

「沒事，」他說，「跟大家一樣都沒事。」

「真的好慘。」她一說出口就後悔了，好像想找另一個更強烈的詞彙，把屍體、濃煙、百老匯大道上突兀的粉紅色娃娃都涵蓋進去。

「是啊。」庫柏想不到適合的字眼。「抱歉打斷你們用餐。」

「沒關係。要不要吃點東西？」

「不用了，謝謝。」寒暄到這裡就無以為繼了。

彼得斯說：「我們到書房裡談。」他帶著庫柏穿過屋子，經過許多校園生活照和通心粉排成的圖畫。

「書房」其實是屋子後面一間沒有窗戶的房間。裡頭有書桌、沙發、小吧檯、兩臺正無聲播報新聞的超立體電視。還有張伊莉莎白的銀框照片，她已經過世八年，如今葬在橡樹丘的公墓，今天早上德魯不是才跟他說了這段往事？

房間裡有些不那麼傳統的擺設：清水牆底下一吋厚的電鍍層、鋼鐵液壓門、接往應變部和白宮的隱藏式熱線、緊急按鈕（能把房間像地窖一樣封鎖，並招來突擊隊）。局長倒了兩杯蘇格蘭威士忌，然後坐下來看著庫柏，眼神透露著期待。

庫柏深吸一口氣，輕啜威士忌，把白天發生的事、追蹤的過程、炸彈客差點到手、差點就能阻止爆炸等，統統說給他聽。接著他把在休士頓北街聽到一語敲醒夢中人的那句話說給他聽：你要怎麼分辨好人跟壞蛋？就是因為這句話，他才會不顧距離、不顧失禮，還有一路看到的慘重死傷，跑到這裡來說出這個提議。

德魯．彼得斯說：「這個提議太荒謬，我絕對不同意。」

「它並不荒謬，而且完全可行。」

「我可以想到十幾個它會失敗的理由。」

「我想得到一百個。但起碼這麼做有機會接近他，而且是千載難逢的機會。」

「他會識破伎倆，看穿你的身分。」

「如果我們徹底切割就不會。」

「徹底切割？」

「對。這是逮到他的唯一方法，」庫柏說，「我們已經錯了太多年。」

彼得斯拿起銀色鋼筆在修長的指間轉動。就算動了氣，他也沒有當場表現出來。「是嗎？」

「按照目前的方法，我們就算打出一千球，也只能拉成平手。假設我今天順利找到炸彈，拆除了四顆，第五顆爆炸，那史密斯就贏了。如果我拆除了全部的炸彈，卻依舊讓媒體得知消息，結果還是他贏。他隨時隨地都能整我們，整到就算他贏，而我們卻要隨時隨地戒備，最好的結果只是打成平手。光有完美的防備絕不可能贏。

「如果我們想終止這場競賽，如果我們想阻止情況惡化，如果我們想贏，就必須除掉約翰．史密斯。我的提議就是除掉他的方法。」

「不是方法，」彼得斯說，「只是一個機會而已。」

「有機會總比沒有好。」庫柏吞下一口威士忌，他累壞了，酒精多少撫平了狂亂的情緒。他靜靜等著。局長不動聲色，從他鼻子跟耳朵的細小筋脈還有微微繃緊的肩膀，看得出他正在考慮。

「你知道這要付出什麼代價？光把你抹黑還不夠，」彼得斯說，「還得把你列為追捕目標。」

「我知道。」

「我沒辦法封鎖消息。剛剛新聞初步估計死亡人數超過一千，而且爆炸地點在曼哈頓中心。沒有折衷的辦法，我只能把你塑造成殺人魔王，也許可以不讓你的名字曝光，但在局裡我就無能為力了。」

「我懂。」

「到時候你會比約翰．史密斯更可恨，因為你出賣了自己人。局裡會動用全部資源追捕你，出動好幾千人。你要是被捕，我可以說出真相，但是——」

「但是沒有人想要冒險，只要有機會對我開槍，他們不會手軟。」

「沒錯。這段期間你只能靠自己，沒有資源、沒有直升機、沒有竊聽工具、沒有監視小組、沒有後援，什麼都沒有。」

庫柏又啜了口酒。彼得斯說的事都在他意料之中，剛剛在飛機上他都想過了。民航機全部停飛，他亮出徽章才坐上海軍陸戰隊的C－130運輸機，機上還有一群阿兵哥。看得出來他們很興奮，不過興奮之餘也受到不小的衝擊。美國人不習慣當受害者，不習慣權力中心任人摧毀。

美國政府不會善罷干休的，血債血還一定免不了，而且全國上下都會同仇敵愾。用不著多久，爆炸案是約翰．史密斯所為的消息就會傳出去。到時候人心惶惶，大部分的人不會再細究異能跟異能恐怖分子之間的差別。

畢竟一開始迫使股市關門的人也是異能。異能在各領域都出類拔萃。異能讓其他人變得渺小、變成次等公民。

*你不能阻止未來，只能選邊站。*艾麗克斯．瓦茲奎茲的話在他腦中響起。很難選擇。就算是她，也不敢承認這個選擇有多麼困難。他究竟是追捕恐怖分子的政府探員，還是牽掛女兒安危的父親？是戰士還是平民？如果他相信自己的國家，是不是就得接受學園的存在？

*好吧，我做好選擇了，艾麗克斯。但此時此刻——在天空飛翔的這一刻——是屬於我的。*他靠著飛機的金屬牆，感覺渦輪螺旋槳的震動和掃過臉龐的冷風，思考著這麼做要負擔的風險、可能失去的一切，還有心中盤算的計畫要付出的昂貴代價。

飛機降落時，他已經拋開疑慮，展開行動。此刻他盯著坐在他對面的局長，直視他黯淡而平靜的眼睛，說：「我可以做到。」

「一旦決定就不能回頭。不成功就是死路一條。」

「我知道。」

「只要有機會除掉約翰．史密斯，都值得賭賭看，不然他可能會把這個國家推向內戰。」彼得斯看向別處，指尖輕輕敲著桌面。新聞正在播放爆炸鏡頭，他的無框眼鏡反射出證交所一再倒塌的畫面。

最後他說：「孩子，我再問你最後一次：你確定要這麼做嗎？」

「確定。我會為你殺了約翰．史密斯。」庫柏把酒杯放桌上，身體靠上前。「但是有一個條件。」

娜塔莉的家。

有個撩人的身影在窗簾後面忽隱忽現。燈亮著，窗戶透著奶油色的暖意。戴爾瑞跟市區距離太近，天空難得全部暗下來，但光害下的紫黑色天空看起來比黑夜還寂寥。一扇扇窗戶還有窗戶裡的生命，因而顯得更加迷人。

庫柏從擋風玻璃看出去，深吸一口氣再吐出，肚子感覺空空的，很多年沒有這種感覺了。年幼時因渴望而產生的痛苦，十二歲的他也嘗過這種感覺，他以為長大就會得到的愛、自由、信心等等回報，如今都離他遠去。就像做了香豔刺激的夢之後醒來的清晨，發現床上空蕩蕩的那種感覺。

行動開始了，他卻只想喊停，求局長取消行動。他負荷不了。代價太高了。

轉念想起他真正的目的，就又把腦中的天真幻想推開。

他從道奇Charger下車過馬路——很快的，他連心愛的車子和更心愛的超速免罰詢答機都得放棄了。晚上有點冷，但不至於冷到刺骨。四周有股清新的氣味。他全身痠痛又疲憊，還是盡量記下每個細節，細細品嘗踏出的每一步。再踏上這條路要很久以後了。

走到前門的窗戶，他停下腳步避開從室內灑下的燈光。窗簾開了一小縫，他從縫隙中看見兩個孩子。陶德正拿著英雄公仔模擬大規模戰爭，各路神祇混在一起，武裝騎士跟二次大戰士兵和太空怪物一起作戰。他把機器人放到馬背上時，舌尖從嘴角吐出來。凱特坐在沙發上，腿上放著一本繪本，一邊翻頁一邊喃喃自語。從拱門看得到娜塔莉正在廚房洗碗。她的頭髮梳成馬尾，邊洗碗邊擺臀，跟著他聽不到的音樂輕輕擺動。寧靜的一幕，溫暖、安全、居家，卻有如鋸齒刀刃刺穿他的腹部。庫柏閉上眼睛。你已經選了邊。

他拿出手機撥號。透過窗戶他看見前妻擦乾手，從口袋拿出手機。「尼克，你還好嗎？我打了很多通電話，還留言給你——」

「我知道。我沒事，不過我得跟妳談一談。」

「不是。是。算吧。我在外面，妳方便出來嗎？」「是凱特的事嗎？」即使隔著距離，他仍然看到她身體一僵。

「你在外面？為什麼不敲門呢？」

「我們得先談一談，之後再讓孩子知道我來了。」

「好。等我一分鐘。」

庫柏把手機放回口袋，看了窗戶最後一次，感覺肚子一沉、心臟一緊，然後轉身走開。他走到那棵孑然而立的楓樹下，樹上的葉子快掉光了。回憶閃過腦海：他跟娜塔莉買下這棟房子時，還只是一株得用鐵絲固定的小樹。

幾分鐘之後，娜塔莉走出來。她停在門階上，用手遮住門廊上的光，看見他倚樹而立。她細微的表情變化或許逃得過陌生人的眼睛，但在他眼裡，她的所有情緒就像投射在額頭上一樣清楚明瞭。因為看到他還活著而感到開心；因為他神祕兮兮而忐忑不安；擔心他對凱特的事有什麼話要說；快速壓住衝回屋裡甩上門的衝動。「嘿。」她說。

「嘿。」

她把雙手插進口袋，看著他的臉，因為很了解他，看得出他有話想說，便等著他先開口。他一直都很喜歡她這種冷靜直率的個性。不遠處響起警笛聲，他的心跳不由得加快。他看看錶。滴答滴答。

「耽誤到你的時間了嗎？」

「沒有，我……」他吸口氣。「我有件事要告訴你。」他瞄了她、院子和窗戶一眼。窗戶動了一下嗎？

「老天啊，你就說吧。」

「我要離開一陣子。」

「一陣子？什麼意思？」

「我不確定。可能會很久。」

「因為工作嗎？」

「對。」

「跟今天的事有關？」

「對。我在現場。在曼哈頓。」

「天啊，你受——」

「我沒事，」他說，然後又搖頭。「不對，我很生氣、很沮喪，也很痛苦。我試圖要阻止爆炸，幾乎要成功了，最後卻還是一敗塗地，那些人……」

「你盡了最大的努力嗎？」

「嗯，我想是。」

「那麼就不是你的錯。尼克，到底什麼事？怎麼了？」她的眼睛微微張大，將心底的恐懼投射給他。

「今天的爆炸案是約翰．史密斯主使的。」

「還不能確定，也許是——」

「是他沒錯。美國有史以來最慘重的恐怖攻擊是個異能幹的。」

「可是……那樣會……會……天啊，那樣情況會更糟。他們會把矛頭指向異能，指向你。」

「對。」他上前握住她的手。「所以我要去找他，去找約翰．史密斯。可是跟以前不太一樣，有些事改變了。」

「什麼事？」

「唯一能接近他的方法，就是讓他以為我跟他站在同一邊。所以我決定離開衡平局，踏上逃亡之路。」

「我不懂。」

「他們會把爆炸案的責任推給我。」

她瞪大眼睛看著他。他幾乎聽得見她腦中的聲音。「等等，不行，這樣行不通。約翰．史密斯一定知道你跟爆炸案無關。」

「沒錯。但他也會知道應變部上下都以為是我幹的，也會知道我被追捕，踏上逃亡之路。我為它出生入死、為它殺人的機關反咬我一口，這就足以動搖一個人原先的想法。再說，如果我投向他的陣營，對他來說也是一大勝利。想想我對他有多大的用處，不只可以幫他做事，還知道那麼多情報。」

「但是要走到這一步——」

「對，他們得動員追捕我，而且不能只是做做樣子。我會被列為追捕目標，除了德魯・彼得斯，沒有其他人知道真相。所有人都會當我是叛徒。」

「不行！」娜塔莉掙開他的手。「你瘋了嗎？他們會殺了你。」

「除非先逮到我。」他擠出笑容，不過很快就放棄。「我知道很危險，但我可以做到，而且這樣我們就有機會——」

「不行。收回你的承諾，現在就去找局長，說你改變主意了。」

「我辦不到。」

「為什麼？你難道不懂嗎？你有兩個小孩。我跟你一樣痛恨約翰・史密斯，可是如果要我在幹掉他和讓孩子有爸爸之間選一個，我會毫不遲疑選擇後者。」

「沒那麼簡單。」庫柏說，定睛看著她。不到幾秒，娜塔莉就恍然大悟。她目瞪口呆。

「凱特。」

「對，」他說，「凱特。如果我這麼做，凱特就不用接受測驗。永遠都不用。那就是我得到的回報。我們的女兒就能像平常人那樣長大，過平常人的生活，永遠不會離開我們，永遠不會踏進學園半步。」

娜塔莉雙手摀住鼻子和嘴巴，手指在發抖，低頭盯著他的胸口。庫柏知道這時候只能等她平復情緒。

「她是第一級，對吧？」

「對。」

她轉動肩膀，直起背脊。「沒有別的選擇嗎？」

庫柏搖搖頭。

「我們為孩子所做的……」娜塔莉勉強對他擠出微笑。「你什麼時候要走？」

「馬上。我想先看看孩子。」

「你想要……你可以留下來……過夜。」

一股暖意湧上他的胸口。分手的時候，兩人說好不再同床，因為那樣會混淆孩子，他們之間的友誼也會有複雜化的危險。這是兩人共同的決定，也是正確的決定。他們雖然深愛對方，卻都不想在感情上牽扯不清，所以已經好多年沒有同床共眠。今天聽她主動提起，他很感動。

「很吸引人的提議，我真的希望我可以，但他們很快就會來找我。」

「已經開始了？」

「很快就會開始。」

「好吧。那就快進來吧。你要怎麼跟他們說？」

「什麼都不用說，只要說我愛他們就夠了。」

她吁了口氣，擦擦眼睛，開始往回走。她低頭垂肩，頸部肌肉像盤成一圈的纜線。庫柏跟上她，拉起她的手，將她轉過來。

「聽我說。」他說，卻發現自己不知道要說什麼。告訴她沒什麼好害怕的？沒有才怪。就連站在這裡的這一刻，彼得斯局長都正在把他列為追捕目標。全國權力最大的單位將會出動數千人員，砸下數十億美金追殺他。就算躲得掉追捕，他也正一步步走向惡魔的巢穴，而且要讓全世界都知道。

「我不會有事的。」他說。

一瞬間，極短暫的一瞬間，他看得出娜塔莉相信他。

這就夠了。

第二部 獵物

各位國人同胞：

今日，我們的國家、我們在這塊土地上的生活方式，遭受了慘絕人寰的攻擊。受害的民眾男女老少、各個階層都有，包括了社會工作者、律師、銀行業者、藝術家；有些是一家之主，有些是我們的手足。數百甚至數千條生命，被一種我們所能想像最卑劣的方式奪走。

恐怖主義者在我們的國家中心埋下炸彈。這些人想要打亂我們的生活步調。他們殘害了無辜的人民，並想藉此恐嚇我們，以為我們會像害怕妖怪的小孩，躲在被子底下無助地發抖。

但我們不是小孩，不會躲在被子底下發抖。我們會找出妖怪，將他們擊潰。

我們的情報網一致認為，這次的攻擊是異能恐怖分子所為。我們有美國有史以來最強大的軍力和警力，已經展開追捕恐怖分子的行動。我們必定會找出主使者，將其繩之以法。任何幫助、藏匿，或以任何方式支援恐怖分子的人，都將受到懲罰。

自從異能在三十年前出現之後，我們的世界面臨了前所未有的挑戰。一小群人掌握了大部分的優勢。兩邊的人要如何一同生活、工作、更團結一心？

這不是個容易回答的問題。這條路困難重重，不過一定有答案，而且是將炸彈和血腥暴力排除在外的答案。

因此，今天晚上，當全國上下正為死者哀悼的同時，我要呼籲全國人民拿出寬容、耐心和人道精神。我們不該把這次的暴力攻擊歸咎於異能全體。同樣地，對異能懷有偏見的人，也不能代表全體美國人民對異能的看法。

俗話說，患難見真情，在逆境中能淬鍊出最強大的同盟。面對這次困境，國家不能撕裂，全國上下都要團結一心，絕對不能分裂成異能和非異能。

讓我們一同努力，為下一代建立更美好的未來。

讓我們永遠不要忘記今日的痛，永遠不要向相信槍桿子出政權的人屈服，不要向殺害兒童以達到目的的弱者屈服。

對這些暴力分子，我們不能——也絕不——寬貸。

晚安，天佑美國。

美國總統亨利．沃克在白宮辦公室，三月十二日晚間

二〇一三年三月十三日
報紙專欄：分裂的美國、不堪一擊的美國

冷戰落幕之後，美國一直都是世界唯一強權。然而昨天我們才發現自己如此不堪一擊。再大的權力也阻擋不了喪心病狂、罔顧作戰原則、殘殺無辜百姓的惡敵。

接下來幾天甚至幾週，大家會針對誰是罪魁禍首的問題爭論不休。當你在讀這篇文章的同時，我們的情報網已經擬出嫌犯名單，第一個名字無疑就是約翰．史密斯。這位從激進分子轉為恐怖分子的頭號嫌犯，長期以來都把暴力當作達到目的的手段。

如果昨日的爆炸攻擊讓我們認清了什麼事，那就是：問題本身比我們想像的更龐大、更危急。而這個問題就是：美國已經分裂成兩半。

異能一邊，正常人一邊。一棟裂成兩半的房子必然倒塌。

異能也是人，他們是我們的孩子、我們的朋友。其中大部分也跟我們一樣因為這起可恥的恐怖攻擊感到震驚和痛苦。然而，事實仍無法改變：異能的存在已經威脅到國家的和平、主權、我們的生命……

■

二〇一三年三月十五日
總統要求成立調查委員會

（華府報導）今天沃克總統在國會上要求成立跨黨委員會，調查三月十二日華爾拉斯證交所爆炸案。

總統表示：「美國人民有權了解事件的始末，包括怎麼會發生這樣的悲劇？國家安全單位是否失靈？」

總統提議成立的委員會身負重責大任，不僅要釐清爆炸案起因，還要調查聯絡此次攻擊行動的情報網絡，以及警方和聯邦政府所做的應變措施。

三一二爆炸案造成上千人死亡，一般認為，這是一起恐怖攻擊，但至今仍未確認是何人所為……

■

二〇一三年三月二十二日
當悲痛轉為憤怒

（德州達拉斯報導）爆炸案至今已經十天，許多美國人民的情緒逐漸從震驚轉為憤怒，以及復仇的欲望。

曾任海軍下士的六十三歲卡車司機達爾．傑金斯表示：「我們都知道是誰幹的。我們任由那些異能予取予求，那些異能卻用流血暴力來回報我們。該是給他們點顏色瞧瞧，讓他們知道什麼叫流血的時候了。」

傑金斯先生不是唯一持這種想法的人。全國同聲哀戚之際，許多美國人同仇敵愾，想要有所行動，從捐血到從軍，響應者眾。這是珍珠港事件之後，美國第一次全國總動員……

■

二〇一三年四月二十二日 異能植入晶片法案引發爭議

（華府報導）阿肯色州參議員理察．賴索波今日正式提出將追蹤晶片植入異能體內的法案（S.二〇三八）。

賴索波表示：「監控機制倡議案是解決複雜問題的一種簡單、自然而然的方法。只要一個動作，我們就能大大降低三一二爆炸案之類事件的風險。」

這種監控器會植入頸部，貼著頸動脈，利用人體的生物電流運轉。政府單位便可藉由監視器追蹤晶片主人的所在位置。

很多人反對這項法案，科羅拉多州參議員布萊克．克羅奇就是其中之一。去年他成為美國參議院的首位異能參議員。「我跟全國人民一樣為三一二爆炸案感到痛心，但我們不能重蹈歷史的覆轍。植入晶片跟納粹逼迫猶太人戴上黃色六芒星有何不同？」

法案支持者駁斥了他的意見。賴索波認為：「沒錯，乍聽之下這是很極端的方法，但我們只是想要掌握資訊，維護自身的安全，晶片並不會危害異能的安全。異能有把握對我們做出同樣的承諾嗎？」

■

二〇一三年七月五日
抗議行動染血，一死十四傷

（密西根州安娜堡報導）一群關心政治議題的大學生在國慶日走上街頭，原本是場和平理性的遊行示威，最後卻演變成暴力衝突。

密西根大學的同舟共濟社發起支持異能平權的遊行活動，吸引數百名反對異能監控機制倡議案的學生走上街頭。很多人都別上黃色六芒星，象徵在納粹德國被迫暴露身分的猶太人。

發起人之一珍妮．威佛說：「一開始氣氛都很平和，後來隊伍轉上主幹道，那些人突然就衝出來。」

據目擊者說，數十名頭戴面罩的人揮舞著球棒，把遊行學生打到頭破血流。

威佛表示，這群人的主要目標是她跟另一位發起人羅納．摩爾。她說她人已經倒在地上，對方仍不停毆打她。

「其中有個人說：『我哥也在爆炸現場。』說完靴子就朝我踹下來。這是我昏過去之前最後的記憶。」

羅納．摩爾在救護車趕到之前即傷重身亡。威佛緊急送醫，經過十一個小時的急救手術，存活機率雖大，但她的傷……

■

二〇一三年八月八日
晶片法案通過

（華府報導）參議院今日通過監控機制倡議案第七三—二七號。之後法案會送往眾議院，一個月內將投票表決。

「今天是爭取自由的重大里程碑。我們往捍衛自己的生活方式邁出了第一步。」賴索波參議員說。

這個引發爭議的法案強制規定異能植入微晶片，以便政府機關監控其動向。

方法本身是否合法，目前仍在激烈辯論中。然而該法案在各黨派都爭取到極大支持……

■

二〇一三年八月十三日

CNN.com

恐怖團體駭入各大網站，貼出警告信

（紐約報導）今天早上，十幾個網路大站遭駭客入侵，包括社交網站、線上百科、網路商城，以及本新聞網。

駭客抽掉原來的電腦程式，貼出疑似異能恐怖團體所發的警告信，內容如下：

「我們要的是平等對待、和睦共處。

絕不會坐以待斃，

眼睜睜看著你們建立一座座集中營。

就把這當作一種警告。

小心了！」

分析應變部發言人表示，駭客可能來自……

16

奪走一千一百四十三條人命的華爾拉斯證交所爆炸案，至今已經過了六個月。九月初的某一天，一輛積架ＸＫＲ駛過芝加哥倉庫區的荒涼街道。

十八輪大卡車再加上芝加哥寒冬的摧殘，路面上都坑坑漥漥。跑車式的懸吊系統又把道路體驗放大到極致，駛過柏油路一顛，駕駛人的牙齒就跟著晃。他慢慢往前開，繞過地上的大窟窿。若有似無的細雨飄落擋風玻璃，雨沒有小到可以不開雨刷，但也沒大到能讓雨刷運轉平順，邊轉邊刮擦響。

車子經過一排圍著生鏽柵欄的單調磚樓。倉庫區以北的幾條街已經改成大型派對場地，都是些下流玩咖愛去的齷齪地方。不過，這裡的建築倒是大部分都還保有原來的功能。大部分。

他駛過一條荒廢已久的鐵道，喀鏘喀鏘，經過一個畫滿塗鴉的垃圾箱，最後停在一棟兩層樓高的橘色磚樓前。磚牆已經褪色，樓頂有個水塔，柵欄上一圈帶刺鐵絲網，有個監視器對著下面。不一會兒，柵門打開，他開進去，把車停在一輛擦得晶亮、窗戶貼隔熱紙的林肯 Town Car 旁邊。

碎石踩在他腳下喀札喀札響。他聞到雨水和垃圾的味道，還有隱約的河水味。他從後車廂拿出黑色公事包，把手槍留下來。

刺耳的金屬磨擦聲從身後傳來，一扇門打開。有個穿運動服的男人面無表情看著他。

門後是空間開闊的倉庫，裡頭很冷，未完工的模樣。從高窗灑下的光線加深了陰影。地板約有一半堆滿了沒做記號的板條箱。一輛鮮紅色雪佛蘭跑車Corvette停在鐵捲門旁邊，兩條腿從車底下伸出來，一隻腳跟著收音機播放的經典搖滾樂曲打拍子。

運動服男說：「我要搜你的身。」

「免談。」他笑著說。

運動服男是金恩的保鏢之一，只是個小嘍囉，但不習慣被嗆。「我知道你是老大的新寵物，不過——」

「你聽好了。」笑容仍在臉上。「你要是敢搜我的身，我就打斷你的手。」

對方瞇起眼睛。「你來真的？」

「對。」

運動服男上前一步，左腿有點跛。

「喬伊。」修車員從車子底下探出頭，一邊臉頰沾了油汙。「他沒問題的。而且，他真的會打斷你的手。」

「可是——」

「帶他去找金恩。」

喬伊猶豫片刻，然後轉過身說：「這邊。」

「這邊」就是倉庫的後面，有道鐵梯通往頂樓。喬伊腳步沉重，邊走邊發出呻吟，好像每一步都難如登天。有條短短的走廊通往一扇門，喬伊舉手敲門。「金恩先生？他來了。」

這裡以前是工頭的房間，窗戶沒對著外面，而是朝底下的倉庫，後來才收拾乾淨，重新裝潢。地上鋪著華麗的東方地毯，地毯上擺了兩張沙發。燈泡低懸，光線很有格調。有部超立體電視正在播放CNN新聞，音量調成靜音。

羅伯．金恩是混街頭出身的，身上的露西．維諾妮卡喀什米爾毛衣或要價兩百美金的髮型，都無法改變這點。他身上散發著一股難以形容的陰險氣質，眉宇之間和舉手投足都留有一絲街頭流氓的影子。「艾略特先生。」

「金恩先生。」

「來杯酒嗎？」

「當然好。」

喬伊關上門時，金恩走向小吧檯。「蘇格蘭威士忌可以嗎？」

「好。」腳下的地毯踩起來很厚實。他先把公事包平放在桌上才坐下來。沙發太軟，他往後靠，雙手放腿上。

「老實說，我不確定你是不是認真的。你說要給我的東西……沒人弄得到那種新科技。」

金恩從小冰箱裡拿出冰磚，丟進玻璃杯，兩杯各倒了兩吋深的威士忌。他走回沙發時，動作輕巧平穩，拳擊手的姿態。他把酒遞給他，然後走去坐對面的沙發，雙腿交叉，手臂往外伸，一派輕鬆。「但你人都來了，我想我就不該再懷疑了，是嗎？」

「懷疑是好事，讓你凡事小心點。」

「阿門。」金恩舉起酒杯敬他。電視螢幕上，一名記者站在白宮前，底下一行字寫著：議院通過異能植入晶片法案三〇一－一三五，尚待沃克總統簽字。記者的呼吸在冷空氣中化成白煙，裊裊飄向他們，直到投影場邊緣才變得有點不真實。「乾杯。」

「乾杯。」

金恩用腳推推公事包。「你介意嗎？」

「東西是你的了。」

對方笑了笑，傾身向前用拇指扳開扣鎖，公事包彈開時清脆地喀了一聲。金恩掀起蓋子，一瞬間兩眼發直，接著呼出一口氣，搖搖頭。「要命，你從應變部實驗室幹來的。恕我直言，你這個狗雜種真的瘋了。」

「謝了。」

「你怎麼弄到的？」

艾略特聳聳肩。

「好吧，也對，專業機密。我換個問法：有惹上麻煩嗎？」

——一線火苗粉碎玻璃，碎片如雨一閃一閃落下，尖銳的警鈴聲淹沒在又一次的轟隆爆炸聲中，卡車油箱——

「都不會把你扯進來。」

「要命，」金恩又重複一次，「我不知道你是從哪冒出來的，不過我很高興你來了。別人想怎麼批評你們都無所謂，但你們這些人辦事真有一套。」他慢慢闔上公事包，幾乎有點小心過頭。「我會把錢匯給你，跟以前一樣，可以嗎？」

「你留著如何？」

金恩剛要啜一口酒，這句話讓他措手不及，怔在原地，肩膀上的肌肉繃緊。在道上交易就像跳華爾滋這種整齊畫一的舞。大家都知道舞步，即興發揮往往會帶來混亂。金恩慢慢把酒杯放到桌上，杯子輕輕鏘一聲。「什麼意思？」

「意思就是東西給你，」他指指公事包，「錢你也留著。」

「那你的獎品是？」

「一個人情。」湯姆．艾略特靠上前，手肘支著膝蓋，一種開誠布公的告解姿態。「湯姆．艾略特不是我的真名。我的真名是尼克．庫柏。」

「好。」

「我現在要告訴你……」他停頓，沉住氣，然後嘆了一聲。「信任不是我們交易的重點，但我想我信得過你，也需要你的幫助。你知道我是異能。」

「當然知道。」

「但你不知道我曾經在應變部工作。」

「所以才能幹走實驗室的東西。」

「錯。其實我從沒進去過實驗室，實驗室在分析部那邊，我在應變部。應變部的衡平局。」

金恩差那麼一點就控制住臉上的表情。

「對，我們理應不存在，只不過事實剛好相反。我們當然存在——我是說他們。後來我離開了，因為……身為異能，又在一個專門追殺異能的部門工作，難免會產生摩擦。細節不重要，重要的是，我一走就成了他們眼中的壞蛋。」

「我知道當壞蛋的感覺。」金恩笑著說。

「所以我才信得過你。總之，他們把我列為追捕目標，想要我的命，而且遲早會成功。」

「所以你希望我……做什麼？修理應變部嗎？」

「當然不是。我希望你幫我變成另一個人。」

金恩拿起飲料啜一口。「為什麼不乾脆去懷俄明州？」

「跟其他動物一起關進動物園？」他搖搖頭。「不用了，謝謝，我不喜歡鐵籠，也絕不會讓人在我的喉嚨植入追蹤器，想得美。我需要一個新身分、一張新面孔，還有證明文件。」

「你的要求很多。」

「這些半導體，」他指著公事包，「是全新的科技，應變部以外沒有一個人親眼看過。只要把牌押在上面，你就會發大財，而且不花你一毛錢。你是中西部最大的走私販，難道你要告訴我你手下沒有駭客、沒有整型醫生嗎？」

超立體電視切到證交所爆炸的畫面，那是他三月時在超立體廣告看板上看到的同一組畫面。爆炸剛發生的前幾個月，媒體不停播放這些影片，後面加上沃克總統的演講片段，尤其是「對這些暴力分子，我們不能——也絕不——寬貸」這句話。後來，大家日漸體認到約翰·史密斯不會那麼快落網，畫面就不再那麼常出現。但每次有人想批評異能時，這段畫面又會重新出現。幾乎每小時一次。

「沒錯，我手上是有資源。不過，如果我幫你這個忙，然後呢？」

「我說過了，這些東西免費送給你。」

「我也可以直接殺了你。」

「你確定嗎？」他笑著問。

金恩哈哈大笑。「算你有種，我喜歡。」

「成交？」

「讓我再考慮看看。」

「你知道怎麼聯絡我。錢跟半導體目前就放你這兒，就當是我的一片善意。」庫柏拍拍褲腳，站起來。「謝謝你的酒。」

17

雨勢轉弱，西半部的一小片灰暗天空亮了些，讓人覺得太陽說不定會努力破雲而出。庫柏從後車廂拿出手槍，接著把車駛出倉庫區滿目瘡痍的街道，加入車流之中。這輛積架是極品，不過他還是想念以前那輛粗獷、陽剛的Charger。

跟金恩打交道就像在玩火。只願此人正是他料想中的下三濫。

他轉向南邊，朝市區的方向走。天際線有一半被雲遮住。他經過一排商店、一間汽車經銷商。芝加哥高架捷運從頭上轟轟駛過，轉彎時迸出陣陣火花。

史齊特維勒是高級住宅區，以前他從沒想過要住這種地方。這區到處可見精品店、髮廊、名犬和貴婦。他開上德拉威街，停在大陸飯店金碧輝煌的正門前。一名高大挺拔、臉色蒼白、穿著深色短上衣的男人幫他開車門。「歡迎回來，艾略特先生。」

「謝謝你，米契。」他把車子交給他，大步走進飯店。

大廳是現代優雅的具體呈現，清一色的俐落線條和精緻家具，紙製的大型分枝吊燈灑下燈光。庫柏從容地踱向電梯，拿出卡片一刷，電梯門便自動打開，一個鈕都不必按。電梯上升，他一陣耳鳴。

「四十六樓，高級套房。」錄製的聲音嗶啪響起。他想像中的聲音主人身材修長，一頭柔亮金髮，穿著露出一點大腿、給人許多想像空間的短裙。

庫柏按鈕進了套房，脫掉西裝外套。這件灰色西裝外套是義大利貨，比他以前衣櫃所有衣服加起來還要貴。清潔人員打掃過房間，拉開了窗簾。遠遠望去，密西根湖湖水無聲拍打著湖岸。天空慢慢轉成琥珀色。他叫了燻鮭魚和一瓶琴酒。

他走進浴室用冷水潑臉，拿起厚毛巾擦乾。照鏡子時，同一張臉一如往常回望他，唯一改變的是周圍的環境。他想起跟娜塔莉合租的第一間公寓：空間陰暗狹小，樓下是中國餐館。當時兩人剛在一起沒多久，時間和他的天賦都尚未對他們造成影響。兩人就是在那棟公寓懷了陶德，在一張聞起來像蛋捲的沙發上。他們在那裡共度第一個耶誕，庫柏還記得陶德搖搖晃晃坐在一堆包裝紙中間，頭上黏了一個蝴蝶結。還記得——

罷了。罷了。

回到臥房，他把軟式平板丟在桌上，手槍收進抽屜。扶手椅拉了出來，對著落地窗，飽覽湖光天色的懾人美景，跟他出門前的位置一樣。他坐下來，吁了口氣。

「甜蜜的家啊。」他自言自語。

六個月前，當他胸有成竹、大膽無畏地出現在德魯．彼得斯家門口時，一心只想說服上司。他知道要付出的代價，也認命地接受了代價，直到計畫真正展開之後，內心深處才開始出現「那接下來呢？」的不確定感。

這件事又不是直接寫信給約翰．史密斯，說要去投靠他就好了。直接放話出去勢必會讓對方懷疑有詐。因此庫柏得先自問，如果他不再是以前那個享盡特權的他，該怎麼辦？如果他不再是相信無論有多少缺點，體制仍是唯一存活之道、邁向更好明天之路的好人；如果應變部真的把他一腳踢出去，將爆炸案歸罪於他，辜負了他並派人追殺他，該怎麼辦？

於是他開始利用逃犯的身分，大撈一票。

敲門聲響起。他讓服務生進門，請他把托盤放在窗戶旁邊的桌上，簽了帳單外加小費，沒特別留意數字。燻鮭魚味道很棒，甜甜的煙燻味跟嗆人的酸豆鹽和清新的檸檬互相中和。他搭配冰涼的琴酒吞下肚，看著天空慢慢變色。

他一直很小心，每一步都經過精密計算。反正沒別的事好做，沒有家人可以分享生活、沒有上司讓他忙上加忙、沒有需要他的朋友。有一陣子他試著跟在飯店交誼廳遇到的一個女人上床。對方是個雜誌編輯，聰明、時髦，而且相當性感。但兩人都心不在此，之後就不了了之。

發現自己很擅長當壞蛋讓他訝異——沒錯，沾沾自喜的成分當然也有。讓他成為衡平局第一把交椅的本事，也讓他成了一流的小偷和權力掮客。六個月來他在地下世界穿梭自如。

犯罪世界是很刺激沒錯，可是比他的新歡更危險的是舊愛。德魯·彼得斯按照計畫把爆炸案歸咎於他，現在他成了衡平局的主要追捕目標，前後有三次險些被逮，分別在達拉斯、洛杉磯和底特律。

底特律那次很慘，他差點就得斃了一名探員。

待在城市裡很危險，然而他不能就此消失。徹底消失或許能免於應變部的追殺，但不會讓他更接近史密斯。

六個月來的捉迷藏幫他累積了名聲和財富。六個月來小心翼翼、耐心等待。六個月來拋家棄子，把爛攤子留給娜塔莉，被前同事追殺。六個月來沒往約翰·史密斯的方向前進半步。

直到今天。但願他為金恩擺的一桌好菜，能夠引他上鉤。

燻鮭魚吃完了，他舔舔手指。太陽破雲而出，外頭閃耀著復活節的繽紛色彩。魔術時刻。雙層窗戶隔絕了聲音，把世界變成一齣啞劇，一幅只有他看得見的絢爛美景。他發現這就是財富的魅力：有個細微的聲音在你耳邊說你有多麼與眾不同，美酒、佳人、一切的一切都屬於你，說這些東西都是為了你而存在也不誇張。他喜歡這種感覺，非常喜歡。喜歡當權貴階級，當那百分之一有錢到可以隨心所欲的人。

但他願意立刻放棄這一切，用它換回在後院抱著孩子開心轉圈圈的時光。

電話響起。他兩腳一蹬，把椅子轉回去，伸手去拿電話。先查看來電顯示，讓電話再響一會兒。

金恩。

笑容在他臉上漾開。

18

芝加哥商業區妙就妙在它就像個水龍頭。一天大部分的時間都是涓涓細流；旅遊觀光、逛街購物的人絡繹不絕。到了晚上，水龍頭鎖上，只偶爾滴個幾滴。有些時間水龍頭會開到最大，街道和人行道搖身變成匆忙來去的洶湧人潮。第一波是早上通勤時間。第三波是下班尖峰時間。

庫柏坐在三明治小店窗邊，等著第二波人潮。髒兮兮的窗戶外面，汽車慢慢往南駛去。威爾斯街這裡的水泥峽谷效應，甚至比其他地方更讓人感到壓迫，因為高架捷運的軌道把天空切成一小片一小片。他看看錶，快到……

午餐時間了。

人行道上突然湧現人潮，大家推推擠擠，腳步匆忙，各自往不同的方向前進。庫柏拿起塑膠袋走進人群。人群一如往常讓他覺得不自在，太多刺激、太多意念。

天氣晴朗但溫度仍低。他拉長了脖子，卻只看見伸向淡藍天空的高樓大廈。往北走了半條街，他上樓進捷運站，刻意跟隨人群一起移動，周圍一群二十幾歲、有說有笑的商務人士。他右邊的鞋子太緊，不太舒服，但身體放鬆而警覺，預期稍後腎上腺素會飆高而微微刺痛。庫柏刷卡進入旋轉票口。柱廊為月臺提供了遮蔽。對著底下街道的欄杆播放美容產品的全像廣告和電影預告。旁邊的辦公大樓靠得很近，距離不到十呎，辦公室裡的人正在……做辦公室裡的人會做的事。他從來不確定是哪些事。

庫柏走到月臺中間，把塑膠袋丟向垃圾桶，沒中，塑膠袋掉在金屬垃圾桶旁。他不管它，走去坐第三張長椅。柱廊擋去了天空。

再過五分鐘，金恩的駭客就會出現，或者不會。他賭不會。

列車拐了個彎，轟隆聲震天價響。說要翻新軌道，改成更快、更安靜的磁浮列車，也不知喊了多少年，市政府的預算永遠不夠。庫柏很慶幸，他喜歡這樣的捷運。雖然是舊世界的思維，但哐啷哐啷的聲音令他安心。他翹起腿，手臂靠著椅背。

棕線捷運進站，月臺上頓時熱鬧起來。有人搶著下車，有人擠著進門；對話聲、音樂聲、道歉聲、咒罵聲、來電聲，不絕於耳。有個男人邊走邊唱饒舌歌，渾然忘我。人潮在「列車門即將關閉」的廣播聲中達到顛峰。列車把人潮載走，月臺瞬間清空。

除了前一秒還不在那裡的一個非常非常漂亮的女孩。

庫柏眨眨眼，倏地一驚，手掌冒汗，寒毛直豎。

穿牆女孩穿著及膝長靴、長及裙襬的褲襪、合身襯衫、寬鬆的夾克，袖口藏一把短手槍綽綽有餘。槍口正指著他的胸口。

她說：「站起來。」

庫柏瞪大眼睛——

她不在計畫之內。今天沒有犯錯的餘裕，卻半路殺出個程咬金。再過大約六十秒，這裡就會爆炸。

她為什麼在這裡？為什麼偏偏是現在？這女孩不可能是金恩的人。

應變部裡一定有內賊把消息洩露給約翰．史密斯。

還有，她是怎麼辦到的？為什麼能來無影去無蹤？

——看著她，突然意識到自己嘴巴開開。他閉上嘴。這就是一般人對他的「特異功能」的感覺嗎？這女孩的隱身術簡直不可思議。他發誓剛剛他一直盯著同一個地方看。「看來妳順利逃出了證交所。」

「站起來。我不會再說一次。」

他從她肩膀的線條、嘴巴的形狀、眼中的怒火，看出她的決心。他慢條斯理地站起來。

「我已經不是應變部的人了，」他說，「殺了我也幫不了妳老闆。」

「我不是為這個來的，是為了布萊登．法加斯。」

他的困惑一定全寫在臉上。她的嘴脣繃緊。「你當然不記得了，他對你來說只是一個數字而已。走！」她用頭指了指，不用槍。行家。

庫柏瞥了瞥她指的方向。最近的出口。她打算先押他出月臺再斃了他。平常他會因此而慶幸，多活一秒就多一點扭轉乾坤的機會。但不是今天。

今天一旦出了月臺，就是死路一條。

「聽著，」他說，「有件事妳要知道。」

「走，不然我當場斃了你。」

「我不這麼認為。妳不是真的能隱形。或許妳知道怎麼出現在沒人注意的地方，但我敢打賭，只要有人在看，妳就跟在捷運月臺上開槍的任何人一樣無路可逃。」

「或許我豁出去了。」

「為了布萊登．法加斯？」

「你不配說出他的名字。他這條命因為你們這種人毀了。你們把他關進學園，把他變成奴才，因為他拒絕畢業後進政府工作，你們就殺了他。你就是這個體制裡的劊子手，庫柏，踐踏人命就是你的工作，而你甚至不記得他們。」

「十三個月前，我在雷諾市的一家飛車族酒吧射殺了布萊登・法加斯。」他低聲說。「我們先聊了一下，他抽了根菸，紅色Dunhill，之後他拔腿就跑，擺明了不想活命。老實說，我不認為他想逃，反而覺得他希望我結束這一切，希望我阻止他。」

她臉上的表情錯綜複雜。關鍵是庫柏還記得他抽什麼牌子的菸。布萊登是她的朋友、家人還是情人？如果是第一種，或許還有可能說得動她，如果是後面兩種……

「我記得我殺的每一個人，」庫柏說，「我追捕布萊登不是因為他不肯加入應變部，而是後來他開始搶銀行、開槍殺人，最後一次的受害者是個女人和她的兩歲女兒。她女兒坐在嬰兒車裡，雖然是意外，但還是死了。」他的眼角餘光察覺到動靜。人群湧上月臺，他很想轉頭看，可是不敢輕舉妄動。「的確，他的童年很悲慘，然而我不認為他就能因此理直氣壯射殺兩歲小孩，難道不是嗎？」

睫毛膏把她的一雙大眼襯托得更大。他直視她的眼睛，想看穿她腦袋裡在想什麼，更想知道她下一步打算怎麼做，會不會按照計畫扣下扳機。他感覺到分秒滴答流逝，眼角瞄到的動作愈來愈近，最後他再也按捺不住，轉頭去看腳步聲的來源。

如他所料。*金恩，多虧你跟我想的一樣，是個背信忘義、投機取巧的卑鄙小人。*

他把視線轉回穿牆女孩身上。她站在列車這邊的月臺上，屋頂可以提供她一邊掩護，但另一邊毫無防護。「聽我說，」他說，「上前兩步，面向東邊。馬上！不然他們會殺了妳。」

「誰？」

「馬上！」她可能照做，可能不會。無論如何，他都得集中注意力。他轉過身。

從兩側入口湧向東邊的有衣裝筆挺、髮型時髦的男男女女，還有一行穿著防彈衣的壯丁。

他們訓練有素地拿著滑膛獵槍、衝鋒槍和手槍，槍口朝向左下，保險栓已開，但手指還在扳機護環外。較遠的樓梯那邊有三個，較近的樓梯這邊有五個。衡平局的人。他的前同事。附近一定埋伏了更多人，封鎖每一條街。慘上加慘的是，羅傑．狄金森和巴比．昆恩都在裡面。

唉。

他們正在對他大吼，要他站住別動。標準的執法技巧，先讓你亂了陣腳，再把你一口吞掉。槍舉了起來。月臺上的民眾成了木頭人。他慢慢把掌心向外，舉起手表示他無意抵抗，願意就範。他們呈扇形散開，標準作戰隊形，讓每個人的射擊線都暢通無阻。八支槍管對準他的胸口，沒人瞄準他的腦袋，沒人強出風頭。他只要敢動一根手指，對方就會把他的胸腔轟個稀巴爛，從他們食指緊貼扳機、目不轉睛盯著準星、肩膀肌肉繃緊、鼻孔張大等等線索，他就看得出來。羅傑．狄金森的嘴角扭曲，化為怒吼，看上去幾乎像是在笑。他們痛恨他，想對他開槍，但也對他心懷恐懼。

除了昆恩。昆恩猶豫不決。庫柏跟昔日的好友兼好搭檔四目相對。讓所有的聲音淹沒他，叫喊聲、怒吼聲、進站列車的轟隆聲，所有聲音都靜止，就像潺潺水流，跟他們嘴唇的動作連不起來。

接著，他用腳趾頭啟動塞在鞋尖的遙控器。塑膠袋裡的閃光彈把世界化為一團轟隆烈火。

雖然面向東邊，背對閃光彈，但火光還是讓他眼前一黑。此刻周圍的聲音真的靜止了。所有照課本排成完美扇形的探員，全都正對著八百萬燭光的白熾閃光。所有人往後退，舉手摀住眼睛，武器在手上擺盪。

倒數十秒。

庫柏轉過身，看見女孩站在他旁邊，朝向東邊。她拔腿要跑，但他搶先一步抓住她的手腕。「不行！」他吼道，幾乎聽不見自己的聲音。「狙擊手！」他放開她，轉向西邊開始跑。

倒數八秒。

月臺還有三十碼的距離，沿途擺放長椅和垃圾桶。他全力衝刺，希望她能趕上。下一步行動漸漸在他腦中成形，而她正是行動的關鍵。沒時間了。他跑到有屋頂遮蔽的另一邊月臺。

不管那麼多了。

倒數五秒。

有個滾燙的東西掠過他的手臂，前方某個垃圾桶爆出火花。他快速往左轉，一片水泥地裂開。他假裝右轉，然後再度左轉。一名掠過他身旁的文青潮男抱著腿倒在地上，好像有炸彈從他體內爆炸似的。庫柏沒聽到槍聲，也沒預期會聽到。一來是因為閃光彈，二來因為狙擊手（起碼有三個）應該在樓上幾百碼外的地方。

倒數兩秒。

他用最快的速度跑到月臺盡頭，毫不減速便右腳一蹬往上跳，左腳踩到欄杆，把自己拋向半空中，雙手飛舞，風吹在臉上，心臟快從胸口蹦出來。

底下就是街道。毫無妥協餘地的柏油路和車流。空蕩蕩的天空。他才想著這一跳會不會成功，人就撞上對面大樓的防火梯。不是一次完美的落地，胸口差不多是直接砰一聲撞上欄杆。他倒抽一口氣，硬把自己撐起來，轉身察看——

——她像貓一樣優雅著地，膝蓋彎曲半蹲半伏，雙手抓地把自己撐起來。

該死。

庫柏暫時推開心裡的讚嘆。沒時間了。閃光彈是靠噴撒出去的光子刺激眼睛的所有感光細胞，讓周圍看見的人暫時失明。他最多只能爭取到十秒鐘時間，小組成員就會恢復視力，展開行動，說不定還會冒險開槍。他撲向角落的欄杆，撕開大力膠帶，硬把鐵撬扳下來，然後上半身一轉，對著窗戶狠狠一擊，再拖回鐵撬，順便把尖利的玻璃碎片掃到一旁。

他轉身要對穿牆女孩打手勢，卻發現她人不見了。好吧。他跳進窗戶，後面砲火轟隆。他撞到東西，是她，兩人抱在一起跌落地上。他壓在她身上，不是動作男星那樣帥氣迷人的跌倒，而是手腳打結、威風盡失的仆倒。他聞到一絲女性香汗的味道，還有刺鼻的香水味。兩人趕緊從地上爬起。

一個身材乾癟、頭髮更乾癟的男人坐在辦公桌另一邊，張大嘴巴。他瞪著他們，好像他們……剛從他辦公室破窗而入。庫柏哼笑一聲（每次打鬥他都會在無福消受的時刻發現妙趣），走向辦公室門。她跟上來。隔間、檔案櫃、日光燈，跟其他辦公室沒兩樣。他穩穩邁步，朝經過的人點頭，假裝自己只是個小小辦事員。樓梯口在電梯旁邊。他衝上樓梯，耳朵嗡嗡響，胸口發疼。爬了一段樓梯，他停下來看時間。

「為什麼停下來？」

「等他們過來。部署在這一區的人會全部聚集到這一棟大樓。」

「什麼？這是陷阱嗎？」

「不是。他們會包圍這裡，堵住出口，接著戰略應變小組就會進駐，到時我們再出去。」

「去你的，我可不要在這裡等死。」

他聳聳肩。「好吧。」

她瞇起眼睛。「這全都是你安排好的？」

「我早就料到金恩會出賣我。」

「那你何必露面？」

「他也有可能沒出賣我，再說這種場面我見多了，很清楚劇本會怎麼演。」

「的確，」她冷冷地說，「你追殺過的異能十根手指頭都數不完。」

「對。現在約有一百個探員往這裡聚集過來，妳有自信可以甩掉他們，那請便。要不然就聽我的，我們一起逃出這裡。」

「為什麼要幫我？」

他頓了頓，思緒快轉。他算準了金恩會出賣他，事實上也得靠金恩助他一臂之力。應變部想必給了金恩一大筆賞金，可是事情沒那麼簡單。應變部或許不在乎一般的罪犯，卻能牽制其他在乎的單位，所以金恩很可能靠出賣他而拿到免死金牌。連小學生都算得出來他會聯絡應變部，然後應變部就會大張旗鼓將他逮捕歸案。這就是整件事的目的。就像熱氣球試飛，代表某種訊號，讓約翰・史密斯完全相信尼克・庫柏不再是應變部的人。或許這會是接近這個恐怖分子的第一步。

但他萬萬沒料到穿牆女孩會在這個節骨眼出現，為他十三個月前射殺的男人報仇。這是個千載難逢的好機會。他不是想接近史密斯嗎？頭號恐怖分子史密斯的愛將現在就在他面前。她就是在三一二炸掉證交所、害死一千一百四十三條人命的凶手。他極力忍住將她一掌打昏、留給老同事處置的衝動。

但她只是一顆棋子，他要找的是下棋的人。

「我不知道，」他回答，「或許為了布萊登・法加斯吧。」他頓了頓讓這句話沉澱，然後說：「走吧。」

門上貼了張「一樓出口，請勿進入」的告示。他一掌把門推開，一邊把昨晚貼的大力膠帶（免得門閂卡住）撕掉。大力膠帶真是好東西。

「接下來呢？」

他不理她，大搖大擺步上走廊，有個女人對她微笑，一名做著女職員工作的女職員。休息室只是走廊隔出的一個區域，裡頭有轟轟響的冰箱、奶精包、塑膠餐具。窗戶粉刷過不知多少次，厚重的油漆把窗戶封住。他把鐵撬一端滑進窗框底下，往下一扳，油漆裂開，不知什麼嘎的一聲。又一扳，窗框開了半吋，他硬把它開到底，爬出去到另一座逃生梯，離剛剛那座逃生梯半條街遠、兩層樓高。有列車正要開進捷運站。好極了。

「別開玩笑了。」她靠在欄杆上。

「不是玩笑。」他爬上去，先穩住腳再向前傾，感覺到重力將他往下拉。最後一秒他縱身一躍，底下仍是毫無妥協餘地的柏油路、車流，還有空蕩蕩的天空。他落在捷運站月臺的屋頂上，彎起膝蓋，抱住身體。鐵皮屋頂被他撞得劈啪響，不過進站列車蓋住了聲音。他身後傳來一樣的金屬劈啪聲，但聲音比他剛剛還輕。兩人並肩蹲在屋頂上，看著銀色列車進站。等到上下車人潮退去，他才輕輕一跳，落在第二節車廂的頂蓋上。他壓低身體，匍匐前進到車廂頭，緊緊抓住車廂邊角，把腳打直。金屬車殼又冰又髒。不一會兒，穿牆女孩也跳上來。她往旁邊看，搖搖頭說：「王八蛋。」

他咧嘴一笑。「列車門即將關閉，請握緊把手。」

列車一晃，像啟動的電梯，然後出站了。

計畫多半都在他掌握之中。他的老同事還沒想到他對他們的反應瞭若指掌，畢竟他們用的是同一個劇本。因此，他輕易就能利用閃光彈製造狀況，為自己爭取時間，把標準規則變成有利自身的條件，先把對方引到一個地點，再原路折回。可是他從沒爬到行進中的車廂頂蓋上。

經過剛剛的驚險場面，這件事幾乎變得輕而易舉。根據他平板上的資料，列車直線加速可以達到時速五十五哩。他不知道在這種速度下抓不抓得住滑溜的車身。幸好他們正好在市中心捷運環線上，列車會先繞一圈再重回原來的軌道。列車轉彎，往旁邊晃動的時候最是驚險，他心裡早有準備，死命抓住車身不放。撲面的風令人精神一振，大樓裡的人臉上的表情讓他就算中槍也死而無憾。他們經過了兩站，第三站迎面而來時，他幾乎有點遺憾。

該死，但我命還在。他起身走向列車邊緣。車門打開，乘客湧進湧出。他等到人都清空，才剛要往下跳——

她就從後面撲上來，手抓他的肩膀，用膝蓋敲他的膝蓋。他倒下來，物理定律半點不由人，但他一開始怎麼會放心背對她？兩人撞到列車的頂蓋又彈起。他掙脫她的手，身體一扭，舉起手要攻擊她。

穿牆女孩一指，眼神驚恐。庫柏瞇起眼睛，冒著危險迅速往背後一瞥。男女乘客下了車，其中有觀光客、商業人士、空服人員、兩名學生……還有兩個穿西裝的男人。

羅傑．狄金森說：「可惡，我確定他會折返。」

「要再檢查一次車廂嗎，長官？」巴比．昆恩聽起來不甘不願，但讓庫柏豎起耳朵的是「長官」兩個字。看來彼得斯局長讓他升了職，說不定還是庫柏以前的職位。不妙。不管狄金森有多討人厭，這傢伙辦事很有一套。

「不了，我不想再檢查一次車廂。你知道我想要什麼嗎，巴比？我要知道你站在對的一邊。」

「我說過了，我不相信庫柏是恐怖分子。」

「是嗎？即使他炸掉了證交所？」

「他沒有炸掉——」

「對。他只是在爆炸前幾秒趕到現場，然後就神祕消失，之後又闖進應變部實驗室偷東西。還有，跟他手牽手的那個女人，就是殺了布萊恩．瓦茲奎茲的凶手。倒是告訴我，你憑什麼相信庫柏是好人？」

「我說不上來，」昆恩仍不妥協。「但我還是不相信他跟史密斯是同夥的。」

「清醒清醒吧，巴比，你的老相好是個——」

「列車門即將關閉，請握緊把手。」宏亮的嗶嗶聲響起，然後列車就發動了。庫柏差點來不及抓緊。陌生而恐怖的沉重感覺讓他腸胃一緊。他太過自信，差一點就被老同事逮個正著。他早就見識過狄金森的身手有多快，況且自己還赤手空拳。剛剛要是跳下去鐵定沒命。

他轉過頭，穿牆女孩跟他的目光交會，不過馬上又別開眼神。

你說你是優越種族，
我說你是人民之恥，
你說錯不在你，
我說抹去所有髒汙。

熄燈吧，
熄燈吧，
血洗街道，
熄燈吧。

你說你是未來，
我說我不清楚，
你說給人留一條活路，
我說刷掉世界的髒汙。

熄燈吧，
熄燈吧，
放火燒了街道，
熄燈吧。

為了過去所受的欺侮，
為了過去的虛情假笑，
為了所有的騙局，
為了所有的謊言。

熄燈吧，
熄燈吧，
讓身體倒下，
熄燈吧。

——斬斷血脈樂團，〈熄燈吧〉
反骨唱片二〇〇七年發行

19

這裡跟大陸飯店的高級套房天差地別。

霍強森飯店位在國家街不怎麼光鮮亮眼的那一邊。透過窗簾灑下的午後陽光陰森森。站在他後面的穿牆女孩問：「接下來呢？」

「在這裡等。」他走到床沿坐下。

她站上前，好像不確定該不該留下，手指沿著桌子邊緣滑動。「好地方。」

「哦，我沒想到會有伴。」庫柏開始脫鞋子。「只是個避風頭的地方。他們一旦發現我們溜了，就會趁人還沒跑遠的時候拚命搜捕。到時候他們會在市中心捷運環線分散開，調出芝加哥警局的監視畫面，叫警察挨家挨戶去調查，到每間酒吧、餐廳和廁所臨檢，還會檢查飯店的新房客名單。」

「我最後一次看的時候，這裡還是一家飯店沒錯。」

「我一週前就訂了房間，登記的名字是艾倫．金斯堡。」

她說：「我看見我這一代的天才毀於瘋狂，赤裸飢餓歇斯底里……[1]」她掀開窗簾，看看對面的磚牆和底下的街道。「不懂這詩要表達什麼，不過文字還滿鏗鏘有力的。」

「嗯。」庫柏脫掉鞋子，把鞋裡的閃光彈遙控器搖下來。「同感。為什麼這麼做？」

1 此處引用的是詩人艾倫．金斯堡的代表詩作〈嚎〉。

「嗄？」她轉過身。

「證交所。為什麼炸掉證交所？妳害死了一千多條人命。」

「不是我，」她說，「我一直想告訴你，我是去阻止炸彈引爆的。」

「狗屁。」

「那裡不該有人的。當天早些時候我們打過電話，聲明我們在大樓裡埋了炸彈，他們如果派人去搜尋，我們就會引爆炸彈。但現場聚集了那麼多人，我去是為了確保炸彈不會引爆。」

「幹得好。我注意到新聞都說炸彈沒引爆呵？」

她抱著雙臂，說：「炸掉證交所只是一個象徵。成立證交所的目的就是要對抗、排擠我們這些人，我們想要證明他們不能建立一個把我們排除在外的未來。殺人要怎麼表明我們的立場？」

庫柏抬頭看她。從她的瞳孔大小、手指的放鬆程度、頸動脈的平穩脈動，都看不出她在說謊。但這女人有辦法躲在飛機廁所裡不被發現，自然懂得控制自己的身體。

「總之，你有什麼資格質問我？殺人的是你，不是我。」

「是嗎？那布萊恩．瓦茲奎茲又怎麼說？」

她把嘴脣抿成一條直線。「他背棄了目標。」

「每個恐怖分子都拿爭取自由當作藉口。」

「納粹突擊隊員藉由殺害人民來保衛國家，又該怎麼說？」

他想回嘴，但又把話吞了回去。你有三個小時可以說服她幫你的忙。讓她走掉，你就輸了。他彎身綁鞋帶，手指不太靈活，因為腎上腺素退去而不由自主發抖，肋骨撞到欄杆的地方也還隱隱作痛。他站起來，走去開電視下方的小冰箱。冰箱喀一聲打開。他拿出兩瓶傑克丹尼威士忌迷你瓶給自己。「要喝東西嗎？」他翻了翻冰箱。「冰箱有紅酒、廉價香檳——」

「伏特加。」

「有柳橙汁，我可以幫妳調螺絲起子。」

「冰塊加伏特加就好了。」

「要親眼看我倒酒嗎？我可是殺人魔王。」

她盯著他看了一會兒，突然嘴角一揚。「酒給我，少囉唆。」

小冰箱裡有全世界最小的製冰盤。他敲了敲，把冰塊丟進塑膠杯，倒進思美洛伏特加，然後把酒遞給她，再給自己倒杯威士忌。一道暖流馬上撫平了身體的痠痛和顫抖。

「我們要在這裡待多久？」

「幾天。」

「幾天？」

「櫃子裡有罐頭湯，可以喝冷的，不過我只準備了一人份，得省著點喝。」

她雙眼圓睜，好像都快凸出來了。他噗嗤一笑。「開玩笑的。等到尖峰時間就走，這樣就能混入人群。」

穿牆女孩笑了，不是那種乾巴巴的假笑，而是發自內心覺得好笑。庫柏說：「這樣好多了。」

「比什麼好多了？」

「比互相羞辱好多了。對了——」

「我叫雪倫。」

「尼克．庫柏。」

「久仰大名，」她冷冷地說，「所以我們就大搖大擺走出去？」

「難道還要鋪紅毯、昭告天下？」

「尼克，問題是——」

「叫我庫柏。」

「你讓我進退兩難。」

「怎麼說？」

「你沒死。」

「什麼？」

「我來是為了殺你，可是你沒死。而且，看到的人都不會覺得我想殺你，反而會以為我們是同夥的。」

「所以呢？」

「應變部早就把我列為證交所爆炸案的頭號嫌犯，今天又看到我們在一起，在他們眼裡我說不定比你還該死。這就算了，但我還來不及自清，我的同黨就會以為我變節了。」

「為什麼？他們不知道妳要來殺我嗎？」

她搖搖頭。「我是自己來的，沒跟任何人說。現在看起來卻好像壞蛋剛好逮到我跟衡平局的第一把交椅接頭，然後我們一起逃亡。我要怎麼為自己辯護？難道要說：『哦，我跟庫柏只是聊聊詩和革命嗎？』」

「他們怎麼會知道妳在現場？」

「應變部裡有我們的人。」

「是喔。」他啜口酒。看到她出現在月臺上，他就已經想到這點，不過沒必要讓她知道。

「你們的人會把我們一起逃走的事通報上去。」

「沒錯。我兩面不是人，必死無疑。你把我害慘了。」

庫柏聳聳肩。「抱歉？」

「聽著，你這個自——」

「小姐，我可沒害妳，是妳跑來要殺我。妳選錯邊不是我的錯。再說，我也可以不管妳，要不是我，現在妳正在問訊室裡發抖。」

「要不是我，現在你正躺在捷運站月臺上奄奄一息。」

兩人劍拔弩張站在床的兩邊，像對老夫老妻在鬥嘴。此情此景，還有從老同事手中救了他一條命的女人（一名恐怖分子）、她叫他們「壞蛋」的口氣，都讓他有種時光錯置感。而且要不是她，他確實早就沒命了。一切都太荒謬，他忍不住笑了出來。

「笑什麼？」

「漫長的一天。」他又啜了口威士忌，走去開電視——舊型的平板電視，不是超立體電視——轉到CNN新聞。無從得知今天的事會不會上新聞，就算會，可能也沒那麼快。

「……幾週以來的一連串恐怖攻擊，今天再添一起。」捷運月臺上站了一名人工美女，語氣急切，看起來像終於有機會嶄露頭角的地方記者。「今天稍早，有個身分不明的男子趁午餐人潮湧現之際埋下炸彈。」

鏡頭切到她拿麥克風對著某男性的畫面；庫柏隱約記得兩年前曾在華府舉辦的研討會上看過他。螢幕下方打出他的頭銜：分析應變部芝加哥分部長，泰瑞．史泰勒斯。史泰勒斯說：「我們的追捕行動已經進行很多個禮拜，雖然順利趕在目標引爆捷運炸彈前逮捕他，卻無法阻止他對群眾開槍。受傷的人包括多名群眾，還有兩名探員。」

「你指的目標是誰？」

「目前無可奉告，」史泰勒斯說，「總之，我們懷疑此人跟在懷俄明州運作的恐怖團體裡應外合。」

「此人跟約翰．史密斯還有三一二爆炸案有關嗎？」

「抱歉，無可奉告。」

鏡頭切到急救人員推送輪床的畫面。躺在床上的就是被狙擊手的交叉火力打中的那個文青潮男。記者接著說：「受傷民眾被緊急送往當地醫院，目前並無生命危險。」

鏡頭再度切換，女記者憂心忡忡的臉塞滿整個螢幕。「這幾個月來，這樣的情景愈來愈常見。異能團體認為，政府如果繼續推動異能監控機制倡議案，暴力衝突將持續升高。昨天議會已經通過這個備受爭議的法案，該法案強制規定所有異能都要植入——」

電視一閃，螢幕整個黑掉。庫柏轉身看見雪倫把遙控器啪一聲丟在桌上。「我正在看新聞。」他委婉地說。

「我受不了那些謊言，全身起雞皮疙瘩。」

「妳知道遊戲規則。這種新聞能安撫人心。外面有壞蛋，我們制伏了壞蛋，簡單明瞭，總比引起大眾恐慌、暴民上街好，要是——」

「要是怎樣？要是說出真相是嗎？」雪倫狠狠瞪著他。「新聞說異能發動恐怖攻擊，但根本不是那樣。還說恐怖分子——也就是你——射傷了探員和民眾，其實是探員射傷了民眾。他們說一切都在老大哥的掌控之中，事實上我們來去自如。從頭到尾只有一點是真的：今天有個異能出現在芝加哥捷運站月臺上。事實上是兩個。」

「妳的重點是什麼？」

「我的重點是什麼？」

「對。除了說出真相比較痛快，以及不會有人相信妳的話之外。人民不是真的想聽真相，他們要的是安穩的生活、好用的電器和滿滿的冰箱。」他跟這個女人好像就是會吵起來。「妳以為我希望異能被植入晶片？妳以為我喜歡學園？告訴妳，我恨透了。不過我們只占人口中的少數，一般人對我們心懷恐懼，而恐懼會讓人變得危險。事實就是，我們這些異能、異種、異類，絕對禁不起戰爭，一旦打起來，我們肯定會輸得很難看。」

「或許吧，」她說，「但如果你們這些人不要一天到晚上電視說會有戰爭，兩邊就不會打起來了。」

他張嘴又閉上，最後說：「或許妳說的對。不過，小心『你們這些人』這種用詞。應變部把我逼上了絕路。他們要為三一二爆炸案找個代罪羔羊，於是把罪推給我，所以我的老同事才想斃了我。不過別忘了，他們推給我的事是妳老闆的傑作。」

「我說過——」

「對，我知道。當天現場應該空無一人。但約翰．史密斯是不是策畫了恐怖攻擊？是不是安排了爆炸場面？是不是埋了炸彈？」

她啞口無言。

「沒有人的手是乾淨的，」他說，心裡漸漸有了眉目，發現一個可以引她上鉤的切入點。「不管是妳或是應變部，都一樣。我累了，現在只想退出遊戲。」

他倒到床上，雙手枕在頭底下。灰泥天花板，午後的黯淡光線把牆上每個突起變得像日晷。適可而止，不然就會像個討人厭的長舌銷售員。

雪倫把腳放到床上，兩腿在腳踝處交叉，身體往椅背靠，順手掀開一邊窗簾。一張臉閃著日落的霞光。她看著窗外，問：「你本來想叫金恩幫你什麼？」
「幫我弄個新的身分。」
「假證件嗎？」
他的鼻子哼了一聲。「我有十幾張駕照。在金恩面前我是T．S．艾略特，在櫃檯我是艾倫．金斯堡，走出這裡我就是查理．布考斯基。但我們現在的對手是應變部。如果我希望人生重新來過，就得要有全新的身分。不只要有新證件、新面目，很多地方的紀錄都要一一吻合。」
「為什麼不乾脆去懷俄明州？」
「是喔。」
「我說真的，」她說，「那裡雖然還沒完全自治，但應變部不敢在新迦南撒野。」
「那就等於死路一條。如果金恩幫我弄到新身分，或許還可以考慮，但他沒有。」讓她主動提起。讓她以為是她的主意。
「新迦南跟一般人的世界不一樣。到那裡的每個人都有過去，每個人都有包袱。在那裡，你可以重新開始。」
「是啊。直到我幹掉的人的兄弟放火燒了我家。不了，如果一輩子都得提心吊膽，我寧可找個比懷俄明州更風光明媚的地方。」他瞄了瞄時鐘，然後閉上眼睛。「我瞇一下。」
漫長的一分鐘過去，又一分鐘，他閉著眼睛，心想：說吧，說吧。
「或許有個方法。」她說。
這就對了！他張開眼睛。「是嗎？什麼方法？拿小刀割我的鼻子，幫我整容？」
「聽我說完。你在新迦南就算維持原來的身分也安全無虞。」她舉起手阻止他回嘴。「但不是現在的你。如果找個有分量的人替你擔保，情況就會完全改觀。」

「我不是恐怖分子。」他的語氣堅定而平穩。不能顯得太過急切，只要露出一丁點馬腳，事情就吹了。「死都不幫約翰·史密斯做事。」

「我想的不是他。」

「那是誰？」

「艾瑞克·艾普斯坦。」

庫柏一怔。「那個億萬富翁？新迦南之王？」

「只有一般人會這麼叫他。」

「他為什麼會幫我？」

「我不知道，就看你能不能說服他了。找他比找金恩那種小人有希望。而且如果你想重新開始，那麼……」她聳聳肩，「或許他可以理解。」

「所以我直接去敲他的門？」

「不是。你需要幫忙。」

他坐起來，把腿盪到地上。暖氣劈哩啪啦動了起來。

「妳有什麼條件？」

「在我把情況當面跟自己人解釋清楚之前，過去的資源我都暫時不能用，包括信用卡、身分證、以前的聯絡人。再說，你的老同事不只追殺你，也會拚命追殺我。」

庫柏假裝正在思考。「我幫妳逃回懷俄明州，妳幫我引見艾瑞克·艾普斯坦。」

「對。」

「我怎麼知道到了新迦南，妳會不會落跑？」

她聳聳肩。「我怎麼知道你會不會為了甩掉應變部而出賣我？」

「妳是說我們暫且相信對方。」

「不是，」她面無表情。「我是說我們不要讓彼此白忙一場。」

庫柏咯咯笑。「好。成交。」他伸出手，她遲疑片刻才伸出手。

「成交，」雪倫說，「就這樣。第一件事。」

「是什麼？」

「我們先去弄點藥。」

20

聽她解釋過後，他說：「妳指的是 neurodicin，一種半合成的鴉片衍生物。」

「沒聽過。」

「民間都叫它幻影或烏有。那是學園開發出的一種新藥，原本是用來取代吩坦尼止痛劑的。它不會麻痺你的感覺，只會打亂你的記憶，讓你暫時忘了痛苦。」

「怎麼辦到的？」

「我哪知，去問當初開發這種藥的異種。總之，挑嘴的毒蟲想來點特別的，找幻影就對了。」

「到哪才能弄到？」

於是他們五點一到就步上街頭，混入通勤人群中，朝北走去。離開飯店之前，他換了襯衫，之後又到紀念品店買了美國職棒芝加哥小熊隊的棒球帽，順便幫她買了一副電影明星戴的大墨鏡。相當初級的偽裝，不過他們真正的掩護是人群。兩人一路沿著密西根大道走，一邊馬路排滿計程車和公車，一邊是摩天大樓，中間是黑壓壓的人群。

「我們要去找的女人是妳的朋友？」

雪倫點點頭。「她跟約翰是老朋友，在學園就認識了。」

聽她直呼他的名字感覺很怪。不是恐怖團體頭子約翰．史密斯，而是老朋友約翰。「如果是朋友，何必還要帶禮物去？」

「去人家家裡不帶酒很沒禮貌。」

「那可不是普通的酒。」

「我要請她幫忙的事也不是普通的事。我又不能直接打電話給約翰。」

「那要怎麼聯絡他？」

她銳利地睨他一眼。「庫柏探員，你在打探我們的運作方式嗎？」

「不是，我只是……」他聳聳肩。「我不懂如果手下找不到他，他要怎麼發號施令？」

「我們又不是軍隊，沒有指揮系統，沒有後勤司令部，也沒有人發號施令。」

「他只是親切地請大家幫忙？」

「對，他是個很好的人。總之，莎曼莎也不知道他在哪裡，但她可以傳話給他。」

「希望妳是對的。聽起來風險很大。」庫柏說。心中暗想：小姐，只要能接近妳的老闆，妳要什麼藥我都會偷來給妳。

轉進壯麗大道之後，觀光客還有提著大包小包的購物人潮讓交通更加擁擠。人潮總是叫庫柏退卻，旁邊多了雪倫更是雪上加霜。她完全沒有直線的概念，在人群裡鑽來鑽去，來去自如，總是找得到縫隙溜進去，有時又莫名其妙突然停住。這女孩在人潮中移動如魚得水，優雅得沒話說，但跟她走在一起的人卻很辛苦。

走到巍然而立的西北紀念醫院，他總算鬆了口氣。醫院大門跟一般醫院一樣冷冰冰。餐廳在二樓，裡頭有假盆栽、假木頭裝飾，空氣中一股濃湯和消毒水的味道。庫柏買了杯咖啡，兩人走去門邊角落的桌子坐下。

「進來時有看到監視器嗎？」她問。

「有。」

「監視器是個問題。看不到目標，我就沒辦法變位。」

「變什麼？」

「變位。」一瞬間，她看起來就像個害羞的小女生。「就是我做的事，我都這麼稱呼。」

「變位。我喜歡。」咖啡又黑又濃，比他預期的好喝。「監視器應該不成問題。雖然在錄影，但我懷疑有人會盯著看。這不是祕密行動組織，大部分監視器只是為了防毒蟲跟防醫護人員偷糖果。」

雪倫往後靠，伸手去撥頭髮，讓髮絲在指間散開。「角落那桌有兩名醫生。」

他瞄一眼他們映在海報框裡的影子。「不是。」

「為什麼不是？」

「白色外套和名貴鋼筆，應該是行政人員。他們可能進得了藥劑室，也可能不行。」

庫柏觀察四周。約有五十個人在這裡，可是一直有人進來。零零星星的病患。一桌有說有笑的護士，一樣無法確定他們進不進得了藥劑室。沒看見有住院醫生。

「那裡。」他說。

她邊玩頭髮，邊循著他的視線看向一名身穿藍色手術服的中年男子。他正把紙巾揉成一團，丟到吃剩的起司漢堡上。「你怎麼知道？」

「他手臂上的汗毛愈往下愈稀疏，膚色也比較淡，這表示他經常洗手，而且洗得很用力。還有，他幾乎沒有指甲。綜合以上兩點，可見他常進手術室。外科醫生應該能進藥劑室。再看他的黑眼圈，疲態畢露，可能輪了二十四小時的班。這樣更好解決。」

「看一眼你就能知道這些？」

「對。很怪的看世界的方式，我知道。」

「不是，」她說，「好強。」

「哦。」不知為什麼，他突然覺得彆扭，尷尬地笑了一聲。

雪倫往後靠，一臉疑惑。「庫柏，你應該多跟同類相處，一般人害你思想扭曲。」他還來不及回答，她便站起來走出去，動作靈巧無比。不是經過計算、步步精確的那種俐落，反而像看著一隻貓一躍上桌，順著直覺決定落地的力道和角度，增一分太多，減一分太少。

外科醫生站起來，拿著餐盤走向垃圾桶。雪倫繞過護士那桌，從兩個愁眉苦臉的女人中間鑽過去再折回來，剛剛好跟外科醫生正面相對。兩人撞在一起，他差點掉了餐盤，盤子和杯子都滑到一邊，趕緊邊道歉邊把東西扶正，紅著臉往後退。雪倫搖搖頭，堅稱是她的錯，笑著拍拍他的二頭肌，然後拿著對方的識別證走回來。

庫柏對著咖啡杯偷笑。

兩人在電梯裡擬好計畫。就他對醫院的了解，每層樓都會存放一些最常用的藥品。但幻影不是一般藥物，它會被放在一處，受到嚴密管制和小心監控。

兩人分開之後，庫柏在角落停步，唸十次「密西西比」，然後換上困惑的表情，兩眼直直看著前方。

藥劑室半像藥局，半像儲藏室。櫃檯開了一扇窗，窗後有一男一女正在數藥丸。庫柏走向櫃檯。「不好意思，可以跟你們問路嗎？」強調「你們」是為了抓住兩個人的注意力。他靠著櫃檯，把兩人的目光引到前面。「我搞不清楚東西南北，這地方太大了！簡直跟迷宮沒兩樣，真不知道你們在這裡怎麼不會迷路。」

「你要找什麼？」

「老天啊，我來看我姪女，原本照他們說的方向走，右轉，直走，然後左轉，坐上了電梯，之後就整個亂掉了。我好像在這裡轉了好幾個禮拜都轉不出去，再不久食物都吃光光，只好啃鞋子了。」

「你要去哪裡？我可以幫你指路。」

庫柏從藥劑師的肩後看見雪倫在一排櫃子之間走動，她對他眨眨眼。他來不及控制自己就揚起嘴角，只好順其自然地說：「是啊、是啊，上一個人也這麼說，我想他一定跟人打賭看他能讓一個人迷多久的路，你們大概也參了一腳。」

樂心助人的表情漸漸從兩人臉上消失。「先生，你不告訴我們你要去哪裡，我們要怎麼幫——」

「我來看我姪女，我說過了。」

「對，可是她人在哪裡？」

庫柏愣了一下才說：「如果我知道的話，還用問你們嗎？你們沒在聽我說話。」

「不是，我是指哪一科？加護病房、小兒科……」

「啊，對！」他往額頭一拍。「抱歉，我一說起話來，說到後面就忘了前面，就跟血淚之路[1]一樣，只不過沒有印第安人死掉。」

藥劑師瞪著他。用不著庫柏的天賦也看得出他心裡在想：這傢伙是笨蛋。

再來就是：或許該請警衛來處理。畢竟這裡是醫院，確實有些不折不扣的瘋子。

「她來割扁桃腺。」

「那就是在恢復室。」男藥劑師告訴他方向，放慢速度一個字一個字講。庫柏點點頭，向

1 指一八三〇年代印第安人被迫離開家園的遷徙之旅。

他道謝，然後折回原路，笑容在臉上擴散，差一點就笑出聲音。

沒想到轉個彎就看到警衛快步走來，旁邊跟著剛剛在餐廳見到的外科醫生。可惡。他們原本期望醫生不會馬上需要用識別證，就算需要，也會回餐廳找一遍，拖延一些時間。但是看這樣子，醫生直接去找警衛幫忙——

他們會跑到這裡就表示已經查過電腦系統，發現剛剛有人用他的識別證進入藥劑室。

他們不會浪費時間找藥劑師問話，會直接殺進門。

那扇門是藥劑室唯一的出口，雪倫會被困在裡面。

——庫柏別無選擇，只好先解決警衛，腹腔一拳、腎臟兩拳一次到位，然後解決醫生。之後再衝回藥劑室，跳上櫃檯，兩個藥劑師要是擋路就擺平他們，拿了藥，救出雪倫就閃人。

有人拍拍他的肩膀，他轉過身。

穿牆女孩站在他後面。「嗨。」

「是妳，可是……」他轉頭看見警衛和醫生匆匆跑過去，兩人都直直望向目標，看都沒看他們一眼。「哦。」

「怎樣？」

「我以為妳還在裡面，所以……我正想要去……」

「救我？」

「呃……」

「我又不是困在樹上的小貓，自己可以搞定。」雪倫拿起一個橘色塑膠瓶搖了搖，裡頭的藥丸喀喀響。「走吧。」

人生不是一場公平的競賽

別讓你的孩子輸在起跑點上

我們都希望給孩子最好的。然而即使是面面俱到的教養，也突破不了遺傳基因的限制。

明燈生育中心只接受以下捐贈者：

· 智商一二〇以上
· 無遺傳病史
· 崔氏—唐氏分級測驗達三級以上

我們沒有不孕的困擾，為何還要選擇人工授精？

一句話：為了孩子。
的確，過去人工授精多半針對不孕夫妻。時代變了，觀念也要跟著轉變。
有什麼比讓孩子擁有最好的遺傳條件、青出於藍勝於藍更加重要？
我們的捐贈者都是人中龍鳳。目前尚未確定為何有些父母會生出天賦異稟的小孩，但一般認為，父母有一方是異能，生出異能小孩的機率更高（註）。如果不想讓孩子輸在起跑點上，選擇人工授精無疑是最好的選擇。其他選擇都只是自私的藉口。

註：此看法未經食品藥物管理局評估。

21

她跟他想像的完全不一樣。

雪倫說她的朋友莎曼莎跟約翰・史密斯是老交情。庫柏想像中的她跟雪倫一樣，是個強悍、自我意識強、充滿危險的女人，總之就是個戰士。

沒想到眼前卻是一個纖細柔弱、淡金髮色的嬌小女子。臉蛋和身材都女人味十足，但身高不超過四呎十，體重大概九十磅，不知為何反而讓人想入非非。那麼嬌小的女人，你忍不住想像她全身光溜溜是什麼樣子。

「嘿，莎曼莎。」雪倫站上前，彎身擁抱她。「這位是庫柏。」

「嗨。」他伸出手。她跟他握手時，他聞到一絲甜而不膩的香水味。或許是她身上的香味，或許是她柔軟滑嫩的手，他發現自己有點興奮。

「進來吧。」她站到一邊。

房間看起來像高級家具店的目錄。兩張一樣的白色沙發擺在厚重的絨毛地毯上；咖啡桌上放著咖啡桌上會擺的雜誌。唯一散發一絲個人特色的家具是爆滿的書櫃。落地窗外是一片黑夜，還有龐然不可見的密西根湖。

雪倫說：「帶了禮物給妳喔。」她拿出藥瓶。

「哇，妳怎麼弄得到烏有？」莎曼莎的口氣像在說情人的名字。「妳真貼心。」

這麼高級的公寓，女主人又風姿綽約，幾乎讓庫柏忘了她是個毒蟲。但看她拿藥瓶的樣子，他瞥見她體內那股原始的、強烈蠕動的渴望。她剛要打開藥瓶又突然停住，敲敲上面的標籤，說：「你們真貼心。」

「別客氣。」他說，因為不知道該說什麼。

莎曼莎的眼睛是淡棕色略帶金色。她看著他的時候，毒癮暫時壓下來，換成他不很確定是什麼的眼神。她改變姿勢，一腳稍微往前，一邊臀部翹起，背部打直。動作雖然細微，卻讓她看起來更強悍，多了一股殺氣。「我很驚訝警察可以接受這種事。」

「我不是警察。」

「現在不是了，但曾經是吧？」她笑著說。「這一向逃不過我的眼睛。關鍵在於你舉手投足表現出的自信，就好像你隨時可以拿手銬銬住我，只要你想。」她的門牙有個小縫，庫柏記得在某個地方看過那表示性慾很強。想到這裡，他開始想像她騎在他上面的模樣，他托住她臀部的手顯得多大，她弓著背，頭髮往後盪掃過他的大腿……

天啊，老兄，克制一點。

「庫柏，你還好嗎？」雪倫露出頑皮的笑。「你好像有點緊張。」

他聽得出雪倫在取笑他，不由回顧起莎曼莎在他面前的言談舉止。她很漂亮，這點無庸置疑，不過漂亮的女人他見多了。漂亮之外還有別的：性感嫵媚、公然挑逗（你隨時可以拿手銬銬住我，只要你想），再加上一點距離感。

哇。

「妳很有天分。」他說。

「什麼天分？」

「讓男人心跳加速的天分。」

這句話讓她措手不及，霎時間，他看穿她表面之下的算計。那就像打開脫衣舞俱樂部的電燈，肉慾的幻象瞬間破滅，一切只是目眩神迷，看走了眼。他看著她在腦中轉了幾個答案，每個都不太明確，輕輕掠過就沒了。她張大眼睛測試一個柔弱無助的角度，但是挺起背和肩膀擺出凶悍強硬的姿態，頭微微一低，拋掉魯莽煩躁的一面，準備演好自己的角色。每個動作都跟撲克牌老手一樣細微。她就像在試一串鑰匙，尋找著能夠解開他希望她是什麼樣的女人的那把鑰匙。

從頭到尾庫柏都保持不動，不露聲色。「妳能看穿人心，是吧？但不是能看穿別人在想什麼，而是能看穿他們想要什麼，然後再變成他們想要的那個人。」天啊，天生當間諜的料。你希望她是誰，她就可以變成誰。

「那就別再躲了，讓我知道你想要什麼。」莎曼莎上前一步。

「為什麼？」

「這樣我就知道要變成誰。」

「做妳自己就好了。」

「那就是你想要的？一個『真正的女人』。對我不成問題。」她嫣然一笑，轉身問雪倫，「他是誰？」

「應變部的人。曾經是。」雪倫往沙發一坐，張開纖細的手臂放到椅墊後面。「他說跟那裡沒關係了。」

「他以前在那裡做什麼？」兩人自顧自對話，當他不在場似的。

「殺人。」

「他殺了誰？」

「好問題。」雪倫歪著頭。「庫柏，你殺過誰？」

「大部分是小孩，」他說，「我喜歡把嬰兒當早餐，開始美好的一天，分量雖然比較少，但骨頭可以熬湯。」

「他很逗趣。」莎曼莎說，但沒笑。

「可不是嗎！很有幽默感的職業殺手。」

「我聽過一個很好笑的故事，」庫柏說，「有棟大樓發生爆炸，死了一千多人，都是些不知道發生了什麼事的平民百姓。」

雪倫一怔，身體像拳頭繃緊，當下的直覺反應又快又強烈。「我跟你說過了。不、是、我、幹、的。」

她要不是個說謊高手，要不就真的不是她炸掉了證交所。

庫柏的記憶轉回六個月前的那一天。她心無旁鶩走進大樓（不是走出），看到他時一臉訝異，還有她聲明自身清白時的表情。當時她說了什麼？好像是「等等，你不——」，然後他出拳打了她，雖然不想，但他不能冒險。

她真有可能是去阻止爆炸的嗎？

不可能。腦袋清醒一點。她說出她相信的事實，不表示她真的知道真相。史密斯是西洋棋高手，而她只是一顆棋子。

「好吧，」庫柏說，「但我也不是職業殺手，所以我們暫時休兵怎麼樣？」

她張開嘴又閉上，然後輕輕點頭。

莎曼莎來來回回看著他們兩個。「雪倫，現在是什麼狀況？」

「我也還不清楚。」

「妳為什麼會跟前應變部探員在一起？」

「說來話長。」

「妳相信他嗎？」

「不相信，」她說，「可是他大可以丟下我，看著我被逮捕，卻沒有這麼做。」

「小姐們？」庫柏笑咪咪地說，「我人就在妳們面前。」

「我需要妳幫忙，莎曼莎。」雪倫往前靠，手肘靠著膝蓋。「我惹上了麻煩。」

莎曼莎的視線在他們兩人之間來回移動。她的手指緊握著藥瓶，後來終於把藥放在桌上，走去坐雪倫對面的沙發。「說吧。」

雪倫把事情經過告訴她。庫柏坐在她旁邊，邊聽邊觀察莎曼莎的房間。小說全是平裝本，亂七八糟堆了兩疊，書脊裂開，紙張都破破爛爛，有科幻、奇幻和驚悚小說。沒有個人的照片。小擺飾看起來像跟家具同時間買的，而不是一點一點慢慢收集。很完美的藏身公寓，是你可以毫不眷戀、說走就走的地方。也是間諜會喜歡的地方。

或是殺手。

這是他直覺的猜測，但他知道自己猜的沒錯。她是個殺手。天啊，她一定是個很厲害的殺手。一個可以看穿男人——任何一個男人——想要什麼的女人。她想接近誰、想跟誰獨處、讓誰卸下防備都行。這個小妖精誘惑了多少個男人？殺了多少個男人？

雪倫終於說到他們之間不怎麼可靠的交易：庫柏會護送她回懷俄明州，她會幫他跟艾瑞克．艾普斯坦牽線，當作對他的回報。

「這樣很危險，」莎曼莎說，「兩邊都會追殺你們。」

「庫柏很熟悉應變部的做事方法，而且他躲著他們的理由不會比我少。」

「妳確定嗎？」

「我人還坐在這裡喔。」庫柏說。

「今天下午發生的事不是演戲，」雪倫說，「那些探員真的想殺他。」

莎曼莎點點頭。「妳希望我說服我們這邊的人。」

「只要告訴他們我來找妳，還有我剛剛跟妳說的話就行了，」雪倫說，「跟他們說我會回去的。把事情告訴他。」

聽到最後一句話，莎曼莎的身體微微一傾，交叉翹起的大腿瞬間放鬆，呼吸一頓。動作雖然細微，但肯定不會有錯。

她在意約翰．史密斯這個人，說不定還愛著他。

而且她知道怎麼聯絡到他。

他必須動用全部的意志和技巧，才不至於讓表情露了餡。

「妳不需要相信我，」雪倫說，「只要轉告他就好了。妳願意這麼做嗎？」

「為妳嗎？」莎曼莎說，「當然願意。」

「謝謝妳。我欠妳一次人情。」

「沒什麼。」

「那能不能再幫我一個忙？」雪倫噘起嘴，他漸漸發現這是她的專屬表情。「可以借用妳家的浴室嗎？」她豎起拇指指向他。「妳該看看他飯店房間的浴室。」

□

庫柏往後靠，兩手放旁邊。感覺很怪，平常他都把手放在哪裡？莎曼莎坐在另一張沙發上看著他，姿勢像貓，慵懶中帶有一絲侵略性。雙腿在膝蓋處交叉，一腳輕輕擺盪，光滑小腿下的肌肉一晃一晃。她光著腳丫，腳趾甲塗著透亮的指甲油。他記得那好像叫裸色。

「我讓你很緊張嗎？」

「沒有，」他回答，「我只是不喜歡被人看穿。」他雙手交疊，感覺還是怪。他周圍的人就是這種感覺嗎？娜塔莉跟他在一起時，每天都是這種感覺嗎？

「你跟會讀心術的人交往過嗎，尼克？」

「叫我庫柏，」他說，「我認識很多會讀心術的人。」他站起來走去窗邊。她的公寓位在三十二樓，視野跟他在大陸飯店的房間有得比，只不過她的面向東邊，隱約可見湖面上的波浪，在午夜的藍色月光下透著銀灰，上面疊著鬼魅般的房間倒影。

「我不是說認識。」玻璃鏡中的她站了起來，邊順順裙子邊走過來。「我是說交往。」

庫柏沒回答。她走到他身後，嬌小的身體整個被他擋住，但他聞得到她的氣息，感覺得到她在旁邊。「聽我說，」他轉過身。「我很感激妳為我們做的事。但別再扮演性感女神了。」

「這不是演戲。你不是想看真正的我嗎？」她的手沿著身體的曲線而下，不過沒有真正碰到身體。「這就是我。我就是幻想。你想要什麼，庫柏？你要什麼，我就是什麼。強悍或柔弱、無助或厭煩、羞愧或淫蕩，或介於中間的任何一種女人。我可以是年幼天真的乖乖女，也可以是只有你才能征服的亞馬遜女戰士。」她又站得更近。「你甚至不用說出口，不會因為說出口而幻想破滅，只要讓我知道你想要什麼。」

「妳是認真的。妳想馬上溜進房間？」

「雪倫不會介意的。我跟她以前也搞過。」

那個畫面差點讓他把持不住。他深呼吸，推開匆匆拼湊的幻想。「我想這對妳來說只是個遊戲，妳想看我栽在妳手裡。」

「不是遊戲。我想認識你。」她把一隻手放在他的胸膛上。「你讓我好興奮，因為你的意志力，你好冷靜自制。讓我知道你是什麼樣的人，不會有人知道的。我可以是你二年級的老師、你女兒的好朋友、你深深渴望卻連自己都不敢承認的人。」

「我女兒，」庫柏說，「今年才四歲。」

「只要對我敞開心胸，我就能感覺你的身體想要什麼，甚至比你自己更早知道——即使你毫無所覺，我也能猜到。跟這個比起來，現實算什麼？」

他低頭看著她，看她深棕色的眼睛、柔嫩的肌膚、凹凸有致的胸部、裙子貼在腿上的線條、金髮的波浪，還有做過足部美容的腳。她令人傾倒，貝齒咬著細緻的嘴唇，宛如慾望的化身、縮小版的愛神。

然而他看得出她心中暗潮洶湧的渴望，跟鰻魚一樣滑溜，隨時會露出尖牙。

「謝了，」他說，「我還是跳過。」

她還在發動溫柔攻勢的暖身階段，一時間沒聽見他說的話。等她反應過來，就像觸電一樣，臉皮繃緊，眼睛迸出火花。「什麼？」見庫柏不回答，她加重語氣再問一次，「什麼？」

他看見她的手揮過來，卻還是任由它咻咻劃過空氣打中他的臉。

「沒人拒絕過我。你以為你是誰？你知道有多少男人為了跟我在一起，爭得你死我活？」她徒勞推著他的胸膛。「不許你拒絕我。不許你這樣對我。」

她的手又揮過來，這次他抓住她的手，中途看見雪倫站在剛剛明明沒人的房間中央。

他放開莎曼莎的手。「抱歉，」庫柏說，「我無意冒犯。」

她那張美麗的臉氣得紅通通。「出去。兩個都出去。」

他們只好離開。門關上時，他回頭看了最後一眼。只見莎曼莎打開藥瓶，正要把藥錠倒進完美無瑕的掌心。

在裝潢華麗的走廊上，雪倫說：「謝了，庫柏，你還真會幫忙。」

回答什麼感覺都不對，而且免不了要吵架，現在他可不想找人吵。兩人並肩往前走，地毯悶住了腳步聲。雪倫按下電梯樓層，他回溯剛剛的場景。他一定漏掉了什麼，感覺就像嘴巴破了個洞，沒辦法不理會它。

莎曼莎的天賦讓人無法摸清她的底細。這輩子她顯然一直像變色龍變來變去，要在半個小時內破解她的把戲是不可能的。不過這件事本身或許就是一條線索：一個從別人的渴望中得到認同的女人，甚至不惜獻身於他，只為了證明自己無可抵擋的魅力。一個樂於接受幻影——一種能打亂記憶、忘掉痛苦的藥——的女人。

說不通。一個自尊心那麼強的毒蟲會是怎麼樣的殺手？拼圖拼不起來。

那通常表示你數錯了。

電梯來了，他們進電梯。電梯在地下停車場停住時，他心中有了答案。

一個自尊心強到非滿足每個人的幻想不可的毒蟲，一定是個糟糕的殺手。

卻是個成功的妓女。

庫柏揉揉眉毛。「我很抱歉。」他說。雪倫看他的眼神，好像明白他話中有話。她開口想說什麼，但又改變心意。

去醫院偷完藥，他們就取了他的車，現在他嗶一聲打開鎖，坐進駕駛座。車子轉了兩圈回到地面上。一扇厚重的大門打開，他們開上湖濱大道，莎曼莎的高級公寓在後照鏡中遠去。

「不是她的錯。」雪倫說，兩眼看著前面的路。「她以前不是這樣的，後來才變嚴重。」

「她是妓女，對吧？」

「嗯。」城市的燈光在她的五官上跳動。

「我本來以為她是……殺手。」

「莎曼莎？」雪倫訝異地問。「不是。她是有很多有頭有臉的顧客，如果約翰要她這麼做，我想她一定也願意。她願意為他做任何事，可是約翰從沒提過這種要求。」

「她為什麼要幹這行？」庫柏看看後照鏡，切換車道。「她顯然是第一級，有那樣的天賦，她可以——」

「可以幹嘛？替應變部工作嗎？」

他轉頭看她，她仍直視前方。庫柏轉回頭，腦中浮現莎曼莎的身影：她第一次開口對他說話、微微站上前變換姿勢的模樣。動作本身充滿力量，那想必也是演戲。他懷疑在毒癮和渴求認同之間，還剩下多少真正的她。

「抱歉，」雪倫說，放在腿上的雙手互相搓著。「我只是有點難過，看到她那樣。她是第一級沒錯，而且在感情上很敏銳，一直都是，能看穿人心的天賦就變成了同理心——發自內心的將心比心，想像別人的世界是什麼樣子。她想當藝術家或演員，雖然在學園裡長大，但不像其他人被盯得那麼緊，比方約翰。她本來可以安然度過的，直到十三歲那年。」

庫柏放在方向盤上的手握緊。「那個人是誰？」

「她的指導老師。」雪倫說，「你知道學園的運作方式？每個小孩都有一名指導老師，通常都不是異能，指導老師就是他們的……全世界。學園的目的就是要我們互相對立，指導老師才是你該信任的人。當然了，老師才是真正的壞蛋，但小孩不會懂這種事。在他們眼中，指導老師就是對他們好的大人，再加上沒有爸媽、沒有兄弟姊妹在身邊，甚至連名字都沒有……」她聳聳肩。「每個小孩都必須有個大人可以愛，那是人類的天性，不管是異能或普通人都一樣。」

之前去參觀學園時油然而生的憤怒加無力感再次浮現，當時他很想把園長丟出該死的窗戶，現在他很後悔沒那麼做。

「總之，她十三歲那年就漸漸變成現在這個樣子。她擁有看穿人心的天賦，記得嗎？看得出男人想要什麼。」她深吸一口氣，然後吐出來。「他說服她那就是愛，甚至答應她一有機會就幫她逃離學園，在那之前他送東西安撫她，讓她好過一點。一開始是維可汀止痛藥，不過他把她的胃口愈養愈大，等到他真的把她弄出去的時候，她已經開始吸海洛因。

「他把她藏在一間公寓裡，不再對她甜言蜜語，只讓她嘗嘗毒癮發作的痛苦。後來他把一個『朋友』介紹給她，告訴她要拿到下次的藥得做些什麼，之後她就開始做這行了。」

「我的天啊。」庫柏說。之前看著莎曼莎的時候，他只看到化身為女人的原始慾望，現在他卻看到一個吸毒成癮、被父親和情人出賣的少女。「她……那個指導老師，他……」

「沒了。約翰從學園畢業之後就去找她。」雪倫從上車之後第一次轉頭看他，臉上又出現專屬的笑容，庫柏踩下煞車。「說也奇怪，她的指導老師就這樣消失了，沒有人再見過他。」

幹得好，約翰。你這傢伙或許是個雙手沾滿血的恐怖分子，起碼做對了一件事。

「現在她可以獨當一面了，不再受皮條客或其他人控制，可是指導老師對她造成的陰影永遠都在。她本來可以成為了不起的藝術家、治療師或諮商師，但一般人的世界要的不是這個，她所受的訓練也沒有教她這些事。

「一般人想要的是願意幫他們口交、當他們女兒的異能界妓女。他們甚至不需要覺得愧疚，畢竟他們從沒說出自己想上自己的女兒，是她感覺到的。至於對女人來說……」她聳聳肩，「她只是個異能。」

後來她陷入沉默，莎曼莎的故事像香菸的煙霧在兩人之間繚繞。他駛過漆黑的城市街巷。他想反駁她，告訴她世界不一定要這樣運轉，不是所有一般人都像她想像的那樣。

話說回來，她想像的那種人也多到足以讓莎曼莎把自己關進高級華麗的牢籠裡，直到她香消玉殞或年華老去。

這個世界是他們唯一的世界。沒有人說它完美無缺。

「總之，」雪倫說，「即使只有一點點回報，她也會信守諾言。我這邊應該暫時安全，至少在抵達新迦南之前。說到這，我們需要全新的身分。」

「對，」他說，「這就去。不過在此之前，我們得先弄到一樣東西。」

22

「老實說，我還以為你講的是突擊步槍還是什麼神祕的新型監視器。」

「很失望嗎？」

「不會，」她說，伸手拿另一片披薩。「我餓壞了。」

與其說這裡是餐廳，不如說是酒吧，而且是磚牆和霓虹招牌組成的地下酒吧。披薩是加了義大利香腸和辣椒的薄皮披薩，不是只有觀光客會吃的厚皮垃圾。酒客清一色休閒裝扮，棒球帽和牛仔褲。超立體電視正在播放芝加哥熊的比賽，好小子拜瑞．亞當斯讓其他人看起來都像笨蛋。

庫柏轉開辣椒粉，倒了一把在手裡，然後灑在他的那片披薩上。又油又辣再加上滿口的起司，配一大口帶蛇麻草味的ＩＰＡ精釀啤酒吞下肚，過癮！

酒客突然齊聲大喊，芝加哥熊得分。芝加哥人真的很愛自己城市的球隊。電視正在重播亞當斯過關斬將、如有神助的畫面。雪倫輕輕歡呼一聲。

「美式足球迷？」

「不是，亞當斯迷。」

「打從第一次看見妳，我就猜妳是，」庫柏說，「呃，嚴格來說是第二次。第一次我只注意到一個漂亮的女孩，直到開始調查手機訊號，我才發現妳輕輕鬆鬆就逃過我的眼睛。」

她擦擦嘴上的醬汁。「那次我不是很有把握，因為擔心你們有我的資料。」

「沒有。什麼都沒有。」

「我敢打賭現在有了。」

他笑道。「我想是。現在的追殺順序可能是約翰．史密斯，再來是我，然後是妳。」說出口感覺很怪，因為是事實感覺更怪。臥底也沒有他做得那麼徹底。他已經成了全民公敵。這六個月來他又偷又搶，逃過三次——不對，加上今天是四次——老同事的追殺。今天晚上還進醫院偷了仍在實驗中的麻醉藥，送給一名跟全美頭號恐怖分子像朋友又像情人的異能界妓女。此刻正在跟頭號恐怖分子的左右手（這個影子般的女人殺過的人或許跟他不相上下）共進晚餐。

羅傑．狄金森的聲音在他腦中響起：倒是告訴我，你憑什麼相信庫柏是好人？

想到這裡，他渾身不舒服，趕緊甩開腦中的念頭。「妳跟亞當斯這樣的人的世界是什麼樣子？你們的腦袋怎麼運作？」

「你是指我的能力？」

「對。」

她拿起披薩（他喜歡不愛用刀叉的女人），邊吃邊看著遠方。「想像你站在高速公路的一邊，想過馬路到另一邊。車子呼嘯而過，大卡車隨時可以把你輾成肉醬，還有重型機車在中間穿梭。所以你要盯著車來的方向對吧？注意來車的速度和距離，然後根據判斷，決定什麼時候跑、什麼時候停。」

「或者直接走天橋。」

「也可以。不過想像你拿著相機拍下接下來十五到二十秒的過程，看出中間的運行規則。比方一輛車切換車道迫使卡車減速，暫時讓出空隙，讓重機騎士踩下油門。」

「妳是指轉動油門，重機沒有油門踏板。」

「隨便。重點是，你把全部過程記錄下來。接著呢，想像你回到開始記錄的那一刻，差別在於現在你知道接下來會發生什麼事。你知道正在講手機的女孩沒打方向燈就要切換車道，卡車司機會猛踩煞車，然後重型機車會切進來，於是要避開他們就輕而易舉了。」

「妳是指妳看得見向量？」

「可以這麼說。車子只是一種比喻，我不是真的能夠避開車子，只能在人群裡變位。不過我需要線索，怎麼辦到的，我也說不上來，反正就……看著一間房間或一條街道，我就能看出每個人要走向哪裡或看往哪裡。」

「可以告訴我接下來十五秒這裡會發生什麼事嗎？」

「我不知道某個人會說出什麼話，或者會不會有人打翻飲料。打翻飲料不是事先計畫好的，所以我無法預測。但我知道那個從廁所出來的傢伙，走到一半會跟女服務生堵在一條走道上，接著他會退出去，不巧剛好有個人站起來，大家因此擠成一團。女服務生會站在原地，因為她要去他們後面那桌，另兩個人會讓她先過。」

庫柏轉頭去看。果然跟她預料的一模一樣。「聽起來很累人。」

她揚起頭。「大多數人都會大為讚嘆，說他們多希望有這種本領。」

「是啊，我也一樣。不過妳一定覺得很煩吧，老要想著這種事。」

「你的能力也永遠都在運作。」

「對，而且我確實覺得很煩，」他說，「人嘴巴說的跟心裡想的往往是兩件事。謝天謝地，我只會看穿別人的行為模式和動機，不會真正的讀心術。我可以看出一個人是不是在睜眼說瞎話、是不是心煩氣躁，諸如此類的，但我認識一些讀心人，只要跟人談兩分鐘的天氣，就能看穿對方內心最深的祕密。」

「我也認識這種人，他們大部分都離群索居。」

「是妳不會嗎？如果一天到晚被別人的祕密和謊言包圍，我也會遠離人群。」

「剛剛你說到行為模式，所以你看得出一個人下一秒會做什麼事？你是指肢體動作嗎？」

「對，」他說，「拜託不要為了測試我，故意拿叉子丟我。」

「抱歉。」她揚起嘴角，把手從餐具上移開。「難怪約翰叫我們不要惹你。」

脫口而出的一句話像一記耳光打在他臉上。「約翰……史密斯？他知道我是誰？叫什麼名字？」

「當然。」她一臉莞爾。「你以為只有你們會蒐集資料？他知道你所有事，我甚至覺得他有點尊敬你。去年他否決了暗殺你的計畫，就在證交所爆炸案前不久。我們之中有人想在你車上放炸彈——你開的是Charger吧？——藉此證明即使是應變部的第一把交椅也不安全。」

「那又——我不懂，為什麼不？」

「約翰說不要。」

「我是指約翰為什麼不殺了我？」

「哦。他說那樣只會惹毛應變部，到時候付出的代價會比收穫還高。」

「他是對的。」

「他還說他們無法確定你的小孩在不在車上。」

庫柏張嘴又閉上，想起他有多少次坐上車卻從沒檢查過有沒有炸彈，還有凱特和陶德坐過多少次他的車，同時想像車子炸成碎片、火舌竄出車窗，兩個孩子在後座遭火焰吞噬的慘狀。

雪倫說：「那麼你一定很會跳舞。」

「什麼？沒這回事，我節奏感很差。不過如果有人帶，我或許會是個很棒的舞伴。」

「我會記住的，」她說，「以防哪天我們跑進舞池。」她摺起紙巾，放在只吃一半的披薩上。「接下來呢？」

「我們需要能進新迦南的證件，駕照、護照、信用卡，一樣都不能少。我認識一個高手住在西區。」

她打量著他。「那你為什麼一開始去找金恩，不去找他？」

「該死。老兄，小心點。」「一個是能幫我打通關卡的證件，一個是能幫我抹掉過去、重新開始的本領，兩件事很不一樣。」

「那傢伙是你朋友嗎？」

「不是。」

芝加哥西邊郊區和住宅有些地方風景優美，綠樹成蔭，家庭氣息濃厚，到處都欣欣向榮。這裡不是其中之一。

庫柏原本就是軍人子弟，後來自己也去從軍，從來沒有真正安頓下來（至少地理上沒有），所以看每個地方都是冷眼旁觀，永遠甩不掉外來者的眼光。但在都市混久了也有一些心得：一個城市的主要工業會滲透到生活的各個層面，上至建築、下至聊天話題，無一不受影響。因此，洛杉磯這個建築在娛樂和夢想上的城市，就孕育出空中閣樓這種建築，還有陰脣整型術之類的晚餐對話。金融之都曼哈頓則是把什麼都簡化成錢的問題，街上錢流滾滾，天際線就像股票走勢圖。

芝加哥一開始是個勞工小鎮，以肉品包裝起家，無論現在開了多少時髦餐廳、興建了多少湖濱港口和綠地，最坦蕩蕩的地方永遠還是鏽跡斑斑。不管是一片爛泥的河岸還是工業區的密閉倉庫，都會看到成群結隊的鐵鏽。

庫柏要找的地方，是棟灰灰冷冷的空心磚搭成的三樓建築。正面是卸貨平臺，樓上漆了「范倫提諾父子洗衣乾洗店」幾個大字。油漆經過芝加哥冬天的摧殘已經褪色、剝落。庫柏把車停在街燈下，其實沒必要，因為附近沒住人。他打開後車廂，拿出帆布袋。

「髒衣服嗎？」雪倫問。

「積了六個月左右。」

他們走近卸貨平臺就聽到機器運轉聲。一股微甜的溼氣從裡頭漫出來。裡面的空間很大，房間又熱又吵。轟轟響的日光燈下，巨大的洗衣機正哐啷哐啷旋轉，男女工人忙著往滾筒裡丟衣服或拿出洗淨的衣服。空氣溼黏，有股化學藥水味。乾洗用的四氯乙烯雖然應該鎖在機器裡，但機器都很老舊，設備也很差，空氣中飄著一絲有毒清潔劑的味道。所有工人看起來都小如螻蟻，那是大半輩子都在狹窄走道上彎腰賣命工作的人的特點。庫柏步上走道，停下來讓路給一名推著滿滿一籃西裝的憔悴婦人。外面冷颼颼，但他的腋下和腰背都已經溼了一小塊。

他帶著雪倫爬上後面的窄梯，從頭到尾沒人多看他們一眼。二樓比一樓更熱、更吵。裡頭有大型洗衣機，還有工業用熨燙機，專門熨燙上百家飯店和餐廳的餐巾、床單和毛巾。精密運轉的大型機械從他們眼前一閃而過，音樂聲依稀可聞，節奏吵鬧歡樂，聽起來像墨西哥音樂。他們繼續往上走。

頂樓是最悶熱的一層，排滿了一張張小桌子，有如異常明亮的蜂窩。密密麻麻的人坐在桌前瞇著眼睛踩縫紉機或裁剪布料。周圍的聲音就像有一百隻啄木鳥同時啄著樹幹。男工人多半脫掉上衣，光著上半身或只穿汗衫工作，個個汗水淋漓。有個直升機螺旋槳大小的風扇無力地轉動，攪拌瀰漫著化學藥劑、香菸和體味的空氣。

庫柏步上走道，走向後方的辦公室，雪倫跟在後面。「詭異。」她說。

「這是間血汗工廠。」

「我知道。這裡就像個小聯合國，我看過滿滿都是西非人、瓜地馬拉人和韓國人的血汗工廠，但從沒看過那麼多國家的工人擠在同一個地方。」

「對，」庫柏說，「史耐德是很求新求變的。」

「一個講究公平競爭的血汗工廠老闆？」

「不完全是，比較像在剝削某個另類團體。」

「什麼意思？」

「這些人都是異能，每個都是。」

「可是……」雪倫欲言又止，「怎麼可能？為什麼？」

「史耐德偽造的證件品質一流。」庫柏說，把帆布袋從一邊肩膀換到另一邊。「他專門替想過正常人生活的異能偽造證件。風險很高，但很好賺，付不出錢的人就用勞力償還。」

「靠生產廉價成衣？」

「是高級成衣的廉價仿冒品。」庫柏對著三張桌子外的女人點點頭。香菸煙霧色的頭髮往後紮成凌亂的髮髻，臉上戴著一副奇怪的眼鏡，很像把珠寶匠的放大鏡架在老奶奶的臉上。只見她從左手邊的籃子拿出一件襯衫平放桌上，另一手伸進紙箱拿出繡好的商標，然後不偏不倚一放，飛快落針固定，接著把襯衫掃進右手邊的籃子，同時從左手邊的籃子拿出另一件襯衫。整個過程不到二十秒。

「那是露西．維諾妮卡的商標嗎？」

「考倒我了。」他繼續往前走，她緊跟在後。

「要工作多久才付得起新證件？」

「兩、三年吧。他們需要一份固定的薪水維生，有的是護士，有的是廚師，也有水電工。」他停在步道的盡頭左右張望，接著又繼續走。「原本的工作告一段落才來這裡，一天工作六到八個小時，用勞力還債。」

「你的意思是他們跟奴隸沒兩樣。」

「比較像約聘工，不過差不多意思。」他往走道一瞥，看見史耐德正在跟大他一倍的黝黑男子說話。「這裡。」沒有目光飄向他們。這地方的潛規則就是：沒人想被認出來。畢竟這就是他們賣命工作的目的。一群異能埋頭苦幹出賣勞力，縫製廉價的仿冒成衣，換取冒充成正常人的通行證。

麥斯．史耐德身高六呎半，臉色枯槁，瘦得像竹竿，手戴高級錶，嘴裡卻滿口爛牙。庫柏猜測他是故意的，別人看了不舒服對他反而有利。但也有可能他只是不在乎。

正在跟他說話的工人是個大塊頭。身上層層脂肪覆蓋肌肉，膚色看上去像加勒比海人，緊繃的肌肉在庫柏眼裡像滾滾黃煙，隨時會火山爆發。「又不是我的錯。」

「是你介紹他來的，」史耐德說，「他是你的朋友。」

「不是，我說過他只是我遇到的一個人，帶他來那天我就說過了。我說我不認識他，你要我替他擔保，我說不要。」

史耐德舉起手在鼻子前揮了揮，像在揮去某種臭味。「現在好了，他在酒吧跟人打架，進了警局，要是他亂說話呢？」

「我沒有替他擔保。」

「我應該直接解雇你，終止合約。」
「可是我只剩下三個禮拜。」
「不對，」史耐德說，「是六個月。」
男子愣了一下才雙眼圓睜，鼻孔張大，頸動脈的脈搏加速。「我們說好的。」
史耐德聳聳肩，完全沒有被對方的個頭和怒火嚇到的跡象。在庫柏眼裡，他就像個掌控一切的老大，想征服或擺脫這世界都隨他高興。「六個月。」他轉身走開。
「我沒有替他擔保。」男人又重複說道。
史耐德轉過身。「再說一遍。」
「什麼？」
「再說一遍。說啊。」史耐德咧嘴笑，露出一口黃牙。
一瞬間，庫柏看得出那名工人正在考慮要說出來，還是掐住史耐德的脖子，用強而有力的手指把他的脖子扭斷。無數不公不義壓在那名異能工人身上，庫柏在他身上看到一股衝動——拋開一切求個痛快、假裝未來並不存在。
不得不承認他有點希望那名工人這麼做。為了異能，也為了尊嚴。
但那一刻轉瞬即逝。大塊頭張嘴又閉上。他慢慢拉開工作臺的椅子一屁股坐下，肩膀一沉，傷痕累累的手抓出一把大剪刀和一卷丹寧布，俐落一剪，就把半年的時間拱手送人。
「你，」史耐德說，好像現在才發現庫柏的存在，「那個詩人是吧？」
「對。」他沒伸出手。
「需要什麼嗎？」史耐德冷冷地說。
「新身分。」庫柏說。

「這麼快？上次才給你十份，你全燒掉啦？」史耐德皺起眉頭。「太大意了。我不跟大意的人合作。」

「不是。我需要更好的東西。」

史耐德悶哼一聲，邁開腳步，示意他們跟上。「我做的東西無可挑剔，封印、晶片、墨水都是。你可以把卡片邊緣放在顯微鏡底下看，保證新卡看起來也像十年的舊卡。我的程式人員還核對過政府檔案。沒有更好的了。」

「這次我要越境。」

「無所謂，一定能用，墨西哥、法國、烏克蘭，隨便哪個地方都沒問題。」

「我不是要去這些地方。」

史耐德停下腳步，瞇起眼睛，傾身靠向一名二十二歲上下的亞洲女孩肩膀，看著她把串珠轉進細絲飾品中。史耐德搖搖頭，嘶嘶吸氣。「太大了，」他說，「間隔太大。把事情做好，不然妳對我就沒有利用價值了。」

女孩低首垂眼，只顧著點頭，開始把串珠拿下來。

史耐德說：「你要去懷俄明州？」

「對。」

「你本來就是異能，不用證件就能直接走進去。」

「我不想用自己的身分進去。」

「那要用哪一個？」史耐德露出醜陋的笑容。「湯瑪斯·艾略特？艾倫·金斯堡？華特·惠特曼？大詩人，要哪一個？[1]」

庫柏跟他視線交會，也回他一笑。

「新迦南特區跟其他地方不一樣，」史耐德說，「那裡的安檢很嚴密。」

「很嚴密」是客氣的講法，庫柏心知肚明。新迦南雖然對異能移民敞開大門，但艾瑞克・艾普斯坦和特區當局都極力嚴防間諜滲入，就算過分小心也無可厚非。而且身為地球上最大的異能集中營，等於有全世界最聰明的人在門口把關。應變部探員雖然進得了新迦南（畢竟那還是美國的土地），不過一定得公開身分。少數人混進來之後假裝想要融入當地，最後還是被逮捕，讓大剌剌亮出隨身武器的男子客氣地護送出門。

「你可以嗎？」

「你需要完整的證件，各大資料庫都得植入資料，還得生出不斷更新的消費紀錄。」

「你可以嗎？」

「但終究還是會被抓包。通訊協定會改變，或者搜尋功能會變強，到時你就沒戲唱了。而且你的樣子也不對，水腫得太厲害。」

「你可以嗎？」

「那還用說。」

「多少錢？」

史耐德又嘶嘶吸氣。「兩百K。」

「兩百K？」獅子大開口，比上一次貴了好幾倍。這筆花費會把他六個月來盡力使壞攢來的錢榨乾。「你在開玩笑？」

「不是。」

「一百K怎麼樣？」

「多少就是多少。」

「你這是在勒索。」

史耐德聳聳肩，跟剛剛把約聘工的工時硬改成六個月的動作一模一樣。那動作代表不要就拉倒，反正他無所謂。

庫柏把帆布袋放在空著的工作椅上，拉開拉鍊開始數一疊疊鈔票。私下再點錢是道上的不成文規定，但他不在乎，就讓這些人去動史耐德的歪腦筋，反正不關他的事。

「喏，這裡一疊是一萬。」他把二十疊鈔票推給他，接著又從袋子拿出兩疊丟在一旁。「這個給剛剛被你偷了六個月的人。」

史耐德一臉莞爾。「見義勇為是嗎？」

「他明天就能拿到證件，跟我們一樣。」庫柏輕輕敲著一疊鈔票。「成交？」

史耐德聳聳肩。

「我想聽你親口保證。」

「好吧，」史耐德說，「明天早上。現在呢……」又是舉手揮走臭味的動作，「我得去忙了。」

庫柏腳跟一轉走出去，雪倫就像他的影子滑步跟上。他擠過走道，走下樓梯，出了大門。夜晚的空氣涼颼颼，他深吸一口氣走向車子。車子開了大概一哩遠，雪倫才開口問她顯然已經憋很久的問題。「你為什麼——」

「因為我不喜歡他看我們就像看到牲畜或奴隸，而且毫不隱藏。」

「很多人都是如此。」

---

1 庫柏選用的假名皆為詩人的姓名。

「對。可是在史耐德身上卻冷酷到極點。他可以看著人活活燒死，也不會動一根手指打水救人。那甚至不是恨，是……」他想不出該用什麼字眼形容，也說不上來他為何那麼憤怒。「我不知道。」

「你替那個人還債，是為了證明你跟史耐德平起平坐？」

「大概吧。或許只是想刺激他，滅滅他的威風。」

「可惜沒用。牲畜還是牲畜，就像一頭學會跳舞的牛，逗趣歸逗趣，終究還是一頭牛。」

他無可反駁，一時間只是默默開著車。

「說來很諷刺，」她說，「那些衣服是露西·維諾妮卡的新作品。你知道她的東西嗎？」

「聽過名字。她是個異能，對吧？」

「天啊，老兄，找本雜誌來看吧。她的設計改寫了時尚產業，她看東西的方法——她空間感超強——改變了一切。名媛淑女迷戀她的衣服，而那些住郊區別墅的中產階級女人崇拜名媛淑女，卻又買不起異能設計師露西·維諾妮卡的真品，所以要怎麼退而求其次？只好買異能縫製的名牌仿冒品，血汗工廠生產。」

「就好比小山米·戴維斯雖然是鼠黨[2]的一分子，但不表示黑人可以跟白人平起平坐。」

雪倫微微點頭，不置可否的動作。他看得出她想發表議論，最後還是往後一靠，脫掉鞋子，抬起腳丫放在置物箱上。「總之，你幫他還債真的很好心。很感人。」

「管他的，路見不平拔刀相助。」話一出口他就發現自己是真心的，不僅僅是敷衍她的臺詞。外面的世界比他想像的還要黑暗，他在應變部相對明確的立場，到了外面並沒有讓他比較好過。別忘了，你還是應變部的人。「反正不是我的錢。」他瞄她一眼，擠出微笑。「原來我很適合當小偷。」

這句話逗得她發笑。他喜歡她的笑聲，成熟又爽朗。笑聲漸漸轉為呵欠。

「累了？」

「躲避狙擊手的攻擊、跳上捷運車頂、參觀血汗工廠……真的會把女孩子累壞。」

「遜。」

「本小姐跳上捷運車頂耶！」

這次換他發笑。「好吧。我們找個地方過夜。」

「我知道一個地方，是我認識的朋友，那裡很安全。」

「妳怎麼知道？」

「因為他們是我朋友。」她疑惑地看著他，車外的燈光照得她兩眼發亮。「不是每個人都會對自己的朋友開槍。」

「對，那我怎麼知道妳朋友不會對我開槍？」

她搖搖頭。「他們只是我的朋友，跟攻擊行動沒有關係。」

他慢慢切到左邊，開上往西的艾森豪高速公路。一團低矮的雲把天際線切成兩半，最高大樓的燈光映著靛藍色天空，亮得有如童話故事。積架車的輪胎駛過地面轟轟作響。有時候開車他會有種平靜的感覺，好像他就是車子本身，在路面上飛馳，化身為速度、動力和距離。但是今晚沒有這種感覺。或許是因為距離。這六個月以來他就像在跟距離搏鬥。遠離孩子，遠離娜塔莉，遠離他小心建立的世界，還有他在那個世界擁有的一席之地。雖然他喜歡獨處，但雪倫在他身旁，跟他說話，他才發現自己也會寂寞。有人在身邊感覺不錯。

2 鼠黨指的是法蘭克・辛納屈、小山米・戴維斯及狄恩・馬丁三人組成的合唱團體。

更何況接近她就等於更接近約翰．史密斯。

「好吧，往哪走？」

23

中國城打從一開始就讓應變部一個頭兩個大。不只在芝加哥，老實說也不只應變部。無論在哪個城市，中國城總會讓執法人員碰一鼻子灰。中國城是個封閉的社會，是城市中的孤島，跟他們交易也好、吸收觀光客也罷，你對他們就是一知半解。在中國城工作的警察就像包在大泡泡裡，美國法律只延伸到他們觸目所及的範圍，泡泡以外的世界在他們離開之後依然如故。

因此執法才會困難重重。中國籍的警察不多，其他種族的警察走在其中要不被注意都很難。不只是語言的問題，他們甚至不知道怎麼問問題，或要問什麼問題。再說，在這個自成一體的緊密社會裡，不只有自己的領袖、派系和自己的司法體系，對公平正義也有自己的看法。在這種情況下，外來的警察能有什麼表現？異能出現之後，原本的情況又變得更加複雜。

午夜剛過，河流變成一條黑色緞帶。輕工業和倉庫逐漸消失，取而代之的是加上綠色布篷和寶塔屋頂的擁擠磚樓。路上很多五光十色的商店，招牌上的字對庫柏來說就像鬼畫符，有看沒有懂。少數招牌附上怪裡怪氣的英文：吃或帶走、全好相機、麵新鮮店。交錯重疊的霓虹燈讓夜晚有了科幻小說的氛圍。

「妳朋友住哪？」

「溫華斯大道附近的小巷。隨便找個地方停車，我們走過去。」

他在亞契路上找到付費停車場，正要下車時聽見雪倫說：「槍留下。」

「嗄？」

「他們是我的朋友。我不會帶槍進朋友家。」

庫柏注視她片刻，突然很希望自己擁有莎曼莎的天賦，能看穿雪倫心裡在想什麼。她在玩什麼把戲嗎？故意讓他赤手空拳，好以多擊寡？她也看著他。庫柏聳聳肩，解開腰帶上的槍套，塞到駕駛座底下。

「謝了。」

雪倫走前面，離他半步遠。商店櫥窗上擺著各式各樣的垃圾：招財貓、彩色扇子、塑膠忍者劍。都是賣給觀光客的舊破爛，不過現在觀光客都回飯店睡覺了。人行道上的臉孔都是當地人，很多看起來都互相認識。他們經過一家肉鋪，拔了毛的死雞、死鴨倒掛在店裡。「妳怎麼認識那些人的？」

「李晨跟我是老朋友了，他在這裡開店。」

「對，可是你們怎麼變成朋友的？一開始怎麼認識？」

「哦，在這個對異能不友善的世界裡，我們在漫長的奮鬥過程中發現彼此志趣相投。」

「這樣啊。」

她咧咧嘴。「我們是高中同學啦。」

他回溯之前的線索：兩人是高中同學，而她朋友在這裡落地生根，所以她有可能在芝加哥長大。日後如果需要追蹤她的下落，這是個很好的起點。「很難想像妳上高中的樣子。」

「為什麼？」

「妳那麼神祕兮兮。」

「神祕兮兮？」

「嗯，老是來無影去無蹤。以前還不知道妳叫什麼名字的時候，我都叫妳穿牆女孩。」她哈哈笑。「比我高中時的綽號好。」

「是什麼？」

「大部分是怪胎，至少在我長胸部之前。」他們接連經過一家叫美味園和一家叫七寶的餐廳，然後轉進小巷。街上的燈光霎時減弱。垃圾箱都滿出來，空氣有股甜甜的腐敗氣味。到了一棟民房後面，她踏進屋簷下，伸手敲厚重的綠門。

門後傳來厚重門鎖的聲音，綠門應聲打開。裡頭是前廳，放了一張金屬摺疊椅，一本平裝書攤開朝下擱在椅子上。守門人對雪倫點點頭，指向對面牆上的一扇門，然後按下按鈕。庫柏聽到電子鎖嗶嗶響起。

「這裡是什麼地方？」

「李晨家。聚會所。」她打開門。

裡面的房間明晃晃，光線刺眼，頭上的日光燈在跟繚繞的煙霧奮戰。總共有八、九張桌子，一半坐了人，沒人抬起頭。桌上的人清一色是男性，多半有點年紀，大家都直直看著前方，完全沉浸在牌戲中。一疊疊鬆散的鈔票散落在菸灰缸和啤酒罐之間。

「妳是指賭場？」

「我是指聚會所。大家來打牌九兼交際，這是他們的文化。運氣、命運和數字大小在這裡比較重要。」她從周圍繞過去。背景播放著甜膩的流行歌。走到坐了七個人的那桌，她停下來，靜靜觀戰。沒人理他們，全部眼睛都盯著莊家看。莊家正在發牌給每個人，他比其他人年紀都輕，但頭髮早禿。玩家把牌兩兩排好，發出輕聲喀響。排好之後，所有玩家把牌翻過來，露出點數，桌上瞬間爆出一連串中文。錢往來遞送。

雪倫輕觸莊家的肩膀。他抬頭一看。「亞茲！」破顏微笑，但一看到庫柏馬上收起笑容。

「李晨，」她按按他的肩膀，「這位是尼克·庫柏。」

莊家站起來。他左手邊的男人重新洗牌，其他玩家忙著下注。

「嗨，」庫柏伸出手，「很棒的地方。」

「些些，」李說，「你是緊差？」

「現在不是了。」

「不是緊差。現在是雪倫的捧油。」

「嗯，對，我是她的朋友。」對方的洋涇浜英文讓他一頭霧水，這就是在中國城做事會遇到的標準問題。對方只能聽懂大概的問題，很多細節自然會漏掉。他得盡量簡化提問，免得冒犯到——

雪倫已經快笑出來了。

庫柏看看她再看看李晨。「你在整我？」

「哈，有一點，抱歉。」李笑了笑，回過頭問雪倫，「吃過了嗎？」

「吃過一會兒了。怎麼？麗莎在煮東西？」

「麗莎哪時候不在煮東西？」他對靠在吧檯上的年輕人比個手勢，喝令一聲，對方就跑過來接替莊家的位子。遊戲重新開始，大家都熟能生巧，輕鬆就跟上節奏。李搭住雪倫的肩，兩人並肩邁步。「愛麗絲看到妳一定很高興。」

「她還沒睡啊？」

「她媽媽特別恩准的。」李放開雪倫，伸手去開門，然後爬上樓梯。門上的字就算不認識也猜得出是「請勿進入」。

「愛麗絲是誰？」庫柏問。

「我的乾女兒。」她邊爬樓梯邊微笑轉頭。「今年八歲，是個天才小美女。」

「他為什麼叫妳亞茲？」

「那是我的姓。我爸是黎巴嫩人。」

雪倫．亞茲。芝加哥人。聽起來比穿牆女孩平實多了。一個是恐怖團體的間諜，為全美最危險的人賣命。另一個是……一個女人，聰明，幽默，天賦異稟，有如天上掉下來的禮物。而且充滿魅力，你不妨老實承認，老兄。「很難想像妳有爸爸。」

「夠了。」

庫柏不由得微笑。

走到頂樓時，聲音改變了，味道也是。刺鼻的香料、大蒜還有魚露。走廊傳來熱鬧的笑聲，還有小孩開心的尖叫聲。

「在開派對嗎？」

「今天是遊戲日，」李說，「朋友帶小孩來玩。」

大家都聚集在廚房，跟一般派對一樣。裡頭有十幾個人，男女都有，都是中國人，大家圍在擺滿食物的桌面周圍。爐子上正在燉東西，酸酸甜甜的味道隨著熱氣往上飄。他們走進去時，大家都轉頭看他們。看見庫柏那一刻，大家的笑容微微一斜，不帶敵意，純粹只是驚訝。

「大家都認識雪倫，」李說，「這位是她的朋友尼克．庫柏。」

「大家好。」他環顧房間，看見高腳椅上坐著一名纖瘦的女人，打扮入時，有種亞洲女孩特有的典雅氣質。他看出她身體很自在，便說：「妳一定就是麗莎。」

她滑下椅子，伸出手。「歡迎你。」

「謝謝。」

「你肚子餓嗎？」

其實不餓，但還是說：「餓死了。」

「太好了。我們這裡有好多吃的。」

「真搞不懂怎麼變出來的，」李喃喃自語，從冰箱拿出啤酒，拉開瓶蓋，把酒遞給雪倫和庫柏，一瓶給自己。

麗莎不理她先生，拉著庫柏說：「我來為你介紹。」

「雪倫阿姨！」一團黑頭髮、白皮膚的模糊身影從他眼前掠過，撲向雪倫。雪倫開懷大笑，張開雙臂抱住小女孩。兩人開始滔滔問對方問題，不等對方回答又接著問。

麗莎在盤子上盛了飯拿給他，然後開始一一介紹每道菜和菜名，好像他從沒上過館子似的。庫柏對每道菜都稱讚了一番，每道菜都舀了一些，把啤酒靠在盤子上拿穩。雪倫帶小女孩到他面前，說：「愛麗絲，這是我的朋友尼克。」

「你好。」

「妳好。幫我一個忙好嗎，愛麗絲？能不能叫我庫柏。」

「好。」小女孩拉著雪倫走開。「過來跟我們一起玩。」

庫柏吃吃喝喝，在房間裡走來走去。大部分人都用中文交談，他一加入又會天衣無縫地轉成英文。前半個小時他都在客氣地寒暄，大家都很親切，可是派對一向令他不自在，今天也不例外。閒聊不是他的強項，他也沒有說故事的天分。有人擅長把人生切割成一則則有趣的故事，顯然他並不擅長。

再說，要聊什麼呢？難道要說：「這一次，我正在追蹤一個鑽美國銀行信用卡漏洞的異能。他累積了五十萬筆的小額交易，後來銀行員找上門，他就把人殺了，坐上雪車逃到蒙大拿州的蠻荒林地。」

愛麗絲把雪倫拉向走廊，沒多久走廊就傳來一陣尖叫聲。庫柏拿了一瓶啤酒，循著聲音走過去。他看見雪倫在一間家庭娛樂室裡，站在一張組合式沙發上，閉著眼睛正在倒數。「三、二……一，開始！」

總共七個小孩，愛麗絲也在裡面，每個都躡手躡腳準備逃跑。雪倫張開眼睛快掃一圈，懶懶地假裝要往左跑，實際上卻往右跳下沙發。她撲向一個小男生，對方拔腿想逃，她伸手拍了他一下。接著她腳跟一轉，看見兩個小孩跑向對方，停了半拍看他們撞在一起，才點了他們。被點到的小孩像雕像一樣靜立不動，其他小孩在房間周圍躲來躲去，把家具或立定不動的朋友當作掩護。雪倫說「我要來抓你囉」，然後轉身去拍偷偷走到她後面的男孩，他咯咯發笑然後定住。

庫柏笑呵呵看著他們玩。雪倫步步逼近剩下的三個小孩，悄悄往左往右移，將他們圍堵起來。這女孩無疑是個鬼抓人高手。

「你有小孩嗎？」

「嗄？」他轉過頭，看見李從他身後走來。「兩個，一男一女，一個九歲，一個四歲。」

他想過說出他們的名字，最後還是算了，只灌了一大口啤酒。

「世界上最棒的禮物，是吧？」

「沒錯，的確是。」

「即使有時很想掐死他們。」

「即使是。」

雪倫連珠砲般抓住剩下的三個小孩，最後一手抓住愛麗絲，一手呵她癢。雪倫一鬆開手，愛麗絲就說：「換我！」她走到房間中央，但沒有重新玩一次鬼抓人，而是大聲說：「芝加哥景點。」

「海軍碼頭。」綁著辮子的小女生說。

「宏偉東大道六〇〇號。」

「動物園！」

「加農北路二三〇〇號。」

其他小孩大喊：「美味城！」

「我媽媽家！」

「機場！」

「亞契南路二〇二二號；西二十四大街三三七號；歐海爾機場在歐海爾西路一〇〇〇〇號；中途國際機場在西賽羅南路五七〇〇號。」

庫柏恍然大悟，腸胃一緊。孩子們繼續喊出景點時，他轉向李問：「你女兒是異能？」

李晨點點頭。「一開始我們唸《月亮，晚安》給她聽，她卻比較喜歡電話簿。她會打開我的平板，一連看好幾個鐘頭的電話簿。而且不只芝加哥，連紐約、邁阿密、底特律、洛杉磯也照看不誤。每次我們出遊，她都會先把電話簿看一遍。」

李說的每一個字、臉上牽動的每一塊肌肉，都以女兒為榮，除了讚嘆，也為她的天分感到欣慰。這種反應跟一般父母，甚至跟庫柏的反應截然不同。他不擔心這世界會怎麼看她，也不憂慮她會被送去檢驗、貼上標籤或送進學園，純粹只為女兒的天賦感到開心。

「該你了，齊。」雪倫指著剛剛躲到她後面的小男生。

「好。」他胸有成竹地說，像自信滿滿回答老師問題的學生。

「用住址來算，全部數字相加等於多少？」

「三四九六七。」

「相乘呢？」

「一·二〇九乘以十的三十六次方。」

「把北向和西向的號碼當正數、東向和南向的號碼當負數相加。」

「負二四三。」

愛麗絲也來參一腳。「動物園乘以美味城減安德莉亞家呢？」

「四四四八〇六三。」

「海軍碼頭除以學校？」

「二·四二九一四九七九七五七〇八五……」

孩子玩得正起勁，齊站在他們中間，不假思索地說出答案。庫柏睜大眼睛，漸漸反應過來。「他們都是異能？」

「對，」李說，「我說過今天是遊戲日。」

「可是……」他看看孩子，再看看雪倫，最後視線轉回李身上。「難道你不……我是說……」

「不擔心隱瞞他們是異能的事實？」李笑著幫他說完。「不會。中國文化看事情有不同的角度。這些孩子都很特別，都會光耀門楣，我們怎麼會不喜歡呢？」

但我的老東家隨時會一通電話撥過來。「可是其他人不這麼想。」

「世界在改變，」李輕聲說，「非改變不可。」

「那學園呢？」

李的臉一沉。「有一天，當一切結束，人類回顧歷史的時候，會以這一切為恥，發現那跟二次世界大戰的俘虜營沒兩樣。」

「我同意，」庫柏說，「別誤會，我也是異能。」

「我想也是。雪倫的朋友大多都是。」

「我女兒也……」他遲疑了。即使現在、即使在這裡也不想說出口。為什麼？難道你以凱特為恥嗎？

不對。不可能的。全因為恐懼。恐懼她可能會遇到的事。

對。可是所有負面情緒，還有拚命想隱藏她的天賦又該怎麼說？或多或少不就希望她是正常人？這樣她就不用面對這些危險？

多麼可惡的想法。庫柏又喝了口啤酒，發現瓶子空了。「你不擔心某天有人會逼他們接受測驗嗎？」

「這就是住中國城的好處。政府不知道這些孩子的存在。」

「怎麼說？」

「有人會出國生產，有人請產婆接生，沒去報戶口。這麼做是有風險沒錯，一旦遇到麻煩，就沒有醫療資源可用。很笨也很大膽的做法，不過現在值得冒這個險。」

應變部一直懷疑移民社群有為數可觀的異能幽靈人口，雖然想整治這個漏洞，但那就像失火房舍裡搖搖欲墜的樓梯，總有其他更需要優先處理的事。這些社群很少闖禍，所以就暫時睜一隻眼閉一隻眼。看著這些孩子嬉戲──他們又換了個新遊戲，有個小女孩轉個圈閉上眼睛，回答有關房間裡各種鉅細靡遺的問題，比方愛麗絲的洋裝有幾個鈕釦──庫柏彷彿看見一整個異能世代就在應變部眼前長大成人，沒報戶口、沒做檢驗、沒被追蹤，應變部卻渾然不知。這背後的意義相當重大。

想打電話給彼得斯局長，告訴他這件事嗎？

「一下子很難接受是吧？」李笑著問。「我已經習慣了，所以忘了外面的世界還無法理解。看他們一起玩，不覺得是很美的畫面嗎？沒人從小就灌輸他們是怪物、是怪胎的想法，這樣很好，不是嗎？」

「嗯，」庫柏說，「的確。」

後來，派對結束，大人帶著小孩互道晚安、打道回府，順便把一盒盒沒吃完的食物帶回家。麗莎帶他和雪倫到走廊上的一間小房間。房裡色彩繽紛，牆上貼著迪士尼公主的海報，單人床旁邊的床頭櫃上亮著一盞大象造型的檯燈。

「這是愛麗絲的房間，」麗莎語帶歉意，「今天晚上她可以跟我們睡。抱歉只有這間房間。」

庫柏瞄了雪倫一眼。不管她對這樣的安排有何意見，除了把一綹髮絲塞到耳後，她沒有其他表示。「沒關係。」他說。

「我去拿些毯子來。」

麗莎抱著睡袋回來，還多拿一個枕頭，一起放在床上，然後說：「希望你們睡得舒服。」

「會的，謝謝。」庫柏頓了頓，說，「你們願意讓我住下來，對我來說意義重大。」

「雪倫的朋友就是我們的朋友。隨時歡迎你來。」麗莎環視房間一圈，上前擁抱雪倫道晚安，然後走到庫柏面前。他等著她決定該跟他擁抱還是握手，她毫不猶豫給了他一個擁抱，但很快就鬆開手，踏出房間，關上門。

雪倫雙手插進口袋，這個動作讓她的襯衫一綳，細緻的鎖骨有如小鳥翅膀。「所以呢？」

「我睡地上。」

「謝啦。」

他脫掉鞋子和襪子、解開襯衫鈕釦時，刻意背對她，並決定不脫長褲和內衣。身後傳來布料沙沙細響的聲音，他腦中掠過她脫掉襯衫、乳黃色胸罩貼著古銅色肌膚的畫面。

噢噢噢，老兄，哪來的畫面？

他把這種反應歸咎於兩人今天一起經歷的驚險場面，再加上男性荷爾蒙的影響，之後就不再多想。他鑽進睡袋，揉揉眼睛，不一會兒聽到她關掉大象檯燈的聲音。房間一暗，淡綠色的星星在牆上和天花板發光，夢幻夜空浮現漩渦狀的星座，每顆星星稜角分明，而且伸手可及。

「晚安，庫柏。」

「晚安。」他把手枕在頭底下。他已經過了席地而睡也安之若素的年紀，但身體已經累到不在乎了。當他望著夢幻夜空中的星星時，不知不覺想起剛剛的遊戲，還有那些孩子玩著外面世界難以想像的遊戲時的表情。

他跟自己的孩子已經分別六個月。六個月來假扮成其他人，將他心愛的生活埋葬，只為了捍衛那樣的生活。

說到底，他所做的一切都是為了兩個孩子。甚至連他們出生之前、跟娜塔莉相遇之前所做的事也一樣。這是他當了爸爸才能理解，一旦理解就永生難忘的事實。

世界在改變，非改變不可，李這麼說。

庫柏但願他說的沒錯。

24

那人正等著他們。

他跟庫柏印象中一樣壯碩，肩膀寬大，看似臃腫，其實渾身都是肌肉。這傢伙不練舉重是因為平常就靠搬運重物維生，卸貨平臺對他而言就像自家廚房。

「搞什麼鬼？」看到庫柏和雪倫爬上樓，他大喝一聲。

「你說什麼？」

「幫我付清證件的錢。怎樣，想當大英雄嗎？你以為跟我很熟嗎？」他搖搖頭。「你根本不認識我。」

「隨便。」庫柏從他面前走過去，但大塊頭抓住他的手臂，跟石頭一樣難以撼動。

「回答我的問題，你到底想怎樣？」

庫柏低頭瞄對方的手一眼，暗想：側身一扭，左手肘刺向心窩，往足弓一跺，一個左鉤拳轉回原位。好心沒好報。「我要你別擋路。」

他的口氣讓對方遲疑片刻並鬆開手。庫柏提起腳步跟他擦身而過。

「是你自己愛管閒事，所以我不欠你什麼。」

他一怔，怒火上升，轉身說：「誰說的。你欠我六個月的時間。你應該說的是『謝謝』兩個字。」

大塊頭抱起雙臂，仍然瞪著雙眼。「我不是任何人的奴隸。不是史耐德的，也不是你的。」

「好極了，」庫柏說，「恭喜你。你是個孤島，你誰都不需要。」

「嗄？」

「我受夠了你們這些人——你們這些異種。史耐德坑了你六個月的時間，你就這樣逆來順受。好，隨便你，那是你的選擇。現在有個天使路見不平，幫你贖回那六個月，結果你第一個想到什麼？對方一定別有目的，不可能只是因為看不過去，不可能只是個討厭看到異能受到不公平對待的異能。」

大塊頭瞇起眼睛。「天下沒有白吃的午餐，不管你是不是異能。」

「是啊，難怪我們愈來愈悽慘。」庫柏轉身往門走去，後來又轉過頭說，「我沒有要你當我的奴隸，我要你別再當奴隸。」

他扳開門踏進去。雪倫在他身後咯咯笑。「我真服了你。」

「去找史耐德吧。」

史耐德一看到他們，就示意他們跟他走，懶得回頭看他們是否跟上。庫柏愈想愈火大。拿到東西就離開這個鬼地方。該出發前往懷俄明州找約翰·史密斯，結束這一切了。或許這樣解決不了全部的問題，起碼解決得了其中一個。而且還能多爭取一點時間，讓這世界長進一些。

對口袋這麼深的人來說，史耐德顯然沒在辦公室砸太多錢。漆成白色的空心磚牆，塑合板辦公桌，桌上放著檯燈和電話。唯一的昂貴設備是一部看似特別訂製、簇新精密的新型平板。史耐德在辦公桌前坐下，打開抽屜，拿出一只信封。「護照、駕照、信用卡都在裡面。」他把信封往桌上一丟。

庫柏打開來看，拿出護照，看見自己照片底下的名字是湯姆·卡佩羅。他翻了幾頁，上面蓋了很多入出境章，多半在歐洲。護照已經泛黃褪色，封面磨得又舊又軟。「晶片吻合嗎？」

「你當我是誰？」

「這句話我聽膩了。晶片吻合嗎？」

「當然。」史耐德往後一靠，腳踝放在瘦巴巴的膝蓋上。「更重要的是，你的資料已經植入所有相關的資料庫裡。檔案很完整，你的消費習慣、抵押借款、投票記錄、超速罰單等等，全都在裡面。」

庫柏打開另一本護照，看見雪倫的照片。八成是從這棟建築物某個角落的監視器截來的，不過畫面清晰，背景剛好是一片空白。他看見照片下方的名字。「你在開玩笑嗎？」

「什麼？」雪倫走過去，從他手中搶走護照。「艾麗森．卡佩羅。那又怎樣？」

「他把我們變成夫妻了。」

史耐德咧嘴一笑，秀出一口恐怖的爛牙。「有關係嗎？」

「我沒叫你這麼做。」

「兩邊的檔案互相支持，可以把插入資料的風險降到最低。」

「對你來說是，對我們來說就表示得演好夫妻的角色。」

史耐德聳聳肩。「反正不關我的事。聽著，現在你們兩個人都存在，但根還扎得不夠深。你們的新身分已經植入基礎系統，還要一段時間才會開枝散葉。這是唯一可行的辦法，不可能去修改每部電腦的紀錄，我像埋下種子那樣植入你們的身分，再讓身分自己長大茁壯。」

「要多久？」

「你們現在或許可以通過新迦南的基本安檢，再過幾天你們的檔案才會擴展到整個系統，到時就會有遞迴式備份。可以的話等那個時候再入境。」

庫柏沒答腔。他把護照放回信封，轉身走人。

「大詩人？」

「怎樣？」

「歡迎隨時回來找我。」史耐德哈哈大笑。

他們穿過卸貨平臺時，大塊頭已經不見蹤影。也好。不然以他現在的心情，可能會拿他當出氣筒。

「我們或許可以在李晨他家借住幾天。」

庫柏開了車鎖，搖搖頭。「直接上路吧。」

「你想開車去懷俄明州？」

「有何不可。我們需要時間，而且開車比搭飛機安全。」

「好吧。」雪倫翻了翻護照。「卡佩羅夫婦。」她笑了出來。「如果這是你騙我上床的方法，那還真有創意。」

「妳真逗。」他發動車子，往東開去。「所以我們是怎麼認識的？」

「啊？」

「別忘了我們是夫妻。如果被問到，我們就得看起來像一對夫妻。」

「好吧。工作認識的吧，也算八九不離十。」

其中的諷刺意味讓他不由得微笑。「不過可能要換另一種工作，那種一成不變的工作，這樣問的人就不會接著問更多問題。」

「會計怎麼樣？」

「大家都會問我報稅的問題，我們就完了。那……物流怎麼樣？船運公司的物流。沒人想知道貨物怎麼從一個地方送到另一個地方。」

「好。我先在那裡工作，後來你調到芝加哥，我們才認識。不對，換成印第安那州的蓋瑞市好了，沒人對蓋瑞這個地方有興趣，印第安那州也一樣。」她說，「當然了，你對我一見鍾情。」

「事實上，我想是妳倒追我吧，我淡定得很。」

「誰說的。你一直裝可憐，老找藉口往我的桌子跑。」

「妳真的有張桌子嗎？」

「廢話，我的公寓就有張桌子，上面擺假盆栽剛剛好。」她往後靠，把一綹髮絲塞到耳後。「我們第一次約會是去看電影。你是個正人君子，沒對我亂來。」

「可是妳很猴急，一直碰我的手臂、伸手撥頭髮、調整胸罩肩帶。」

「想得美。」

「還有嬌喘。我印象很深刻。」

「閉嘴。」

庫柏微笑，跟著其他車開上高速公路。兩人一搭一唱，很輕鬆，很自然，他不是在打情罵俏，這樣互開玩笑很好玩。他們繼續說笑，但都輕鬆帶過，他往中國城的方向前進。他們答應麗莎吃過午餐再離開，現在好像多出了一段空檔。他在腦中攤開懷俄明州的地圖，新迦南橫亙在中央，是一片醜陋的沙漠和荒原。這一大塊土地是上千筆土地買賣七拼八湊而成的，邊界是為了選舉而重劃的眾議員選區。他估計要開二十五個小時才會抵達。他們可以慢慢來，中途找地方休息，停下來買對婚戒。他可以趁這段時間擬定計畫。接近艾瑞克．艾普斯坦不是件容易的事，而那只是通往約翰．史密斯的一塊跳板。

「義大利的阿馬爾菲海岸，」她說，「我們在那裡度蜜月，租了個懸崖邊的房間，還有可以喝酒、賞美景的陽臺。我們每天都到海裡游泳。」

「我記得。妳穿那件泳裝很正點。」

「紅色那件嗎？」濃黑睫毛後面的一雙眼睛盯著他。「你一向喜歡我穿紅色。」

「跟妳的身體很配。」他還來不及煞車，話就脫口而出。昨晚的記憶閃過眼前：她的襯衫沙沙褪下的畫面自動浮上腦海。他覺得額頭有點發燙，忍不住瞄她一眼。

她含著笑容說：「我的身體是嗎？」

「我是指妳的膚色。妳說妳爸是黎巴嫩人，那妳媽呢？」

「法國人，性感紅脣、飄逸長髮。他們兩個很登對。我爸是生意人，嘴上一撇鬍子，穿著很有品味，兩個人以前就像從電影走出來的大明星。」

「以前？」

「對。」她簡潔地說。

「我很遺憾。」

「謝謝。」她的肩膀繃緊。庫柏看得出她想改變話題，暗自把這個動作記在他腦中逐漸成形的行為模式中。

他正要開口問他們住哪，就看見那輛 Escalade。愈接近中國城，交通愈來愈擁擠，他原以為是觀光客和午餐人潮的關係。但那輛休旅車——

新型 Escalade，黑色車身，黑色隔熱玻璃。

一半擋住馬路，好像緊急煞車，停在錫馬路和亞契路交叉口，中國城兩大交通要道。沒熄火。

政府車牌。

糟了。

——讓他渾身一震，有種不好的預感。他立刻坐直，握緊方向盤。雪倫很快反應過來，循著他的視線看去。「不。」

他瞥了眼後視鏡，以為會看到一排黑色休旅車，卻只看見一條車龍。如果這是個陷阱，那麼另一邊還沒被封鎖，要迴轉嗎？太過明顯，逼不得已再說。或許只是巧合，剛好碰到應變部的突擊車趕去執行任務，與他無關。

「李晨和麗莎，」雪倫說，身體像被電擊一樣猛地一聳。「不要、不要、不要。」

「還不知道——」

「交通，」她說，「該死，我早該發現的。停車。」

「等等，雪倫，我們不能——」

「停車！」

那一刻他看到了。車速不只變慢，車流還逐漸堵住，動彈不得，不是因為人潮擁擠或紅燈回堵。不知有什麼擋在前面，可能是車禍，警察正在現場處理。

是嗎，那應變部難道是來開罰單的？

庫柏把車開上護欄，停在一排商店前面。車還沒停好，雪倫便衝下車。他熄火下車跟上她，兩人快跑穿過停車場。

遠遠傳來吵雜而響亮的聲音。不只一個聲音，而是好多聲音互相重疊。他第一個想到的是遊行，嘉年華之類的遊行，但他知道那是他一廂情願的想法。他看過那種休旅車不下千次，也叫過不下百次。

那是應變部的祕密警力，結合了鎮暴部隊和特警隊，一律穿戴黑色防彈衣和遮住五官的頭盔及面甲。面甲就是個平視顯示器，有助於瞄準目標、顯示地圖座標，並具有夜視功能。應變部都叫他們戰略應變小組。

一般大眾叫他們無臉人。

雪倫在他前面，只見她掠過商店街的盡頭，跳過一堵短柵欄，往亞契街全力衝刺。庫柏也卯足全力穩住步伐一跳，撐起身體跨過柵欄。她正在過馬路，在此起彼落的喇叭聲中穿梭。有棟公寓周圍是一小片綠地，她從中間一溜煙穿過去，拔足狂奔繞過公寓。他看不見她的身影，呼吸隨著劇烈的動作愈來愈急促。

往北跑了半條街後，又看見一輛黑色 Escalade 停在銀行的入口。銀行的門開著，他看見三個無臉人就防禦位置。三人穿戴厚重盔甲和玻璃面甲，看起來就像肉食性昆蟲，每個都拿著一把槍托可摺疊的衝鋒槍。雪倫往南跑去，直接橫越馬路，汽車喇叭聲跟人群咒罵聲齊響，每前進一步聲音就愈大。庫柏趁她急轉彎時追上她，跟在她後面。

噪音的來源映入眼簾。人行道和巷弄都擠滿了人，多半是中國人，所有人都面對另一個方向，邊揮拳頭邊吶喊。街上擠得水洩不通，想擠也擠不進去。從一顆顆頭頂望過去，庫柏看見十二個無臉人拿著鎮暴盾牌圍住一條巷子。

李晨的聚會所就在那條巷子裡。

不要。

雪倫已經溜進前面的人群，像射進海洋的一把箭，利用她的天賦找出縫隙、拿捏速度。庫柏盡可能擠過人群跟上她。喧嘩聲令人不敢置信，陌生的語言發洩著滿腔怒火和恐懼。他看見前面有個男人撿起石頭往前丟，打中盾牌又彈回來。突擊隊員站上前，提起盾牌往丟石頭的男人狠狠一拽，庫柏幾乎可以聽到他鼻梁斷掉的聲音。男人倒地，直冒鮮血，群眾的鼓譟聲更大了。庫柏心急如焚地左右張望，看清楚低矮的樓房、太平梯、南邊更遠的小巷，試圖找到一個入口（雖然明知不該冒這個險）。

> 應變部戰略應變小組守則第四十三條：若行動地點人潮眾多且懷有敵意，首先畫出行動範圍。限制武力使用範圍，除非目標擁有極大戰略優勢且展露有意利用優勢之意圖。

翻成大白話：地面上手無寸鐵的民眾只會挨打，如果有人爬上建築物，就等著挨子彈。

雪倫已經擠到一半，最後還是動彈不得，即使是她也無法擠過這群暴民。無臉人肩並肩組成人牆，封住小巷的咽喉，擋住二十排怒不可遏的中國城居民。庫柏抓起擋在他前面的男人一提，對方的腳纏在一起，踉踉蹌蹌跌回人群，庫柏趁機鑽進縫隙，追上雪倫。

「我們該走了。」他在一片怒吼聲中大喊。現在第一小隊應該已經開始搜索李家的賭窟和樓上的住家了。他們有熱掃瞄器和獵犬，很快就會發現他跟雪倫不在那裡。「到時他們就會跑進人群找我們。」

「他們不是來找我們的。」雪倫說，臉上血色全失。

「妳在……」他循著她的視線看去。一輛貨車大小的囚車停在前面，後車門打開，鎮暴警察守在後面，武器準備就緒。另一組人正押著兩個上了鐐銬的人走過去，一個禿頭的男子，一個髮型時髦的女人，兩人都在拚命吶喊掙扎。

李晨和麗莎。

庫柏的心一沉。他看著一名突擊隊員提起槍托往李晨的腹部一捅。麗莎失聲尖叫，拔腿要跑向丈夫，另一名突擊隊員從後面抓住她，用黑色頭罩蒙住她的頭，把她推向旁邊的囚車。不一會兒李晨也被押到她旁邊。庫柏的胸口有股力量在大吼大叫，想要破牆而出。他衝破人潮往前推擠，沸騰的怒火幾乎要把胸口燙傷，好不容易前進了六吋又馬上被擠回去，彷彿困在狂風暴雨的海面上，在裡頭又翻又滾卻毫無進展。雪倫的進展更少，她的天賦在這裡派不上用場。頭頂傳來直升機的轟隆運轉聲，遠處警笛價響。啪，玻璃碎裂，可能是窗戶或瓶罐。無臉人立刻反應，抬頭挺胸握緊盾牌。一個冒著煙的圓筒從他們頭頂後方以拋物線丟過來。催淚瓦斯擊中人群中的某個人然後彈到地上，滾滾白煙往上冒。第二、第三個圓筒又丟過來，群眾開始乾嘔咳嗽，節節後退，庫柏跟雪倫也被人群推著走。

在催淚瓦斯跟慌亂場面把一切吞沒之前，庫柏最後在巷裡看到的畫面是：一名軍警拿著黑色頭罩蒙住八歲大的愛麗絲的臉。

沉默。已經過了一小時，沉默仍然如雷轟耳。群眾的回音在他腦中迴盪不去。群眾奔湧潰散之際，他吸進了不少催淚瓦斯，到現在眼睛還直冒淚、陣陣刺痛。他一直得奮力抵抗積架車的速度，很想用力踩油門，不過只能順著車流速度往前開，腦中不停播放剛剛的畫面。雖然站得很遠看不清楚，但想像力填補了其他空白：愛麗絲親眼看見黑衣人拖走爸媽，驚恐得睜大眼睛，不知所措；媽媽看到爸爸被打尖聲大叫；陌生人彎身帶走她時，昆蟲般的光滑面具映照出她的臉。

然後是一片黑，又厚又密的面罩蒙住她的臉。

他親眼看到、聽到群眾，也受到催淚瓦斯的攻擊，但還是不敢置信。應變部怎麼會批准這起行動？為什麼要帶走李晨一家人？何必要用這種方式？

「一定是因我們而起。」他的聲音在累積了一小時的沉默中顯得單薄無比。「他們是來抓我們的。」

雪倫沒答腔。她淺坐在副駕駛座上，肩膀轉向一邊，好像想離他愈遠愈好。

「我不敢相信。」他說。

「為什麼不？」她對著車窗說，「事實上看起來就是這樣。」

「這樣不合常理。他們一定知道我們在這裡，否則不會大張旗鼓跑來。」

她轉身面對他，臉上淨是不屑。「真是這樣嗎？」

他在心中尋找答案，但怎麼回答都不對勁。面罩蒙上孩子臉龐的畫面，把他相信的一切都變成謊言。

「庫柏，現實就是如此，難道你還不明白？你當然明白，你甚至帶領過這種行動。」

「沒有。從來沒有。」

「你從來沒有派無臉人出任務？應變部的頭號探員從沒帶領過追捕行動？」

「這種的沒有。」

「這種的？你們小組都帶鮮花和蛋糕出任務？」

「我的小組出任務都是為了追捕罪犯、恐怖分子，以及已經或即將造成危險的異能。」

「那些人想必也聽到同樣的話，認定李晨一家都是恐怖分子。就像蓋世太保都相信他們圍捕的人是叛亂分子。」

「得了，拿蓋世太保或納粹來辯論太好用了，妳不能拿應變部跟他們相提並論。」

「你認為應變部走的是正確的路？」

「好吧。首先，我已經不是應變部的人了，記得嗎？第二，如果你們不再搞暗殺和炸掉大樓這種戲碼，說不定就不會發生這種事。我痛恨剛剛看到的事，那讓我渾身不舒服。但你們也不能先炸掉一個地方，然後因為有人看你們不順眼就氣得跳腳。那些人認為他們正在逮捕毀掉上千條人命的恐怖分子。」

「隨你怎麼說。」她又轉過身。

有個想法掠過他腦海。「等一等，我不認識李晨和麗莎，認識他們的是妳。」

「所以呢？」

「除非有人通風報信，不然應變部怎麼會知道？」

「誰？」

「會不會是莎曼莎？還是……」他停住，讓她自己反應過來。

「你在暗示是約翰跟應變部告密，叫他們來捉我們？」

「他認識李晨和麗莎嗎？」

「不重要。無論如何他都不會做這種事。」

「也許莎曼莎還沒傳話給他，是他想要除掉妳。」

「不可能。」

「雪倫——」

「真的不可能，庫柏。別說了。」

他開口想跟她爭辯，想藉由脣槍舌戰發洩心中的怒火，跟她鬥個你死我活。他想告訴她在紐約爆炸現場的殘骸中他看到的粉紅色娃娃，轉念又想起李晨家的慘況——大門毫無預警被轟開，無臉人大批湧入，他的老同事大吼大叫，將他們一家人制伏，戴上鐐銬，壓在廚房地板上，昨晚他還在那間廚房裡跟一群親切的陌生人閒聊。

這筆帳要算在約翰．史密斯頭上。如果沒有恐怖行動，就不會成立戰略應變小組。史密斯的雙手染上了數千人的鮮血，李晨一家只是最新的受害者。

他不由得回想起三一二事件那晚沃克總統對全國發表的演說。庫柏是隔天在諾福克郊外的某間飯店看到的，當時他已經踏上逃亡之路。他那時的心情只能以坐立難安來形容，只怕總統會鼓吹國人對異能展開報復，沒想到總統反而呼籲國人要寬容面對。他是怎麼說的？

俗話說，患難見真情，在逆境中能淬鍊出最強大的同盟。面對這次困境，國家不能撕裂，全國上下都要團結一心，絕對不能分裂成異能和非異能。

讓我們一同努力，為下一代建立更美好的未來。

讓我們永遠不要忘記今日的痛，永遠不要向相信槍桿子出政權的人屈服，不要向殺害兒童以達到目的的弱者屈服。

對這些暴力分子，我們不能——也絕不——寬貸。

這場演說讓他驕傲又亢奮，愛國之心油然而生。這些話至今仍令他動容。那代表了如今他隱姓埋名以及六個月來拋家棄子的原因。

他一定要找到約翰，史密斯，對他，絕不寬貸。

這些話他聽過無數次，每天晚上都要在心中默唸。令他意想不到的是跟在後面的細小聲音：然後呢？重回應變部嗎？一次又一次發動戰略應變小組？你真的能重回那種生活嗎？

雪倫說：「他們之後會怎麼樣？」

「帶去應變部的地方分部問話。」

「問話？」

「對，」他說，「只希望他們會馬上說出我們的事，那樣會輕鬆一點，說不定被警告幾句就能回家了。」

「不要騙我，庫柏。」

他瞄她一眼，看到她目光炯炯。他轉頭看著前方的路說：「他們會被起訴，店跟住家都會被查封，其中一個或兩個會因為窩藏逃犯而入獄。」

「愛麗絲呢？」

庫柏咬緊牙。

「天啊。」雪倫把臉埋進手裡。「進學園嗎？」

「……可能，要看測驗是不是第一級。」

「就算不是也會被貼上標籤，納入追蹤對象。現在又通過了晶片法案，會把晶片植入她的喉嚨，而且是直接貼著頸動脈，就算用顯微手術也無法取出。她會一輩子不得安寧。」

他想說些安慰的話讓她好過一點，但怎麼也想不到。

「我的天啊，都是我的錯。我不該帶你去那裡的。」

「現在我們無計可施，只能去懷俄明州把事情搞定，讓彼此自由。之後或許可以再來想想辦法。」

「對。」她笑了一聲，卻毫無幽默的成分。「該死。」她望著窗外，庫柏懷疑她有無心情欣賞窗外的景物。「但願你值得。」

「什麼？」

斜方肌一緊，手指輕顫，遲疑片刻。動作細微，可是逃不過他的眼睛。「我說但願這麼做是值得的。我是說去懷俄明州。」

庫柏壓下自己的反應，手指輕敲方向盤。剛剛她只是一時說錯話嗎？有可能。不過為什麼遲疑……她有事瞞著他。

對，她跟你不同邊，還記得吧？

他想揭穿她，思索過後又算了。這二十四小時以來發生的事——天啊，才二十四小時嗎？——在他們之間激盪出一種革命情感。對，她確實很有魅力，然而他們之間不管是什麼關係，都不可能延續下去。他不可能背叛她、殺了約翰．史密斯，再若無其事問她要不要改天一起喝杯咖啡。

她是敵人，最好別忘了這點。重點是演好自己的角色，而且要毫無破綻，並隨時留意她的一舉一動。

前往懷俄明州，然後殺了約翰．史密斯，終結這一切就對了。

為了所有的孩子。

25

三天的黃土綠地，輪胎轟轟駛過漫漫長路，廣告看板映著一望無際的天空，看起來一模一樣的加油站，還有時好時壞的廣播收訊。西向九十號州際公路，宛如一條長長的灰色緞帶迆邐穿過威斯康辛州高低起伏的山丘、明尼蘇達州的平坦原野、南達科他州被烈日晒得褪色的樹叢。沿途經過的城市愈來愈小，密爾瓦基的天際線還看得到教堂高塔和酒廠招牌，到了蘇瀑市已經沒什麼可看，拉皮德城則是連商店街都是低矮平房。

他們可以瘋狂趕路，但總得想辦法殺時間，最後決定一天開八個鐘頭，晚餐再到連鎖餐廳填肚子。沉默沒有持續太久。第一天晚上兩人就重啟之前的對話，避開政治問題，刻意保持輕鬆。成長過程的趣事、好友死黨、喝醉酒闖的禍、喜歡的書。既不會太親密，也不會太疏遠。

昨晚他們在黑山的一家公路汽車旅館投宿，邊吃外送披薩邊看超立體電視，心照不宣地跳過新聞臺。窗外一片黑，世界彷彿消失了，滿天都是星星。聽著她在隔壁床上的呼吸聲，他不知不覺也睡著了。

今天他們一大早就出發前往懷俄明州。他只去過那裡一次，十二年前跟娜塔莉到懷俄明州的大提頓國家公園露營。當時夏天還沒結束，山上綠意盎然。他記得早上他們邊纏綿邊聽著咖啡在營火上沸騰，小鳥在林間歌唱。

然而，此刻從東邊邊界放眼望去，只見多刺的灌木叢和乾巴巴的石頭，一片荒涼。看起來不像適合人居的地方。市區都是圍繞著公路發展的小村鎮。

到了吉列，一切改觀。這裡曾經是個寧靜的小鎮，只有兩萬人口，多半是發電廠員工。後來艾瑞克．艾普斯坦坦承他悄悄在懷俄明州收購的大片土地，將納入一個新的大「公社」裡。這個地方將成為跟他一樣的人的家園，他將此地取名為新迦南特區。一般人都叫它「異種特區」，並對吸引異能移居到當地的想法嗤之以鼻。這都是在三千億美金投入之前的事，過了幾個月，世界徹底改變。

吉列是進入新迦南的前哨。它跟其他兩個更小的城鎮──西邊的肖肖尼和南邊八十號州際公路旁的羅林斯──是進入新迦南的三個入口。艾普斯坦開闢了寬闊的大道深入荒原中心，雙向共八線道，豪邁地切入美國最乏人問津的地區。他以各種方式買下周圍的土地，有的按畝收購，有的是跟控股公司、拍賣市場或人口數不到一百的村落買來。他另外還買了散落在各處的牧場，以及石油跟天然氣的開採權，因為埋得太深或數量太少，所以尚未有人開採。拼拼湊湊之後，最後得到一片岩石遍布的荒漠，一塊在歷史上人煙罕至的廣闊土地。

過去默默無聞的吉列、肖肖尼和羅林斯小鎮，從此聲名大噪，成了通往新迦南的大門。大型公路餐廳如雨後春筍般湧現，建築工人（負責新迦南的初步建設工作）的宿舍也愈蓋愈多。餐廳、電影院和購物商場迅速跟進，觀光飯店、飾品店、市區博物館等也絡繹而來。

庫柏小時候很愛科幻電影，尤其是色彩和燈光俗氣華麗、演員穿跳傘裝的七〇年代科幻片。裡頭的元素俗到很有趣，世界都變成兩百層樓高的大都會。當他們在車陣長龍中排了二十分鐘，等著經過吉列時，他突然意識到未來並沒有變成電影想像的那樣。貧瘠的土地和刺眼的豔陽看起來更像過去的世界──西部牛仔的世界。

「還要多久才到檢查站？」

「從這裡嗎？」雪倫正在開車，她伸長脖子往前面的十八輪大卡車旁邊看。「大概十五分鐘吧。」

「真有效率。」

「非有效率不可。這個入口基本上就像個大型貨運站。」

「我知道。」應變部探員都聽過多次有關新迦南的簡報，他也不例外。從文化層面來看，新迦南類似二次世界大戰後不久的以色列，但它面對的處境很獨特。因為土地仍屬於美國，所以還是得遵守美國的法律，不過三百億美元爭取到各種的例外。艾普斯坦的律師和遊說人找出一百個法律漏洞，最後讓新迦南成為一郡，並擁有自己的法規。加上整個新迦南都是私人土地，因此可以控制出入。「所有入內貨車都要在這裡卸貨，再經由內部的貨運網路分配傳送，創造了很多工作機會。」

「在新迦南不愁沒有工作機會。那裡的失業率是零，不只有研究工作，貨運、建築、採礦、基礎建設，各種勞力工作都有。」

「當然了，總得讓正常人有事可做。」

她笑了笑。「不只正常人。很多異能搬來這裡想貢獻一點心力，不過第五級的運算師或第三級的音樂家，跟引領生物醫學研究的頂尖人才還是有段距離。」

「妳在這裡住了多久？」

「公寓買了三年，但我不確定會跟別人說我住在這裡。」

「我知道妳的意思。」

十分鐘後，他終於看到邊界。四線道變八線，變十六線，再變三十二線。大貨車移向右邊，填滿空著的線道，大小客車移向左邊。每條線都通往類似收費亭的檢查站。身穿棕色制服、佩帶藍星徽章（新迦南的標誌）的警衛像螞蟻一樣移動，少說有上百名，有的在跟駕駛人說話，有的正拿著鏡子往車底下照，有的牽著德國牧羊犬。檢查站上方的遮篷看似平凡，庫柏知道裡頭藏有目前最先進的新科技掃描器。有個笑話說，想知道應變部明年的新行頭，只要來懷俄明州，隨便找間酒吧走進去就行了。這就是新迦南真正的防衛利器，比荒涼土地和大把鈔票更厲害的王牌。各個領域的絕世天才，包括讓人類科技突飛猛進的異能科學家，一起為這片土地效力，最新成果之後再傳遍全美國。

庫柏暗想，征服美國不需要多厲害的軍隊，建立一個生活中少不了的娛樂中心就夠了。

雪倫把車開到遮篷底下，一陣涼意突然籠罩車頂。她降下車窗，留著整齊八字鬍的年輕人說：「歡迎來到新迦南特區，麻煩出示證件。」一口氣把話說完。兩人不約而同伸手去找護照——在途中就說好，不能顯得太急切、太準備就緒——然後遞出去。警衛點點頭，把兩本護照遞給身後的女人掃瞄。庫柏知道掃瞄不只會檢查護照是否有效，也會檢查最近的信用紀錄，以及行車和犯罪紀錄，天知道還有哪些。

待會就知道史耐德有沒有誆我們了。身分證和信用卡都沒問題，但不代表什麼，這才只是第一關。庫柏刻意顯得漠不關心，像個觀光客左右張望。

「嗯……卡佩羅先生跟卡佩羅太太，」警衛說，「兩位到新迦南是為了？」

「純粹只是觀光，」她開朗地說，「我們要開車一路玩到波特蘭，想說可以順道來玩。」

「車上有麻醉藥品或槍枝武器嗎？」

「沒有。」庫柏料準他們一定會問，所以早就把手槍拆了，丟在明尼蘇達的垃圾箱裡。反正他本來就不太喜歡槍，況且少支手槍也不會有太大差別。

「兩位打算在哪裡投宿？」

「應該會在牛頓找間飯店。」新迦南的第一個城鎮牛頓是當地的最大城之一，大多區域都對觀光客開放。再進去就得接受更多安全審查，需要提供更多證件。應變部的簡報曾將新迦南比喻成層層篩網，每一層都利用法律漏洞篩掉一些人，從設有警衛的住宅區、高度戒備的採礦區到官方研究機構，層層而上。庫柏左右張望時，另一名警衛拿出一具他沒看過的長方形儀器，慢慢沿車身移動。檢查是否有爆裂物？拍照留存？還是在讀取他們的氣場？

女警衛把護照遞回給八字鬍警衛，八字鬍再還給雪倫。「謝謝兩位的合作。要提醒您，新迦南特區是私有的法人土地，進入特區請務必遵守艾普斯坦企業的規定，行動範圍僅限於綠色標記的指定區域，另外也須遵守安檢人員的所有要求。」

「了解。」雪倫說，然後升起車窗踩下油門。

他們就這樣進去了。

眼前的景象有別於他的想像。

庫柏看過無數照片和模擬情境，還記得大型倉庫密密麻麻蹲踞在每個入口，一排排庫房就像是各種貨品的中繼站，從木材到二氯乙烷到威士忌，全都是新迦南進口的商品。他研究過這裡的平面圖、連接城鎮的道路網，還有一夕冒出的前哨站。他讀過這裡的太陽能投資計畫，綿延數哩的光電板像昆蟲的甲殼閃閃發亮，隨著日照和月照的方位精準地變化角度。他也知道牛頓、達文西、萊布尼茲、特斯拉、阿基米德的人口有多少，以及每個城鎮各自扮演的角色。他還聽過演講分析這些以源源不絕的資金建立、經過事先規畫的城市。

可是他從沒有降下車窗駛過牛頓的街道，嗅聞灰塵和冷凝器排出的鐵腥味。他從沒有看過當地的女人把電動車停進酒吧外的充電站，也從沒聽過充電機轟轟運轉的聲音。雖然讀過不下千次的人口數據，但他從沒想過這地方多麼青春洋溢。曉得這裡所知年紀最大的異能才三十三歲是一回事，親眼看到青少年滿街跑、毛頭小子頭戴工程帽開卡車、年輕人在這裡按照十年藍圖建立新世界，又是另一回事。當然也有大人，不少生下異能子女的父母遷到這裡定居，不過他們看起來格格不入，人數明顯少很多，就像大學校園的教職員。

雪倫的公寓位在一家酒吧的二樓。臥房擺了張整齊收起的摺疊床。廚房看不出有人曾在那裡下廚的痕跡。有張書桌上擺著沐浴在陽光下的塑膠盆栽。處處都讓他想到自己在華府的荒廢公寓。

她帶他走進公寓，站在原地看了一會，彷彿正在辨識這個地方，似乎有人趁她不在時闖進來移動了屋裡的東西。過了一會，她說她想梳洗一下。隔著牆壁他聽見淋浴間的水龍頭快速開關的聲音——只能洗戰鬥澡，這裡的水很珍貴，一滴都不能浪費。庫柏打開冰箱，除了調味料和啤酒，空無一物。他拿了一罐啤酒在房間裡踱來踱去，之後走到外面的小陽臺。

新迦南落實了最新的都市設計理論，這裡有寬闊的腳踏車道跟有如義大利廣場的廣大空間。他瞇眼抵抗豔陽，啜一口啤酒，看著一群二十郎當的年輕人玩起打情罵俏版的捉人遊戲，男孩追著開懷大笑的女孩跑，每個女孩都身材瘦削，晒得很黑，全身上下洋溢著青春活力。他很好奇哪個是基因組分析高手或者能清楚記得十幾年前看過的一張臉，哪個為約翰·史密斯工作，哪個是恐怖分子，哪個曾是他鎖定、追蹤、甚至獵殺的目標。

獵殺？

他又喝一口啤酒，靠在欄杆上。不一會兒她走過來，換上一件露出肩膀的細肩帶洋裝。她頭髮還是溼的，正拿著梳子悠悠梳頭髮，聞起來很香，有熱帶洗髮精的味道，可能是椰子。

「所以，我們成功了。」

「我們成功了。」

他轉過身，身體靠著欄杆，感覺到T恤下熱燙燙的金屬。他看著她梳頭髮，看著她盯著他看。「怎樣？」她問。

「我只是在想，妳現在安全了。」

「而你還沒有。不太自在，對吧？只要有個穿制服的人看你不順眼，下一秒你就會坐進亮得刺眼的房間。」她歪著頭。「我知道那種感覺。」

他沒回答，只是直視她的眼睛。

她嘆道：「庫柏，我們說好了，我說話算話。你幫我安全回到這裡，我也會帶你去找艾普斯坦。」

「好，」他說，「怎麼做？直接開車去他的辦公室，要求覲見新迦南之王嗎？」

「我說過了，只有一般人才會這樣叫他。」

「我們已經來到他的王國。」他對著廣場上的兩名制服警衛點點頭。「那些人就是他花錢雇用的安檢人員。」

「沒錯。但這裡沒有血汗工廠。」

何必說話刺激她？她說的沒錯，他是覺得不自在。多年來他一直是個呼風喚雨的特權分子，如今充其量只是個拿假護照的觀光客，更殘酷的是，他對自己的安全不抱太大期待。

然而令他不安的不是這個。他早就料到自己會像踏入敵營的士兵，但到了這裡他才發現，敵營原來是以色列的合作農場跟大學校園的混合體，完全不像邪惡帝國的運轉核心。這種感覺令他不知所措。

不但不像邪惡核心，眼前所見的一切，他甚至不討厭。這地方有種振奮人心的力量，無論是洋溢的活力、嚴謹的規畫和活潑的創意都是，給人感覺是一個正在大力建設、邁向未來的地方。這裡以外的地方反而像陷在過去的泥沼中，永遠渴望回到更單純的時代，即使那樣的時代根本不曾存在。

「下一步怎麼做？」

「第二步明天再說，我們去找艾普斯坦，我答應你就一定做到。第三步咱們就分道揚鑣，我會去找同伴解釋清楚。」

「那第一步呢？」

「第一步就是你去換衣服，我們出去喝一杯。我終於回到家了，想慶祝一下。」

他們先去她公寓樓下的酒吧。外表看來跟一般酒吧沒兩樣，他又在腦中玩起平常的遊戲：點唱機播放著鄉村搖滾歌曲；吧檯後面有霓虹燈招牌；木頭桌面刮痕累累；毒辣刺眼的陽光從前面窗戶灑下；早班酒保一臉疲憊，身上有刺青。

五題只對一題，十年來頭一遭。

酒吧開了冷氣，有點冷又不會太冷。窗玻璃的光線偏振功能除去了刺眼反光，卻又不會讓戶外看起來一片暗。室內裝潢線條柔和，光線自然不刺眼，彷彿空氣自己會發光。音樂性感迷人，有點像電子樂。酒保是個拿軟式平板工作的十六歲女孩，晒得很黑，但身上沒有刺青。

至少桌子是木製的，而且確實刮痕累累，看起來比酒保還老，可能也是，或許是大批發買下再送到這裡。

「兩杯果汁加兩杯伏特加。」雪倫說，然後轉向他，露出她專屬的鬼靈精笑容，接著說，

「他也一樣。」

一開始他輕啜飲料，有點緊張不安。第二杯冰伏特加撫平了他的心情，而果汁——雪倫說是在當地蒸餾的，蘋果和洋梨是適合在懷俄明州生長的少數植物——被順口的苦味沖淡。

「富含維生素，」雪倫說，「多半是維生素B。這裡的人吃很多肉，但蔬菜在這裡很貴。」她一口接著一口喝，再追加果汁順順口，身上散發著之前他沒看過的輕鬆自在，好像正一點一點放下戒備。友善熟悉的地方帶來的安全感。只見她談笑風生，又點了更多飲料。過了某個時刻，他心想，管他的，有何不可。

「怎麼樣？」她問，「第一印象如何？」

「我覺得妳很漂亮，不過有點火爆。」

「真可愛。」

「謝啦。」他喝了一大口果汁。「說實話嗎？跟我想的不一樣。」

他環顧酒吧一圈，看見十來個客人，都是年輕人，嗓門一個比一個大。桌上擺滿空酒杯，隨時像炸彈引爆一樣哄堂大笑，整桌人笑得前仰後合，然後再一起碰杯。他上一次像那樣跟一群人坐在一起談天說笑，只為了一杯酒而活著是什麼時候？

那種世界以我為中心、活在當下的篤定感，是那麼熟悉。十八歲在軍隊裡跟同袍一起喝酒時，他也曾經像那樣有用不完的精力，一心只想在別人面前證明自己。但感覺還是不太一樣。這裡的人比較瘦，臉色乾癟，看起來像水喝太少、在烈日下曝曬太久，身上的衣服輕薄但變化少，以機能為主要考量。入境時他想像這地方應該很復古，不像未來城市。他甚至有點期望會看到大圓帽跟牛仔靴，一整個世代都在扮演老一輩的角色。結果他只對了一半。這裡是有很多帽子沒錯，但靴子完全機能取向，看起來都歷經風霜、耐操耐磨，毫無流行的元素，至少他沒看出來。

「沒有啤酒招牌。」他說。

她揚起頭。

「這種酒吧一定要有啤酒招牌，妳知道，就那種老派的商標，比方百威馬。即使是新啤酒也會設計出讓人聯想到舊商標的招牌，這就是遊戲規則。要釀啤酒，就替你的啤酒設計商標。就像酒吧一定要有撞球桌，即使現在已經沒人知道怎麼打撞球也一樣。我們祖父母那一輩認真真打球，我們是喝醉酒亂打一通。沒人多想，反正就是懷舊，是對過去的一種情感，世界就是這麼運轉。」

「就像經典搖滾，」她說，「〈阿拉巴馬甜蜜的家〉我聽到都快吐了。」

「看吧。妳想想，滾石合唱團很偉大，那何必要一直重複聽清水合唱團和歐曼兄弟聽到耳朵長繭？有人被他們的音樂打動嗎？真的有人在聽嗎？那就叫懷舊。」

「那汽車呢？」雪倫說，「大部分人都住城市，車不會開很遠，那汽車公司何必要繼續製造跑得快又耗油的大車？應該製造輕巧好停放的電動車才對啊。」

「這很難說，」庫柏說，「我就喜歡跑得快的大車。」

「老派的想法，」她笑道，「續攤嗎？」

窗外的世界轉為金黃色、橘色，最後是紫色。

走出酒吧時，他覺得很好，還沒喝醉，但肯定快了，世界的稜稜角角逐漸消失。她招了一輛電動計程車，指示司機該往哪走。他們擠在小車後座膝蓋碰膝蓋。餐前先來杯馬丁尼，晚餐吃牛排，一吋厚的肋眼，灑上岩鹽和黑胡椒，炙烤到恰到好處的三分熟。每一口都讓他想融化在盤子上。

他注意到餐廳裡的人在打量他們，把他們當作觀光客，眼神不帶一絲威脅。牛頓的觀光客不少，當地人說不定覺得這是在釋放善意。

她點了一瓶葡萄酒搭配晚餐，跟他一杯接著一杯喝，誰也不輸誰。視線愈來愈模糊，世界愈縮愈小。他知道他醉了，但不在乎。

後來他們到了一家地下室酒吧。光滑的塑膠家具和低矮的桌子，煙霧中飄散著甜甜的大麻味。小小的舞臺上有個三人樂團（邦哥鼓、小提琴和吉他）在演奏節奏豐富、介於雷鬼和爵士之間的奇特音樂。三名音樂家都突然偏離有如數學公式的主旋律，音樂幾乎——但還沒有——亂了套。三個都是異能，他很確定。聽一次就能彈出旋律，不過一旦學會就覺得無聊，同樣的旋律再也不想彈第二次的異能音樂家。雪倫去廁所，他靠著椅背欣賞音樂。今晚的明智選擇應該是待在她的公寓研究地圖、讀艾普斯坦的傳記，但他就是提不起勁。

雪倫搖擺著身體走回來，一半是為了穿過人群，一半是跟著節奏扭腰擺臀。她的兩條腿強勁結實，手裡多了兩杯飲料。「飲料來了，卡佩羅先生。湯姆。」

他笑了一聲，說：「謝了，艾麗森。」

他們坐在角落的沙發上，她一屁股坐在他旁邊，身上的味道很香。她從耳後抽出一支捲好的大麻菸，彎身就著桌上的蠟燭點菸。「啊，懷俄明日落！」

「酒吧沒意見嗎？」

「大麻在這裡還沒合法，所以要繳二十元罰金，到吧檯買菸就先付清了。」她又吸一口，往後一靠。「你結過婚，是吧？」

「對。」他腦中閃過上一次看到娜塔莉的情景：她站在曾經是他們的家外面的大樹下。

「結婚七年，離婚四年。」

「你很早婚囉。」

「我們二十歲就結婚了。」

「對方也是異能？」

「不是。」

「因為那樣才出問題嗎？」她把大麻菸遞給他。

他正要拒絕，轉念又想管他的。先輕輕抽一下，然後深深吸一口，立刻往腦門一衝，手指腳趾刺刺麻麻的感覺往體內蔓延。「我十七歲以後就沒呼過麻了。」

「慢慢來。這裡種的大麻很猛的。」

他又吸了一口之後遞給她。一時間他們就這樣坐在一起，幾乎肩碰肩，他感覺到她身體的溫度，也感覺到自己的身體在發燙。

「對，因為那樣才出問題。」

「她嫉妒你？」

「不是，不是那樣的。我們會結婚的一個原因也是因為我是異能。她爸媽反對我們交往，她很生氣，以前還會開玩笑說我們是異族通婚。後來她懷孕，問題差不多就解決了。」

「你開心嗎？」

「有一陣子非常開心，然後每況愈下。」

「發生了什麼事？」

「就……生活吧。」他舉起一隻手，仔細觀察皮膚的紋路，還有擺動手指時肌肉的伸縮。「沒辦法想關掉就關掉，妳知道……我是指我們的能力，害得她筋疲力盡。多半是我的錯。我是個急性子，老是幫她把沒說完的話說完。我們之間的差異演變出各種奇怪的相處方式，比方她喜歡驚喜，但永遠無法讓我驚喜，因為我太了解她的行為模式。氣氛變僵的時候，她還沒開口，我就回應她的憤怒，弄得她更生氣。最後就……慢慢淡了，卻也很明快。」

「好海明威。」她說。

他轉頭看她，大大的深色眼睛、濃密的睫毛，她的臉蛋彷彿在水中漂浮。「是啊。」

舞臺上的小提琴手開始獨奏，拉出的音符突兀刺耳又陌生，但絕不是走音，鼓聲進來之後更加活潑奔放。聽起來像望著窗戶發呆、難以入眠的週六夜晚。

「我訂過婚。」她說。

「真的？」

「拜託，你不用那麼驚訝。」

他粲然一笑。「說說他的事。」

「是女生。」

「真的？」他直起背脊。「可是妳不是同志。」

「你怎麼知道？」

「別忘了我的專長是模式辨認。我的同志雷達很強。」

這次換她忍俊不禁。「確實不是。這年頭世事紛擾，是不是同志也沒太大差別。我的意思是，假如異能的問題沒冒出來，或許局面又變得不一樣，大家就會在意性向的問題。不過我跟她會撕破臉有更嚴重的原因。」

「發生了什麼事？」

她聳聳肩。「就像你說的，我不是同志。」

「但妳愛她不是嗎？」

「對。」她頓了頓，又吸了一口煙。「我不知道，發生了很多事。我的天賦是問題之一。很難。愛一個人卻無法跟對方分享你看世界的方式，就像跟盲人解釋什麼是顏色一樣，他們永遠無法真正理解。」

他有點想反駁她，不為別的，多半只是習慣。身為正常世界中的異能、獵殺其他異能的異能，他自然而然養成了這種習慣。

「不過感覺還是很好，」她說，「我是說被愛的感覺。」

他點點頭。兩人陷入沉默，靠著椅背欣賞音樂。他覺得身體變得柔軟靈活、伸展自如，跟坐墊融為一體。耳邊傳來片片段段的對話，某個女人的笑聲讓他全身起雞皮疙瘩。明天感覺很遙遠，儘管有那麼多事得做、還有一場硬仗得打。但此時此刻，坐在這裡，飄浮在溫暖的迷霧中，感覺很好。置身在一個陌生的新世界，身旁坐著一個漂亮的女人，陶醉在活著的喜悅裡，感覺很好。

「這樣很好，」他說，「放鬆一下，暫時拋開一切。」

「沒錯，」雪倫說，「的確是。」

「謝了。」

「好說。」

樂團奏起新的旋律。

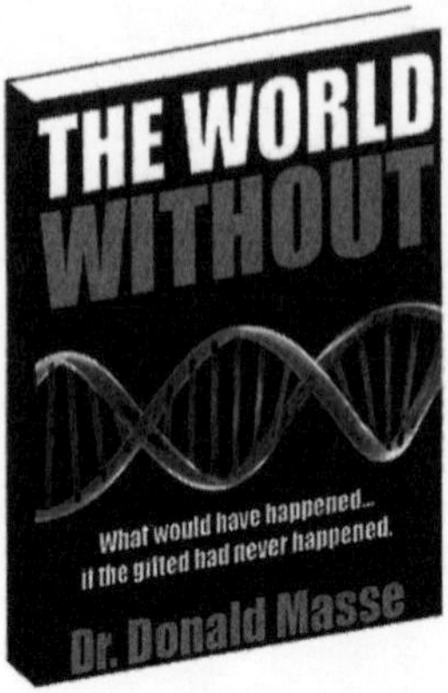

《沒有異能的世界》
唐諾．麥斯博士

令人陶醉，不可自拔。
——《紐約時報》

研究扎實，可信度極高。
——《華盛頓郵報》

了不起的作品！
——《芝加哥論壇報》

異能的到來改變了全世界，這個事實眾人皆知。倘若異能從未出現，現今人類會活在什麼樣的世界？備受尊崇的社會學家唐諾．麥斯博士新書，深入探討沒有異能的世界將面臨的挑戰，包括對中東開戰、基本教義派的狂熱宗教團體崛起、地球瀕臨無法逆轉的生態浩劫。此外還有：

- 麥可．杜凱基斯輸給小布希，丟掉總統寶座
- 歐盟面臨破產
- 美國太空總署放棄載人太空探索計畫
- 美國教育淪為制式測驗
- 大象、鯨魚和北極熊瀕臨絕種
- 中美洲捲入慘烈的毒品戰爭
- 心臟病、阿茲海默症和糖尿病成為主要死因

你自以為了解你居住的世界嗎？再仔細想想。
沒有異能的世界會是什麼樣的世界？本書帶領你探索你所不知道的未來。

26

庫柏倒抽一口氣醒過來，潛意識咻地關上。滿身大汗，手腳打結，頭痛欲裂。他用力掙脫束縛，才發現是自己的衣服溼答答黏著皮膚，一半棉被蓋在身上。他眨眨眼，揉揉眼，努力把現實拼湊回來。

身旁傳來輕柔的呼吸聲，他往旁邊一看，只見雪倫抱著枕頭睡在他旁邊，頭髮披散在裸露的頸上。他們回到她的公寓，睡在她的床上。難道他們……

沒有，身上還穿著衣服，兩人都是。他隱約記得昨晚兩人又喝了些酒，一起抽完大麻菸。他最後記得的畫面是跳舞。她舞跳得很好，站在她旁邊，他覺得自己礙手礙腳，但很快樂。之後就沒印象了。

庫柏哀叫一聲，把腿盪下床。至少昨晚他脫了鞋。他站起來，頭陣陣抽痛，東倒西歪地走進浴室，先尿了差不多半小時，然後脫掉衣服沖澡。水龍頭開關很奇特，除了按鈕還有個溫度表。他把溫度調到最熱，然後按下按鈕。細小的水柱從蓮蓬頭流出來，十秒後自動關上。

好吧。架設在郊區的脫水器盡可能從空氣中收集水分，每棟建築物也都有集水槽，但這裡仍然長年缺水。這是新迦南的一個弱點，也是他認為值得利用的戰略優勢：摧毀輸水管，瞄準脫水器進行突擊。估計兩週內人口就會減少百分之十七，一個月後達百分之四十二，產業和科技效能也會降低百分之三十一。他又按下按鈕，打溼頭髮，水停之後抹上她的洗髮精。再按一下沖乾淨，一下抹肥皂，最後一下沖掉肥皂。整體來說，這是他洗過最不痛快的一次澡，而且對宿醉毫無幫助。

他拿毛巾擦乾身體，然後穿上衣服，照照鏡子。好戲上場了。

他走出去，看見雪倫在煮咖啡。她一頭亂髮，一邊臉頰還留著枕頭印。「早，」她背對著他說，「覺得怎麼樣？」

「死透了。妳呢？」

「沒錯。」她裝滿一壺水倒進咖啡機，仍然背對他。他看著她的手從容不迫地忙這忙那。她打開冰箱，盯著空蕩蕩的層架。「早餐選擇有限。」

「咖啡就好。」尷尬的氣氛像昨晚的香菸煙霧在空中飄盪。「謝了。」

雪倫關上冰箱，轉身對著他。「聽著，昨天晚上……」

「沒什麼好說的。」

「我只是……只是不希望你……昨天我很開心，也需要放鬆一下，不過我沒有……反正沒有改變任何事。」

「嘿，是妳把我騙上床的。」他咧嘴笑，讓她知道他在開玩笑。「昨天很棒。長時間繃緊神經，能夠……回歸正常一個晚上，感覺很好。」

她點點頭，撿起昨晚亂扔的啤酒罐丟進回收桶，接著打開抽屜又關上。

庫柏說：「妳為什麼要懷疑我？」

雪倫抬頭看他。「這就是你激怒你太太的方式？說出她心裡想的事？」

「抱歉。」

「算了。」她深呼吸然後吐氣。「你說的對，我是懷疑你。」

「因為我們喝醉了？」

「對，或許吧。你跟我想像的不一樣，我只是在懷疑其中有多少是真的。」她的眼神毫不動搖也無愧疚之色。

庫柏轉身走向摺疊床，抓起縐巴巴的床罩一抖，然後鋪平。接著又打了打枕頭再重新歸位。他暗忖娜塔莉會對雪倫有何看法，她們會不會喜歡對方，結論是或許會。「我是軍人子弟，十七歲就去從軍，之後加入應變部，一直都在為了什麼而戰，捍衛……所有一切吧，我想。我自認是個好人。後來他們把爆炸案推給我，我從此落單。從很多方面來看，我這輩子一直很孤單，但這次跟以前都不一樣。」

他走到床沿，用力一推把床摺向牆壁，接著轉向她，不知道自己會說出什麼話。「這幾個月來，我幹了很多以前拚命打擊的壞事。我成了壞蛋，而且得心應手，難道這表示我以前錯了嗎？」他聳聳肩。「我不認為。我喜歡捍衛某些事物的感覺，也想念那種感覺。」

「有別種方法，」她說，「信不信由你，但我也自認為是好人，站在好人這一邊。」

「每個人都是，」庫柏說，「生活就是因為這樣才變得複雜。」他已經熟悉她的動作反應，看得出她有事瞞著他，至少是刻意略過不提。是什麼事？難說。再說也不能怪她，他不也騙了她？

我們真是天造地設的一對。

「這麼說吧，」他說，「每個人都有很多面，事情不像表面上看起來那麼簡單。妳以為我是個沒血沒淚沒良心的冷酷特工。我以為妳是個個性扁平、殺人不眨眼的瘋狂殺手。現在妳知道我有前妻、喜歡辣醬、很不會跳舞、讀過海明威的書，甚至還記得幾句。我也知道了妳的一些事。可是有些事我們還是不了解，還是藏在心裡不說，」他放輕聲音。「那也無所謂。不會減少其他事的真實感，尤其是……」他揉揉太陽穴，「我的宿醉。所以就先這樣，不要多想，如何？」

一瞬間，她只是看著他，接著她打開櫥櫃，拿出兩個馬克杯，往裡頭倒滿咖啡，一杯給他。兩人手指輕輕掠過時，她沒有跳開。「我去梳洗。」

「好。」他輕啜咖啡，看著她走向浴室。

她在浴室門前停住。「庫柏？」

「什麼事。」

「水槽旁邊的抽屜有藥，頭痛藥。」

他對她微笑。「謝了。」

兩小時後，他們飛上三千呎的高空。

上升氣流撲面而來，直線上升時機身劇烈彈跳。他的腸胃上下翻騰。「妳真的知道怎麼開這種東西？」

她坐在前面的駕駛座，臉上掛著微笑。「我在超立體電視上看過一次。能有多難呢？」

機場位在牛頓郊外，四條平整的跑道互相交錯，就像井字號。他們把車停在碎石停車場，先通過航空站的地面管制，再走進指定的機棚。這架滑翔機很有未來感，寬大的機翼配上流線型機身。碳纖維材質，所以很輕，他們用手就能把它推上跑道。雪倫把它拴在歪七扭八的粗重纜繩上。進了飛機，她戴上耳機，用輕柔而快速的聲音跟塔臺通話。不一會兒纜繩繃緊，短短三十秒就把他們拖了將近一哩遠，巨大的絞盤車力量大到可以把他們拋向空中。庫柏不怕高，坐過無數次的直升機、噴射機和軍機，甚至還跳過幾次機，但他就是不喜歡滑翔機。

「這東西可以飛多久？」

「你怕坐飛機嗎？」

「不是，只是比較喜歡有引擎的飛機。」

她笑了笑。「過時的想法。滑翔機不會排放廢氣，絞盤車又是利用太陽能，只要順著上升氣流飛，就可以飛好幾個鐘頭。是在新迦南特區從一座城市到另一座城市最簡單的方法。」

「嗯哼。」他望著窗外底下。唯一的聲音是寬大機翼底下從淚珠型機身呼嘯而過的風。這東西的外殼只有餐巾紙那麼薄。

「你看，」她說，「放手飛。」她放開操縱桿，雙手高舉過頭。

「天啊，別鬧了，我還在宿醉！」

她又笑了，慢慢轉彎，機身傾斜，讓視野更加清楚，雖然他並不特別想要。

特斯拉位在懷俄明州的中心，他們從一股上升氣流轉向另一股上升氣流，總共飛了兩個鐘頭。從空中鳥瞰有種奇怪的熟悉感，跟他看過的衛星畫面很像。以新迦南的標準來說，特斯拉算是中型城市，居民一萬人，以長方形玻璃帷幕——比其他建築高四層樓的節能建築——為中心，往外放射。

其中一棟玻璃帷幕裡，坐著全世界最富有的男人。

落地時十分平緩，跟一般小飛機差別不大。滑翔機先是觸地，然後一彈，之後慢慢往前跑。很棒的一次飛行。

到了機棚又進行一次安檢，這次比較嚴格。站在防彈玻璃後面的男人雖然親切，但檢查護照時一絲不苟，敲平板的時間也長到超出庫柏預期。特斯拉遠離了觀光區，也受到更多層篩網的保護。整個城市都是私有的法人土地，社區都有出入管制，市府大樓戒備森嚴，還有一堆法律分級，基本上都是為了「把魔鬼擋在外面」。庫柏對警衛露出親切的微笑。

半小時後，他們開車駛進艾普斯坦的企業王國，一棟棟玻璃帷幕映著陽光和天空，亮到讓人無法直視。又一個安檢站，雪倫早上打過電話，他們的化名已經在名單上，對方檢查過護照、掃瞄過汽車之後，差不多就同意放行了。

艾普斯坦的企業總部在曼哈頓，不過這裡才是真正的運轉核心。這位異能富豪在此管理他龐大的金融王國，除了拓展新迦南，還要管理千萬筆專利、投資、研究計畫，總淨值已經難以估算。到了這種境界，錢不再是用來數的東西，而是會動的有機體，會漲大，會縮小，還會吞掉別人的資產，併購大戲天天上演，成了家常便飯。

每棟建築的頂樓都豎立著碟形衛星接收器和保安系統，包括地對空飛彈的發射臺。應該是防禦性武器，想必砸了好幾十億才讓國會開此特例。庫柏記得以前看過一項以此地為目標的飛彈攻擊合作計畫，預期第一波攻擊會達到百分之二十七的實質功效，但預估傷亡人數僅百分之十六，其中高級管理階層不到百分之五。

此外當然也有核武攻擊計畫。應變部不缺的就是計畫。

「還好嗎？」雪倫把租來的電動車開進停車場，左右都是一模一樣的車。「你好安靜。」

「因為滑翔機的關係，」他說謊，「還在適應回到地面的感覺。」

她熄火。「有件事應該讓你知道。我報的是約翰的名字，所以才進得去。」

「約翰？」他重複。「哦，妳說約翰．史密斯？他會因此對我們比較友善嗎？」艾普斯坦在公開場合常跟恐怖運動劃清界線，無一例外。他別無選擇，只要跟約翰．史密斯這種危險分子牽扯不清，讓新迦南得以安然無恙的法律漏洞便會立刻緊緊關上。應變部認為他們在檯面下一定有些牽連，但至今還找不到證據。

「我不知道。艾普斯坦常公開批評約翰，不過約翰在這裡有很多朋友。想跟艾普斯坦見面，假借他的名字是我想得到的唯一方法。」

「他們之間是什麼關係？」

「我不是很清楚。約翰很尊敬艾普斯坦，不過我想他認為他們各自扮演著不同的角色。有人把他們對比於金恩博士跟麥爾坎X。」

「很糟糕的對比。金恩博士努力爭取種族平等和族群融合，而不是建立黑人帝國。麥爾坎X或許曾用不得已的方式鼓吹黑人平權，可是他沒有成立恐怖組織炸掉大樓。」

「我不想跟你辯。」

「好吧，」他說，「但休想叫我假扮成史密斯的人。」

「也沒必要。如果我是你，就不會在他面前說謊。」

「說謊的意義也不大，」他說，「要請他幫忙，總得先告訴他我為什麼需要他幫忙。」跟走鋼索一樣危險。你得說服一個擁有一切的男人幫你忙，這就等於間接逼他承認他跟約翰・史密斯有關係，但從頭到尾又不能暴露太多真相。他擠出胸有成竹的笑容。「謝謝妳幫我忙，還有說話算話。」

「哦，我們說好的。」她打開車門。「走，去見億萬富翁吧。」

豔陽在萬里藍天中灑向大地，難怪地面有如荒漠。這地方有二十幾棟建築——二十二棟，如果他沒記錯——他們走進的這一棟位在正中央。看起來不怎麼樣，他以為這裡會走芝加哥或華府的豪華企業風格，實際上並沒有。雖然比其他棟樓高，玻璃仍同樣是毫無特色的太陽能玻璃。當然了，太陽能玻璃能隔熱，把熱轉為能量；大理石很笨重，還得特別進口，華麗的雕刻帶有濃濃的鄉愁。

老派思想。

律師是庫柏這幾天看到的少數長者之一。五十出頭，銀灰短髮，手工縫製的西裝，全身散發成功人士的調調。「卡佩羅先生與夫人，我是羅伯·柯布，請跟我來。」沒等他們回答，他便腳跟一轉。

大廳是個明亮的中庭，一面牆安裝了三十呎高的超立體電視，正在播放解析度高到驚人的CNN新聞——艾普斯坦握有時代華納公司百分之三十股份。他們還沒真正踏進大廳，就轉往艾普斯坦的辦公室。庫柏以為進來之後還得等好幾個小時，看來約翰·史密斯這個名字在這裡頗具分量。億萬富翁跟恐怖分子暗中勾結嗎？若是如此，情況嚴重到超出所有人想像。

「旅程還愉快嗎？」

「很顛簸。」庫柏說。

律師笑道：「滑翔機需要時間適應。這是你初次拜訪新迦南特區，是吧？」

這人是個笑面虎，明知道我們是誰，還在裝模作樣。心機叵測的傢伙。「對。」

「印象如何？」

「非常讚嘆。」

柯布點點頭，帶他們走到一排電梯的最後一部，手掌碰了碰一片不起眼的薄板，電梯門便無聲打開。「這裡發展得很快，你應該看看特斯拉五年前的模樣，放眼望去只見藍天和灰塵。」

電梯很平穩，庫柏甚至無法確定他們正在往上還往下。他把手插進口袋，腳跟敲著地板。不一會兒電梯門打開，柯布帶他們走出去。

走廊一邊的玻璃從地板延伸到天花板，陽光從火爐般的熊熊烈火調降成溫暖舒服的光線。另一邊是一片階梯牆組成的華麗花園，綠色植物從光滑的內嵌式花架流瀉而出，空氣中充滿了新鮮氧氣。「厲害。」

「我們就地取材，這裡最不缺的就是陽光。」

「浪費水在這裡不是很罪過嗎？」

「那些都是跟某品種的仙人掌配種過的基改植物，需水量很少。但我其實不是很懂。」柯布說，那口氣像在說他懂得很，但跟你解釋是白費脣舌。律師帶他們經過幾間會議室，然後輕觸牆上某個不起眼的點，盡頭的一扇門隨即開啟。「艾普斯坦先生的辦公室。」

跟這裡的財富規模相比，這間辦公室顯得十分低調。兩邊是無縫嵌合的玻璃窗，可以將高低起伏的城市和更遠的沙漠盡收眼底。另外還有一張光滑的木桌，一個座位舒適的會議區。有個蒼白的小女孩（庫柏猜她大約十歲）坐在沙發上，頭髮染成很人工的綠色，正拿著軟式平板玩遊戲。艾普斯坦的姪女嗎？他自己應該沒有子女。

律師完全忽略小女孩的存在。「請坐。艾瑞克馬上過來。要喝點什麼？咖啡好嗎？」

「不用了，謝謝。艾麗森？」

雪倫搖搖頭。她走到窗戶前面，欣賞窗外的景色。

「嗨，」庫柏對小女孩說，「我叫湯姆。」

她抬起頭，綠色眼睛幾乎跟綠色頭髮一樣嚇人，而且眼神以這種年紀來說太過早熟。「才怪。」她說完又低頭玩遊戲。

他一陣錯愕，難堪之餘有點惱火，但還是忍住。小女孩顯然會讀心術，雖然只是隨口揭穿他的謊言，仍看得出她潛藏的特質：反社會傾向、渴望來自人類以外的刺激和表達自己的與眾不同。艾普斯坦利用天賦異秉的異能為他工作並不令人意外，只是他沒想到會是個小孩。

*她一定擁有驚人的天賦。*想到這裡，不安的感覺油然而生。對能看穿人心的第一級異能來說，全世界都是沒穿衣服的國王。小女孩不只看得出他隱瞞了真實身分，只要聽他、看他說話不到幾分鐘，她就能知道連他前妻都不知道的事。

那是少數他視為「詛咒」的天賦。這種異能每分每秒都泡在造就日常生活的謊言長河中，所有人際互動都逃不過他們的眼睛。更慘的是，他們把人性黑暗面看得一清二楚，對榮格所謂的「人性陰影」再清楚不過。每個人都有殘酷邪惡、不為人知的黑暗面。大多數人都能壓抑那一面，轉移到其他事物上，比方藉由看A片、激烈運動或胡思亂想發洩。那是人類獸性的一部分，通常無傷大雅。想法畢竟只是想法，而且都藏在心裡，不為人知。

然而，能看穿人心的異能卻時時刻刻在每個人身上看到這一面。所有善意都有了不同的意義。爸比或許會保護你，但他心裡有一小部分想要按住保母，對她毛手毛腳。媽咪或許會擦去你的眼淚，但心裡有部分想要甩你一巴掌，大吼大叫要你閉嘴。難怪這種人會精神崩潰，挺得住的通常變得孤僻，把自己關在可以放心依賴的封閉小世界。

還有一大部分選擇自我了斷。

羅伯．柯布對著拳頭一咳，然後說：「請原諒米莉森，她說話很直。」

「沒什麼好原諒的，」庫柏說，「她說的對。」

「我知道。」羅伯．柯布露出和藹的笑容，在米莉森身旁坐下來。她頭也不抬地避開他。

柯布說：「你的真實身分是尼克．庫柏。」

「對。」

「艾瑞克今天早上一聽說你要來，就叫我幫他空出時間，不過沒告訴我是什麼事。」

庫柏坐進其中一張椅子，兩眼打量著律師。這傢伙讓他反感，或許是他趾高氣昂的姿態，還有直呼老闆名字的嘴臉，加上惺惺作態的模樣。「我還沒向他說明。可以問你個問題嗎？」

「請說。」

「身為一個普通人，在這裡幫忙異能建立新迦南是什麼感覺？」

站在窗前的雪倫差點笑出來。律師的微笑微微一僵。「這是我的榮幸。怎麼會這麼問？」

「就當是好奇吧。」

柯布點點頭，做了個「沒什麼」的動作，但很沒說服力。「我們在這裡做的事意義重大。這是建立一個新世界的大好機會，而且千載難逢，從以前到現在都沒有人做過。」

「尤其用的是別人的錢，穩賺不賠。」

米莉森對著遊戲微笑。

律師腰帶上的手機發出震動，他拿下手機讀取訊息。「喔，艾瑞克快到了。他現在在曼哈頓。」

「特地飛回來？」

「不是，」柯布說，神氣嘴臉又回來了。「他現在在曼哈頓。」

「那麼——」

話還沒說完，艾瑞克．艾普斯坦就出現在辦公桌後面。

庫柏不知不覺站了起來，身體轉成戒備狀態，腦袋快轉，分析眼前的情況——

跟雪倫一樣來去自如？還是他一直都在這裡？

不對，艾普斯坦的天賦是數據分析。

難道是某種他沒聽說過的新科技產品？隱形斗篷？瞬間挪移？太扯了。

但他人確實在那裡，活生生的他……

懂了。

——然後想通了其中的機關。「哇，了不起。」

艾瑞克．艾普斯坦笑著說：「抱歉嚇到你們。」

想通之後，庫柏發現艾普斯坦的周圍有點透明，好像被抹掉了。此外他腳下也沒有影子，周圍的光線有別於其他地方。他看起來像八〇年代的電影特效，除非仔細看，不然真會以為是他本尊。

「我們的最新發明，」柯布說，「基本上跟超立體電視的原理差不多，只是放大很多。」

「全像投影。」

「沒錯，」艾普斯坦說，咧嘴而笑。「不錯吧？」

「非常不錯。」比應變部的最新科技超前了十年，即使他們網羅了學園的畢業生。

艾瑞克．艾普斯坦本人——可以算是「本人」——看起來不比在媒體上意氣風發。仍然是一張孩子氣的帥氣臉龐，一樣時髦的髮型，但少了點氣勢。他穿著夏天的輕薄西裝，沒打領帶，這身打扮在高級鄉村俱樂部也能像在家一樣自在。「我很樂意跟你握手，但是……」他舉起手臂，動動手指。「這是限制之一。不過還是比擴音電話好。」

「謝謝你那麼快就接見我們。」雪倫說。她不知什麼時候站到他身旁，找了張椅子坐下。

「妳的留言讓我別無選擇，亞茲小姐。我不希望跟約翰．史密斯牽扯不清。」

「我了解，」她說，「原諒我強迫中獎，我實在想不出別的方法可以引起你的注意。」

「妳達成目的了。」艾普斯坦說。他把手放在桌上，指尖穿透桌面，有點打亂投影。「想必你就是庫柏。」

「尼克·庫柏探員，」柯布說，「生於一九八一年，異能出現的第二年。十七歲在父親的同意下從軍，二〇〇〇年擔任日後的分析應變部的軍中聯絡官，二〇〇二年全職加入分析應變部。二〇〇四年衡平局成立後即刻加入，隔年成為衡平局探員，二〇〇八年升為資深探員，被公認是所謂的『熄燈人』第一把交椅，破獲率無人能及，包括十三件異能終結案。」

「十三件？」雪倫揚起眉毛。

「對，」庫柏說，「那是我。紀錄上的我。」

「三一二華爾拉斯證交所爆炸案後開始離經叛道。」柯布從平板抬起頭。「目前是該起爆炸案的頭號嫌犯。」

他不該覺得驚訝才對。雖然當初跟彼得斯局長說好不會暴露他的身分（以免狂熱分子找娜塔莉和兩個孩子洩憤），但應變部裡的人多半都知道他是追緝目標。全世界最富有的人一定有管道拿到這些資訊。儘管如此，他還是大受震撼。他狠狠瞪向律師，卻對著艾普斯坦說：「三一二案跟我無關。」

「那妳呢，亞茲小姐？」柯布問。

「沒有，」她說，「結果不該是那樣。」

「但確實是約翰·史密斯的組織埋下了炸彈。」

「對。可是我們沒有引爆炸彈。」

「我們怎麼能相信妳的話？」

「夠了，羅伯。」艾普斯坦舉重若輕地說，「他們說的是實話。」

「可是我們不能——」

「我們可以。米莉？」

小女孩抬起頭，說：「兩個都在騙人，也在欺騙對方，不過這件事他們沒說謊。」

「謝謝妳，親愛的。」

律師張嘴又閉上。庫柏看得出他心中的怒火和挫敗感。像他這種菁英分子無疑也是個掌握大權的政治老手，卻被一個小孩踩在腳下。

但他不是唯一的一個。庫柏覺得自己像顆被打來打去的網球。欺騙對方？這話是什麼意思？這女孩顯然看穿了他的底細，暴露無遺的感覺伴隨著恐懼而來。她無法看穿他的心，也不知道他的任務，卻看出他潛意識裡對應變部的忠心不二，光這樣就夠了。很難確定她能深入到什麼程度。

好不容易走到這裡，卻栽在一個十歲小女孩手裡……

冷靜。

「那麼，」艾普斯坦笑道，同時伸出手。「咱們就打開天窗說亮話。你們來找我有何貴幹？」

「我跟雪倫之間有個約定。一切始於幾天前在芝加哥發生的一件事，總之她需要幫忙，所以我答應護送她回家，條件是她要找機會讓我們見面。」

「原來如此。理由是？」

「如你所知，我的前東家正在追捕我。」盡可能不要偏離事實。「我到哪都不安全。」

「艾普斯坦先生，」柯布插嘴，「你要知道我們在法律上不堪一擊。既然庫柏先生已經公開身分，我方就不能堂而皇之否認他的存在，這樣會有窩藏逃犯之嫌，後果不堪設想。」

「謝謝提醒，柯布，」億萬富翁冷冷地說，「我們可以冒短短幾分鐘的險。我不認為庫柏探員是來陷害我們的。」

「不是。事實上，我需要你的幫助。我想在這裡、在新迦南重新開始。」他忍住不看小女孩。她一定知道他在說謊，至少沒說出全部的事實。他只能祈禱她不會插話，只在艾普斯坦要求時才會提供意見。

艾普斯坦十指相對，比出金字塔形狀。「我懂了，你需要我的幫忙。」

「對。」

「因為你的敵人太多。」

「沒錯。但我願意成為你的朋友。」

柯布又插嘴：「艾普斯坦先生，這樣太——」

億萬富翁睨了一眼就讓他閉嘴，接下來看著庫柏說：「可以請你迴避一下嗎？我想私下跟亞茲小姐和柯布先生談一談。」他轉向小女孩。「米莉，麻煩妳帶庫柏先生去貴賓休息室，好嗎？」

庫柏瞄了雪倫一眼，看不出她的反應。這幾天以來他們培養出了某種默契，不過她不欠他任何東西。有一刻他考慮要不要拒絕，但有必要嗎？如果在這裡吃了癟，那也無可奈何。

於是他假裝若無其事地站起來。「沒問題。」米莉滑下沙發，把平板緊緊抱在胸前。她走向一面空白的牆壁，牆壁的一側往旁邊滑開，露出一扇他沒注意到的隱形門。他到底漏看了多少東西？

起碼小女孩會跟他一起去。無論她看穿了什麼，都沒有機會在艾普斯坦面前說出口。他跟著她走進門，進入另一座電梯，裡頭沒有按鈕也沒有控制面板。他腰部的肌肉繃緊，開始懷疑「貴賓休息室」會不會是某種暗號。

比方「拷問室」的暗號。

既然買了入場券，就索性看到底吧。

門關上之前，他最後一眼看到的是雪倫轉頭看他的畫面，她的眼神深不可測。

站在小籠子裡，他突然像從人造衛星看到自己的處境。特寫鏡頭很快拉遠：一個男人站在電梯鐵籠裡，然後是大樓－建築群－城市－美國的一州－整個國家，無論把他放在哪裡，他都是個大禍害。恐慌深入他的腹部，他吸一口氣，動動肩膀。繼續往前走是唯一的出路。

米莉盯著前方，光滑的綠色瀏海遮住臉。一瞬間她一臉茫然，讓他忘了自己的處境。他很好奇她見識過多少這種場面、多少上億元的交易、她的銳眼有多少次把人推向死亡。這種壓力連軍人都會承受不了，更何況她只是個小孩。

「不要緊。」她說。

庫柏嚇了一跳，不確定她指的是他還是她的處境。「是嗎？」

「嗯。」

他舒了一口氣。「好吧，既然妳這麼說。」

這次他還是感覺不出電梯正在上升還是下降，但不可能是上升。而且電梯走了好一會兒，所以應該是到了地下樓層。怪了。為什麼會在隱藏門後面裝電梯？什麼樣的貴賓休息室會取道大老闆的辦公室？

十秒鐘之後，電梯門打開。又一條走廊，這次沒有陽光也沒有花園。他們到了地下室，頭上是維持大樓運轉的轟轟管線。

「去吧。」米莉說。

「妳不一起來？」

她搖搖頭，仍低頭看著地板。「走到盡頭會看到一扇門。」

庫柏看看她再看看走廊，然後聳聳肩。「謝了。」他踏出電梯。

「你要小心。」米莉在背後說。

「為什麼？」

他以為她不會回答。片刻之後她抬起頭，把一撮綠頭髮甩到耳後，然後用那雙奇特而悲傷的眼睛看著他。「每個人都在說謊，」她說，「每一個人。」

電梯門關上。

庫柏盯著門，慢慢轉過身，面對燈光微弱的走廊。他動動手指，納悶自己現在在多深的地底下，只覺得剛剛有多高，現在大概就有多深。他下意識覺得不太對勁，感覺有片拼圖還沒拼回原位，有個他看不到但感覺得到的脈絡。一扇隱形門。一部祕密電梯。一個充當護衛的小孩。一個心事重重的異能小孩。

這裡是什麼地方？

如果這裡是貴賓休息室，那一般休息室想必更可怕。

他步上走廊。厚重的地毯悶住了腳步聲。他聽得到嘶嘶呼呼的氣流聲，應該是某種空調設備。牆壁沒裝潢。他伸手摸摸看，碳纖維織布，非常堅固，非常昂貴。

到了走廊的盡頭，有扇門打開，可是沒人站在門後面，房間裡黑漆漆。帶著踏進某種夢境的感覺，他走進門。

27

數據。多如繁星的數字閃閃發光，正弦曲線如霓虹閃爍，三D立體圖表和曲線在他視線所及的每個角落盤旋。感覺好像走進一座天文觀測臺，周圍黑漆漆、靜悄悄，讓人大開眼界，只不過懸浮在四面八方的不是星辰，而是這個世界——拆解成數字、曲線和波段的世界。庫柏眨眨眼，張大眼睛，慢慢轉動腳跟。這房間很大，有如一座地下大教堂，發光的數字懸浮在半空中，三百六十度四面八方都有。數據不斷旋轉、變換，發出的光彷彿有生命，但數據之間的關係令人納悶，比方把人口數跟耗水量與女裙的平均長度相比。另外還有非郊區道路八點到十一點的車禍頻率、太陽黑子活動與自殺率的比較、一九四一年德國入侵蘇聯的死者年表對應原油價格，以及一九〇一年到二〇一二年的郵局爆炸案。

在三百六十度光影馬戲團的中央，站著只露出黑色輪廓的馬戲團團長。就算意識到有人走進來，他仍把庫柏當成空氣一樣。只見他舉起手，指著一張圖表往旁邊一揮，轉成微觀模式，紅色與綠色小點隨即點連點、線連線，就像一幅海底的地圖。

房間裡冷颼颼，而且有股……玉米片的味道？

庫柏走下前面的斜坡，經過一張圖表，投影在他的眼角閃爍，原來是一條直線劃過他的身體。「呃……你好？」

臺上的人影轉頭，周圍的光線太微弱，看不清楚他的五官。他比比手勢，示意庫柏走上前。兩人距離十呎遠時，男人說：「燈光調到百分之三十。」不知從何而來的柔和光線隨即充滿整個房間。

男人中廣身材，雙下巴有逐漸壯大的跡象，臉色蒼白，微微發亮，頭髮像老鼠窩。他倏地舉手一撥，身體跟著一陣抽搐。庫柏目不轉睛地盯著他，拼圖逐漸拼合，他恍然大悟。真相太過震撼，令人傻眼。

「嗨，」男人說，「我是艾瑞克．艾普斯坦。」

庫柏張開嘴又閉上，真相攤在眼前，愈來愈清晰。他的輪廓五官、眼睛的形狀、肩膀的寬度說明了一切。眼前就像剛剛才見過的那個英挺自信億萬富翁的分身，只不過是個矮矮胖胖、倜促不安的分身。

「剛剛的全像投影是假的，」庫柏說，「你才是本尊。」

「什麼？不是的，呵呵。根據有限資料做出的合理直覺推測，可惜並不正確。剛剛的全像投影是真的。我是指真的有那個人，但他不是我。他扮演我的角色，他當我已經有一段時間了。」

「所以他是……演員？」

「我的分身，負責我的臉和聲音。」

「我不——」

「我不喜歡人。或者應該說，我喜歡人，可是人們不喜歡我。我不擅長跟人相處，面對面的相處。人一旦變成數據，就簡單清楚多了。」

「可是，你的……分身常上新聞，還到白宮跟總統共進晚餐。」

艾普斯坦盯著他瞧，好像在等他多說一些。

「為什麼？」

「一開始我也可以躲在數據背後就好，不過我們知道群眾想看到我。人這方面很奇妙，他們想親眼看見，即使看見並非重點。想想天文學。科學家從望遠鏡得到的重要資訊都非肉眼可見，比方輻射光譜、紅移現象、無線電波。重點是數據，那才能告訴我們一些事。人就是喜歡眼見為憑，喜歡超新星以鮮豔色彩呈現在眼前，即使從科學上來說根本沒必要。」

庫柏點點頭，逐漸會意過來。「他就是你的彩色照片。那個人是誰？長得跟你的高中畢業照很像的路人甲嗎？」

「他是我哥哥。」

不可能。艾普斯坦有個普通人哥哥沒錯，但早已死於十二年前的一場車禍。「等等，那是假車禍。」

「對。」

「那時候大家還不認識你，你也還沒成為大富翁。」

「沒錯。」

「難道你十二年前就策畫好這一切？」

「我們合力扮演艾瑞克．艾普斯坦這個角色。我活在數據裡，他扮演大家想看的大富翁，他比我擅長跟人說話。」艾普斯坦又一陣抽搐，雙手掃過頭髮。「你看。」他伸手一比，隨即浮現一幅清晰的畫面。那是樓上的辦公室，但觀察視角不太一樣。雪倫坐在椅子上說話，名叫柯布的律師搖搖頭，米莉森弓著背埋頭打電動。監視器嗎？

不對，角度不太對。那是從辦公桌後面看出去的角度，是全像投影看見的角度。也就是另一個艾瑞克．艾普斯坦所見的畫面。

「明白了嗎？我們共用一雙眼睛。」

事實令人難以消化。有超過十年的時間，全世界看著同一個艾普斯坦，聽他在新聞上發表談話，見他用盡手段建立新迦南，追蹤他一次又一次的企業併購案，看著他登上私人噴射機。在此同時，艾普斯坦本尊卻躲在這間地下室、這個神奇窟穴裡，離群索居，不見天日。

他懷疑應變部裡有沒有人知道這件事。還有，總統知不知道。

「可是……為什麼？為什麼要躲起來？」

「太難了，太多問題要面對。人喜歡看見，」他緊張地說，「我喜歡人，也了解人，但那樣太難了。我討厭記者會，只喜歡泡在數據裡埋頭苦幹。知道米開朗基羅是怎麼說的嗎？」

庫柏眨眨眼，突然改變話題讓他反應不及。「呃？」

「我在每塊大理石裡都看見一尊雕像，它彷彿就站在我面前，動作和姿態都完美齊備，栩栩如生。我只需要鑿開堅石，釋放被禁錮在內的美麗幻影，將之呈現在世人眼前。」他一氣呵成，說完又陷入沉默，等著他開口。

無論現在是什麼狀況都意義非凡。全球數一數二有權勢的人，正在跟你坦承最多只有幾個人知道的祕密。背後一定有什麼原因。

庫柏頓了頓才說：「米開朗基羅看大理石的方式，就是你看股市的方式。」

「對，也不對。不只是股市，一切都是數據。」他轉身揮舞手臂，連成一串複雜的手勢。整個房間都起了反應，數據閃爍、扭曲，一場圖表、數字和移動曲線組成的迷幻光影秀。一組新的數據浮現。「喏，看到了嗎？」

庫柏睜大眼睛，逐一研究每張圖表，努力理解眼前的東西。做你擅長的事。照平常的方式理出其中的脈絡，就像從某人的公寓擺設拼湊出他們的生活樣貌。

人口數據。能源使用狀況。從高空拍攝的懷俄明州長期變化照，一片不毛之地逐漸冒出幾何排列的城市和道路。北愛爾蘭暴力事件的立體圖表，對比英國酒吧的數量和上教堂的平均人數。「新迦南。」

「很明顯。」口氣不耐煩。

「新迦南的發展過程？這裡是……」庫柏邊說邊指，「新迦南仰賴的外來資源。外來資源是一個弱點，可以變成攻擊的目標。還有……」專心盯著看時，他突然一震，幾乎茅塞頓開，但轉眼又讓它跑了。他再次集中精神，雖然心裡明知道曠世傑作不是硬逼出來的，靈光乍現也不能說有就有。

新迦南。這些數據跟新迦南有關。只不過大部分都扯不上關係，起碼從表面看不出來。很多是歷史數據。猶大山地的希卡利、教士謀殺案，數字逐漸攀升，然後線條交叉，數據驟降。十一世紀有個叫阿薩辛的組織策畫暗殺什葉派教徒。他不懂那些字是什麼意思，或者不完全懂。阿薩辛（Hashshashin）？那不是「刺客」（assassin）這個字的起源嗎？他以為如此，但又想到他是從某部功夫片聽來的。歷史他懂得的實在不夠多。

忘了你不懂的東西，專心分析其中的脈絡。這些數據要表達什麼？

「暴力。要表達的是暴力。」想法尚未成形，他便脫口而出。

「沒錯。還有別的。」

「我不……」他轉向艾普斯坦。「抱歉，艾瑞克，我看不到你看到的東西。你想讓我看什麼？原因又是什麼？」

「我要你幫我做一件事。」

你幫我，我幫你，誰都不吃虧。果然，剛剛在樓上會議室的情況他都看到了。「你要我幫你做一件事，這樣你就會保護我在這裡的安全，讓我重新開始。」

「不是，」他說，聲音充滿輕蔑。「那只是個幌子。你才不想在這裡重新開始，那不是你來這裡的原因。」

小心，這可能是吸引你往下跳的陷阱。說不定是要引你說出真正的目的，這樣他就能……不對。這個怪裡怪氣、權高位重的異能領袖，在你面前坦承自己的祕密，只為了揭露你的真實身分？太可笑了。要是他真的在意，大可把你踢出新迦南，或把你活埋在沙漠裡。

「不是，」庫柏說，「的確不是。」

「我知道你來這裡的目的，全都在數據裡。」雙手再度一揮，房間瞬間布滿庫柏的生平資料。他生命中的重要日子都照時間順序列出，從少年時期受傷住院到跟娜塔莉離婚都有。還有他殺過的人的地理分配圖、他的證件刷進應變部廁所的頻率圖及時間表。

甚至有今年四歲的凱薩琳．珊德拉．庫柏的檔案。「鉅細靡遺敘述老師的私人生活，明顯呈現出異能的傾向。建議在規定時間之前接受測驗。」

庫柏的腸胃一緊。「你們監視我女兒？」

「數據。我研究數據，從數據中就看得出真相。現在，告訴我真相。你為什麼來這裡？」

他的視線離開螢幕，狠狠瞪著眼前的男人。他現在的感覺就像收到一封附上A片的電子郵件，沒想到片中內容就是他的新婚之夜，好像有個變態躲在衣櫃裡偷拍下整個過程。艾普斯坦看著他，然後別開眼神，再次舉起手掃過頭髮。

「我來這裡，」庫柏慢慢說出口，「是為了找到約翰．史密斯，然後殺了他。」

「對，」艾普斯坦說，「沒錯。」

「你沒有要阻止我。」

「沒有。」男人勉強笑了笑，嘴脣像蟲一樣蠕動。「我要幫助你達成目的。」

□

庫柏步上走廊卻看不見走廊；踩著地毯卻感覺不到地毯；踏進電梯時像在夢遊。一腳踏進了艾普斯坦的夢境。

「那從來就跟錢無關，那是藝術。股市就像大理石，而億萬財富就是我的雕像。

「之後這世界把我的雕像帶走，因為我創造的藝術嚇壞了他們，打亂了世界的運作方式。

「那從來就跟錢無關。重點是數據，懂嗎？是數據。所以我需要新的計畫。」

「新迦南。」

「沒錯。一個專屬於我這種人的地方，一個藝術家可以共同合作的地方，創造前所未有的新模式和新數據。一個給怪胎住的地方。」他又擠出剛剛的笑容。「但那樣卻惹得一些人不高興，真正的藝術往往如此，於是我把它變成一種模型。在新的計畫中，跟世界其他地方結合是我們的目標之一。我知道大家以為我在搶走他們的東西，可是我從來不想跟人搶東西，那跟擁有或給予無關，重點是創造。」

「這跟約翰．史密斯有什麼關係？」

「看看數據，答案都在裡頭。看看希卡利。」

「我不知道什麼是希卡利？」

艾普斯坦哼了一聲，像個天才老師遇到笨蛋學生。「就是『匕首黨』。西元一世紀時，猶大山地這地方被羅馬人占領。匕首黨會當眾攻擊人，殺害羅馬人，以及跟羅馬人勾結的希律王擁護者。」

「也就是恐怖分子，」庫柏說，漸漸反應過來。「古代的恐怖分子。」

「對。看這裡。」艾瑞克輕拍一下手腕，一張圖表隨即放大，將他們的視線填滿。這張圖庫柏之前就注意到了，逐步攀升的線條標出謀殺案件數。線條穩定爬升……直到跟另一條線相交之後才直線下降。「看到了嗎？」

「他們殺的人愈來愈多，」庫柏憑著直覺說，「後來一定發生了什麼事，羅馬人再也無法忍受。」

艾普斯坦點點頭。「羅馬人開始追殺希卡利，追到馬薩達要塞之後，希卡利人不是被千刀萬剮，就是集體自殺。再仔細看。」

「其他猶太人。」庫柏逐漸明瞭。「羅馬人不只懲罰刺客，也拿其他猶太人開刀。」他轉向艾普斯坦。「你希望我殺了約翰·史密斯，因為如果他繼續作亂，政府可能會把矛頭轉向新迦南。」

「不是可能，是一定會，看數據就知道了。歸納目前的恐怖行動，再對應政府採取的反制措施，然後跟歷史上類似的數據集對照，就能得出美軍有百分之五十三點二的機率會在兩年內攻擊新迦南。三年內的機率是百分之七十三點六。」

庫柏的腦中掠過他看過的簡報、先發制人和飛彈攻擊計畫。進來之前他還在想，應變部不缺的就是計畫。「你為什麼不自己動手？你是這裡的老大，是新迦南的國王。」

艾普斯坦身體一縮。「不是，不是這樣，事情不是那樣運作的。再說，我喜歡人，但人人都喜歡史密斯。」

「你希望他死，卻又擔心如果殺了他，你的……藝術作品……會四分五裂。」庫柏慘然一笑。

「因為不管你多聰明或多有錢，真正的領導者是他，不是你。」

「我知道我自己是誰。」他的聲音隱隱透出一絲哀傷。「我甚至不是我自己。」

這整件事讓人覺得齷齪，有如殘酷醜陋的宮廷政治。很奇怪的反應，庫柏知道，但這種感覺就是揮之不去。儘管如此，他聽到的話仍然不無道理。艾普斯坦說的沒錯，再這樣下去，新迦南遲早會被毀滅。或許不只如此。國會已經通過在美國所有異能的頸動脈植入晶片的法案。天曉得晶片某天會不會變成炸彈？

他從沒想像過自己會成為刺客。他曾在必要時取人性命，但都是為了大我著想。相信自己所做的事是為了大局著想，是驅策他前進的動力，那是他跟約翰·史密斯的不同之處。然而現在他卻好像一腳跨過了這條界線。

什麼界線？你來不就是為了殺他？

對。但不是為了艾普斯坦。

那就不要為了他。為了凱特。任務完成就回家。

「你明白了嗎？」艾普斯坦看起來很緊張，幾乎像是害怕。畢竟他不只揭露了自己的祕密，也說出了他的計畫。庫柏發現，這個男人處理數據的能力或許無人能及，卻不是個西洋棋高手。

「明白了。」

「那麼你願意嗎？你願意去殺約翰·史密斯嗎？」

庫柏走上斜坡，到了門邊，他轉過頭，注視不斷旋轉變換的數據幻影，還有置身數據中央的男人。一個困在自己設計的宮殿裡的建築師，眼看大海嘯逐步逼近。

「會，」他說，「我會的。」

電梯門打開。庫柏搖搖頭理清思緒，然後走出電梯，踏進辦公室。迎面而來的陽光雖然明亮，但並不乾淨，窗外的空氣夾帶厚重的灰塵。雪倫抬頭看他，嘴角一揚，露出她的專屬笑容。律師撇撇嘴。辦公桌後面，艾普斯坦英俊瀟灑的全像投影示意他走進來。

然而，心裡有譜的只有米莉一個人。

28

律師帶他們原路折返，經過透著陽光的走廊和一層層盆栽。庫柏在「艾普斯坦辦公室」門前停下腳步，回頭瞥了艾普斯坦的全像投影一眼。瘦削英俊的分身跟他四目相對，正要揚起嘴角卻又作罷。兩人就這樣盯著對方看了一會兒。然後，冒牌艾普斯坦點點頭便消失了。

在電梯裡，柯布說：「我希望你明白這有多麼榮幸。艾普斯坦先生平常可是個大忙人。」

「的確，」庫柏說，「這次我真的大開眼界。」

柯布聽到答案揚起頭，沒答腔。庫柏猜測律師不知道有兩個艾普斯坦，看來他真不知道。他好奇知道的人有多少。

電梯門在大廳打開，巨大的超立體電視此刻正在播放自然生態秀：鬱鬱蔥蔥的叢林，猴子棲息在彎曲的樹幹中，遠在天邊的太陽灑下薄紗似的光。雪倫把手插進口袋，伸長脖子。「真妙。看過樓上的表演之後，都覺得這個沒什麼了。」

「那是一定的。」他轉向柯布，「謝謝你抽空陪我們。」

「不客氣，卡佩羅先生。我的榮幸，那我就送到這裡了。」律師腳跟一轉，大步走向電梯時舉手看錶。大概約會要遲到了。他看起來像一輩子都在趕去做更重要的事的那種人。

「你還好嗎？」

「很好，」庫柏回答，「妳都跟……艾普斯坦談了什麼？」

「談你啊。他問我認不認為你說的是實話？」

「妳怎麼回答？」

「我說我親眼看到你被應變部探員追殺，還有你大可讓我被抓，卻沒有這麼做。」她咧咧嘴。「柯布差點就建議艾普斯坦把我們兩個抓起來。我看哪，他心裡一定很幹。」

「我也感覺到他不太爽。」他們信步穿過大廳，鞋跟喀喀踩在光亮的地板上。「這傢伙在床上一定很無趣吧？」

雪倫笑出聲。「三到五分鐘規規矩矩的前戲，之後就開始認真辦事，兩人都邊做邊想棒球比賽。」

「卡佩羅先生？」

他跟雪倫雙雙轉過身，不著痕跡地改變重心，放鬆膝蓋，背靠背就備戰位置。兩人已經形成某種默契，知道有狀況時要如何掩護對方。有意思。

喊他假名的女人口紅很厚，頭髮緊緊紮成圓髻。「請問是湯姆．卡佩羅先生嗎？」

「我是。」

「艾普斯坦先生要我把這個交給你。」她舉起一個深棕色小牛皮手提箱，看起來光滑又高級。庫柏從她手中接過手提箱。「謝謝。」

「不客氣。」她皮笑肉不笑地說完就轉身離開。

「裡頭是什麼？」雪倫問。

他掂掂箱子的重量，慎選用字說道：「艾普斯坦答應要幫我，但妳知道，天下沒有白吃的午餐。」

「他要你怎麼回報他？」

「只是個小忙。」他淡淡一笑，看得出她懂他的意思，畢竟她也是幹這行的。他搶在她繼續發問之前，說：「聽著，我知道我們現在兩不相欠了，不過……」

她抬起頭，笑意在嘴邊擴散。「不過？」

「妳想去吃點東西嗎？」

見識過新迦南令人眼花撩亂的新科技之後，咖啡館顯得特別懷舊。實際上當然沒有，目前為止，他在這裡還沒看過啤酒招牌、印著搞笑字句的T恤，不過這間咖啡館簡單直接，弧形的塑膠雅座，黃黃的杯子裝著差強人意的咖啡。正好是他們想要的。

「真的假的？」他喝了一大口咖啡。「妳男朋友真的這麼說？」

「我以人格保證，」雪倫說，「他說我的天賦明顯是缺乏安全感的表現。」

「妳或許有很多面，缺乏安全感肯定不包括在內。」

「對，呃，謝了，之後三個禮拜我都披頭散髮在家痛哭，狂看連續劇。後來我聽說他交了新的女朋友，一個脫衣舞孃，超級波……」她舉起雙手在胸前比劃。「跟西瓜一樣大。我突然想到，或許問題出在他不想跟一個可以在人群中隱身的女人在一起。他的新女友要是稍微動一下頭腦，腦袋就會打結，可是她到哪裡都會引人注目。」她頓了頓。「當然了，這可能是因為她動不動就跌倒吧。」

庫柏一邊喝著咖啡，聽到這裡，差點笑到把咖啡噴出來。服務生端來餐點：她點漢堡，他點培根生菜三明治。培根煎得又焦又脆，他折下一段卡滋卡滋地嚼。背景音樂是某個時下流行樂團唱的時下流行歌曲，歌詞不外乎心碎夢醒，感覺很適合跳舞。

庫柏咬了口三明治，擦擦嘴，往後一靠，心裡異常痛快。他的生活一直有種不真實感，這幾個月來這種感覺更加強烈，這幾天更強烈到無以復加。不到兩個小時之前，他闖進了某種聖堂的發光核心，看著全世界最富有的男人優游於數據汪洋中。

說到這兒，他想起放在地上的手提箱。他把腳往旁邊滑，碰了一下。還在原地。

雪倫把漢堡對切再對切，但沒直接放進嘴裡，反而吃起了薯條。

「在想什麼？」

她笑道：「我知道你太太為什麼生氣，不過我認為她或許可以從另一個角度看。」

「什麼意思？」

「我用不著坐在這裡五分鐘，煩惱該怎麼開口。我只要露出心不在焉的表情，等你主動問我就好了。」

他不禁失笑。「那麼，妳要告訴我妳在想什麼嗎？」

「你。」她答，往後一靠，一手繞到椅背，兩眼直勾勾盯著他的眼睛。

「啊，我最愛的話題。」

「我們成功了，所以扯平了？」

「扯平了？說得好像黑幫電影一樣。」

「你懂我的意思。」

「我懂，」他說，「我們扯平了。」

「兩不相欠了。」

「雪倫，妳到底想問什麼？」

她別開視線，他看得出來不是為了閃躲他，而是為了望向遠方。「不覺得很奇怪嗎？我是說我們的生活。第一級異能原本就不多，能做我們現在做的事的人更是少之又少。」

他不置可否地咬了口三明治，讓她繼續說。

「我不知道該怎麼說。大概覺得能認識像你這樣的人還不賴。你不但了解我做的事，也做得到我了解的事。」

「不只是天賦。」他說。

「不要邊吃東西邊說話。」

他笑了笑，把口中的食物吞下肚。「不只是天賦，還有我們的生活也一樣。不是很多人了解我們的生活方式。」

「沒錯。」

「哇，好突然，不過我接受。」

「什麼？」

「喔，」他裝出失落的表情，「我還以為妳要向我求婚。」

她哈哈笑。「管他的。誰說不行？反正賭城又不遠。」

「是不遠，不過那裡愈來愈無趣了。」他放下三明治。「撇開笑話，我知道妳的意思。這趟旅行很棒，亞茲。」

「是啊。」她說。

兩人目光交會。一秒鐘前，她的雙眼只是眼睛本身，現在多了別的：一種奇特的認同感，一種臣服的眼神，還有感謝，當然也有渴望。兩人互相注視了好一會兒，當她輕咳一聲移開眼神時，他彷彿頓失所依。

「艾普斯坦到底要你幫他做什麼？」

他聳聳肩，遊戲又重新開始。他咬了口三明治。

「好吧，」她說，「天下沒有白吃的午餐。不過我希望不會強人所難，也希望你順利完成。好不容易到了這裡，別忘了好好利用在這裡的機會。」

「這裡是……」

「新迦南。我知道你心裡有別的計畫，尼克。有些事你沒告訴我。但在這裡真的可以重新開始。你可以隨心所欲發揮所長。好好把握機會。」

他笑──

她知道嗎？

不對。或許是起疑。還是恐懼？

而且她叫你尼克。

──著說：「那正是我的計畫。」

雪倫點點頭。「很好。」她把盤子往前推。「你知道嗎，我其實一點都不餓。」她用餐巾擦擦手，往盤子一丟，避不看他。「這樣吧，等你還了艾普斯坦人情，真的在這裡重新開始，或許我們可以繼續這段對話。」

他忍不住笑出來。

「怎樣？」

「問題是……」他聳聳肩，「我沒有妳的電話號碼。」

她嫣然一笑。「要不我就突然出現在你面前好了。我知道每次這樣出場，你都很興奮。」

「對，」他說，「的確是。」

她滑出座位，他也跟著滑出座位。一瞬間兩人面對面，接著他張開雙臂，她投入他的懷抱。雖然不是纏綿悱惻的那種，但兩人抱了又抱，身體愈貼愈近，試探著彼此的契合度，感覺很好。最後當她放開他的時候，懷中空空的感覺彷彿有了某種形狀。

「再見了，庫柏，多保重。」

「嗯，」他說，「妳也是。」

她邁著輕鬆的步伐走出去，他看得出來是故意的，可是對他的衝擊沒有減少半分。他看著她頭也不回地離去，胸口一緊，被一股渴望拉扯著。她真的很特別。那感覺就像結了婚才遇到夢中的女孩，突然掀開了另一種可能，驚覺人生有另一條完全不同的路。

只不過你已經離婚，恢復單身，你可以跟她在一起，但這樣她就會恨你。

他坐回位子，感覺很沉重，默默把三明治吃完。服務生走過來時，他跟他道謝，麻煩他再倒一杯咖啡，客氣地說漢堡沒什麼問題，只是他的朋友剛好不餓，麻煩有空時拿帳單給他。服務生斟滿咖啡、把帳單放桌上之後，庫柏伸手去拿手提箱。小牛皮觸感柔軟，彷彿在他手指下哼唱。他將箱子放在桌上，若無其事地掃視周圍一圈。沒人在看。他扳開彈簧鎖，微微掀起箱蓋。

蔥皮紙，一只信封，一串車鑰匙。他打開信封，裡頭是一份行程表。某人會在後天抵達某個住址。不用猜他也知道是誰。

車鑰匙上有個標籤寫了地址。

蔥皮紙是某間房子的平面圖。

最底下有一把點四五貝瑞塔手槍，躺在波浪形泡棉上。他以前偏愛的武器。

當他還是應變部探員的時候。

□

車鑰匙上的地址是特斯拉郊區的一座停車場，坐計程車過去要十塊美金。抵達之後，他重複按壓遙控器上的解鎖鍵，循著車子的嗶嗶聲找到一輛休旅車。不是電動車，而是貨真價實的吃油車。一輛毫無瑕疵、四輪傳動的Bronco，輪胎粗獷，馬力強勁。庫柏爬上車，調整後照鏡，接著打開手提箱，開始讀資料。

一如艾普斯坦的一貫風格，資料清楚明瞭，拿捏得當，列出庫柏需要的所有訊息，又不至於洩漏過多機密。假如有人看到裡面的內容，或許猜得到他是密探，但絕對看不出這是暗殺全美頭號恐怖分子的行動計畫。

有張地圖指出從停車場到萊布尼茲（新迦南西邊的小鎮）的路線。三小時的車程似乎只是將他帶離城鎮，仔細看則會發現，這條路線繞過了一個無疑會提高維安等級的研究機構。旅遊行程表上指出某人今晚會抵達萊布尼茲，在依傍著肖肖尼國家森林的一棟小屋留宿。從照片看來，那是一棟坐落在山脊上的溫馨小木屋。二樓的陽臺和大片玻璃提供了絕美的視野，可以望見松樹林綿延至山底下的棉白楊。四簇長得像手指的怪石豎立在山脊上，前後延伸一哩遠。附近沒有鄰居。平面圖上可見小屋安裝了一些先進的保全設備，包括前後方的監視器、防彈玻璃、一樓的鋼框門，不過沒有太驚人的玩意兒。

屋主是個名叫海倫．艾普尤斯的女人。他不認得這個名字，但其中必有他不知道的關聯。就讓這名字在心裡慢慢沉澱。

資料上暗示艾普尤斯是史密斯的情人。史密斯曾來過這裡，通常晚上抵達，早上離開。上面還說小屋周圍有一小隊保安人員，卻也正經八百地指出：「他們在屋內的移動範圍似乎有限。」

翻成白話就是：史密斯不希望他的保鏢看見他在床上的模樣。

他拿出手槍，打開彈匣，滿滿的子彈，都是空尖彈。防彈衣或許擋得了，不過子彈一旦打中身體就會碎裂，細小的尖殼會鑽進脆弱的細胞組織。另外有兩個備用彈匣，只不過他無法想像怎麼會需要那麼多子彈。

庫柏是軍人出身，信不過他沒親手組裝過的武器，於是他花了幾分鐘拆解手槍。所有零件都乾乾淨淨，狀況良好。他從容熟練地把零件組裝回去，然後扣上保險栓，將槍放回手提箱。

完成之後豔陽已經減弱，時鐘上顯示現在是下午兩點。他發動引擎，踩了踩油門過過癮，之後便上路了。

車程比資料上估計的三小時還要短一點。庫柏沒有開快車，筆直平坦的道路肯定幫了不少忙。車子往西開去，風景也跟著變化，綠意加深，雖然不到綠意盎然的程度，但空氣清新舒暢。天空寬闊得不可思議，而且乾淨又明亮，壯闊的雲朵在西邊山頂上愈堆愈高。他在雲翳之間奔馳穿梭，看著世界變換色彩，盡量不去想太多。他有種躍躍欲試的興奮感，每次追捕目標的行為模式逐漸清晰時，心裡就會出現這種感覺。彷彿命運是一條閃亮的霓虹線，只要循線往前走就能抵達。

行得通的。

約翰．史密斯。在單眼鏡餐廳眼睜睜看著七十三人慘遭屠殺；在全國各地策畫一波波恐怖攻擊；在紐約證交所埋下炸彈，害死一千一百四十三人；也是迫使庫柏放棄原來的生活，踏上亡命之途的罪魁禍首。

即使已經讀過有關他的各種資料、聽過他的演說、見過他的朋友、拜訪過那位在西維吉尼亞州學園的白痴園長，約翰．史密斯本人仍然是個謎。事實他很清楚，比方史密斯的策略天分、高超的政治手段、煽動人心的技巧；神話他也聽過，看你站在哪一邊，就會聽到不同的版本。除此之外還有謠言和耳語，再加上雪倫的現身說法——她相信史密斯是個好人。

那麼史密斯到底是怎麼樣的人？一個變化莫測的幻影，是惡魔還是英雄的夢中幻影？

歷經千辛萬苦，今天晚上庫柏終於要見到他本人了。此人顯然也有朋友和情人，還特地到山脊上的溫馨小木屋，跟名叫海倫．艾普尤斯的女人幽會。

在公路上，他遠遠就瞥見小木屋，可是沒停下車，只切到右線道偷瞄幾眼。萊布尼茲離這裡十分鐘車程，附近的房舍多半是小木屋。即使已經搬到新迦南，還是有人想要離群索居。可以理解。畢竟不是所有搬到懷俄明州的人都相信這裡的理念，不少人的立場介於自由主義和無政府主義之間，喜歡找個可以隨心所欲、不會有人管東管西的地方。他總覺得再繼續往灰塵滿天的雙線道開去，就會看見「禁止進入」或「婉拒推銷，後果自負」的告示，到了盡頭就是一片與世隔絕的空地，不管想追求孤立主義或反猶太主義，在這裡應該都不會激起太大反彈。

不過，離鎮上那麼近的小木屋沒有給人這種感覺，看起來頗為豪華，像是大自然愛好者的私人別墅。

在附近勘察一個小時後，他發現艾普斯坦給他的資料很完備。不難想像艾普斯坦為什麼急著要他除掉史密斯。這是暗殺行蹤成謎的恐怖分子一個大好機會。周圍的森林可以為闖入者提供掩護，保安人員雖然想必都是一時之選，但他們沒有理由懷疑會有人闖進來，所以庫柏可以輕易甩開他們。再說，史密斯雖然是個策略天才，或許也很能打，但肉搏戰絕不是他的對手。

行得通的。他可以偷溜進去殺了約翰．史密斯。

溜出來反而比較棘手。如果可以不觸動警鈴，他就能輕鬆接近史密斯。他身上想必帶了體感辨測警鈴，一旦心跳快過性行為該有的頻率，或是突然停止，保鏢就會全副武裝趕到。到時候免不了一陣打打殺殺，想偷溜出去比登天還難。

到時候再說吧。反正那是你最能發揮所長的時刻。

再說，這次的成功機率比以前都高。他今晚就展開行動，完成任務，之後就……船到橋頭自然直。

是嗎？如果任務成功，你想史密斯的組織會善罷干休嗎？要是沒活著逃出去，應變部就不會有人知道你做了什麼。

他知道下一步該怎麼做了。

他需要打通室內電話。應變部監聽了新迦南的所有手機通話，Echelon II追蹤軟體不停傳輸十億位元的數據。他敢打賭史密斯也會固定監聽某些電話，他至今還能逍遙法外的關鍵就是持續掌握可靠情報。所以，打手機的風險太高。

換作在其他地方，這就表示得去找公共電話。現在雖然還有，但你得知道去哪裡找，比方便利商店、商場、加油站。舊時代留下來的古董，可是大家又懶得把它連根拔除。問題是，這裡是新迦南。在這個毫不念舊的新世界，不只加油站外面沒有公共電話，連加油站都很少見。

庫柏在腦中思索各種方法，並推翻了幾個方案，比方訂一間旅館、上門借電話、偷偷闖進某間公寓。全都可能引人耳目。

他開車在萊布尼茲亂逛，觀察周圍的環境，漸漸看出了新迦南城鎮的一貫模式。西邊是風力發電機，東邊是大型水冷凝器；街道都整齊平坦，呈格子狀排列。給滑翔機起降的飛機場；

供電動車充電的付費停車場；設計良好的徒步區；到處可見年輕人的廣場，個個都腳步堅定、精神昂揚。不同區域互相混合，商業區跟住宅區相依共存。這應該是住起來很舒服的地方，擁有城市的所有優點，卻沒有城市的擁擠交通和空氣汙染。來來來，來新迦南建立一個更好的世界，揮灑抱負和活力，擁抱陽光和性愛。

他把車停在市郊某個漢堡攤前，買了一份漢堡和一杯可樂，可樂比漢堡還貴。他坐在被夕陽鍍成金黃色的野餐椅上吃。對街有家車行，以美國的規模來看不大，停車場上擠滿了這裡到處可見的小電動車。他開的車很特別，不過沒有引人側目，畢竟郊區道路還是坑坑窪窪，而且電動車畢竟有些限制……

有了。

庫柏吃完東西，擦擦手，把車子開到對街。汽車推銷員跟其他地方的汽車推銷員沒兩樣，笑臉迎人，就愛裝熟，見他走進門滿臉欣喜。「我在考慮換車，」庫柏說，用拇指指了指他的Bronco。「汽油真讓人吃不消。」

「你不會後悔的，」銷售員說，「先繞一圈，看你喜歡哪一輛。」

庫柏跟著銷售員繞了一圈，聽他喋喋不休地推銷：充一次電可以跑多遠、最高車速多快、開起來多麼舒適方便。他坐進一輛轎車，舉手滑過一輛雙座跑車的車蓋，最後選定一輛迷你小貨車，聽到車子的馬力忍不住偷笑。

「我知道，」銷售員說，「跟你那頭野獸比起來，這輛感覺是不怎麼樣。不過它在鄉下跑沒問題，也能載貨，當工作車再適合不過。如果哪天需要重型車，隨時都能租到。」

講價花了十分鐘，庫柏讓銷售員說服了他。成交之後，他說：「可以借我打個電話給銀行專員嗎？我的手機沒電了。」

「當然可以，」他的新好朋友說，藏不住心中的雀躍。「可以到我的辦公室打。」

他的辦公室原本是展示空間一排辦公桌的其中一張。沒有庫柏希望的那樣隱密，但也夠了，反正銷售員很少坐下來，其他張桌子也都沒人。銷售員比了比他的座位，說聲他就在附近，之後便識相迴避了。

他六個月前記住的號碼，但一次都沒撥過。電話響了兩聲就有人接起。「吉米床墊。」

「帳號三二〇九一七。」庫柏說。

「是，長官。」

「我要跟阿法通話。馬上。」

「阿法，收到。請稍候。」

庫柏坐在銷售員的椅子上往後靠，彈簧吱咯響。從窗戶看出去，車輛來來去去，雲不停變換，陽光從雲層間直指而下。

電話喀一聲，傳來衡平局局長德魯．彼得斯的聲音。「尼克？」那聲音即使到現在仍然如此熟悉，低沉但威勢十足。庫柏可以想像他正坐在他的辦公室裡，輕薄的耳機掛在整齊清爽的頭髮上，牆上懸掛追捕目標的裝框相片，約翰．史密斯也在裡面。我的照片現在也在上面嗎？

「對，是我。」

「你還好嗎？」

「還好。我正在執行任務。」

「上禮拜是什麼狀況？」

「什麼？」

「別耍我，孩子。在芝加哥的捷運站月臺上。有民眾中槍，你知道嗎？」

「不是我幹的，」庫柏說，心中冒出的無名火令他詫異。「或許你該去找你那些該死的狙擊手談一談。」他硬是吞下早已習慣成自然的「長官」二字。

「你說什麼？」

「我沒有對任何人開槍。還有，不用謝我。你知道，我放棄整個人生，變成了逃犯。你問我什麼狀況是嗎？那中國城又是怎麼回事？」

「你是指拘捕李晨一家？」

「捉拿扒手才叫拘捕。我看到的是戰略應變小組綁架了一家人，把現場群眾激怒。那個小女孩才八歲。」他愈說愈激動。「你們這些人到底為了什麼而戰？」

停頓。接著彼得斯用俐落節制的聲音問：「你說完了嗎？」

「這件事說完了。」庫柏意識到自己緊擰著話筒，只能用意志力強迫手指放鬆。

「好。第一，『你們這些人』指的是分析應變部的探員是吧？別忘了你也是其中一員。」

「我——」

「第二，那是你的錯。」

「什麼？」

「你洩漏了行蹤。你腦袋在想什麼？在捷運站月臺上調虎離山把人甩開，然後當天晚上就大搖大擺上街壓馬路？」

「你在說什麼？」他在腦中倒轉那天晚上的記憶：涼爽的空氣、中國城的霓虹燈。當時他繃緊神經，時時留意有沒有人認出他，但並未發現異狀。「沒人看到我。」

「是嗎？誰叫羅傑．狄金森下令 Echelon II 小組隨機掃瞄芝加哥全城的監視畫面，總共有一萬筆以上，結果找到銀行提款機監視器拍到你跟亞茲小姐並肩走過中國城的畫面。一找到線索，狄金森就從中國城的每個監視器調出片段，全部拼在一起花了點時間，所以才讓你們白白溜了。」

庫柏張嘴又閉上。

「規矩是你訂的，尼克，錯誤也是你造成的。」彼得斯沒有提高聲音，卻反而讓這句話的衝擊力更強。「一開始是你提議這麼做的，記得嗎？你跟我說，你的計畫要成功，唯一的方法就是徹底豁出去。」

「我不是故意要——」

「是不是故意的不重要。豁出去了就不能回頭。」

他心裡有一部分想怒吼，把電話摔在桌上，站起來抓起椅子砸向玻璃，讓它飛向懷俄明州的太陽。可是發洩之後並不會改變任何事。發脾氣也無濟於事。

「羅傑．狄金森是嗎？」庫柏換手拿話筒，抹去掌上的汗。

「他的確很勇於面對挑戰。」彼得斯發出短促的輕笑。「或許你猜的沒錯，他是想要你的職位。」

「我早該想到是監視器，」庫柏說，「可惡、可惡、可惡。」

「你等於是以一擋千。只能說真有你的。」

「李晨一家人現在呢？算了，當我沒問，答案我很清楚。你可以幫他們嗎？」

「幫他們？」

「他們什麼都不知道。真的。李晨只是雪倫的老同學。」

「他們窩藏了現在正被強力通緝的全國兩大恐怖分子，既然被抓了就得面對刑罰，逃也逃不掉。」

「德魯，聽我說。那個小女孩愛麗絲，她才八歲。」

彼得斯沉默很久，終於嘆著氣說：「好吧，我再想想辦法。」

「謝謝。」

「所以，你現在的情況如何？」

「我……」他吸口氣，直起腰桿。剛剛心裡冒出的無名火其實不難理解。這幾天來，他在原以為理所當然的事實中看到了虛假的一面。現在那些都不重要了。「我打給你是因為我終於等到機會，目標快到手了。」雖然得冒個小風險。然而就算史密斯有世界一流的情報系統，也不可能延伸到路邊隨便一家車行的辦公室電話。「今晚就是他的死期。」

「你真的辦到了。」彼得斯說。

「快了。」

「想好怎麼脫身了嗎？」

「必要時我會同歸於盡，所以我才打這通電話給你，以防萬一。我達成了我們的協議，我希望你知道。」庫柏頓了頓。「我想親耳聽到你也一樣。」

「當然了，孩子。」彼得斯的聲音很少洩露情緒，但庫柏聽出他有點受傷。「無論如何，我都會信守承諾。你很了不起。」

「凱特——」

「你女兒永遠不會接受測驗。我已經處理好現有的紀錄，同時確保以後再也不會有類似的紀錄。她很安全。我向你保證，尼克。無論發生什麼事，我都會照顧你的家人。」

我的家人。幾個月前的畫面閃過他的腦海。那天早上，他在門前草皮上跟兩個孩子玩轉圈圈，一人抓住他一邊手臂，愛和信任的力量拉扯著他，他永遠不想放開那股力量。背後的世界化成模糊的綠色漩渦。

一路上的所見所聞改變了你的想法。也罷。但那些都不重要了。你不是為了應變部才這麼做的。

是為了他們。

29

重回崗位。

從過去到現在，庫柏殺過十三個人——不對，把他從高速公路丟出去的蓋瑞算進來，就是十四個。他並不因此感到自豪或不安，那只是個事實而已。他並不喜歡暴力，殺人也不會給他快感。他是個軍人，執行任務是為了完成目標，而目標就是救人。

然而他不得不承認，重回崗位的感覺很好。

這六個月來，他過著驚險刺激的生活。有些他樂在其中，藉此測試自己有多少能耐，並累積另一種名聲，好找機會接近約翰·史密斯，但還是免不了有種原地盤旋的感覺。他所做的種種努力都是為了重回他真正的生活。在那個生活中，他是孩子的父親，是政府探員，是為了更好的未來而奮戰的硬漢。

今天晚上，原地盤旋階段就此結束。他終於等到了這一天。無論成功或失敗，他都將邁向下個階段，不再隱姓埋名，不再逃亡。

*不完全正確。如果失敗，很可能又得繼續逃亡。*他苦笑，熄火。

小木屋坐落的山脊位在肖肖尼國家森林深處。研究過艾普斯坦提供的地圖和衛星畫面後，庫柏決定把車停在距離小屋兩哩遠的狹小防火線上。稍早他在萊布尼茲的打獵用品店添購了一些裝備，現在他脫到只剩下內衣褲，將裝備穿戴在身上，包括保暖內衣、迷彩裝、登山鞋和輕巧的手套。他還砸一大筆錢買了 Steiner Predators 牌的雙筒望遠鏡，花了兩千大洋，但很值得。

新科技鏡片不只連晚上都看得清楚，裡頭的晶片還能分析影像、凸顯動作。櫃檯後面的男人問他：「要去夜獵嗎？」

「可以這麼說。」庫柏笑答。

「那麼選這個就對了。需要子彈嗎？」

「這個就好。」

他正在檢查手槍，看了看多餘的彈匣，決定還是不帶。如果需要重新裝填子彈，那他就輸了。再說裝填過程也會發出聲音。庫柏鎖上車，把鑰匙塞在保險桿下方，開始往前走。

空氣涼爽清新，空氣聞起來就該是這種感覺，卻很少如此。他享受著清爽的空氣，還有爬上山時肌肉靈活擺動、雙腿發熱的感覺。他從容不迫踏著穩健的步伐，爬到山脊線的背後時，天空從靛藍轉成紫色，最後化為絲絨般的墨黑。月亮打下油油亮亮的光影。

山脊崎嶇多石，樹木都是被風吹得東倒西歪的老樹。直豎的石頭近看更像手指，像破土而出的巨人之手。庫柏蹲下來拿起望遠鏡看，花了幾分鐘才找到那棵樹——離小木屋約兩百碼的黃松。

十分鐘後，他爬到黃松寬闊的枝幹上，離地面二十呎高。手套沾滿了黏黏的樹液，濃郁刺鼻的松香搔著他的鼻孔。他透過串串松針，將海倫．艾普尤斯的家看得一清二楚。那是間迷人的小屋，帶有太平洋西北岸方方正正的建築風格。很多玻璃，漂亮的雪松壁板一排排錯落有致。窗戶透著溫馨的金黃燈光。一個舒適、寧靜的地方……除了手持衝鋒槍繞屋巡視的保鏢。

保鏢把槍斜背在肩上，右手輕易就能抓到，從他走路的樣子看來，應該有過這類經驗。庫柏看得出此人的步伐從容輕巧，保持警覺，是個沉得住氣的老手。

不意外。可是他預期會有人闖進來嗎？

離小屋約五十碼遠的柵欄標出這塊土地的邊界。保鏢沿著柵欄走，慢慢邁步，察看光影變化，留意底下的道路。庫柏動也不動躺在樹幹上，留意著周圍的動靜，很慶幸穿了保暖內衣（愈晚氣溫愈低）。望遠鏡以紅色細線描出保鏢的身影，跟著他穩定的步伐移動。他繞行一圈大概花了八分鐘，即使變換路線也不會離柵欄太遠。果然是行家，毫無緊張不安的跡象。

很好。庫柏把注意力轉向房子。

望遠鏡從暗處轉到明處時，畫面變白，室內擺設直接攤在眼前：簡潔的鄉村式家具；擺滿書和照片的書櫃；鄉村風廚房，裡頭擺了半壺咖啡。第二個保鏢頂著銀灰色平頭，肌肉結實，抬頭挺胸，讓庫柏想起某個操練官。只見他給自己倒了杯咖啡，然後轉去跟庫柏看不到的人說話。應該是三號保鏢。就算史密斯跟自己的保鏢交情再好，今天晚上的重點是男歡女愛。史密斯應該在樓上才對。

好。總共三名保鏢，理論上可能有第四個，但三個在內，只有一個在外，這樣有點輕率，史密斯絕對無法忍受輕率的戰略。

房子的其他部分都在預期之內。一樓的門和門框都是鋼材，門鎖都很厚重。有臺監視器對著後門。整體來說，安全措施做得很牢靠，這樣的配置能讓一般人覺得安心，但絕不到密不透風的程度。

問題是，你要怎麼突破防衛？

二樓有個往外延伸的大陽臺。有扇玻璃拉門通往臥室，可能是主臥室。裡頭沒開燈，特大號床光滑平坦，床上沒人。他要爬上陽臺不成問題，問題是上去之後呢？拉門可能鎖上，玻璃又是防彈玻璃。

可惜雪倫不在他身旁，他敢說她一定能神不知鬼不覺地溜進去，而他卻只能全副武裝殺進去。如果溜到外面的保鏢身後，他可以靠點運氣悄悄解決他。如果運氣好一點，說不定能在他身上找到鑰匙。

要是沒有呢？拉門會不會是用遙控器開關？三名保鏢會不會都戴了體感感應器，只要有一人倒下就會立刻知道？

有點冒險。他有自信能擺平保鏢，尤其如果能出其不意讓他們反應不及。問題是，難道史密斯不會在這時候從另一邊的門衝出去嗎？

反正沒別的選——

主臥房的燈啪地打開，一道人影浮現。玻璃門滑開的聲音在懷俄明州的夜晚顯得特別響亮。人影正好背光。另一個保鏢嗎？庫柏重新調整雙筒望遠鏡的焦距。

望遠鏡差點掉下去。那人不是保鏢，不是陌生的臉孔。

距離彼得斯牆上那張照片拍攝的時間，已經過了七年；照片上的年輕激進分子正對著群眾演講。

距離單眼鏡餐廳屠殺案五年。那部駭人的影片他看了不知多少次，片中的劊子手眼睜睜看著七十三人血濺餐廳仍然面不改色。

距離最近一次經過證實的照片兩年。那是他鑽進一輛 Land Rover 後座時被拍下的遠距離照片，畫面很模糊。

此刻，透過全新雙筒望遠鏡的顫抖鏡面，庫柏看見約翰・史密斯踏上陽臺。

他穿著牛仔褲和黑色毛衣，赤腳。當他從口袋掏出一盒香菸時，庫柏才驚覺他老了好多。就好像第一次任期之前和之後的美國總統照片，史密斯在短短幾年間好像老了二十歲。黑髮摻雜了些白髮，肩膀給人一種沉重的感覺。但當他拿出銀色打火機啪噠點菸時，一雙眼睛跟碎玻璃一樣銳利。望遠鏡的夜視模式把火光放大，變成一圈彷彿將他整個人吞沒的火焰。

庫柏目瞪口呆。

全美頭號恐怖分子看起來很平靜。他用拇指和食指掐住香菸，邊抽菸邊沉思。這種天氣光著腳應該很冷，史密斯似乎不以為意。他就這樣站在陽臺上，望著一片漆黑。

不可思議。沒有風，能見度佳，毫無遮擋，目標毫無察覺。如果他手邊有步槍，只要手指一按，就能終止一場戰爭。

但你沒有步槍，只有手槍，而且距離這麼遠，痛罵他一頓或許還比較有希望。

有點害怕一轉身，史密斯就會像魔鬼一樣消失無蹤，因此庫柏轉了轉望遠鏡，不多久就看到外面那個保鏢。保鏢現在所在的位置對他很有利，幾乎就在松樹和小屋之間，他可以趁機溜進去，但勢必會驚動史密斯。

你只有一次機會。倉促行動太過冒險。

他深呼吸，定定神，然後把焦點轉回史密斯身上。儘管他已經等這一刻等了好久，也計畫了好久，心裡受到的衝擊仍然讓他亂了方寸。

他意識到一件事：眼前這個人就是他選擇這種生活的原因，就是他做了各種事，晚上卻還能睡得著的原因。

史密斯是他這輩子對抗的一切。他不只是殺人凶手，不只是恐怖分子，簡直就是個人形颶風。是海嘯，是地震，是闖入學校掃射的狙擊手，是投入水源的放射性炸彈。除了自己，他什麼都不相信；之所以殺人不是因為這樣會讓世界變得更好，而是拚命要把世界變得更像他。此刻的他，正赤腳站在美得驚人的懷俄明州夜空下，抽菸。

抽完之後，他把菸屁股往黑夜中一彈，餘燼在空中飛舞，亮光轉瞬即逝。然後他轉身走回房間。不多久，臥房的燈暗掉。約翰．史密斯——

現在才九點，他不可能這麼早睡。

抽菸的人不會只抽一根就滿足。

誰在他身後鎖上了二樓陽臺的拉門？尤其知道他很快又會出來抽菸。

——到此為止了。

庫柏把望遠鏡掛在樹枝上。接下來用不上了。他慢慢移動，開始往下爬。當登山鞋踩到乾土時，他身體一蹲，腳跟著地，背貼著樹幹，等待保鏢重新繞回來。

他邊等邊開始數秒。

數到一百他開始往前走。他想用跑的，可是不能冒險，發出聲音或扭傷腳踝就不好了。保鏢繞柵欄一圈約八分鐘，也就是四百八十秒。

他低頭垂眼，這樣小屋的光線才不會干擾他在黑暗中的視線，並小心踏穩每一步。月色很亮，有好有壞。好在他可以大步往前走，壞在容易被發現。一股幹勁突然往上衝，周圍世界自動消失，只剩下他、銀白色地面、肺裡的呼吸，還有手槍壓在腰帶上的重量。數到一百四十七秒時，他走到柵欄前。保鏢在另一邊。庫柏抓住柵欄，先把一條腿盪過去，再換另一條腿，就這樣踏進了海倫．艾普尤斯的院子。

這名字感覺似曾相識，他就是想不起來。沒時間了。他快速在腦中評估現況——

保鏢是專業好手，可能是軍人出身。

軍人習慣團隊行動。分派工作、相信每個人都能堅守崗位，遠比要求每個人都面面俱到更有效率。屋裡的保鏢就等到了屋裡再說。

——接著趴在地上，開始快速往小屋匍匐前進。

數到兩百秒時，保鏢繞過小屋的另一側。月光映照著他的衝鋒槍槍管。庫柏繼續往前爬，石頭刺進他的膝蓋，不明的尖刺扯著他的手套。

他可以加快速度，但不敢冒險，總覺得每爬一步就發出很大的聲音。他繃緊身體，壓低呼吸，用力往前推。

兩百四十秒。保鏢離他半個美式足球場遠。庫柏爬了大約五十呎，還不到柵欄和小屋的中間。他把身體壓低，迷彩裝底下的乾硬地面冷颼颼。庫柏硬逼自己閉上眼睛。即使在黑暗中，人臉仍然是最容易被認出的東西，尤其是眼睛，因為眼睛容易反射光線。

如果他猜的沒錯，如果保鏢信任他的夥伴，那麼他的注意力應該都會放在外面。他會留意樹林裡的動靜，而不是他跟小屋之間的可疑物體。

兩百五十秒。沙沙的腳步聲。軍靴踩在石頭和泥土上的聲音。保鏢離他最多不到二十呎。停頓。一陣摩擦聲。全身神經繃緊，呼喊著要他採取行動，翻身跳起，掏槍射擊。然而他趴在地上看不見，徹底無助，空有一身本領卻無用武之地。

老兄，除了天賦你還有別的。

他趴著一動也不動。

兩百六十五秒。

兩百七十秒。

腳步聲又響起。庫柏又開始呼吸。

數到三百四十秒時，他張開眼睛，弓起身體，就蹲伏姿勢。跟剛剛的全然黑暗相比，小屋顯得燈火通明，光線從窗戶流瀉而出，陽臺也籠罩在一片黃暈中。他起身走向小屋，不再擔心會被看到。就算屋裡的保鏢剛好看向窗外，玻璃在晚上也成了鏡子。

他轉轉肩膀，脫掉手套丟在一旁，接著直直往小屋外牆衝去。他在最後一刻縱身一躍，一腳抵住雪松壁板，用力往上一推，身體一扭。

雙手抓到了陽臺邊，掛在上面片刻抵擋橫向慣性效應，然後把自己撐起來，先抓住欄杆軸管，再抓住扶手，最後終於盪進去，蹲踞在史密斯剛剛抽菸的地方。

他的呼吸平緩，感官清楚銳利，全身舒暢，感覺自己所向無敵。

庫柏掏出手槍，移向玻璃門。臥室仍然一片黑暗。目前為止一切都很順利。貼著原木壁板時發出了一點聲音，但不大。住在林中小屋自然會習慣各種意想不到的聲音：出外獵食的動物、被風吹落擦過屋簷的樹枝、終於倒下的朽木等等。

當然，成敗就要看玻璃門有沒有鎖上了。他對自己的模式推理很有信心，但他的天賦依賴的一向是直覺，不可能萬無一失。

所以別再拖拖拉拉，快去揭曉答案，看你有沒有幸運中獎。

他把空著的那隻手放在門把上，一拉。

門輕鬆滑開。

庫柏一手握槍溜了進去。

30

臥房裡黑漆漆，但他的眼睛已經適應黑暗。特大床鋪著絲絨床單，上面好多枕頭，床還沒弄亂。如果史密斯和他的情人已經溫存過了，一定不是在這裡。床邊擺了床頭櫃；另一邊角落擺著搖椅、硬木梳妝臺。西側有間大浴室。牆上的一幅畫很大，是色彩灰暗的抽象畫。

他雙手握槍，手勢壓低，手指輕放在扳機上，感覺很好，就像為他的手量身打造。

聲音：他自己的呼吸聲，比平常稍快，但還算平穩。樓下傳來電視的聲音，罐頭笑聲，不過聽不清楚笑話的內容。床頭櫃上的時鐘滴答響，他討厭滴答響的時鐘，討厭時間就在滴答聲中流逝的感覺。無法想像伴隨生命流逝的聲音沉入無意識的睡眠之中，要怎麼睡得安穩。

警鈴沒有響起，沒引起騷動。

他移往臥房門，門掩上但沒有全關。他貼著最近的牆壁往前滑，從門縫中偷看。一道走廊。右手握槍，左手輕輕推開門。門無聲轉開。走廊鋪著硬木地板，看起來頗新。很好。老舊的硬木地板會吱嘎響。

腳步放輕，關節靈活轉動。走廊延伸幾呎遠，接著一邊牆壁變成欄杆，但不是木頭欄杆，而是繩索綁成的欄杆。樓下有燈光，電視聲愈來愈大。一間大房間，以螺旋式樓梯跟其他房間相通。總共三扇門，一扇打開，他看見門裡的地磚，應該是客用浴室。庫柏輕輕步上走廊，每一步都不敢大意。下一扇門也開著，他蹲低，從門邊掃了一眼，是間客房，沒開燈。最後一扇門關著，門縫下透出一絲亮光。他挪到門外，聽不到聲音。他屏住呼吸數到二十，再邊呼吸邊數三十下。還是沒聲音。

他左手放門把上，身體移到門旁邊，輕輕一轉，把槍舉高，門縫一點一點擴大，眼睛快速往房裡掃視。

書櫃，一張看起來很柔軟也很昂貴的皮革沙發，兩張椅子對著沙發。沙發旁的矮几上放著檯燈和菸灰缸。另一邊有扇門但關上，底下沒透出燈光。牆壁上嵌著瓦斯壁爐，裡頭火光飛舞。壁爐上方有兩面平板螢幕。

兩邊螢幕播放著同樣的影片。

庫柏溜進房間，高舉手槍，關上身後的門時兩眼看著前方。他走去平板螢幕前。

從高處往下拍的拍攝角度。螢幕上，很多人走進一家餐廳。他心頭一震，認出這段影片。單眼鏡餐廳屠殺案的影片。他看過不下一千次，每個鏡頭都滾瓜爛熟。搞什麼——

等等。螢幕上播放的不是一模一樣的影片。

乍看之下是。動作都一樣，還有角度、酒吧跟客人的畫面、法官和他的小情婦、印第安那州來的一家人。但左邊的螢幕上，有四個男人穿過人群，一個領頭，三個殿後。

右邊螢幕上只看見後面的那三個人，三人都穿風衣。

左邊螢幕上，約翰．史密斯穿過人群往前走，三名手下跟在他後面。

右邊螢幕上，三名手下前面沒人。

左邊螢幕上，約翰．史密斯走向綽號「榔頭」的海姆勒參議員所在的雅座。

右邊螢幕上，三人走向參議員坐的雅座，但隔著一段突兀的距離，沒有走近，彷彿有幽靈擋在他們前面。

左邊螢幕上，海姆勒參議員對約翰．史密斯微笑。

右邊螢幕上，海姆勒參議員對著三個走向他的男人微笑。

左邊螢幕上，約翰．史密斯舉起手槍往參議員的頭部射擊。

右邊螢幕上，參議員的頭上直接浮現一個彈孔，彷彿天外飛來一槍。

兩邊螢幕上，三名保鏢都抖落身上的外套，露出斜背在身上的 Heckler & Koch 軍用衝鋒槍。三人都不慌不忙拉出伸縮式金屬槍托，把槍架在肩膀上。出口號誌的紅色燈光像鮮血灑在他們的背上。

兩邊螢幕上，三人開始射擊，精準又密集，子彈沒亂飛，也沒有大範圍掃射。

庫柏的頸部血管突突跳動，雙手直冒汗。

兩邊螢幕同時停住，然後倒轉十秒。

左邊螢幕上，約翰．史密斯舉起手槍往參議員的頭部射擊。

右邊螢幕上，參議員的頭上直接浮現一個彈孔，彷彿天外飛來一槍。

兩邊螢幕上，三名保鏢都抖落身上的外套，露出斜背在身上的 Heckler & Koch 軍用衝鋒槍。三人都不慌不忙拉出伸縮式金屬槍托，把槍架在肩膀上。出口號誌的紅色燈光像鮮血灑在他們的背上。

影片停住，然後倒轉。

庫柏突然覺得有人在看他，轉身舉起槍，沒人。轉回去看螢幕，剛好又看到重播片段。

三人抖落身上的外套，出口標誌的紅色燈光像鮮血灑在他們的背上，武器高舉。停住。倒轉。

三人抖落身上的外套，出口標誌的紅色燈光像鮮血灑——

不對勁。

不單單只是裡頭沒有約翰．史密斯。

還有別的。

他知道你會來，所以故意放給你看。片子是為你而播放的。

除此之外，還有地方不對勁。

——在他們的背上。

停住。倒轉。

三人抖落身上的外套，出口標誌的紅色燈光像鮮血灑在他們的背上。

停住。倒轉。

三人抖落身上的外套，出口標誌的紅色燈光像鮮血灑在他們的背上。

一模一樣。兩邊螢幕上的紅色燈光都一樣。

但左邊的螢幕上，也就是他熟悉的版本，約翰．史密斯站在三名手下和出口標誌之間。他的身體應該會擋住一些光線，雖然不足以投下清楚的影子，但紅光不應該照得到那三名保鏢才對。至少照不到離他最近的那名手下。

要是如此……

庫柏瞪大雙眼，感覺腳下突然懸空，彷彿變成了一團霧，可以穿透眼前的所有實心物體。

接著，他聽到身後的門打開。

他扭過身，反射性舉起槍，右手臂伸直，左手臂穩住槍托，張大眼睛順著槍管瞄準站在門口的男人。他五官對稱，下巴強而有力，睫毛濃密。一張女人會覺得英俊但還不到性感的臉，一張高爾夫選手或出庭律師的臉。

「嗨，庫柏，」約翰．史密斯說，「我不是約翰．史密斯。」

31

庫柏沿著槍管看出去，反射性地將準星瞄準對方的胸口。約翰・史密斯也瞪著他，一手握住門把，指關節用力到發白，瞳孔放大，頸部脈搏一跳一跳。

扣下扳機。

背後一側傳來再清楚不過的聲音。老搭檔昆恩曾經形容那是全世界最美的聲音，只要製造那個聲音的人是你。

獵槍劈啪響。

史密斯微微把頭一點。庫柏大膽一瞥，手槍仍然指向史密斯。

雪倫平空出現在房間的角落。她躲在長槍後面顯得很嬌小，但架勢十足，槍托架在纖細的肩膀上。槍管已經裁到最短，看起來不像獵槍，比較像霰彈槍。即使隔著距離，彈藥也夠（他非常肯定），他還是插翅難飛。雪倫的眼神沉穩，手指貼著扳機。

她是怎麼辦到的？

「我沒有你那種天賦，」史密斯說，「不過我猜得到你在想什麼。你推測她不可能比你先開槍。沒錯。你或許起碼能開一槍，很有機會讓我一槍斃命。當然了，如果你這麼做，她也會殺了你。」

世界開始劇烈晃動，所有事物摻雜混合，變得一片模糊。他覺得自己的生命變成了不斷停頓、倒帶、停頓、倒帶的影片，真真假假難以確定，什麼都不可靠。他瞄準眼前的男子，看得出來史密斯很緊張。他或許希望庫柏不會開槍，但並沒有十足的把握。

庫柏全身上下每個細胞都想扣下扳機，一槍斃了史密斯，完成任務。終結這一切，免得……免得什麼？

史密斯像在回應他似地說：「重點是，如果你這麼做，就無法知道接下來會發生什麼事，也永遠無法知道真相，雖然說你已經猜到了一些。不是嗎？」

輕輕壓住扳機，然後以最快的速度再一壓。空尖彈劃破柔軟的皮膚，鉛殼裂成刀片鑽進血肉，傷口開口笑，約翰．史密斯斃命。任務達成。

這就是他要做的事。

扣下扳機！

他想開口說話，卻只發得出沙啞的聲音。

「不是嗎？」

庫柏說：「影片是假的。」

「對。」

「你從沒去過單眼鏡餐廳。」

「其實有。事發半個小時前。我跟海姆勒參議員見了面，我點了一杯琴湯尼，他點了四杯威士忌。他答應支持修改某個法案，主要是針對異能接受測驗加以設限。我跟他道過謝就走了。」

開槍開槍開槍開槍開槍……

「看著我，」史密斯說，「我知道你看得出人有沒有說謊。我在說謊嗎？」

那場大屠殺的影片他看過無數次，不放過片中的每條線索、每個跡象，只為了找到發動屠殺的人。他也注意過那道紅光，只是從沒想過紅光應該被擋住才對。要不是跟另一個版本互相比較，怎麼可能注意到其中有蹊蹺？

史密斯的版本是假的。他有的是時間造假……

不過有問題的是官方版本。

「還有其他事，」史密斯說，「還有很多你不知道的事。你得先放下槍才能聽我說。」

「尼克，」雪倫說，聲音低沉而堅定，帶著或許是一絲希望，或許是對還沒成真但可能成真的事的一絲遺憾。「拜託你。」

他瞄她一眼，看得出她不會手下留情，也看得出她並不想開槍。

突如其來的疲憊感將他淹沒，支撐他到現在的事物如今彷彿已蕩然無存。

如果這是真的，那麼……

他打住這種想法，同時放下槍。

「謝謝。」史密斯說。

「去你的。」庫柏說。

「好吧。換成是我也會有同樣的感覺。」

雪倫說：「庫柏，把槍放桌上怎麼樣？我也會這麼做。」

他看著她，發現她又叫他庫柏了，前一秒還叫他尼克，不是嗎？怪了，只有娜塔莉和德魯．彼得斯叫他尼克。現在又多了個雪倫，而且總共叫了兩次。

「妳先請怎麼樣？」他說。

他以為她會轉頭看史密斯，打定主意只要她視線一轉，他就馬上舉槍射擊，斃了史密斯。

雪倫咬著牙，目不轉睛盯著他看。

最後她放下槍，把槍拎在手上擺盪。

庫柏彷彿在夢遊，心想管他的，先扣上保險栓再把槍丟桌上。最壞能怎麼樣？他們會殺了他嗎？

嗯。

早就殺了。

這個想法莫名其妙冒出來，像漆黑的房間忽地響起一個聲音。那是什麼意思？他不知道。

「好吧。」他說，盡量裝出無所謂的樣子，但不確定有沒有成功。「好，要談就談吧。」

史密斯簡直像洩了氣一樣，瞬間鬆了很大一口氣。「謝謝。」

「你不確定我不會殺你，對吧？」

「對。這是在冒險，雖然是計算過的風險。」

「為什麼要冒險？」

「我想見你。不冒點險怎麼會有收穫？」

「你說你不是約翰．史密斯，是什麼意思？」

「我爸不姓史密斯，我媽也沒把我取名叫約翰。」

「我知道你進了學園，過得很悲慘，可是你——」

「還留著他們幫我取的名字。沒錯。記得黑人爭取民權的那個時代，麥爾坎X說要放棄他的奴隸名，為自己正名？一旦跟我一樣的人不再是奴隸，我也會這麼做。可是現在我想要提醒世人：我，就是他們一手創造出來的。」

「你是恐怖分子。」

「我是打了敗仗的輸家。但你追殺的那個約翰．史密斯，那個殘殺兒童、在單眼睛餐廳屠殺七十三人的惡魔，並不是我。那個約翰．史密斯並不存在，他是虛構的，是為了遂行某個人的意志而被創造出來的。」

庫柏感覺到自己的天賦在體內翻騰，從現有資料中快速尋找脈絡。他無法控制自己，就跟人的腦袋自然而然就會思考一樣。一如往常，直覺又一馬當先，從他看出的脈絡中抽絲剝繭，他想停下來，因為如果這是真的……如果是真的……

「如果影片是假的，」他說，明知道是卻不願說出口，為什麼他也無法確定。「那麼造假的人是誰？」

「你問錯了問題。」史密斯說。他的一隻手往口袋移動，但又突然停住，問：「介意我抽菸嗎？」沒等庫柏回答，他放慢速度拿出香菸和火柴。庫柏回想房間的擺設，想起矮几上有個菸灰缸。那他剛剛為什麼要出去抽——

因為他想讓你看見。

他知道你在外面，故意要引你進去。

史密斯邊說話邊點菸。「問題不是誰造假影片，」啪嚓，抽一口，吐煙。「而是誰策動了大屠殺。誰雇用、組織並武裝了一支訓練有素、行動畫一的突擊隊，派他們去屠殺七十二名無辜百姓和一名參議員。假造影片只是掩飾的手段，只是最後的收穫。」

這個事實雖然顯而易見，卻也前所未聞，彷彿把整個世界上下顛倒。不只影片造假，還是一場精心安排的大屠殺。他的腦袋又開始搜尋脈絡，在新資料之間周旋——停！

「好吧，所以是誰……」

史密斯走到沙發的另一端，一屁股坐下。他抖抖菸灰，比了比對面的椅子，庫柏不甩他。於是史密斯說：「你下西洋棋嗎？」

「沒有。」其實有，但不是史密斯指的那種下法，沒人下他說的那種棋。

「初級棋手都習慣只看自己那一邊，中級甚至大師級也是。但下西洋棋的訣竅是要把注意力放在另一邊。」

「瞭。」

「好，」史密斯說，「言歸正傳。所以，單眼鏡屠殺案達到了什麼目的？」

「不就……跟世界宣戰，殺掉跟你唱反調的參議員。」

「比海姆勒更討厭異能的人多的是，為什麼我要特別因為他跟世界宣戰？十四歲那年，我同時跟三位西洋棋大師下棋，三位都敗在我的手下。在毫無勝算的狀況下，我何必向世界宣戰？你還是只看自己那邊的棋子。仔細想想，從那場大屠殺中得到好處的是誰？」

你，庫柏想回答卻說不出口。史密斯哪有得到什麼好處？大屠殺之前，史密斯是個激進分子，所作所為雖然備受爭議，但仍受人敬重，行動也未受限制。大屠殺之後，他成了美國的頭號通緝犯，被逼得流離失所，踏上逃亡之路，過著提心吊膽的生活。

「這就對了。你漸漸想通了。」

「怎樣，你不只是個戰略天才，還會讀心術是嗎？」欠揍的一面又流露出來。

史密斯搖搖頭。「我只是了解人罷了。大屠殺之後發生了什麼事？」

「明知故問。」

「庫柏，」雪倫說，「別這樣。」

他睨她一眼，無法解讀她的表情。他對她說：「好吧。說就說。大屠殺之後，約翰・史密斯變成家喻戶曉的人物，變成罪大惡極的恐怖分子，跑到哪就被追殺到哪……」

「對。」史密斯看他的表情既悲傷又溫暖，好像來傳達噩耗的朋友。「沒錯。被誰追殺？」

如果這是真的，那就表示……

「不可能。我不相信。」

史密斯說：「不相信什麼？我什麼都還沒有說。」

德魯．彼得斯。他拉你進衡平局那天曾說，這個計畫縱使極端，但絕對有其必要。

衡平局草創之初，以老紙廠為辦公室。不時聽到要收攤的傳言。資金吃緊。國會成立調查小組，衡平局岌岌可危。

然後就發生了屠殺案。

七十三人死亡，包括小孩和一名參議員。凶手是個異能

某人的主張突然成了驚人的遠見。不但料中了流血事件，也看出分析應變部需要比監控更進一步的權能——終結人命。

德魯．彼得斯，清爽俐落，戴上無框眼鏡顯得灰冷無情。

德魯．彼得斯，他說他需要信徒。

我的天啊——

「如果這是真的，那就表示……表示……」他說不出口，受不了把想法化為飄浮在空中的話語。如果這是真的，那就表示一切都是謊言。他從來就不是為了阻止戰爭而奮戰，他就是引起戰爭的原因之一。他所做的一切、他終結的生命……

他殺過的人……

他害死的人……

「不可能，」庫柏說，「不可能。」他看著雪倫，卻只在她臉上看到同情，身體不由得一

縮。他轉回去看史密斯，還是同樣的表情。「不可能。」

「我很遺憾，庫柏，真的很……」

下一秒他便拔足狂奔。

第三部 叛徒

32

跑出房間，踏上走廊，穿過臥房，跳上陽臺，攀過欄杆，凌空一跳，重重落地。他身後響起聲音，可是他幾乎聽不見，是某個人大喊「退下！讓他走！」的聲音。保鏢舉起MP5衝鋒槍但定住不動，兩眼往後一瞥。庫柏心想鉤腿絆倒他，然後轉身，手肘戳他心窩，右手劈他咽喉，結果一個動作也沒做，直接從目瞪口呆的保鏢面前逃走。冷風刮著他的胸腔，兩腿賣力往前踢，雙腳重踏地面，想把聽到的事都拋在腦後，把在他眼前、腦後、全身上下逐漸浮現的真相拋開。還有他想甩也甩不開的天賦，那甚至變成了一種詛咒，一種幫助他分析歸納、找出脈絡的銳利直覺。那個脈絡就攤在他面前，但經人一點，再加上幾個令人恍然大悟的事實，突然浮現出截然不同的面貌。這些他應該自己就能想到，卻一直被蒙在鼓裡，後果……不堪設想的可怕後果……

「我需要真正的信徒。」

彼得斯見到他的第一天就這麼對他說，後來又重複了好幾次，庫柏一直以為那不過是對某種忠誠度的要求。庫柏有的是忠誠度。為了大我，他願意出生入死，只是為了忠於職守，並不真的樂在其中。權力在握的感覺很好，沒錯，地位跟自由也是，但從來不是行動本身。重點不是殺人，而是目標。他所做的一切都是為了阻止戰爭，而不是引發戰爭；是為了拯救世界，而不是——

眼前一閃：月光穿透隨風搖曳的樹枝，打下一條條銀白光影。

他絆到樹枝，樹枝劈啪折斷，露出乾巴巴的內裡，有如白骨。

在松樹樹幹的映襯下，雙手顯得蒼白。

最後他到了一條小溪前，溪水映著月光閃閃發亮。潺潺清水流過被磨得平坦光滑的石頭。他的膝蓋泡在水裡，冰涼的感覺令他一震。

如果他們說的是真的，那麼衡平局就是個天大的謊言。

作風激進、要求史無前例特權的政府單位。而且是監視、獵殺、處決美國公民的特權。一個搖搖欲墜、岌岌可危的單位，原本即將被列入調查，卻突然獲得肯定、步上軌道。還得到莫大的權力、源源湧入的資金、美國總統的直接授權。

全都是因為一個謊言。

犯下單眼鏡餐廳屠殺案的凶手，不是約翰·史密斯。

而是德魯·彼得斯。

這五年來你都在為壞蛋賣命，執行壞蛋要你執行的任務。你成了惡魔的信徒。

約翰·史密斯不是恐怖分子。

你才是。

「庫柏？」

他終於聽到她的聲音。她正在遠處尋找他。他聽見樹枝折斷、腳踩泥土沙沙作響的聲音。她終究不是來去無蹤的幽靈。

他跪在溪水裡，水滲進褲子，月光在頭頂上閃耀。不想被找到，不想再聽。

「尼克？」

「對，我在這裡。」輕咳一聲。

他用雙手舀水潑了兩次臉。冰水讓腦袋一震，思緒更加清楚。他跪著爬出溪流，臥倒在岸邊，聽著她走近，看見她在林間凌波微步。這是他第一次看見她走向他。

一看見他，雪倫遲疑片刻才改變路徑。她涉過小溪，走過來坐在他身旁。他看出她想伸手搭他的肩卻又作罷。他等著她開口說話，可是她一語不發。兩人肩並肩坐了一會兒，默默聽著溪水有如不停轉動的時鐘汨汨流逝。

「我以為妳還在牛頓。」他終於打破沉默。

「我知道，」她說，「抱歉。」

「妳在餐廳說的那些話，說希望我把握機會重新開始……」

「對。」

「妳早就知道我會來這裡。」

「他早就知道。我只是希望……」她聳聳肩，沒把話說完。

附近某處，有隻鳥聒聒聒往水裡俯衝，叫聲停住時，一個長而尖的聲音繼之響起。

「兩年前，」庫柏說，「我去追捕一個叫魯迪．杜倫丁的異能，搞醫學的，是約翰霍普金斯大學心臟病專家，很年輕就做出了偉大貢獻。」

「杜倫丁瓣膜。現在已經全面取代換心手術。」

「沒錯。後來他跑去另一邊，加入約翰．史密斯的陣營。魯迪的最新設計加了個可以遠距關閉裝置的巧妙機關。只要發出正確的指令，砰，瓣膜就會停止運作。那玩意兒藏在指令碼裡，類似某種酵素，我從來沒有真正弄懂過。總之，這麼一來，史密斯就可以任意關閉裝有這種瓣膜的患者心臟。總共可能有好幾萬人。」

她知道這時沉默勝過千言萬語。

「後來魯迪跑了，我在羅德岱堡一間破舊公寓裡找到他。這傢伙明明是個大富翁，又是個天才，卻躲在一個鳥不生蛋的地方，一家高利貸公司的樓上。」庫柏抹抹臉，臉上還有幾滴水。「我們小組包圍了那棟公寓，我破門而入時，他正在看電視、吃豬肉炒飯，我還記得很油，光聞味道就知道了。看見心臟專家在吃有害心臟的高風險食物，我覺得很妙。他嚇得跳起來，炒飯灑了一地。本人不高，很害羞。他看著我，然後……」

停頓許久之後，雪倫問：「然後？」

「然後他說：『等等，我沒做他們說的事。』」耳中響起啜泣聲，他嚇了一跳，那聲音像在打嗝。他已經忘了自己上一次哭是什麼時候。

雪倫說：「沒關係的。」

「我做了什麼？」他轉頭看她，兩眼直盯她映著月光、閃閃發亮的眼睛。「我幹了什麼好事？」

隔了一會兒，她才說：「你相信他能關掉別人的心臟嗎？」

「對。」

「那麼，那時候起碼你相信自己有不得不那麼做的理由。你相信自己在做對社會有益的事。要怪就要怪那些欺騙你的人。」

庫柏的腦中閃過魯迪．杜倫丁揮舞雙臂的慌亂模樣。他愈走愈近，把人逼到角落便伸手抓住對方的頭，俐落一扭，動作又快又狠，一分一秒都不浪費。

「我也幹過一些事，尼克，」她極力穩住聲音，「我們都是。」

「要是他說的是實話呢？要是他真的沒做呢？要是……有人用百萬政治獻金換魯迪．杜倫丁的命呢？」

「要是你殺了一個無辜的人呢？」

「要是我殺了一個無辜的異能呢？而且是個能夠拯救幾千、幾萬人的醫生。」

她無話可說。庫柏不怪她，換成他也想不出該接什麼話。淚水從他的臉上細細淌下。

「我被利用了，是吧？」

她點點頭。

他發出不太像笑聲的聲音。「真好笑。這輩子我最痛恨的就是惡霸，結果我自己就是惡霸。」

「不是的，」她說，「你只是被騙了，但一直努力在做對的事，這部分我很清楚，相信我，雖然我不願意這麼想，」她啞然失笑。「記得在芝加哥捷運站月臺上，我說你殺了我的一個朋友？」

「布萊登．法加斯。」一個搶銀行的異能，殺了一對母女，女兒才兩歲大。法加斯在雷諾市的某間飛車族酒吧抽Dunhill，雙手在顫抖。

「有陣子我跟布萊登很要好，所以我想替他報仇。約翰跟我說你是個好人，可是我不相信。我希望你是個大魔頭，這樣就能要你血債血還。」她把頭髮撥到耳後。「但你真的是好人，你是。」

他衡量著這些話的重量。「布萊登他真的——」

「對。他真的搶了銀行，也殺了那些人。我認識的布萊登是個好人，絕不可能做出那種事，可是……他卻做了。」她轉向他。「你的人生不全都是謊言，你做的一些事確實是在為民除害。」

「但不是全部。」

「不是。」

他往前傾，抱住膝蓋。「我希望這不是真的。」

「我知道。」

「如果是真的，我真想死。」

「什麼？」她的身體繃緊，表情不變。「你這個懦夫。你不想補救？不想把事情弄對？只想死嗎？」

「要怎麼補救？發生的都發生了，我不能讓魯迪．杜倫丁死而復——」

「不行。不過你可以說出真相。」

這句話觸動了他全身上下的警鈴，讓他渾身戰慄。「妳在說什麼？」

「你的上司、你的單位罪不可赦，他們才是你要打擊的惡勢力。你不是說你痛恨惡霸嗎？告訴我，衡平局是什麼？」

「妳知道要怎麼補救嗎？」

「知道。」她又撥頭髮。「我們手上有證據，你的老闆彼得斯在單眼鏡餐廳所作所為的證據。」

這次他忍不住發笑，當然毫無幽默的成分。

「笑什麼？」

「這就是妳跑來找我的真正目的，是嗎？妳就是第二步。第一步，讓我看清真相。第二步，說服我幫約翰．史密斯做事。」

在黑暗中很難捕捉她全部的反應，可是他看得出她的眼神變了。有默認，或許也有被逮到的成分，但還有別的。好像他的話刺傷了她。

「我猜對了，是嗎？他要我替他做事。」

「那是當然的，」她回答，目不轉瞬地看著他。「不然他何必冒這個險？我也希望你這麼做。等你過了痛苦悔恨的階段，你也會這麼希望。就算有所謂的第二步，第一步都是告訴你真相。」

他正要回嘴，說他不替恐怖分子做事，但這個想法就像一拳打中他的腎臟。真相。沒錯。庫柏用手鏟起一把小石頭，搖一搖，然後一顆接著一顆丟進溪水裡。

過了片刻，雪倫說：「記得我在那間寒酸的旅館說的話嗎？那時新聞正好在報導當天下午我們在捷運站月臺上發生的事，不過全是謊話。」

才一個禮拜左右的事，感覺好像過了一輩子，兩人像老夫老妻一樣鬥嘴的畫面記憶猶新。「妳說要不是有人一直上電視說戰爭就要爆發，說不定就不會有戰爭。」

「沒錯。或許——我說或許——問題不在異能和一般人之間的界線，也不是世界變得太快，而是沒人說出真相。如果多點客觀的事實、少點冠冕堂皇的目標，這些事也許都不會發生。」

種種原因讓他不知不覺靠上前，或許是她說話的方式（義正辭嚴就事論事，不說廢話），加上月光照亮她的肌膚、他的世界徹底翻轉、需要人安慰的原始慾望、她身上的味道、她靠在他身上的觸感（就像那晚在酒吧一樣），還有腦袋厭倦了思考等等。

兩人嘴脣貼嘴脣。沒有詫異也沒有猶豫，或許只有一絲微笑，但也一閃而逝。庫柏一手抱住她，她舉起雙手纏繞在他的背上，兩人的舌頭來回擺動碰觸，溫暖的身體和寒冷的夜晚形成對比，讓人意亂情迷，難以自拔。她撲向他。

他往後一倒，背撞上堅硬的地面，小石頭刺痛了他。他屏住呼吸，嚇了一跳，一瞬間不知道她想做什麼。接著她跨坐到他身上，兩膝抵在他的臀邊，身體貼著他的身體扭動。輕巧而強勁，細緻而狂野，雙峰擦過他的胸膛，鎖骨像小鳥的羽翮，身上的味道飄向他。

她打斷接吻，鬧著玩地把他稍微推開，臉上一抹心照不宣的微笑，瀏海落在額前。「我想起你說過的一句話。」

「什麼？」他的手滑下她的背，圍住她的腰——纖細到他的手指幾乎可以碰在一起。

「你說你舞跳得很爛，除非有人帶著你跳。」

他笑了笑。「那就有勞妳了。」

她照辦了。

33

冷。好冷。他模模糊糊聽到聲音。感覺聲音很遠，不管它，伸手去抓被子卻發現——

「醒醒，庫柏。」

——類似松針的一團東西扎著他的手，而且床很硬。庫柏倏地睜開眼，發現自己不在床上，也沒有被子，只有亂七八糟的衣服堆在一旁。一片松樹林，一條潺潺小溪，雪倫半夢半醒發出呻吟。頭頂上有個人影。

約翰．史密斯說：「起來。我想讓你看樣東西。」他轉身走開。

庫柏眨眨眼，揉揉眼睛，身體僵硬又痠痛。

身旁的雪倫動了動身體。「怎麼了？」

「我們睡著了。」

她猛地坐起，充當毯子的外套滑了下去，露出雙峰——小巧而堅挺，乳頭像葡萄乾。「怎麼回事？」

「他要我跟他走。」他指著遠去的背影。天色漸亮，林子裡已經透出些微色彩。

「喔，」她說，還沒完全清醒。「好吧。」

「我可以留下來。」

「不用。」她把脖子轉向一邊，脊椎劈啪響，身體一縮。「這是我們第二次那麼狼狽醒過來，一定得想個辦法改善。」

「我願意練習，如果妳也願意的話。」

她含著微笑說：「快去吧。」

史密斯頭也不回地往前走，也不看他有沒有跟上。*因為他知道我會跟上去。*庫柏看看雪倫，看樣子她也是。

「沒關係的，」她說，「真的。」

他站起來，全身骨頭快散了。他不由得想起昨晚的情景：兩人像默契絕佳的舞伴，她騎在他身上，沐浴在月光下，頭往後仰，頭髮飄飄，地中海人的古銅膚色襯著銀河遍灑的星光。兩人都刻意放慢速度，先慢，再快，再慢，直到精疲力盡。之後她癱在他胸前，溫暖而芬芳的身體貼著他，本來不打算睡著的，只是瞇一下……

「哇，昨晚是第一次。」

她露出專屬的斜嘴笑容，說：「開始想像第二次吧。快去。」

他找到褲子，然後套上。雪倫說：「等等。」伸手抓住他的襯衫，給他綿長而深情的一吻。他幾乎閉上眼睛，睜開眼的一瞬間發現她也一樣。

「好了，」她說，「我厭倦你了。」

他噗嗤一笑，搖搖晃晃地跟上約翰·史密斯，邊走邊扣襯衫。

現在大約是清晨四點半到五點左右。薄霧低垂，天色逐漸轉淡，遮住了星星。他呼出一團團白霧，頭也還像霧一樣模模糊糊。他不勉強它，專注在肢體動作上，努力讓抽筋的雙腿恢復血液流通。他知道各種念頭會逐漸浮現，昨晚的記憶也是，不會因為一夜激情就拋在腦後。

趕上史密斯的時候，他已經……已經如何？不再是原來的自己。他不再確定那是什麼意思了。不再是過去那個自以為是的探員？願意為國家殺人的理想主義者？還是教自己的小孩痛恨惡霸的父親？

全美頭號通緝犯雙手插口袋，眼睛望著庫柏前一天就注意到的山峰，峰頂像手指從山脊伸出來。「你的平衡感如何？」

庫柏看著他，在腦中排演各種自作聰明的答案。接著他抬起步伐，往最高峰的山腳下走去。史密斯跟在他後面。兩人默默往前走，山路轉眼變得陡峭，林木鋪成的植被逐漸消失。一開始，庫柏的腦子不停打轉，重播昨晚聽到的一切，巴不得從中找到一、兩個漏洞。然而不到半個小時，坡度已經陡到讓他無法思考，只能專注在腳步上：跨步、跨步、跨步、呼吸，跨步、跨步、跨步、呼吸。不多久，他使用雙手的頻率已經跟雙腳相當，粗糙的岩石磨著他的手。尖峰底下遍布碎石，散落一地的滑溜碎石在他腳下滑動，喀喀作響，險象環生。每走一步都有可能抓錯岩石，跟著碎石滑落，就算保住命也會摔斷腿。兩人都氣喘如牛，庫柏的襯衫已經溼透。

遠看像手指的山峰，原來是五十碼高的厚重巨石。史密斯從一邊爬上去，庫柏從另一邊。他張開大手牢牢攀住，腳下逐漸懸空，滿懷自信地往上爬。有一度腳踩的石塊應聲碎裂，心跳瞬間暫停，但他的手緊握不放，提腳塞進某處細縫中，繼續往上爬。過了幾分鐘，庫柏把頭一仰，看見峰頂只離二十呎遠了，突然活力百倍，急起直上。史密斯休想在這裡擊敗他。

如果這是一場比賽，就得看重播畫面才能確認誰是贏家。庫柏以為自己以「一鼻之差」贏了史密斯，因為是他先撐起身體，一頭挺向岩石峰頂。下一秒兩人就坐在世界的屋頂上，一瞬間甚至相視而笑，沒有其他想法，沒有約定承諾，純粹只是兩個共同完成一件事的男人，分享著彼此的傻勁和喜悅。

峰頂約有八呎寬。庫柏爬到另一邊往下看，第一次有腸胃翻騰的暈眩感。這邊的山脊直降而下，高低差有四百呎。他趕緊往後退，盤腿坐下。破曉了，天空亮晃晃，但太陽仍羞於見人。「景色很棒。」

「我想你應該會喜歡。」史密斯看著自己的雙手說。他擦傷了手，抹抹褲子擦掉血跡。「你還好嗎？」

庫柏聽出這個問題的多重含意，一瞬間看穿了眼前的男人。在這裡絕對不能只看表面發生的事，永遠有各種不同的層次。史密斯無法切斷自己的策略思考，就好比庫柏無法切斷自己的模式推論一樣。

即使是此時此刻也一樣。「剛剛我想通了。」

「想通了什麼？」

「海倫．艾普尤斯。艾普尤斯打造了特洛伊木馬，而海倫是引發特洛伊戰爭的女人。根本沒有什麼女人在等你來，不過是個笑話。」

史密斯淺淺一笑。多重含意。天曉得有多深的含意？

「所以我們攻頂了，」庫柏說，「為了象徵性的目的，是嗎？兩個男人來這裡等待日出，什麼行李都沒帶。帶了也爬不上來。」

「差不多是那樣。」

「昨晚你告訴我的事，都是真的嗎？」

「是。」

「那就這麼辦。我要的是真相。沒有該做的事、該完成的目標，沒有心機算計、自圓其說，也沒有檯面下的理由，只有真相。」

「好。」

「因為，約翰，我現在正好到了某個頂點，我是說情緒，完全有可能突然就決定把你從這裡推下去。」

他看得出史密斯信了他的話，狠話發揮了作用。但史密斯也不是省油的燈；無論他是怎樣的人，都絕不是個懦夫。他說：「好，不過要有來有往。你問一個問題，我問一個問題，同意嗎？」

「可以。是你炸掉了證交所？」

「不是，雖然我原本想。」

「你埋了炸彈。」

「對。我同時也要艾麗克斯．瓦茲奎茲著手癱瘓軍方的應變系統，此外還有幾起攻擊行動，只是後來都中斷。」

「為什麼？」

「因為吃了癟。」史密斯臉一沉，那表情背後肯定有困窘的成分。「雖然不願意承認，但事實就是事實。我低估了對手的心狠手辣，犯下致命的錯誤。」

「解釋。」

「證交所本身並無戰略價值，對我並不構成威脅，摧毀它只是象徵性的一擊，有時反而效果最好。我想讓全國同胞重新想一想，如果我們要有共同的未來，那就得朝這個方向去思考。」史密斯舉起手，然後展開雙臂。「於是我計畫炸掉證交所，但要趁裡頭沒人的時候。」

「說得簡單。」

「不只是說說，庫柏，那才是整個計畫的重點。如果我們要和平共存，一般人就不能再千方百計排擠我們，摧毀證交所只是表達這個主張的一個手段。但屠殺無辜人民對我有什麼好處？只會破壞我們的目標。實際上也是如此。」

雪倫說過同樣的話，當然是從史密斯這裡聽來的。庫柏說：「把證交所當作攻擊目標就有可能傷及無辜，這個風險你不可能不知道。」

「這是計算過的風險。我不是期望證交所會空無一人，而是計畫讓它空無一人。」

「很成功嘛。」

「我說過，我吃了癟。」

「原本的計畫是什麼？」

「寄出影片向各大媒體宣布我打算在隔天兩點炸掉證交所，任何企圖解除炸彈的行動，都會導致我提早引爆。在那之前，他們可以把人撤離，清空現場。」

「那為什麼沒寄？」

「我寄了。」

「你……什麼？」庫柏不斷插話，這是以前審問犯人養成的習慣，而對方的答案讓他大吃一驚。

「我確實寄了，而且還同時寄給七大媒體，包括CNN、MSNBC，甚至FOX這些頻道。」

「可是——」

「可是你沒看到。」史密斯點點頭。「對。我就是在這裡被將了一軍。」

「你是說你寄出了警告，但那些媒體——」

「完全沒有報導。一個都沒有。爆炸案之前沒有，之後也沒有。有七家所謂的獨立媒體知道我要炸掉證交所，也知道引爆時間就在兩點左右，如果不報導，就會有人白白送命。結果總共葬送了一千一百四十三條人命。」

庫柏再度覺得天旋地轉，儘管他並沒有坐在岩石邊。「你的意思是說，有人封鎖了消息？」

「沒錯，而且總共封鎖了七次。該我問了。誰有能耐做到這件事？」

庫柏遲疑。

「誰能夠說服或是強迫七家獨立媒體隱瞞消息？黑幫可以嗎？恐怖分子可以嗎？」

「不行。」

「對。只有體制裡的人可以。只有體制本身辦得到。」

「又是德魯・彼得斯。」

「也許。」史密斯聳聳肩。「我不確定。我只知道，當我發現他們沒有公開影片、政府也沒有撤離民眾時，我很清楚炸彈要是引爆會有什麼後果，於是我採取了緊急應變措施。」

「雪倫。」

「沒錯。」

庫柏回想六個月前的那一刻：他從走廊跑向她，雪倫抬起頭，要他站住，說他不了解狀況。我的天啊。

要是庫柏沒逮到她，雪倫能夠成功阻止炸彈引爆嗎？他快要崩潰的良知難道又要再添一筆罪愆？

「誰可以從這種事中獲利？你說呢？炸毀證交所對誰有好處？」

「你剛剛已經問了一個問題。」

「就當這是後續問題好了。」

他知道答案，不僅是史密斯想聽到的答案，也是隱藏了殘酷真相的答案。昨天，他還無法想像親口承認，但今天早上，看著第一道曙光劈開地平線，他不知不覺說出了心裡的答案：「想要引發戰爭的人。」

「答對了。想要引發戰爭的人。相信戰爭會讓他們掌握更多財富、更多權力的人。甚至還有少數真心相信有必要訴諸戰爭的人。歷史上確實有些不得不打的戰爭，但自相殘殺的戰爭從來就沒有正當的理由。那些想要引發這場戰爭的人，只是想從中獲益。」

「如果你沒有引爆炸彈，為什麼會爆炸？」

「這是你的問題嗎？」

「就當是後續問題。」

史密斯笑了笑。「五顆炸彈都有無線電引爆器，頻率都設有密碼。只有我知道密碼。」

「那怎麼會——」

「因為我發出了警告。」

史密斯不再說話，讓庫柏自己想通。「你發出的警告讓某人有時間找到炸彈，破解密碼。」

「我說過了，我沒想到對手如此心狠手辣。我知道他們痛恨我，也知道他們想挑起戰爭。即使是我也無法想像他們會為了達到目的，不惜炸掉自己的大樓，害一千多人喪命。」

「可是……為什麼？」

「人永遠會為自己的行為找理由。」

庫柏想了想，不無道理。「下一個問題。那其他的又怎麼解釋？」

「其他的？」

「你做過的其他事，暗殺、爆炸案、病毒攻擊等等。」

良久的沉默。陽光劈開地平線，染紅了東方的天際。就在這個時候，庫柏聽到鳥叫聲，雖然四下不見小鳥的蹤影。

史密斯終於打破沉默。「你是在問我，我的手是否乾淨嗎？不是。很抱歉，既然你想聽真相。」

「你終究是個恐怖分子。」

「我在抵擋一場戰爭。我在為跟我一樣的人爭取與生俱來的權利。為了你，為了雪倫，還有千千萬萬跟我們一樣的人。比方你女兒。」

庫柏不知不覺站了起來。「小心點，約翰，你最好小心點。」

「少來這一套。」史密斯不慍不火地看著他。「你想殺了我嗎？你辦得到的，打架我不是你的對手。昨晚我就知道你有這個能耐，今天帶你上來這裡，我心裡也很清楚。你不希望我提凱特的事？好吧。但想把她送進學園的人可不是我。」

「不會有那種事。」

「為什麼？因為你要把我從這裡推下去嗎？」

「因為……」德魯．彼得斯的話在他腦中響起。你女兒永遠不會接受測驗。無論發生什麼事，我都會照顧你的家人。

他雙腿一軟，膝蓋著地。到此為止。拜託。夠了。不要連他們也拖下水。

我會照顧你的家人。

「沒有人的手是乾淨的，」史密斯說，「我、雪倫，還有你，都一樣，然而最血腥、最暴力的還是體制本身。新世界不斷打造新配備，每一種配備都在滴血。該我問了。你希望你的異能女兒活在什麼樣的世界？說到這，你又希望你的正常兒子活在什麼樣的世界？」

他奮力呼吸。我會照顧你的家人。因為他一廂情願地想要保護家人，因為他的盲目，反而把家人推向危險的深淵。為了保護他的孩子，他反而引狼入室。

不可以。

「證據，」庫柏說，「雪倫說你有證據，可以證明你說的這些事。」

「那就更說來話長了。」

「我有的是時間。」

「到單眼鏡餐廳見過海姆勒參議員之後，我本來要回家，卻有家歸不得。我家附近來了好多警察，探照燈往我住的公寓裡照。我不知道發生了什麼事，但想也知道，除了逃，沒有第二條路。正好稱了彼得斯的心。假如直接抓到人，又何必創造約翰．史密斯這樣的神話？最好讓他逃走，讓他躲進暗處，變成家喻戶曉的大魔頭。這樣又會有資金滾滾而來。」他發出冷笑。「所以我逃走了，把自己從激進分子變成鬥士，開始建立自己的軍隊。我想知道自己的敵人是誰，於是開始挖掘內幕。

「沒多久我就發現是衡平局。你的單位拿到的好處比誰都多，可是那不足以成為證據。是誰、為了什麼，這兩個問題解開了。接下來是：怎麼辦到的。」

「所以呢？」

「有人策畫了那場大屠殺，跟竄改影片是同一個人。很厲害的作品。一定得做得完美無缺，至少不能差太遠，那就表示出自異能之手。一個對影像和媒體就像我對西洋棋或雪倫對人群一樣在行的異能。只要掌握這點，我就找得到人。」

「結果呢？」

「我問了他很多問題。」史密斯不著痕跡地說。

「你拷問他。」

「沒有人的手是乾淨的，記得嗎？那個人毀了我的人生，威脅到我們族群的存亡。沒錯，我是徹底問了他話，他很快就招了偽造影片的事。」

太陽快速升起，空氣愈來愈暖和。庫柏直視太陽，問：「既然握有證據，為什麼不公諸於世？」

「什麼證據？一個被恐怖分子刑求的異能所說的話嗎？誰會相信？你會嗎？不會有人當作一回事。我需要更有力的證據。」史密斯把手放下，轉身面對庫柏。「最後終於讓我找到了。那個人說，你那位局長很清楚，要是單眼鏡餐廳屠殺案的真相曝光，他只有死路一條。所以彼得斯做好了萬全的防護措施。」

「什麼防護措施？」

史密斯嘆了口氣。「這就是令人沮喪的部分。我也不是很清楚，只知道是一段影片，可以在緊要關頭時用來保命。那個異能說他只幫彼得斯竄改了程式設定，至於影片內容，他一無所知。」

「你相信他的話？」

「我問得很……徹底。」

我想也是。庫柏把對刑求的想像放在一邊，專心想史密斯說的話，強迫自己拋開個人情感，把它當作一個問題來思考，讓自己的天賦自由發揮。「你知道有證據，但不知道在哪，即使知道，你也沒有把握拿得到。至少不可能直接拿到。你要我幫你去把證據找出來。」

「沒錯。」

「我不知道該從哪裡下手。」

「你會想出來的，那是你的拿手絕活，這不就是你找到艾麗克斯．瓦茲奎茲的方法？再說，沒有人比你更了解德魯．彼得斯。」

他說的沒錯，庫柏心知肚明。他發現自己已經開始爬梳脈絡。東西絕不會在應變部總部或彼得斯他家。一旦出了亂子，這兩地都會被封鎖。彼得斯要選就會選安全的地方，一個在緊要關頭也能順利進出的地方。「下一個問題。」

「我以為換我了。不過，你問吧。」

「你說的話有一定的說服力和可信度，但彼得斯說的話也是，衡平局也一樣。這些都不足以成為證據。」

「影片就是證據。」

「可是你沒看過，你不知道裡頭的內容。據我所知，那只會證明你就是應變部所說的大魔頭。」

「對。」史密斯語氣平靜，就像個承認論證犯了謬誤的邏輯學家。

「好吧。」庫柏又站了起來，走向岩石邊緣，俯瞰寬闊而明亮的世界。「我會找到影片的。不是為了你，也不是為了你的目標。」他轉身注視史密斯。「你最好祈禱影片裡有你期望的內容。現在我已經知道你的真面目，隨時可以找到你，然後殺了你。」

「我相信你可以，」史密斯說，「我依靠的就是你放手一搏的決心。」

「即使那表示你會賠上性命。」

「當然。因為唯有放手一搏的人，才有膽量跟彼得斯正面交鋒。天啊，庫柏，你以為我一開始為什麼要派雪倫把你帶到這裡？」

庫柏的雙手一緊，腸胃突然整個打結。「什麼？」腦袋又開始快轉，得出另一個他不想要的答案。「你說『派雪倫來』是什麼意思？」

「啊。」史密斯臉色一沉。「抱歉，我以為那部分你早就猜到了。」

「『派雪倫來』是什麼意思？」

史密斯嘆了一聲，然後起身，雙手插進口袋。「很簡單。我需要你，所以派雪倫去找你。我要她前往芝加哥捷運站月臺，也安排了路線，把你一步步帶到我面前。先讓你見到莎曼莎還有這世界對她的意義，然後讓雪倫帶你去李晨家，讓你見到他女兒和她的朋友。接著讓你透過艾普斯坦來找我，一來我知道他會為了保護他的夢想出賣我，二來我知道你以為要找人穿針引線才找得到我。昨晚我站在陽臺上抽菸，也是為了引你爬上陽臺。

「抱歉，庫柏，我是個西洋棋手，必須把小兵變身為后[1]。」史密斯聳聳肩。「所以才會這麼做。」

1　西洋棋的小兵走到對手底線時可變身為戰力最強的皇后。

34

即使此時此刻坐在兩萬呎高的空中，事隔已經三個鐘頭，史密斯的一席話仍讓他心痛。想想實在沒必要，他有比自尊受傷更要緊的事要煩惱。

不光是自尊的問題。因為被約翰．史密斯擺了一道就難過，就跟因為拜瑞．亞當斯美式足球打得比你好就難過一樣。不過就是鐵錚錚的事實。

不對，他不是因為被史密斯擺了一道而心痛。而是自從跟娜塔莉分手以來，這是他第一次對女人心動。沒錯，他們屬於敵對的陣營，而且有一千個不適合在一起的理由，儘管如此，那種感覺千真萬確。

不幸的是，他們一起經歷的一切都是套好招的。她告訴他的一切都是謊言。說不定連昨晚也是。

他靠在座位上，望著窗外。噴射機剛好飛到雲端上，巴洛克式的城堡在底下翻湧。通常這是他在飛行中最喜歡的一刻，眼前的景象總會激起他的赤子之心，讓他有種騰雲駕霧的感受，心中暗自讚嘆。但今天他卻對眼前的夢幻雲景毫無感覺。

不只是你被利用了這麼簡單。而是她利用了你。

今天早上在岩石峰頂上，他把需要的東西告訴史密斯。史密斯早有準備，他絲毫不意外。

「我會派雪倫跟你一起去。」

「不需要，」庫柏說，「不用了。」

「聽我說，讓你覺得受傷我很抱歉，不過這件事關係重大，你需要她的幫忙。她跟你一起去。」

「抱歉，我不替你工作。我要照自己的方式做事。」

「庫柏——」

「安排好飛機就是了。」他逕自走到崖邊，把腿往下一盪，懸在半空中。「我會自己去搭飛機。」

「至少找她談一談。」史密斯說。

庫柏不理他，轉身抓住崖邊，開始往下爬。

還在崖頂的史密斯說：「不告而別對她不公平。」

庫柏頓了頓，抬起頭。「約翰，不管你信不信，我們都不是任你擺布的棋子。安排好飛機就是了。」

不到三個小時，他就到了史密斯告訴他的飛機跑道上。這裡是位在新迦南中心的一座私人機場，大到不只能容納滑翔機，連貨真價實的噴射機也不成問題。

他要搭的噴射機漆成聯邦快遞運輸機的模樣，還有民航編號。很聰明。等於是天上飛的計程車，光天化日之下也不會啟人疑竇。飛行員正在等他。「先生，您好。我為您準備了一套衣服。如果您餓了，機上也備有餐點。」

「謝謝。」他走上樓梯。「起飛吧。盡快抵達華府。」十五分鐘後，他已經換上一般人穿的衣服，大小剛好合身，不意外。噴射機快速在跑道上奔馳，飛行員說飛行時間約四個鐘頭，抵達時若得原地盤旋，就要更久一些。

也就是說，他有四個鐘頭的時間，推敲彼得斯會用什麼防護措施避免惡行曝光。

更驚險刺激的是，華府對庫柏來說危險重重。那裡的監視器和政府探員比任何城市都多。如果他是羅傑．狄金森，正在追捕一名妻兒都住華府的叛徒，一定會在華府加強戒備。

通常如果他被監視器拍到，等對方找到並洗出影像，他早就跑遠了。但昨晚跟彼得斯通過電話之後，局勢已經改變。如果庫柏真的殺了史密斯，他大可打回局裡，要他們安排讓他平安返家。他考慮過要這麼做，在彼得斯面前謊稱史密斯死了。但要是應變部道高一尺、魔高一丈呢？要是他們截取了某通電話或拍到某張照片呢？更重要的是，對彼得斯說謊就等於向史密斯靠攏，他可不幹，除非親眼看到證據。目前先別打草驚蛇才好。要是讓彼得斯發現他的蹤影，他會以為庫柏變節了。

有嗎？你變節了嗎？

沒有。他不替史密斯做事，儘管聽過史密斯的那套說法，恐怖分子終究還是恐怖分子。

但你也絕對不再是應變部的人了。

只要讓彼得斯知道這點就夠了。假如局長懷疑他棄明投暗，那就插翅難飛了。到時他的照片會登上全國的電視頻道。約翰．史密斯一直努力避免這一天，可是庫柏無法想像他逃得了一劫。不行，爭取時間是他最大的勝算。前往華府，找到影片，然後再採取行動。

一個可能存於郵票大小磁碟裡的電腦檔案，會藏在方圓七千八百五十平方哩大地方的哪個角落？他有四個小時的時間可想。

彼得斯如果需要用到檔案，一定要很快就能到手——想到這裡，他才得出這個數字。離他家或辦公室不超過一、兩個鐘頭。以半徑五十哩的範圍來計算，半徑乘以半徑乘以圓周率就等於圓面積：七千八百五十平方哩。

說這叫乾草堆裡找根針是汙辱了乾草堆。

所以快想。你還有……三個半小時。如果你要跟整個應變部在自家後院對峙，那麼小睡一個鐘頭也無妨。

成功機率顯然比表面的數字還要大。他不會像無頭蒼蠅一樣亂竄。他會找出彼得斯的行為模式，就像過去為了彼得斯找出嫌犯的行為模式一樣。

所以……目前他知道的有哪些？

如果史密斯說的沒錯——如果他句句屬實——那段影片就像某種保險措施，可以在屠殺案的真相曝光時，當作彼得斯的免死金牌。這就馬上縮小了搜尋範圍。

不可能在應變部總部，目標太過明顯。再說，彼得斯一旦出事，說不定也進不了應變部的大門。

謝天謝地。因為要是東西在辦公室，庫柏絕對進不去。登上月球說不定還比較容易。說來也真巧，要是彼得斯需要動用保險措施，不就一腳踏進了庫柏現在的處境——成了人人喊打的叛徒。

以同樣的邏輯來思考，也就排除了彼得斯他家。還有所有登記在他名下的財產，包括他的湖畔別墅、他的車，還有運動俱樂部。

當然了，他畢竟是衡平局局長，輕易就能弄到假證件。可是把財產登記在假身分底下風險很大。財產就表示有文字紀錄，有文字紀錄就有跡可尋，尤其是散發著貪腐氣息的紀錄。

好吧。那麼用假名申請一個保險箱呢？被人發現的機率微乎其微。但是銀行晚上跟週末都沒開。稍有延遲就沒戲唱了。

藏東西最安全的地方是飯店。住進房間，帶些簡便的工具，撬開壁板或暖氣口，把東西藏進去。只要留意飯店的狀況，確定近期沒有大規模整修計畫，那就是個再適合不過的地點。

問題是，拿取東西還是會遇到同樣的麻煩。除非包下房間（這樣就失去了意義），不然無法保證想回去拿就能回去拿。飯店雖然樂意幫你預約同一個房間，如果房間被訂走了，事情就會更加複雜。彼得斯當然可以破門而入，但那樣會很狼狽，彼得斯討厭狼狽的行動。

找律師？可信賴且長期合作的家庭律師。囑咐他彼得斯要是無故失蹤，就公開……

只不過這可不是偵探電影。彼得斯想要的不是死後清算，他要的是免死金牌。沒有手下值得他信任，尤其是這麼重大的事。

窗外的雲朵散成一團一團，底下是內布拉斯加或愛荷華的金綠色地毯，只有從高空中才看得見這些方方正正、幾何形狀的田地。要是有人能商量就好了，巴比．昆恩或是雪——

別再想她了。

那就跟告訴自己從此別再想大象一樣。他馬上回想起昨晚：她的味道和觸感、她晃動的背部有如相機一閃一閃、天上的銀河映出她汗溼的光滑肌膚輪廓。那也是她任務的一部分嗎？一切都是史密斯安排好的，他把庫柏從芝加哥捷運車站引來懷俄明州。他會不會也派雪倫來引誘他？先埋下任務的種子，再讓他吃點甜頭，讓庫柏無法自拔？

有可能。他不想相信，也不打算相信。他自以為了解雪倫，無法想像她會這麼做，但不無可能。無論如何她都可能是第二步。

「*因為就算有第二步，第一步都是告訴你真相。*」她說的話在他腦中響起。況且，就算她騙了他，他不也騙了她嗎？兩人在一起的那段時間都各懷鬼胎。他雖然隱瞞了他的目的，卻沒有隱瞞真實的身分。或許她也一樣。跟他一樣是人也是異能，那是她的工作也是生活。她沒一起來會不會是個錯誤？在她之前，庫柏從沒有過跟人合作無間的感覺。她對他會是一大助力，如果他必須潛入……

夠了。結束了。

所以東西不會在飯店裡，不會在律師手上。那麼朋友還是家人呢？女兒不可能，那兄弟呢？或者老同學？一個他信得過的人，死也不願意背叛他的人。

重點是死也不願意。彼得斯如果遇難，他的親朋好友也會受害。如果有人懷疑他的親朋好友手上有他們要找的東西……呃，一般人都受不了刑求。

說也奇怪，轉了一圈他又回到私人噴射機上。最初就是這樣開始的：追艾麗克斯．瓦茲奎茲一路追到聖安東尼奧，然後搭噴射機回華府。艾麗克斯告訴他，戰爭就要爆發。當時庫柏不知道這句話說得多對，他很好奇她自己知不知道。

庫柏打了個哈欠。座位很舒服，這幾天很漫長，好不容易睡了幾個鐘頭，卻是睡在冷冰冰的地上，用處不大。

好好想。拿出你的看家本領。

只不過，他的天賦一向不是他自己能控制的。有時它會天馬行空靈機一動，在證據確鑿之前就揭開真相；有時卻靜悄悄縮在一角，照自己的速度前進。

無論如何，他有種答案就近在眼前的感覺。需要的資料他都有，只要從正確的角度觀察就對了。

老兄，這樣如何？想出答案，你就可以睡個大頭覺。

彼得斯的免死金牌一定不遠。一定是無論早晚都能去的地方。東西放那裡被無意發現的機率是零。可是那地方不會登記在他的名下，也不是會有人想去查看的地方。去那裡也不需藉助他人幫忙。

什麼樣的地方會一直保持原狀、想去就可以去、安全無虞，而且近在咫尺？

庫柏微笑。

兩分鐘後，他已經沉入睡夢中。

35

轉了一圈，回到原點。命運真會捉弄人。

他不只回到了華府，甚至回到了喬治城，踏上以前的慢跑路線，離以前住的公寓只有幾條街遠。庫柏可以想像那樣的自己：他繞著R街的這一段跑，褪色的軍隊T恤黏在溼答答的胸膛上。這是他最喜歡的一段路，是風景如畫的喬治城最風景如畫的角落。右手邊的黑色鑄鐵柵欄、老樹打下的濃密陰影、街道南面一排排乾淨整齊的豪宅……還有北面那座優雅寧靜的橡樹丘公墓。

他進去公墓散步過幾次，邊走邊看小冊子上的介紹。這座墓園年代久遠，大約從一八五〇年就在這裡了。平緩的山丘綿延而去，靜謐的小徑沿著波多馬克河延伸，風景迷人，古老的大理石、紀念碑，還有兩百年來名門望族的墓碑點綴其中。其中有國會議員、南北戰爭將領、企業大亨……以及銀行家。

完美無缺。離彼得斯家只要走一小段路，想去就可以去，而且永遠保持原樣。公墓可能關了，了不起只有一個老看守人拉起鐵鍊守在柵門前。趁他不注意時翻牆進去就行了，簡單，說不定常有小鬼這麼做。

入口旁的路標有張地圖，柔和的色彩標出各個區域，包括喬伊斯、亨利街和小教堂山。小教堂是公墓的主要地標之一，他印象中很賞心悅目，常春藤披垂而下，像個浪漫的白日夢。地圖上也標出一些名人之墓。

包括愛德華．伊頓：「金融家及律師，曾在林肯總統任內擔任財政次長。」

庫柏開始邁步。石雕和小徑都歷盡滄桑，像沒落貴族一樣優雅莊嚴。他從沒認真想過死後要葬在哪裡（只覺得應該會火葬），但可以想像讓心愛的人長眠於此的魅力。這是個很適合懷念故人的地方。

大部分的墳墓都是簡單的紀念碑，斑駁的碑石上面刻著名字、日期，偶爾會看到軍階。不時會看見石砌墓園隱匿在山丘邊或樹叢下。頂端刻著「伊頓」二字的墓園看起來冰冷而堅固，沒有華麗的雕像或精緻的雕刻，只有一對柱子佇立在墓園兩旁，還裝了兩小片彩色玻璃。整體給人一種安穩、永恆的感覺，當初愛德華．伊頓為後代子孫買下這片長眠之地時，心裡想必也想著同樣的事。

庫柏站在墓園外，雙手插口袋，不禁好奇彼得斯多常來這裡，來了是不是也站在同樣的地方，望著妻子長眠的墓園。

近在咫尺、永遠保持原樣、不受打擾、進出方便，而且安全無虞。

全部吻合。但彼得斯真會這樣利用它嗎？

有個方法可以證實。

實心橡木門看起來很重，裝在看似從公墓建成就存在的大型鉸鏈上。鎖較新，是跟這裡不太搭調的門栓。庫柏頓了頓，四下張望。遠處有個老婦人一跛一跛踏上小徑，一束花在手上擺盪。還有除草機的聲音，以及更遠處的警笛聲。

他跪在門前，近距離觀察門栓。一年前的他要是碰到上鎖的門，會直接把門撬開。開鎖是小偷才做的事，不是應變部探員。

現在他成了小偷。要學會開鎖並不難，一旦知道原理，剩下的只是練習而已，而他有的是時間。門栓很緊，但他不到兩分鐘就打開了。

庫柏抓住鐵製門把一拉。門發出生鏽的吱嘎聲，鉸鏈一鬆，門緩緩打開。刺眼的陽光灑進地窖。石頭地板積了厚厚的灰塵，空氣中有股霉味。

另一種「第一次」。

他踏進地窖，拉上身後的門。

豔陽倏地消失，如水的光線透過彩色玻璃灑進來。如果把這種光線比喻成聲音，那就像安魂曲，輕緩寧靜，令人無限悵然。庫柏站在原地讓眼睛適應光線。這座家族墓園就像一間房間，一邊有三十呎長，中間一張長椅。牆上的壁架雕得像雙人鋪，縱向四個、橫向三個，除了門口那面牆被柱子占去一排座位之外，其他面牆的位置都一樣多。所以總共四十四個位置，只有兩個還空著。四十二口棺材排得整整齊齊，底下都刻著姓名和日期。死者之家。想到這裡他不寒而慄，主管直覺反應的那邊大腦不由一悚。

光線太暗，看不清楚上面刻的字。他拿出平板攤平，讓螢幕的光線照在墓碑上。奇怪的是，這個動作感覺比闖進這裡更無禮。把現代世界的東西帶進這個墓穴，在這裡使用墓穴建成時還沒出現的玩意兒，就是有種說不出的怪。

接著，庫柏發現他不是第一個這麼做的人。

盒子約一包火柴大小。只見一個鐵灰色的小盒子放在門上方的深處。上面沒有標籤，沒有ＬＥＤ燈，沒有標出其用途的圖文，但庫柏一眼就認出它。那是政府用的科技裝置。盒子有一大半是電池，其他則是動作感應器和傳送器。這玩意兒是種長期監視器，只要放在一個安全的地方就不用管它，過了十年也沒關係，就放著讓它監視，直到感應到動作，它才會發出訊號。

監視器在這裡代表了兩件事。第一，他的直覺沒錯，證據確實藏在這裡。墓園主人或許會想在墓穴裡裝防盜器，但絕不會用應變部的設備。

這就帶到第二件事。打從庫柏打開門的那一刻，監視器就對局長發出了訊號。他的手機會響起，平板會嗶嗶叫，信箱馬上收到信息：

有不速之客闖進了你的禁區。

庫柏的心跳加速。彼得斯權大勢大，一收到警訊，他就會立刻派人馬趕往現場，很可能是全副武裝的無臉人。此外，為了避免祕密走漏，彼得斯一定會下達格殺勿論的指示。

往好的方面想，那表示你的腦袋還很靈光。證據確實在這裡。

所以拿了東西就快跑。你已經白白浪費了一分鐘，還剩下……算兩分鐘好了。

可惡。

他靠近一點看墓碑上的字。塔拉．伊頓，忠實的妻子，一八一二～一八五九。下一個是她的丈夫愛德華．伊頓，在她死後兩年入土。

庫柏轉過身，快步走向墓穴的另一邊。墓碑應該是照死亡順序排列的，這就表示彼得斯局長的妻子應該排在後面。

結果是倒數第三個。伊莉莎白．伊頓，摯愛的女兒，一九六二～二〇〇五。墓碑上方放著一口精緻的紅木棺材，木頭仍然閃耀著光澤，不過上面蒙著薄薄一層灰。庫柏盯著它看，心頭一震。眼前的木箱裡躺著某人的遺骸，一個他從未謀面的女人，她的孩子都戲稱他尼克叔叔，他見到她們就會搔她們癢、跟她們打打鬧鬧。

沒時間猶豫了。他伸手去摸棺材，用指頭感覺每筆雕花，描繪每條弧線和邊線。然後沿著邊緣輕敲，盲目地摸索側面。一無所獲。他皺起臉，頭一歪，俯身靠向棺材，感覺上面的冰涼墓石，在黑暗中揚起的灰塵飄進了眼睛和鼻子。他檢查過每道邊緣，把手伸進棺材和石牆間的縫隙中摸索。

還是沒有。

庫柏往後一站。頭髮黏到蜘蛛網，他伸手撥掉。

還有個地方你沒檢查……

腦中閃過一幅想像的畫面：娜塔莉死去，埋在像這樣的房間裡，他偷偷潛入，撬開棺木，看見躺在裡頭的……

怎麼想都覺得令人不悅，但確實是一種可能。

庫柏手邊沒工具，沒有可以撬開棺木的東西。只能用摔的，或許抓去撞長椅，直到木頭裂開，伊莉莎白．伊頓的屍骸在裡頭翻來覆去、啪啪作響。很不想這麼做，卻是眼前唯一辦法。

除非——

彼得斯會做同樣的事嗎？

不會。他一定會帶工具來。雖然只能撬開一小縫，終究把棺材撬開了。

有嗎？

——棺材上的封條完好無缺，蓋子跟底座完美接合，很難看出兩者的接縫。不只封得好好的，也看不出被撬開的痕跡。撬開蓋子不可能沒留下痕跡。

他第一個反應是鬆了口氣。

第二是沮喪。彼得斯沒有把他想找的東西藏在已故妻子的墓穴裡。他猜錯了。

不對。那牆上的監視器又該怎麼說？證據一定在這裡，只不過不是藏在他太太的棺材裡。

庫柏往後站，看看錶，還剩一分鐘。他轉了一圈環視墓室。總共四十二口棺材。一張石頭長椅。他衝向長椅，蹲下來檢查底部。一片平坦。椅腳和邊緣也是。心裡漸漸慌了起來。門上方有個鐵十字架，他很快檢查一遍。沒有異狀。

剩下四十五秒。

東西一定在這裡。其他地方都說不通。他的天賦如此推測，監視器也證明他的推測沒錯，所以他只要把東西找出來就好了。

其他棺材呢？還有四十一個。連大略檢查一遍的時間都不夠。

他站在墓室中央，慢慢轉圈。快點，快點。用念力強迫腦袋靈光乍現。剩三十秒。他摩擦雙手，塵土飛揚。

塵土——

在這裡藏東西勢必會激起灰塵。

不可能讓灰塵平均散落在每個地方。

所以最好的方法，就是掃掉全部的灰塵。這麼做雖然也會暴露行蹤，但至少沒那麼明顯，尤其積了更多灰塵之後。

——飛揚。

他跑回棺材前。伊莉莎白的棺材是倒數第三個，她後面兩個是：瑪格麗特．伊頓一九二一～二〇〇六，以及西奧多．伊頓一九一八～二〇〇七。

兩個上面都有灰塵。不多，畢竟入土的時間不久。

一段印象模糊的對話重回腦海。要不是對話當天他開口求彼得斯保護他的孩子，那天他的生活從此支離破碎，他可能早就忘了。那天，彼得斯說起太太的一段往事，就是因為那段往事，庫柏現在才會站在這裡。除此之外，彼得斯還說到他丈人的事。他說了什麼？

「國會山莊有一半都是她父親泰迪．伊頓的資產。媽的，那傢伙是個渾蛋。他女兒垂死的時候，那個老頭竟然求女兒答應跟全家人葬在一起。『妳是伊頓家的人，不是彼得斯家的人，應該跟我們在一起。』」

庫柏揚起嘴角。彼得斯不可能褻瀆對妻子的回憶，那不符合彼得斯的行為模式，光是這個想法都讓他難以忍受。但害彼得斯永遠無法在妻子身邊長眠的老渾蛋呢？

他單腳跪地，伸手去摸那口棺材的後面，摸到蜘蛛絲、黃銅鉸鏈、老舊的木頭，還有……一條大力膠帶。他把膠帶撕開，有個小東西掉了出來。一個郵票大小的記憶卡。

代表來自生者世界的一句「去你的」。要是有時間，庫柏會發出由衷的讚嘆。他用膠帶包住記憶卡，塞進口袋就往門口跑。全力往前衝撞開門，肩膀跟著鉸鏈嗚嗚哀鳴。陽光，天空，樹影搖曳。

一群手持自動步槍的黑衣人飛速穿過公墓，毫無顧忌地在墓碑之間穿梭。

庫柏保持動力，從門縫鑽出去，才上前四步就聽到第一波槍聲。頭上有東西爆炸，墓園的碎石如雨灑下。他身體一縮，全力往前跑——這是他目前唯一能做的事。來到墓穴邊，他一手抓住邊牆把自己盪出去，盡量躲在牆壁後面，不讓突擊隊看見。

他想確認方位，採取明智的行動，但不能冒險。這片公墓高低不平，樹木遍布，這個墓穴可以暫時提供掩護。所幸現在不是晚上，無臉人戴的頭盔有感溫光學鏡片，在寒夜中他的體溫會像雷射光一樣發亮。

頭上有片玻璃應聲碎裂，是伊頓墓穴的彩色玻璃。他往前撲倒，踩到植物的根莖絆了一下，感覺到而非聽到子彈從他頭上飛過。他往左飛奔，再往右閃，盡量讓對方愈難瞄準愈好。守在定點的狙擊手要瞄準他並非難事，不過這批探員都在往前跑。

前方地勢突起，不妙，但另一邊多少可以提供掩護。沒得選了。他往前衝去，靴子噠噠噠敲著地面，衝擊力搖晃他的雙腿，呼吸急促，腋下直冒冷汗。他跑向對角線的一排墓碑，跳過一個矮墓碑，身後響起更多槍聲，到了一棵樹前，身體一轉，轉進樹的另一邊——小心點，同樣動作重複太多次，對方心裡就會有底，這次還有效。一串子彈轟轟打在他頭頂的樹幹上。接著，他跑上小丘，以彎腿鏟球的足球動作往前撲倒，身體壓低，石頭和樹枝扎進身體。

他聽見黑衣人在身後大吼大叫，知道他們會呈弧形散開，飛快移動，縮小他的逃亡路線。庫柏雖然有手槍，不過對方拿的突擊步槍可以採全自動射擊，瞄準一哩內的目標。

不管了。

他轉身直接往墓穴屋頂開了兩槍，頓了頓，再開槍。石頭碎裂，子彈亂飛，這樣能減緩他們的速度，迫使他們步步小心，但還是爭取不到太多時間。他得想想辦法。

公墓的另一邊過去就是波多馬克河。如果他可以跑到那一邊，翻過柵欄，然後……

然後如何？在開闊的河面上游泳很容易被射中。再說，你追我逃這個方法太過頭腦簡單。一逃你就無法思考了。

庫柏回想起之前在入口看過的地圖。公墓裡一區連著一區，名人之墓過去是小教堂。

值得一試。

他拔足狂奔，盡量壓低重心但不減慢速度。他離開小徑，朝著跟來時路互相垂直的方向跑去，逃命的人一般不會這麼做。此刻，腎上腺素刺激著他全身上下的每根神經。他感覺到槍握在手中的實際重量、口袋裡的記憶卡在心裡的重量、泥土的味道。一陣風吹得樹枝搖曳生姿。

一場槍戰在墓園裡展開。天啊。

一排南北戰爭時期的高大墓碑佇立在眼前。他閃到墓碑後面，快速移動。從前方的樹叢望過去，可見一座比例完美到不像自然形成的小丘，還有小教堂的常春藤。他跳過一張長椅，一著地就繼續往前跑，經過一座刻著望天乞求的瘦弱天使的墓碑，直覺地轉身往後瞥。

那個人落單了，大概是弧形隊伍的最後一個。離他十五碼遠，正站在山丘隆起處。身穿黑色防彈衣，姿勢標準，武器就緒。黑色頭盔上的面甲拉了下來，面無表情的殺人機器。他正專心尋找庫柏的蹤跡，但直覺或頭盔上的光學鏡片一定發出了警告，因此他轉過頭，視線正好落在庫柏身上。

一瞬間，兩人都定住不動。接著無臉人舉起步槍，重心轉向後腿，視線沿著槍管看去，瞄準，移動戴著手套的手指。庫柏看得到子彈的路徑，彷彿在空中畫出一條線直直射向他的胸口，他反射性地撲向旁邊。

他在半空中就聽到子彈劈啪響，一串接著一串，對方開著槍追上來，空氣咻咻掠過。庫柏撞上高起的地面，抬頭望天的天使掠過眼簾，身體往下倒，手還是高高舉起，手槍就位，對方還在視線範圍內。兩人同時開火。

天使淌下碎石眼淚。

黑衣人搖搖晃晃，面甲破了個洞。

庫柏撞地，衝擊力沒有因為動作俐落而減緩，讓他幾乎喘不過氣。對方在他眼前倒下時，他仍然高舉著手槍。

他殺了一名應變部探員。

破天荒第一次。他的心往下沉，有種感覺這不會是最後一次。

他趕緊爬起來，拱著身體往前跑。小教堂就快到了，常春藤迎風搖曳，夕照把彩色玻璃染成一片血紅。他到了教堂外圍，上氣不接下氣地繞到另一邊，讓建築物擋在他跟突擊隊之間，離街道只剩一小段路。

結果他卻發現，巴比·昆恩倚在一座墓碑上，大半身體都被墓碑遮住，衝鋒槍靠在石頭上，直直對著庫柏的胸膛。

他的前搭檔臉上毫無驚訝的表情，早已料到他會出現。當然了，他們合作那麼久。他知道庫柏喜歡原路折返，誤導敵人，於是派小組封鎖幾條顯而易見的路線，自己則來看守他直覺猜測的路線。

「把槍放下。馬上。」

庫柏原想故技重施，像剛才那樣亂竄，對空開槍。可是現在情況不同。剛剛那個無臉人毫無遮蔽，一陣慌亂，身上每條肌肉都暴露了他的意圖。然而昆恩卻從容自若，蓄勢待發，而且大半身體——以及更重要的肢體語言——都隱藏在墓碑後面。看不到他庫柏就無法做出判斷。

再說，你難道要對巴比·昆恩開槍嗎？

「我再說一次：把槍放下。」

庫柏定住不動。能量在體內亂竄，身體硬得像木頭，莫名其妙突然想笑。他放下槍，說：

「手舉起來放頭上，膝蓋觸地跪下，腳踝交叉。」

庫柏瞪著老搭檔看。兩人一起出任務不下百次，他記得他的黑色幽默、他手裡夾著香菸整整兩分鐘才點燃的模樣。他們一起出生入死過多少次？

「嗨，巴比。」

「巴比。」他在腦中搜索話語，想把情況解釋給他聽，告訴他全部過程：逃亡臥底、追蹤約翰·史密斯、在那之後他發現的一切。他想在酒吧裡待個半小時，一個有破舊橡木長椅、健力士啤酒杯墊的地方；想好好解釋，全盤托出這段時間發生的事，讓他明白。

接著，他放聲大笑，無法自已。多少被他追殺的人也抱持同樣的希望？他又有多少次好好聽他們說話……

「聽到沒有？」

庫柏說：「巴比，我沒有做他們說的那些事。」這句諷刺到極點的話幾乎讓他忍俊不禁。愛爾蘭人的那句話是怎麼說的？

人算不如天算。

「手舉起來放——」

庫柏搖搖頭。「辦不到。」

「你以為我不會開槍嗎？」

「我不知道。」但我知道只要落到你手裡，我就死定了，我手中的證據也會化為泡影。德魯．彼得斯會繼續挑起戰爭。我絕對無法忍受這種結果。

即使我得跟它同歸於盡。

「答案很快就會揭曉了。」他雙手放兩側，開始慢慢邁步，但不是朝巴比的方向走，而是突然轉向。沒時間談判、沒時間解釋了。其他突擊隊員一定聽到了槍聲，正朝向死去的隊員逼近，馬上就會趕到。

「該死的，庫柏——」

「抱歉。」他繼續邁步，一度跟老搭檔四目交接。「我向你保證，我絕不是他們說的那種人，可是現在沒時間解釋了。」

昆恩稍微壓低槍管，扣扳機，庫柏跟前的一塊草皮砰一聲爆出火花。「巴比，我知道你可以開槍打我的腿，但那跟殺了我沒兩樣，你知道其他人不會對我手下留情。要是結果都一樣，那我寧可開槍的人是你。」

「庫柏——」

「決定吧，巴比。」他停下腳步，看著巴比，試圖從老搭檔的眼神、他一邊臉頰肌肉的抽動、還有緊繃的頸部線條讀出自己的命運。

最後，巴比說：「該死的。」他轉過身，抬頭挺胸，收起槍。「你有三秒鐘。」

千頭萬緒掠過庫柏的腦海。那一刻他忍不住想，假如立場調換，他會不會做出同樣的選擇？他會不會有勇氣放下探員的身分，從人性的角度去思考？

這問題只能以後再想了。他把握良機全力衝刺。

過了大約五秒鐘，昆恩才大聲呼喚其他人，那時他已經跑到小教堂前，柵欄、街道和廣闊的世界就在他眼前。

36

庫柏在夜晚的華府昂首闊步，口袋裡放著不定時炸彈，腦袋好像著了火。

頭上隱隱傳來飛船低空飛行的聲音。正在追捕他。機上會有一名狙擊手和高解析度的影像設備。只要發現他的蹤跡，他連槍聲都聽不到就會當場斃命。

放輕鬆。你只是個路人甲，跟走在街上的其他人沒兩樣。不要跑，不要引來目光，這樣他們逮到你的機會就是零。

呃，只能說微乎其微。

只要逃過一劫就算一小次勝利，但這一次的勝利卻讓他高興不起來。找到記憶卡之前，他還抱著史密斯可能在說謊、自己所做的一切有正當理由的希望。

現在那股希望已經蕩然無存。彼得斯派出突擊隊來對付他。毫不猶豫，甚至不是下令逮捕，而是先殺人滅口再收拾殘局。真正的壞蛋是德魯．彼得斯，那麼約翰．史密斯就是……誰知道呢？

雪上加霜的是，庫柏原本希望拿了東西就走，不要打草驚蛇，那麼一來就有時間查看影片內容，應變部也不會知道他已經回到華府。現在彼得斯不僅知道免死金牌被偷了，還知道是誰偷的。

這表示什麼？彼得斯這種人下一步會怎麼做？

庫柏全身一僵，每塊肌肉都像石頭一樣硬邦邦。有人從後面撞上他，他身體一轉，準備開槍。一名身穿西裝、愁容滿面的男子跳起來，瞪大眼睛。「嘿，老兄，小心你……」

但庫柏早已拔腿狂奔，顧不得危險了。前面右手邊有個迷你商場，十幾家生意慘澹但永遠倒不了的商家聚集在一起。他拉開門踏進去。

商場常見音樂湧現，入口處蠟燭專賣店傳來紛雜的氣味。幾個人像殭屍一樣在裡頭逛街。他的靴子踏在光滑的地板上喀喀作響。放眼看去還有一家日晒沙龍、一家便利超商、一家髮廊，以及通往廁所的明亮走廊。店鋪對面有一部公共電話，電話線被磨得髒髒舊舊，電話簿早就不翼而飛。他把手伸進口袋，沒有零錢。

他走回超商，丟給櫃檯後方眼神警覺的巴基斯坦人一張十元鈔票。「我要換二十五分的銅板。」

「沒有零錢——」

「給我四個該死的二十五分銅板，不用找了。」

對方瞪著他，聳聳肩，慢條斯理地打開收銀機，把手伸進抽屜像泡進水裡。「瘋了，你瘋了。」

庫柏抓起零錢，跑向公共電話，差點撞倒一名打扮略俗氣、髮型誇張的小姐，但絲毫沒放慢速度。

他投下兩枚銅板，撥打娜塔莉的電話，話筒貼著耳朵，心臟跳得比在公墓時還快，雙手顫抖，自制力一點一點流失。鈴——鈴——鈴——鈴。快接啊，快接啊，快接啊。

「你好啊，庫柏，歡迎回家。」

世界天旋地轉。他伸手扶住牆壁。這個聲音他認得。「狄金森？」

「一猜就中。」

「我的——」

「孩子嗎？他們很安全，不用擔心。你前妻也是。三個現在都在衡平局的溫暖呵護下，安全得很。」

無論發生什麼事，我都會照顧你的家人。

庫柏想大發雷霆，對著電話破口大罵，他知道這麼做沒有好處。但還是忍不住。「聽好了，你這個王八蛋，把我的小孩——」

「閉嘴。」狄金森的語氣平靜得就像掃過原野的颶風眼，就像把鐵達尼號開膛剖肚的冰山。「我說閉嘴，聽到沒？」

他張開嘴，好不容易才把話吞下肚。

「很好。聽著，事情很簡單。我們不是黑幫，這也不是B級電影，是你自找的麻煩，也是你能化解的麻煩。」

庫柏咬著舌頭，真的用牙齒刺進舌頭，用疼痛的感覺逼迫自己專心。

「我來告訴你怎麼化解，」狄金森接著說。「你呢，就帶著你偷走的東西走進來。走進來就對了。就這麼簡單。廢話我省下來了。走進來你就別想再走出去。但一下就解脫了，我保證。之後我們就會放了你的家人。」

「聽我說，羅傑，聽我說。德魯．彼得斯不是你表面看到的那個人。他幹盡了壞事。我偷的東西是個記憶卡，裡頭有證據可以證明我——」

「聽我說，庫柏。你有在聽嗎？」

「有。」

「我、不、在、乎。」

片刻的沉默有如天崩地裂。

「聽懂了嗎？我不在乎。那不關我的事。」

「羅傑，我知道你對工作很投入，我知道你是個信徒，但你相信的全是謊言。」

電話那頭傳來介於嘆息和笑聲之間的聲音。「你難道忘了布萊恩．瓦茲奎茲死後那天早上，我對你說的那些話？」

庫柏強迫自己回想。「你說你討厭我不是因為我是異能，而是因為我無能。」

「我並不討厭你，庫柏，這才是重點。但我是信徒，你不是。」

庫柏舉手抹抹臉。「羅傑，拜託——」

電話掛斷。他站在原地，話筒貼耳朵，商場背景音樂清晰可聞，皮鞋拖過地板的刮擦聲傳進耳朵，隱約有股消毒水的味道從廁所飄來，他的家人落入惡魔手裡。

很久以前你就決定為了孩子連命都可以不要。每個作父母的都是如此。該是兌現支票的時候了。

他放下話筒走向出口。覺得如釋重負，老實說。他累了，累到東倒西歪，而且他單打獨鬥太久了。為了孩子去送死？沒問題。轉個彎，馬上到。

你真的相信彼得斯會放他們走嗎？

為什麼不？他要的人是我，還有他寶貴的免死金牌。一個環保律師跟兩個孩子對他能有什麼妨礙？

他一怔。有什麼妨礙？

庫柏轉身走回男廁，推開門，有個清潔工倚著拖把站在裡面。

「出去。」

「你說什麼？」

「出去。」

清潔工看了他一眼便推著推車走出去，口中罵罵咧咧，說他跟大家一樣都有工作要做。庫柏打開中間的廁所，關上門，拉上鎖，從一邊口袋拿出軟式平板，另一邊口袋拿出仍包在膠帶裡的記憶卡。他撕開膠帶，丟到地上。他在泰迪．伊頓的棺材背面找到的是個標準郵票大小的記憶卡，1TB記憶容量，隨便一家商鋪都買得到。他插入記憶卡，然後坐在馬桶上。

螢幕亮起，接著開始自動播放。

影片中有兩個男人在擺設簡單的房間裡交談。一個是德魯．彼得斯，另一個他沒親眼見過，但知道是誰。每個人都知道。

庫柏把影片從頭到尾看完。

看完之後，他垂下頭，大力按眼睛，直到黑白圖形開始在眼睛後面旋轉，卻還是抹不掉他剛剛看到的畫面。

他以為情況很糟。昨晚在懷俄明州、今天下午在公墓、半小時前跟羅傑．狄金森通電話時，他以為已經糟到不能再糟。

沒想到更糟的還在後面。

彼得斯絕不會放他的家人一條生路，絕對不會。

37

他可能哭了，坐在華府市中心某個廉價商場臭氣沖天的廁所裡哭泣。可能。他也不確定。他的人生好像一下斷了電，得動用全身的力氣才能說服自己重新接上電。

他只知道在某個時刻站了起來，打開廁所門，走向洗手臺。把手放在水龍頭底下，直到水流出來，然後把微溫的清水一次又一次往臉上潑，再拿紙巾擦乾。

他瞪著鏡中的自己。行屍走肉，有如痛失骨肉的父親。

但絕對不是會逆來順受的男人。

庫柏把紙巾丟進垃圾桶，走回公共電話，丟入剩下的銅板，撥另一通電話。

四十五分鐘後，他走進一家名叫麥拉倫的酒吧。破舊的橡木長椅；健力士啤酒杯墊；一小群下班後來喝一杯的客人，多半是男性，大都在專心看球賽。他幾年前來過一次，記得是娜塔莉辦公室的派對。庫柏走向吧檯，跟吧檯後的人示意。

「需要什麼嗎？」

「你們裡面是不是有房間？」

「有。現在沒開放，不過你如果想租來辦活動，我可以請經理的──」

「我付你……」他打開皮夾拿出一疊鈔票，「三百四十元讓我借用一小時。」

酒保看看左邊再看看右邊，聳聳肩，伸手抓走鈔票。「這邊請。」

他跟著酒保繞到酒吧後面。酒保叮叮咚咚拉出一串鑰匙，拿其中一把開鎖。「還需要什麼嗎？」

「只要不受打擾就好。」

「不要弄亂好嗎？負責打掃的是我。」

庫柏點點頭，說：「記得，別讓人進來打擾。」之後便推門走了進去。

這裡跟外面一個樣，只是小了一號。一邊有個吧檯，水龍頭拔了下來，水罐收在架子上，架上掛著毛巾。裡頭空無一人，有種盼不到人的哀怨氣氛。庫柏打開燈，走去荒廢的吧檯坐下。他把平板放在上面，接著展開雙臂，掌心先摸到光滑的桌面。他坐在原地等待。

十分鐘後，他聽見門打開。他慢慢轉過頭看，身體維持不動。

巴比．昆恩還穿著下午的那套西裝。舉手投足散發著「除了打架，其餘免談」的狠勁，一手放在武器上，槍套沒扣。

「我不會動，巴比。兩腿交叉，雙手放吧檯上。」

昆恩瞄了房間一眼，身體仍繃緊，但一腳已踏進門。他讓門在身後喀嗒關上，然後拔槍，但沒指著他——有希望。

「半個小時，」庫柏說，「就像我在電話上說的。給我半個小時，之後你就會明白了。」

他的老搭檔走到吧檯另一邊，另一隻手繞到背後拿出一副手銬推給庫柏。「右手放吧檯，用左手把另一手銬在扶手上。」

「別這樣，巴比——」

他舉起槍。「快點。」

庫柏嘆了口氣，拿起手銬，動作小心而緩慢，拿起手銬喀一聲銬住自己的右手。這麼做是自廢武功。要是你錯看了昆恩，那就完了。

他把手銬另一邊銬在黃銅把手上，試探性地拉一拉，緊緊扣上。「可以了嗎？」

昆恩收起槍並走上前。他臉上的表情難以辨識，一下發生太多事了。「既然答應你，我就給你半個小時。時間一到，我就會通知小組來抓人。」

「我在電話上說了，如果你這麼做，我也不會反抗。」他擠出笑容。「盡量不會。」

「你敢反抗，我就殺了你。」這句話只是在陳述事實，但從巴比·昆恩這個把冷嘲熱諷當標點符號的人的嘴裡說出來，更是刺耳萬分。「說吧。」

庫柏深吸一口氣。「這六個月來我一直在臥底，就從三一二那天開始。那天我們差點就阻止了證交所爆炸案，事發當時我人在裡面，怎麼活下來的，我也不知道，反正醒來我就在醫療帳棚裡了。能夠走路之後，我搭海軍陸戰隊的運輸機去找德魯·彼得斯，跟他提了一個不要命的計畫：跟應變部分道揚鑣，背下爆炸案的黑鍋，變成壞蛋，過著被追殺的生活。」

他說得很快，完全不加修飾，只道出事實：逃亡的生活、又偷又搶把自己搞臭、在芝加哥捷運站月臺上現身、前往懷俄明州、跟艾普斯坦見面。

「為什麼？為什麼要這麼做？」

「我說過了：為了接近史密斯，然後殺了他。」

昆恩搖搖頭。「那是最終目的。我問的是動機。」

「哦，為了我女兒。」

「凱特？」

「她被迫接受測驗，到時勢必會被送進學園，彼得斯答應我會阻止這件事。」他的腸胃一緊。我會照顧你的家人。「所有一切都是為了她。」

「你找到史密斯了嗎？」

「找到了。」

「然後殺了他？」

「沒有。」

「這樣啊。」

庫柏原想往後靠，手銬咬住手腕只好作罷。他說：「你不相信我，對吧？」

「對。再過二十分鐘，我就會把你押回去。」

「天啊，巴比，這六個月來我還是應變部的人。你想想看，小組追殺過我四次，四次！我從來沒出手傷人，更別說是殺人，最多傷了他們的自尊而已。你想這是為什麼？」

「你才剛殺了一個人。」昆恩的眼神冷酷。「在公墓的時候。」

「對，」庫柏說。「因為我不再是應變部的人了。一旦你看過這個之後，」他昂起頭指指平板，「我想你也會跟我一樣。」

「那是什麼？」

「德魯．彼得斯最齷齪的祕密。我到公墓就是為了找這個。」

「我以為你去追殺史密斯了。」

「我是，結果卻發現我錯了。」

庫柏看得出昆恩想伸手去拿平板，他臉上的表情一覽無遺。「你看吧。」

巴比看看他，庫柏說：「老兄，我現在被銬在吧檯上，你想我能怎樣，變成蝙蝠飛走嗎？」

昆恩的臉頰肌肉抽了一下，庫柏知道老搭檔又想耍嘴皮了。雖然沒真的開口，但庫柏跟他並肩作戰那麼久，早已摸清他的脾氣。你可以說服他的。「我放給你看，可以吧？」

「慢慢的。」

庫柏慢慢拿起平板放在扶手上，好讓兩人都能看見。他用不靈活的左手啟動畫面，影片開始播放。

他看過的房間，可能是飯店或某個安全的會面地點。毫無特色的成套家具，米黃色牆壁，單扇窗戶，窗外是一片樹林。

彼得斯局長在螢幕中踱著方步，看起來比現在年輕。從認識他以來，庫柏從沒看他改變過髮型或穿著打扮，但額頭的皺紋跟眼袋仍會隨著時間加深。

「這是什麼時候？」昆恩問。

「五年又八、九個月之前。」

「你怎麼能這麼確——」

「看了就知道。」

螢幕上的彼得斯走向桌子，拿起水杯喝一口。有人敲門。

「進來。」

兩名身穿素色西裝的男人走進來，看上去都像即使沒戴墨鏡也像戴著墨鏡的人。兩人對彼得斯點點頭，開始檢查房間，檢查完畢，其中一個對著遠處說：「可以了，部長。」

一名男子走進房間。一般高度，笑容可掬，一身保守西裝。

「嘿，」昆恩說，「那不是——」

「對。」

那是庫柏推測影片年份的第一個線索。影片距今至少五年，因為走進門的那個人當時是國防部長。此人關係良好，政治手腕高明，受人敬重不僅是因為他有兩把刷子，還有他的認真盡責有目共睹。亨利．沃克部長。

只不過現在他換了頭銜。五年了。從二〇〇八年開始……那年他第一次贏得總統選戰，總共贏了兩次。庫柏兩次都把票投給他。

即使已經看過一次，知道接下來會發生什麼事、會有多麼不堪，庫柏還是覺得呼吸困難。總統著名的三一二演說在他耳中迴盪。

面對這次困境，國家不能撕裂，全國上下都要團結一心，絕對不能分裂成異能和非異能。讓我們一同努力，為下一代建立更美好的未來。

呼籲大家要寬容，要發揮人道精神，要團結合作。全是謊言。

螢幕上，兩人握手寒暄，沃克要隨扈退下。昆恩說：「好吧，我承認看這個是覺得有點齷齪，除此之外，重點在哪？」

「你看就知道了。」他用左手把影片快轉到十分三十六秒的地方。

沃克：讓我火大的是那些只會高喊民主自由的人。大家難道不知道公民權是種特權？當原本的生活方式受到威脅的時候，公民權就變成了我們負擔不起的奢侈品。

彼得斯：大眾不願意相信戰爭即將爆發。

沃克：但願他們是對的。但我一直相信天助自助者。

彼得斯：確實，部長。

十二分九秒

沃克：不是說我討厭異能。我不討厭他們，但傻瓜才不怕他們。四海之內皆兄弟這句話很動聽，可是如果你的兄弟各方面都比你強，什麼都贏過你……就很難。

彼得斯：一般人需要有人提醒，這樣他們才會發現原本的生活已經面臨威脅。

十三分三十五秒

彼得斯：部長，我了解您必須小心用詞，所以醜話就由我來說。如果我們不採取行動，不出三十年，一般人就會徹底邊緣化。這還不是最壞的情況。

沃克：最壞的情況是什麼？

彼得斯：淪為奴隸。

十七分五十六秒

沃克：重點是，投入戰爭有兩種方式。可以全副武裝、真槍實彈去打，也可以穿著內衣，輕鬆應戰。再說，高手往往不需要動刀動槍。

彼得斯：沒錯。我不希望發生大屠殺，可是我們有必要未雨綢繆。我們有權利為自己的生死存亡奮戰，但這不是一場可以用坦克車和噴射機解決的戰爭。

沃克：你也聽到國會要對衡平局展開調查的傳言。

彼得斯：對。但不是因為這個——

沃克：別砸了自己的招牌。我不是在威脅你，可是我確實懷疑你的計畫是出於愛國，還是為了自保。

彼得斯：部長——

沃克：目標是？

彼得斯：你確定你想知道行動細節嗎？

沃克：好吧。你說的對。

十九分十二秒

沃克：你計畫要死幾個人？

彼得斯：五十到一百左右。

沃克：這麼多？

彼得斯：跟幾億人的安全相比，這個代價很低。

沃克：都是平民嗎？

彼得斯：對。

沃克：全部？

彼得斯：是的，部長。

沃克：不行，這樣不行。

彼得斯：要替他們貼上恐怖分子的標籤，死的人就一定得是平民。攻擊軍方會把他們塑造成軍事力量，這樣會破壞——

沃克：我明白。我們也需要象徵公權力的代表人物，不然就會顯得太鬆散，難以聚焦。

彼得斯：那麼攻擊您的辦公室如何？

沃克：過猶不及。我心目中的人選是一名參議員或最高法院的大法官，某個德高望重的指標性人物。我們還需要一個替死鬼，一個不會輕易被抓到的厲害角色。這個人會變成萬惡不赦的大魔頭。

彼得斯：我心裡有人選了。一個名叫約翰．史密斯的激進分子。

沃克：這個人我聽過。

彼得斯：他早就把自己搞臭了，訴諸暴力也是遲早的事，而且是個厲害角色。只要讓他身敗名裂，他就會照著我們的劇本走。那麼，你有想到什麼指標人物嗎？

沃克：有幾個。

二十四分十一秒

沃克：關鍵是不能讓情況失控。我們需要一起事件把人民團結起來，而不是發起一場聖戰，這樣你所做的一切才有正當的理由。

彼得斯：我了解，也同意。坦白說，異能是寶貴的資產，失去他們會是國家的一大損失。

沃克：阿門。但必須讓他們各安其位、各司其職。

彼得斯：有時候戰爭是通往和平的唯一途徑。

沃克：我想我們已經達成共識。

二十八分四秒

彼得斯：地點我選好了，在一間餐廳。行動小組也找好了。

沃克：這是個艱難的任務，有些槍手可能會臨陣退縮。

彼得斯：這些人不會。
沃克：任務完成之後呢？你信得過他們嗎？
彼得斯：信得過？不。但我有十足的把握。
沃克：你是說——
彼得斯：行動細節不便透露。

三十分十一秒
彼得斯：部長，我會處理好所有的事，絕不會把政府拖下水。然而我不能根據一個假設就採取行動，我需要您親口下令。
沃克：你不會在錄音吧？
彼得斯：怎麼可能。
沃克：開玩笑的，彼得斯。天啊，如果你把這段話錄下來，我們兩個都會死得很慘。
彼得斯：沒錯。所以呢，部長？我需要你的正式批准。
沃克：去吧。去策畫吧。
彼得斯：你知道這會造成民眾死亡，人數說不定會多達一百。
沃克：我知道。我命令你完成這項任務。就像我老爸愛說的那句：自由也得付出代價。

庫柏敲一下暫停鍵。兩人握手的畫面定格，局長正從椅子上站起來，靠向桌子。巴比．昆恩看起來像個急著想把人生倒帶的人。想回到過去走左邊那條路，而非右邊那條。「我不相信。」

庫柏盯著他看。從他的臉部肌肉、顴大肌和顴小肌、牽動嘴角的頰肌來看……「不，你相信。」

「不可能的，」昆恩激動地說，「這就表示局長策畫了單眼鏡餐廳的屠殺案？」

「害死了七十三人，包括小孩。沒錯。」

「可是……為了什麼？」

庫柏嘆道：「因為嘴上說要阻止戰爭都是放屁，他們真正想要的是操控戰爭，讓戰爭慢慢加溫、沸騰，煽動人民的情緒，讓人與人互相猜忌，不管是異能或非異能、左派或右派、富人或窮人都一樣。我們愈是恐懼，就愈需要他們；愈需要他們，他們就愈強大。」

「他現在是總統了。那麼還有多少——」

「沒錯。他從國防部長爬上總統寶座，這件事告訴你什麼？記得屠殺案之前衡平局是什麼樣子？躲在廢棄紙廠裡苟延殘喘，沒有資金、沒有後盾，還有國會即將展開深入調查、把我們全抓去坐牢的流言。接下來，一個從沒訴諸過暴力的激進分子突然走進餐廳大開殺戒。轟的一聲，輿論開始靠向彼得斯這邊，大眾開始從他的觀點看待事情。」

「那麼餐廳錄到的屠殺畫面又該怎麼說？」

「影片是真的，不過彼得斯找了個異能動了手腳，把約翰．史密斯剪接上去。那些人都是彼得斯的人馬。曾經是。我猜他們現在全都死了。」

「好吧，」昆恩說，「就算影片是假的，你又憑什麼說這片是真的？」

「誰會造假？」

「約翰．史密斯——」

「不可能。」庫柏搖搖頭。「屠殺案錄影可能造假，那是因為史密斯相較之下沒那麼有名，影片品質又差。更重要的是，負責調查的是應變部。但你不可能假造總統的影片，總統的影片到處都有，檢驗真偽的方法很多，有興趣檢驗的人也多的是。而且何必大費周章藏匿假的影片？

「再說，你跟德魯．彼得斯有幾次正面交談的機會？你能保證片中的人不是他嗎？」

昆恩說：「那麼片子為什麼沒有加密？」

「我也很納悶。後來我想通了，這是他的保險措施。彼得斯一定有停損機制，會在他遭遇不測時通知人去哪找這段錄影。這段影片要是加密，就無法達到他的目的。

「所有一切，」庫柏說，「這幾年我們所做的一切，所有的行動、終結計畫，全都跟真相、跟保護人民無關。我們只是棋子，受人擺布還渾然不覺，下棋的人甚至不想要贏。沒人想要殺光異能，他們只是想控制異能，還有其他人民。結果呢？他們達到目的了。」

昆恩說：「終結計畫？」心裡想著庫柏昨晚想的同一件事，那只是剛開始，接下來獠牙很快就會深深刺進肉裡，一點一點啃噬你的內心。「你的意思是說，我們殺的那些人，其中有一些……」

「沒錯。」庫柏說。他很同情巴比，想給他時間慢慢消化、處理心裡受到的衝擊。那樣昆恩可能會愣在原地，現在沒時間了。「抱歉現在得告訴你這個，但更糟的還在後頭。」

「怎麼可能更——」

「我的小孩在他們手上。」

「他們……誰？」

「彼得斯。」

「得了，庫柏，你想太多了。」

「不是。我打電話回家，接起電話的是羅傑。」

「噢，」昆恩說，「糟了。」

「什麼？」

他的老搭檔把玩著想像的香菸，眼睛望向遠方。「我想不通他們為什麼要我帶無臉人殺進公墓，再怎麼說，最想整你的人是狄金森。就在彼得斯命令我趕到那裡之前，狄金森像屁股著火一樣火速離開辦公室，二話不說就衝了出去，一定是要——」

「殺到我家，綁走我的小孩。」

「對。」昆恩轉頭看他。「抱歉，當時我不知道，不然一定會阻止他的。」

「我知道。」

「所以呢？他們要你自投羅網嗎？狄金森一定會殺了你。」

「要是這麼做能救娜塔莉跟孩子，我死不足惜，可是他們不會善罷干休的。我去臥底就等於幫了他們大忙。」

他看著昆恩理出頭緒。「你認為打從一開始，彼得斯答應你，就是因為他反正穩賺不賠，要不就是你殺了史密斯，要不就是……」

「我自願跳出來當替死鬼。沒錯。這六個月來我所做的一切，看起來都很該死。現在我知道了內幕……」庫柏指了指影片。「不行，如果我自投羅網，他們會弄假成真，把我塑造成真正的叛徒。彼得斯會把三一二爆炸案推到我身上，把我的屍體獻給媒體。到時候衡平局大獲全勝，證明國家安全託付在對的人手中，會有更多資金源源湧入。」

「但他不能讓你的前妻上CNN反擊，揭穿謊言。就算沒人相信她的話，也會破壞公關形象。」昆恩點點頭。「不過他要怎麼除掉他們？直接消失對他來說最方便。」

「很簡單。我回去殺了他們，衡平局的人試圖阻止我，但晚了一步。雖然是悲劇，至少他們拿下了壞蛋。要是他們有更多資源……」

「可是你怎麼會殺自己的——」

「因為我是個精神錯亂的異能恐怖分子。誰知道那些人在想什麼？他們甚至不是正常人。」

昆恩說：「老天啊。」他長吁一口氣。「我不想相信。」

「但你相信了。」

「我……」昆恩語帶遲疑，「對。」

「我需要你幫忙，巴比。我要救回我的孩子，然後我們要讓這個東西曝光，不能讓他們逍遙法外。絕不能讓這種事發生。」

「你知道自己在說什麼嗎？這等於是槓上總統？」

「我說的是兩個驚恐的孩子。我說的是揭發真相。」

「庫柏，我想幫你，可是……」

「我知道。別忘了我說過我不再是應變部的人了。那你呢？看過影片之後你怎麼想？你只有兩個選擇，巴比。你可以假裝不知道自己賣命的單位是個大謊言。或者你可以幫我。」

真的就那麼簡單，於是庫柏強迫自己閉上嘴。之前在公墓時，他只想要半小時的時間讓巴比理解，現在目的已經達成。他不打算強迫推銷或賣力遊說。賣弄口才或訴諸情感都不會改變事實。

要不巴比．昆恩出手相助，要不庫柏一家人就是死路一條。

昆恩伸手去戳自己的眼睛。「可惡。」雙手悶住了聲音。「你要我怎麼做？」
「第一步嗎？」庫柏苦笑著拉拉手腕。「可以先幫我解銬嗎？」
老搭檔哈哈笑。「抱歉。」他從腰帶拿出鑰匙丟給他。「揭發真相會讓你解脫是嗎？」
「差不多。那是計畫的一部分。我們可以利用影片讓彼得斯跳進陷阱。」
「聽起來你已經有計畫了？」
「初步的計畫。」
「呼，好險。我們要對付的是全世界最強大的祕密組織，手中又握有總統不惜用核彈炸掉華府也不能曝光的把柄，幸好你還有個初步計畫，剛剛我還擔心了一下。」
「嘿，」庫柏說，「照我看來，勝算剛剛翻了一倍。現在是美國政府要對抗我們兩個。」
「三個。」他們後面有個聲音說。
兩人同時轉身，昆恩伸手拔槍，庫柏按住老搭檔的手。
她翹起一邊臀部站在那裡，一手插腰，自信又幹練的姿勢，斜嘴露出她專屬的微笑。「你不告而別，尼克，會讓女生誤會喔。」
昆恩說：「妳誰啊？怎麼進來的？」
庫柏說：「嗨，雪倫。」她看起來很好，好得不得了。他跟她目光交會，看到她眼神裡的各種情緒：堅毅、決心，還有暗藏在底下的……一點點受傷。他露出微笑，希望笑容能傳達心中的歉意，之後對著昆恩說：「那是她的拿手絕活。」又對雪倫說：「妳什麼時候到的？」
「大概在你抵達一個小時後。」
「史密斯派妳來的？」
「不是，渾蛋。我來是因為你需要幫忙，約翰只幫我安排了飛機。」

「妳怎麼找到我的？」

「沒。我找到的是他。」她豎起拇指比比昆恩。

「妳是證交所的那個女孩，」昆恩說，「也是布萊恩．瓦茲奎茲遇害現場的那個女生。」

「而你是庫柏的搭檔。」她拉出一張長椅坐下來。「所以，我們要怎麼做？」

庫柏說：「搞垮衡平局老大跟美國總統。」

「很好。我還擔心會很無聊。」

「我盡量讓生活充滿樂趣。」

「有沒有跳火車的橋段？」

「先告訴妳就不好玩了。」

「那就別說，我喜歡驚喜。」

「時間到。」昆恩看過來又看過去。「你們兩個能不能別再打情罵俏，告訴我到底現在是什麼狀況？」

「巴比，這位是雪倫．亞茲，可以穿牆而過的女孩。」

「你好啊。」她說，伸出手。

昆恩一臉困惑地握住她的手。

庫柏不禁失笑。從在電話裡聽到狄金森的聲音以來，這是他第一次彷彿感覺到希望。

38

「吉米床墊。」

「帳號三二〇九一七。我要跟阿法通話。」

「請稍候。」

一次性手機的揚聲器很陽春，但還能用。手機是他們回昆恩公寓途中在一家迷你賣場買的，他們一口氣挑了兩、三支。公寓位在弗農山街區的某棟低層建築，只有單人房。庫柏來過這裡多少次都忘了，對家具和擺設都很熟悉，一進門就往沙發一倒。昆恩望著落地窗外的夜空。雪倫大剌剌坐在椅子上，一條腿柔軟地掛在扶手上。

「嗨，尼克。」彼得斯的語氣跟平常一樣沉穩、自制，跟在影片中提議拿平民開刀的語氣一樣。「你在路上了嗎？」

「沒有。」

「這樣。」

「我找到記憶卡了，德魯。東西用膠帶黏在泰迪．伊頓的棺材背後。影片我看過了，好一部齷齪的變態片。」

「彼此彼此，庫柏探員。」

「叫我庫柏就好。我不再替你工作了。」

「隨你便。不過，目前的狀況你都了解嗎？羅傑解釋清楚了嗎？」

「非常清楚。但我們不照你的方法玩。」

「你有什麼想法？」

「交換。記憶卡換我的家人。」

「我想行不通。記憶卡已經一文不值了，想必你已經複製了很多份。」

「沒有，還沒有，我也不打算那麼做。」

停頓。「我為什麼要相信你？」

「因為你算準了我知道就算片子流出去，你還是不會放過我的家人，即使你放他們走也不會留活口。那段影片會毀了你，但你還是有辦法採取行動。除了應變部，其他地方也有你的人。」

又是停頓。「沒錯。」

「所以，交易方法如下：我們約在彼此都覺得安全的地方碰面，你把我的家人帶來，我把東西帶去，然後我們各走各的路，你繼續經營你的邪惡帝國，我的孩子繼續長大。」

「我不確定你有沒有談判的籌碼。目前你的小孩跟前妻都很安全，但狄金森是個百分之百的信徒。只要我下令，他絕對不會手下留情。」

他怒火中燒，拳頭用力到發疼，不過還是盡力穩住聲音。「而你會去吃牢飯，讓女兒孤孤單單長大。告訴你，裝狠一點意義也沒有。你我都知道你會不計代價搶回影片，我會不計代價救回家人，所以廢話就省省吧。」

「好。那麼就約在華盛頓紀念碑如何？在公共場所見面。」

庫柏笑了笑。「對，在那裡絕對聽不到有人從飛船上開槍的聲音。算了吧。我拒絕。不如約在朗方廣場捷運站。」

「那樣你就可以找媒體拍下全部過程，想得美。」

「好吧，既然我們都信不過對方，那就找個雙方都無法製造驚喜的地方。你說條市區大街，我說個巷弄地址，二十分鐘後見。」

「二十分鐘？不行。」

「我不會給你時間搞鬼，德魯。」

「這我知道。但現在我正忙著幫你收拾善後，大白天公墓裡爆發槍戰，局裡需要一點時間才能撇得一乾二淨。」

「不是局裡，是你吧？」

「沒差。所以兩個小時之後見。」

「可以。不過最後一分鐘再選定地點。我會打給你，先想好哪條街，別想要花招。要是你敢動我家人一根汗毛，交易就取消，你就等著身敗名裂吧。」

「你敢取消交易，休怪我對你家人不客氣。」

「所以我們最好都別輕舉妄動。兩個小時之內我會打給你，同意嗎？」

「同意。」

「最後一件事。」

「什麼事？」

庫柏說：「德魯，晚上你他媽的睡得好嗎？」

「吞安眠藥。成熟點，這就是世界運轉的方式。」局長掛斷電話。

「兩小時，」昆恩點點頭，「跟你預期的一樣。」

「彼得斯是衡平局的老大，思考方式也就是那樣，所以很好預測。他想要足夠的時間調兵遺將，看能不能在見面之前就追蹤到我，畢竟我隨時可能大意，被監視器拍到臉，或從已知的電話號碼打出電話。機會雖然渺茫，但值得一試，尤其他又有自己的人馬可以使喚。另一方面，他又怕時間拖太長我會反悔，改變主意把影片交給媒體。一個小時太短，三個小時又太長。」

「你怎麼知道他不會派突擊隊埋伏在會面地點？」

「他知道我會發現，不能冒這個險，免得我抽腿。而且他無法事先知道地點，也就不能事先部署狙擊手或突擊隊員。」

「無論如何，他一定知道赴約就等於跳進陷阱。」雪倫說。

庫柏搖搖頭。「那就是我們的著力點。他以為我單槍匹馬，也很清楚我的專長、我的天賦給我的優勢。他可以事先準備，設法反擊。」

「他以為你單槍匹馬，所以只會帶一小組人，免得把你嚇跑；實際上你不是單槍匹馬，所以你認為我們有勝算。」

「就是這樣。」

「哇，」昆恩說，「虧你想得到要拖兩個笨蛋一起下水。」

「是啊。」庫柏說，目不轉睛看著老搭檔、老朋友。他知道昆恩要冒多大的危險，他們都一樣。然而庫柏是因為別無選擇，雪倫有她自己的理由，昆恩這麼做只因為這是正確的選擇。因為他是你的朋友。庫柏把玩著坐墊，望著窗外，說：「聽著，我要你知道——」

「算了，」昆恩說，「只要記得從今以後都你買單。」

「啤酒以後都算我的。」

「你們真可愛，」雪倫說，「但這樣很蠢好嗎。彼得斯說一條街、你說一個巷弄住址，這樣我們也無法事先計畫，等於蒙眼走路一樣。」

「妳錯了，神祕小姐，」昆恩說，「這就是我發揮作用的地方。」他看看錶。「說到這兒，我最好先回總部做準備。手機給我，我順便丟進河裡。」

「小心點，巴比。他們雖然不知道你參了一腳，但彼得斯勢必會提高警覺。走錯一步就慘了。」

「我去去就回。要命——」昆恩露出微笑，「我會學她當隱形人。」

兩個小時。

一百二十分鐘無限延長的來回踱步。

走出商場廁所之後，庫柏就沒有停下來過，動作本身至少能轉移他的注意力，然而現在除了等待還是等待。靜下來之後，腦中不停想像兩個孩子現在的狀況——驚恐萬分的模樣。

狄金森不會傷害他們的。他雖然是個危險人物，但不是虐待狂，說不定還跟娜塔莉解釋過狀況，讓她安撫小孩的情緒。沒必要自己嚇自己。

若是如此，那就表示最痛苦的人是娜塔莉。完全不知道發生了什麼事、雙方進行了什麼交易，甚至連為什麼被抓去都不知道。

娜塔莉是個堅強又聰明的女人。如果一切照他的計畫進行，那麼她跟孩子再兩個小時就會重獲自由。她撐得過去的。

但他女兒一定察覺到不對勁。凱特雖然才四歲，卻已經展露不得了的天賦。她會感覺到媽媽的恐懼，也看得出狄金森不是朋友。

一個四歲小女孩會怎麼面對這種狀況？

他想不到半個他喜歡的答案。

「你應該睡一下，」雪倫說，她正在廚房翻昆恩的冰箱。「待會可有得忙。」

「妳也是。」

「我看你那個朋友才十二歲吧，他冰箱裡只有巧克力牛奶、芥末和啤酒。」

「啤酒好，謝了。」

她拿出兩罐啤酒，扭開瓶蓋丟進垃圾桶。廚房有個連向客廳的小窗口，她把他的啤酒放窗口平臺上。兩人面對面，中間隔著平臺。看來他們之間永遠隔著東西。

雪倫仰頭啜了口酒，再用手背抹抹嘴。她看著他，庫柏看得出她正在考慮要說什麼。

「對不起，」他說，「我不告而別。很蠢。」

「對。為什麼這麼做？」

「現在不了嗎？」

「不知道，」他拿著啤酒在空中比劃，「我很困惑。」

「還是困惑，只是沒那麼在意了。我很高興妳來了。」

「因為我可以幫你忙。」

「不只那樣。」庫柏頓了頓。「既然妳提起……為什麼妳要這麼做？要來幫我？」

「你問過我很多次，我的理由都一樣。為了爭取異能生存的權利，我很樂意幫你忙。」

「只有這個理由？」

她不置可否地聳聳肩。

「再給我一次機會。很抱歉，我慌了手腳。一切發生得太快，史密斯他……他玩弄人於股掌之間，我無法確定他是不是利用妳來操弄我。」

「你以為是他叫我跟你睡？」她的聲音就像包在面紙裡的一把刀。

「我是那麼想過，可以嗎？不是沒有可能。」

「去你的，庫柏。」

「可是搭機回華府的途中，我想通了。我是說我落荒而逃的真正原因。沒錯，妳打從一開始就在騙我，但我也半斤八兩，差別在於妳全都知道，我卻被蒙在鼓裡。或許我只是覺得……很蠢。很窘。」

「你很不會道歉，你知道嗎？」

「是啊，我前妻也說過類似的話。」他想擠出笑容，但力不從心。「要聽實話嗎？」

「請說。」

「我真的很喜歡妳，也很久沒有對一個人有這種感覺。好幾年了吧，自從我跟娜塔莉分手之後。跟妳的關係不管是什麼，我都覺得很特別。妳了解沒人了解我的一面，又那麼本領高強，我很少遇到跟我能力相當的人，所以不太習慣。」

「那麼自大？」

「別這樣。我不相信妳不懂我在說什麼。」

「懂不懂是我家的事。正在道歉的人是你，不是我。」

庫柏喝了口啤酒，然後擱在平臺上。「好吧。再試最後一次。昨晚我問妳記不記得之前妳在餐廳說過的話。妳說希望我重新開始，記得嗎？我真的真的希望可以試試看。一走了之，從頭開始，而讓我想這麼做的理由，就是妳。」

她心中有一部分被他融化。

庫柏說：「我們要做的事很瘋狂，能不能全身而退很難說。如果成功了，妳願意跟我共進晚餐嗎？」

雪倫露出專屬的斜嘴笑容，啜一口啤酒。「雖然繞了好大一圈，不過結果還不賴。」

「意思是好嗎？」

「你覺得我本領高強是嗎？」

「意思是好嗎？」

她聳聳肩。「如果我們活著出來，到時再問我吧。」

39

雖然白天熱鬧滾滾，觀光客擠滿街道，汽車大排長龍，交通說打結就打結，路上永遠有施不完的工，但晚上的華府市區卻一片寧靜。餐廳的生意不好也不壞，計程車在飯店之間穿梭，穿著正式的男男女女在街道上漫步，感覺都像城市大熔爐裡的小火苗。昆恩大約九點攜帶裝備回來。九點半左右，三人已經到了市中心某個立體停車場頂樓。天際線三百六十度閃閃發亮，白燦耀眼，世界最知名的建築就在眼前。巴比翹著腿坐在車頂上，筆電打開放在面前。雪倫爬上頂樓的水泥牆走來走去，像在走鋼索，儘管有五層樓高，她還是一樣泰然自若。

庫柏正在重組武器。昆恩連同其他裝備一起帶回了武器，他常進總部申請這類裝備，因此警衛都不疑有他，整個過程還算順利。槍是貝瑞塔手槍，庫柏最喜歡的廠牌。因為是局裡的武器，所以一塵不染，也保養良好，但軍隊教你絕不要使用你沒拆過再組裝回去的武器，所以他一直改不掉這個習慣。至少可以殺時間。

說到時間……

他瞥向昆恩，發現對方正看著他，點點頭。

庫柏拿出第二支一次性手機，開始撥號，對回答「吉米床墊」的探員說出密碼，等著彼得斯來接電話。當前老闆的聲音響起時，庫柏說：「找不到我，是嗎？」

「我說過了，我在忙著幫你善後──」

「是嗎？想好哪條街了嗎？」

「西北第七大道。」

「收到。」他將電話調成靜音。「西北第七大道。」

昆恩立刻打字，指頭在鍵盤上飛舞。「我看看……」

庫柏望著夜空，敲著指頭，五秒、十秒、十五秒。「巴比……」

「好了。第七大道九〇〇號。核心製造公司，十樓。給他……不多不少，十分鐘整。」

庫柏取消電話靜音。「西北第七大道九〇〇號，核心製造公司十樓，九點四十八分。如果你九點四十九分之前沒到，交易就取消。」

「我需要多一點時——」

「駁回。」

彼得斯嘆道：「西北第七大道九〇〇號，收到。」

庫柏掛上電話。「咱們上吧。」

立體停車場位在第十街和G街交叉口，離目標約三分之一哩遠。巴比算得剛剛好。最後半小時他一直在瀏覽附近的建築物，評估每條街的利弊。市區到處是單行道和紅綠燈，而彼得斯想必會開車赴約（不然無法控制庫柏的家人），因此巴比建議把這點變成他們的優勢，挑個走路比開車更快抵達的地點。說到行動規畫和資源調度，這傢伙無人能及！

最後選中的地點是附近最高的建築。本身是辦公大樓，即使在這個時間仍有幾扇窗亮著燈。可以理解。上班時間或許只到六點，但市區總會有人加班。

大廳雖然漂亮但冷冰冰，一個令人眼睛一亮卻又不想久留的地方。有個工友推著打蠟機在保養地板。寬闊的走廊通往不同的電梯。服務臺後方，身穿深藍色西裝的警衛看見他們走進來，馬上直起背。

「需要幫忙嗎？」

「分析應變部，」昆恩說，亮出徽章，「你們的警衛室在哪？」

「先生，我——」

「我們現在沒時間解釋。帶路。」

「是，這邊請。」他滑下椅子，身體有點僵，但看得出來身強體壯。「請問是什麼事？」

「總之跟你無關，小子。」庫柏說。

對方不太高興，也沒再多問。庫柏從他的舉手投足看出他是軍人出身，習慣服從命令。很好。一棟雇用軍人和警察當管理員的大樓應該有他們需要的防護設備。

警衛從伸縮夾拉出徽章，用它打開一道低矮的護欄，並扶住護欄讓他們通過。三人走過一排閃亮的電梯，踏上一條狹小的走道，停在一扇標示著「非經核准請勿進入」的門前。門上裝有閉路監視器，鏡頭對著下方。警衛敲了兩次門，沒等回答就拿起徽章開啟。「這是我們的控制中心——」

庫柏往他的頸根一劈，對方倒地，他提腳跨過去，一步不停地掃視房間。二十呎平方大，兩個男人坐在發光螢幕前的椅子上。其中一個站起來，他欺身上前賞他的喉嚨一拳，然後抓住他的翻領把他丟向另一個人，兩人撞在一起，有張椅子被撞得滾到旁邊，砰一聲撞倒垃圾桶，紙屑散落一地。庫柏繼續追擊，在一團混亂的手腳中飛快用左手對另一名警衛的下巴一擊，對方頭一仰，砰一聲撞上瓷磚地板，直翻白眼，全身癱軟無力。

「不許動！」

第三名警衛一直在後方一排檔案櫃旁邊，不在庫柏的視線範圍內。半個三明治丟在包裝紙上，顯然正在吃晚餐。他拿出電擊槍準備射擊，槍口瞄準庫柏，手指扣著扳機。

昆恩站在我後面，我可以躲開電擊，但他不行。電擊槍雖然不會致命，也不一定會把人擊昏，卻會讓他癱在地上無法行動。

少了昆恩，就沒戲唱了。

庫柏慢慢直起背，舉起雙手。「聽我說——」

警衛將電擊槍一轉，瞄準自己的腹部扣下扳機。電流從槍管射進他的白襯衫，劈啪價響並發出火花。他全身僵直，身上的肌肉瞬間繃緊，然後像人形模特兒倒在地上。

雪倫突然從他身後冒出來，笑著說：「哦噢。」

漂亮。

她對他眨眨眼，蹲下來從警衛腰帶上取下手銬，把他銬起來。另外兩個庫柏也比照辦理。

「鎮靜劑呢？」

「在袋子裡。十毫升。」

庫柏從袋裡摸出一個黑色小包包和注射器。他轉開蓋子，敲掉上層的泡沫，輪流幫每個警衛注射。等他抬起頭時，昆恩已經坐在投影幕前，指頭在空中飛舞。「來了，來了。」

「看到什麼？」

「藝術啊，老大。我現在是一整套監視器和門鎖遙控開關裝置的總指揮。」投影幕有四呎寬，掛在半空中閃閃發亮。昆恩只要移動或比劃，螢幕就會發出回應，秀出不同監視器的畫面，走廊、電梯、大廳都包括在內，全都畫質清晰，清楚如鏡面。昆恩心滿意足地打開筆電靠在桌上，再從工具袋拿出一個小盒子。裡頭放了一排枕著泡棉的小耳機，他遞給他們一人一副。「測試一下。」

庫柏對老搭檔豎起大拇指。雪倫說：「你們的玩具還真不賴。」

「各位女士、先生，好戲上場了。」昆恩說。螢幕上，兩個庫柏不認得的男子踏進大廳，腳踩傘兵靴而非皮鞋，動作靈活一致，眼睛打量著四周，各自知道彼此負責哪些區域，兩人都一手放西裝口袋。

下一批走進門的是庫柏的家人。

娜塔莉穿著牛仔褲和運動衫，可能跟狄金森找上門時的裝扮一樣。她看上去比他記憶中還要美，但臉色蒼白，肩膀緊繃。

孩子跟在她身邊，一邊一個，兩人都牽著媽媽的手。

世界一顛，失去了平衡。庫柏心裡又痛又甜，腸胃翻滾，各種情緒互相拉扯。自從告別過去之後，這是他第一次看見他們，看到他們長那麼大，他心頭一震。陶德整整高了一吋，重了十磅，凱特的嬰兒肥愈來愈不明顯。

六個月就這麼過去了。多少個第一次，多少歡笑、好奇、恐懼，還有孩子們趴在他腿上打瞌睡的時間（只會愈來愈少），就這麼消失。失去的感覺如此深刻，像一股力量拉扯著他。

更糟糕的是恐懼。看見他們在那裡，落入惡魔的手中，而且全都是他的錯，要是他們有個萬一，天啊，他的世界會天崩地裂，太陽也會熄滅，只剩下狂風從空蕩蕩的天地間呼嘯而過。

彷彿要讓他的恐懼更加集中似的，又有兩個男人從他們後面走進來。一個是羅傑．狄金森，小心而警覺，四分衛的帥氣外表下隱藏著不顧一切的冷酷決心。另一個是德魯．彼得斯，一貫的整齊俐落，跟冬日早晨一樣灰冷，手上提著金屬外殼手提箱，看起來很重。

我會照顧你的家人。

「好。」昆恩說，雙手在空中揮舞。螢幕分割成四個顯示門外景象的畫面。「沒看到其他組員。我正在監視應變部的內部傳訊……」他看著筆電。「半哩內沒有可疑的行動。看來彼得斯很怕把你嚇跑。」

庫柏沒答腔，只盯著螢幕看。他看得出來打頭陣的兩個人不好對付。不意外。但他沒見過這兩人就表示彼得斯運用了衡平局編制以外的資源。可能是他的私人打手，他用來收拾爛攤子的人。他們一定知道你的能耐，都是有備而來。

又有兩個人走進來，一個在門邊就位，一個走向空蕩蕩的服務臺。打頭陣的兩人走向電梯。娜塔莉停下腳步，轉身去看彼得斯，並說了些話。

「她說什麼？」

「抱歉，老大，不能收音。」

螢幕上的彼得斯搖搖頭。狄金森上前按住娜塔莉的手臂，手指掐緊。庫柏忍住揮拳打牆壁的衝動。小組開始行動，往電梯前進。

工友關掉打蠟機，挺直腰桿。看他的姿勢顯然正在問這些人在幹什麼。狄金森的一隻手仍抓著娜塔莉，同時轉過身，從西裝拔出槍，隨意一指，子彈射中工友的腦袋。

距離這麼遠，又隔著門，子彈聽起來像放煙火。

螢幕上，灰色液體噴濺在乾淨的大理石地板上。工友倒地。

庫柏還沒意識到自己站了起來便差點衝出門。雪倫比他快一步擋在門前，雙手抱住他，一邊肩膀抵住他的胸口。「尼克，不可以！」

「讓開——」

「不可以。他死了，如果你現在跑出去，你的小孩也會沒命。」

庫柏一手推開她的肩膀，然後——

兩人帶頭，蓄勢待發。他們會第一批走上來。只要從地板滑過去，開槍射擊，讓他們措手不及，你可以一次解決兩個。

緊接著站起來跑向角落，瞄準……

狄金森？但他一手拿槍，身旁站著你的家人。

還有他們後面的彼得斯？

以及兩個站得很開的槍手？

——任由他的手滑下她的手臂。他深呼吸。現在露面等於是去送死。說不定正好中了對方的計。狄金森知道他就在附近，想引他上當。

「庫柏？」昆恩乾巴巴地問，「還好嗎？」

「還好。」他輕輕掙脫雪倫的手，她也鬆開手。「好。現在什麼狀況？」

「後面兩個在移動屍體，其他人都往電梯移動。」

「好。」他又吸一口氣，然後轉向昆恩。老搭檔跟著對方的行動轉換畫面。時間顯示為九點四十六分。「全在你的掌控之中？」

「天助我也。」

「很好。從現在開始由你指揮作戰。你有辦公室的平面圖嗎？」

昆恩轉向筆電，打開一張建築設計圖並轉動了幾次。「『核心製造』是一家平面設計公司，公司標語是『科技調和藝術』，可愛吧？」

雪倫問：「你想弄到哪個地方的平面圖都可以嗎？」

「親愛的，我們可是鼎鼎大名的衡平局。」

庫柏靠上前。眼前的這張圖一目了然，呈現出一間開放式辦公室的簡易平面圖，還有一排排隔間。「可以用監視器看辦公室內部嗎？」

「不行。大樓監視器只涵蓋公用區域，不過我可以用遙控方式打開門鎖。」

「好。雪倫，妳走樓梯上樓，我搭電梯。他們預期我會單獨赴約，所以會把焦點放在我身上，妳應該可以放心做妳的事。」

「他們上來了。」昆恩在空中敲擊，電梯內部的畫面填滿螢幕。前面是兩個槍手，中間是娜塔莉和孩子，彼得斯和狄金森殿後。一名槍手按下十樓按鍵。

工友送命雖然在意料之外，但其他部分都在你預期之中。有昆恩在這裡綜觀全局，還有能穿牆走壁的雪倫幫忙，你一定可以反敗為勝。就讓他們走進辦公室就位，然後你走進去占據他們的注意力，讓雪倫從後支援，扭轉乾坤。你親手讓這件事畫下句點。

德魯．彼得斯。今晚就是你的死期。

電梯上升，數字往上跳：二樓、三樓、四樓。

一名槍手上前按下按鈕。

電梯停在五樓。

「為什麼要——」

兩名槍手走出電梯。一個轉頭對娜塔莉示意。她搖搖頭，槍手拿出手槍。

槍口指著陶德。

庫柏離兒子大概只有一百呎的距離，卻好像有一塊大陸那麼遠。五層鋼筋水泥的距離。

娜塔莉站到槍手和兒子的中間。正當庫柏盯著螢幕看時，她扭身甩他一個耳光，然後回頭牽起兩個孩子的手，拉著他們走出電梯，踏上走廊。

彼得斯按下按鈕，電梯關上。

庫柏的腦中都是刀片和電流，電流劈劈啪啪，刀片亂割亂砍，一片刀光血影。他聽到昆恩的聲音，雖然感覺很遠，但用猜的也知道——對方打算分散開來。

看來彼得斯有自己的一套計畫。

「你可以停住電梯嗎？」

「我盡量，可是……」樓層號碼繼續往上跳。六樓、七樓、八樓……

庫柏想吶喊，想當場發洩情緒，想舞動拳頭粉碎這個世界。他的家人就近在眼前，他卻無可奈何。

「抱歉，不行，沒辦法趕在……」

九樓。

「算了。追蹤其他人，他們走去哪裡了？」

昆恩發了狂地比劃，在不同螢幕間轉來轉去，快到幾乎讓庫柏頭昏眼花。電梯、大廳、停車場、屋頂，最後停在一條走道上。槍手一個在前一個在後，他的家人在中間，一行人走到走廊的盡頭，拐過轉角。

然後就不見了。

「找出他們！」

「五樓只有這個監視器，」昆恩語氣凝重。「抱歉，庫柏，看來每樓的電梯出來都有一臺監視器，但也就這麼一臺。只有公用區域有監視器，辦公室還是想保有隱私。」

「五樓有幾家公司？」

「呃……十家。」

十家，每一家都有很多地方可以藏身。

「走吧。」雪倫的聲音繃緊。「我們可以去五樓一起行動，對方不會預料到我們有兩個人。」

電梯抵達十樓。彼得斯跟狄金森走出電梯，兩人出現在另一個螢幕上。十樓電梯出來的監視器照到他們正在走路，彼得斯把手提箱換到另一隻手。

庫柏看看錶。九點四十七分。「不行。」

「怎麼了？」昆恩和雪倫齊聲問。

「我還剩兩分鐘可以趕去那間辦公室。如果我沒出現或遲到一分鐘，彼得斯就會察覺狀況有異。幸運的話，他會通知隊員任務取消。要是不幸，他會殺了我的家人，寧可冒險也要派人包圍這棟大樓。」

「所以……我們要怎麼做？」

「我要妳去找他們。」他轉向雪倫。「妳一定要救回我的家人。」

雪倫睜大眼睛，他在她眼中看見以前從未在她身上看過的恐懼。「尼克，我——」

他把一隻手放在她的肩上。「拜託妳了。」

「你打算怎麼做？」

「去見彼得斯。我會幫妳爭取時間。」聲音突然變得憂鬱而沉重。「救出我的家人。」

他想多跟他們說一些話，但沒時間了。他逕自走向門，雪倫很快跟上。

兩人快速從走廊步往電梯，到了電梯前停下腳步。

耳機傳來昆恩的聲音。「一個在電梯旁，另一個在大廳服務臺後面，假裝成警衛。」

雪倫問：「電梯旁的那個警衛正往這個方向看嗎？」

「沒有。」

她悄悄溜過轉角。

庫柏定住不動，體內怒火沸騰，腦中的時鐘正在倒數，思緒飛快旋轉，娜塔莉、凱特、陶德、槍手、彼得斯、沃克總統……轉個不停。

今天就會畫下句點。無論是哪一種句點。

「雪倫就位。數到二就進去。一，現在！」

庫柏從角落走出來。雪倫趁槍手沒注意時溜向電梯，一看到庫柏站出來，她咳了一聲，按下電梯鈕。槍手飛快轉身，一隻手飛向外套。庫柏看得出他一定很訝異自己怎麼會沒注意到有個女孩走近電梯。雪倫笑了笑，假裝只是個在等電梯的普通上班族。槍手打量著她，先是鬆了口氣，後來聽見庫柏的腳步聲又全身繃緊，趕緊轉身。

可惜太遲了。

庫柏兩手抓住他的頭狠狠一扭，怒火一傾而出，對方的脖子喀嗒一聲，身體頓時變成一灘爛泥。

電梯叮一聲。庫柏抓著他軟軟下垂的頭往裡頭拉。雪倫按下五樓和十樓。

「你們兩個攜手合作還真嚇人，」昆恩的聲音在兩人耳中響起。「看來大廳那個完全沒發現。幹得好。」

門關上，電梯開始爬升。雪倫說：「尼克，我——」

他打斷她。「妳可以的。」

「我只是——」

「聽著。」他說，上前吻她。她先是一驚，但很快就回應這個吻，兩人的舌頭交纏時，電梯一樓一樓往上升。好運之吻，也是求救之吻，是他想得到最清楚的表達方式，然後電梯停住。他一手摸著她的臉說：「我相信妳。」

她挺起雙肩。「幫我爭取時間。」

「不計一切代價。」

雪倫踏出電梯，往右轉。庫柏按下關門鈕，心中默唸快啊快啊，電梯又開始爬升。現在除了等待未來降臨，已經沒有別的事可做。

六樓、七樓、八樓、九樓、十樓。

電梯門打開。庫柏深呼吸，然後走出去。

走道呈現時髦的企業風格，圖案精緻的灰色地毯，米黃色牆壁，嵌壁式照明，一片背光玻璃列出公司行號。昆恩說：「左轉，你左手邊第三間辦公室。」

庫柏往走道看過去。「有其他後援嗎？」

「沒有。應變部地方分部的通訊頻道靜悄悄。我在這棟大樓也只監聽到一通外撥電話，是三樓的某個女人打給老公說她會晚點回家。」

辦公室門是厚重的玻璃門，閃亮的金屬門把，公司名稱刻在玻璃上。他經過一間遊說辦公室、一間房屋仲介公司，拐個彎就看見第三間辦公室。核心製造，前兩個字框起來，字體還精心設計過。他踏進門時，響起兩聲微弱的叮咚聲。

昆恩說過這是一家平面設計公司，擺設看起來也像。迎面的牆壁漆成大膽但成功吸引眼球的橘色，上面沒掛圖畫裝飾，只見一個個滑板堆疊而上，每個都是一小件藝術品，畫上機器人、怪物、塗鴉和天際線等各種圖案。

平面圖上畫出了隔間，現在他才發現原來隔間不高，大約才四呎。天花板一覽無遺，可見掛在主梁上的管線和空調。昆恩說：「我把五樓辦公室的門鎖都打開了。雪倫已經查過第一間——還沒找到。她繼續在找。」

庫柏踏上走道，走進辦公室，四面八方都一覽無遺。這間工作室占據了大樓的一角，玻璃牆從地板延伸到天花板，現在電燈都打開，玻璃便成了黑色鏡面，投射出辦公室的空間。辦公室正中央是一張用椅子圍住的會議長桌。

桌子旁邊站著彼得斯和狄金森。

庫柏緩緩邁步上前，腳步沉穩，不疾不徐。拖延得愈久，雪倫就有愈多時間。狄金森看起來一如往常。英俊、瀟灑、隨時戒備，右手蠢蠢欲動，很想從肩套拔出手槍。

「你好，尼克。」彼得斯說。庫柏今天才發現彼得斯長得很像齧齒動物，或許是因為他俐落的姿態、小小的嘴巴和無框眼鏡。他帶來的手提箱放在他面前的桌上。「好久不見。」

會議空間是開放式空間。庫柏走向桌子，站在他們兩人對面。

記住，對方不知道你有備而來，他們只要稍微起疑，一切就完了。「我的家人在哪裡？」

「就在附近。」

「這樣不行。」他退後一步，眼睛看向前方。

「我會證明給你看，」彼得斯說，「但你要先拿出你的槍。」

「我沒帶槍。」

「你當然帶了。不過沒關係，我先來好了。」彼得斯慢慢打開手提箱，裡面是顯示器，螢幕亮了起來，先是全白，隨即顯現畫面。

娜塔莉坐在某個小房間盡頭的皮椅上，陶德在她左邊，凱特在她右邊。孩子們面前擺著一疊紙，看起來正在畫畫。年紀較小的凱特畫得很投入，娜塔莉貼著陶德正在鼓勵他。庫柏知道這是在轉移他們的注意力，安撫他們的情緒。他們背後是玻璃牆，遠處可見明晃晃的國會大廈圓頂。兩名槍手手持武器站在旁邊，一個看著鏡頭，一個看著娜塔莉。

「尼克，你前妻是個了不起的女人，很棒的母親。兩個孩子也很討人喜歡。」

庫柏看著螢幕上的兩個孩子，他所做一切的最終理由，這個理由足以讓他放火燒掉全世界。娜塔莉抬起頭直視螢幕，好像正盯著他看。

怎麼可能？

攝影機，他懂了。他們一定在三人面前擺了攝影機，聰明的娜塔莉猜到是拍給他看的。她不是「好像」正盯著他，而是真的盯著他看。她的眼神透露著懇求，但不是為了自己，而是為了凱特和陶德。

除了懇求，還有別的。是什麼？

「現在該你了。把槍拿出來，請。」

娜塔莉並沒有轉動眼睛，雖然心裡想要這麼做，想把眼珠子轉向左邊，對他使眼色。這個念頭化成了細微的皮下動作，只有他看得出來。

她知道你看得出來。

她正在給你暗示。

一股暖意湧上他的胸口。他生命中的女人都很不可思議。

「我只看到一間會議室，還有後面的國會大廈，」他說，「他們可能在任何一個地方。」

「尼克，咱們就別繞圈圈了。你知道我願意下多大的賭注。槍掏出來。」

昆恩在他耳邊說：「還在找。」

庫柏遲疑片刻，像在考慮，然後慢慢反手從背後拿出手槍。狄金森全身繃緊，像隨時會爆衝的螺旋彈簧。他用拇指和食指持槍放到桌上，再推到對面。

昆恩說：「找到了。在五〇八號。那間會議室在東南邊的角落。」

雪倫說：「我馬上過去。」

庫柏說：「好了。羅傑也把槍放下如何？」

狄金森笑了一聲，彼得斯淺淺一笑。「我想不了。我們都知道你的本事。記憶卡呢？」

「很安全。」

「真令人欣慰。東西在哪？」

「現在就告訴你，我怎麼知道你不會殺了他們？」

「我向你保證。」

「德魯，這句話對我不像以前那麼有分量了。」

「你非相信不可。我說過，你沒有談判的籌碼。交出東西，我就放你們走。」

狄金森說：「八成在他的口袋裡，我去搜。」

雪倫說：「尼克，我到了，現在正在會議室外。進去了。」

「不用了，羅傑。」彼得斯停了一下又說，「倒數三下，就斃了庫柏的兒子。」

螢幕上，一名槍手舉起槍指向陶德——

槍手聽得到他說話。

擴音器。通話燈亮著，他們接收得到這裡的聲音。

雪倫正要進房間，她可以解決那兩名槍手……除非彼得斯或狄金森從這裡發出警告。

只要看到螢幕，他們一定會這麼做。

——彼得斯接著說：「三。二。」

「住手！」庫柏快速挺身上前，彼得斯和狄金森同時跳起來，所有注意力都移到他身上。「東西在這裡。」他伸手進口袋，摸到輕薄的記憶卡，一秒也不敢鬆手。這是能證明他協助創設的惡勢力的唯一證據，一旦放手就會風雲變色，正義得以伸張的唯一機會也將化為烏有。

選擇正義，還是你的孩子？

庫柏從口袋拿出記憶卡，強忍住低頭看螢幕的衝動。他的孩子是那麼脆弱無助，而他在這裡卻無可奈何，狄金森在眼前摩拳擦掌，隨時準備出手。庫柏緊握著記憶卡，不讓他們看見。確認東西真的在他手中之前，他們不會輕舉妄動。他的心臟狂跳不已，盡可能拖延時間，慢慢站上前，低下手，打開拳頭。

記憶卡掉到桌上。

彼得斯集中目光查看，眼神貪婪而得意。

螢幕一閃。庫柏告訴自己別看，但來不及了，他的天賦已經不聽控制，急忙搜索資料、分析狀況。

狄金森盯著他，循著他的視線看去。

兩人同時看到螢幕上的雪倫手肘一伸，刺向槍手的喉嚨。

狄金森對著槍手大喊：「殺了他們！」一隻手飛向外套。

庫柏一轉身，衝向最近的隔間，把記憶卡留在桌上。身後響起槍聲，清水牆粉碎。他繼續跑，感覺到狄金森追過來，開了一槍又一槍，但沒打中他。他閃進低矮的隔間後面，屈膝跪地，飛快爬向另一個隔間，子彈射穿布面牆壁。

彼得斯會拿走記憶卡。

但他也無能為力了。在這裡一不小心就會送命。他不是能躲掉子彈的超級英雄。猜得到對方會往哪裡開槍雖然是一大優勢，但要在開放空間對付狄金森這種狠角色，光這樣還不夠。

雪倫解決兩名槍手了嗎？他無從得知，也沒時間想了。又飛來一槍，布面牆再次被射穿一個洞。有個螢幕應聲爆掉。

庫柏壓低身體，沿著隔間之間的走道快速移動。他在腦中叫出平面圖，把自己放進圖中。這間工作室很大，大約可容納五十名員工。開放式空間就表示他只要站起來，狄金森就會看到他。如果不站起來，他的才能就無用武之地。看不到周圍的狀況，他不過是東躲西藏的獵物。

他左右張望。旁邊有兩個隔間，一個堆滿紙張和檔案夾，另一個整齊別致，有人努力要把灰暗的牢籠變成舒適的角落，裡頭放了躺椅、檯燈和相框。兩邊都沒有看似武器的東西，至少沒有一樣可跟手槍匹敵。他往上看：主梁、管線、懸掛式日光燈。

遠遠響起微弱的叮咚聲。是門鈴。

如果來者不善，昆恩應該會提醒他。這就表示是彼得斯帶著記憶卡跑出去了。

一切漸漸瓦解。

庫柏爬進精心布置的隔間，從桌上拿走一個相框。玻璃相框很亮，反射出他的幢幢身影。他慢慢把相框往上移，雖然離鏡子還差得遠，但多少可以看到上面反射的影像：頭上的燈光，閃動的光影，狄金森不知為什麼突然拉高。是桌子。他爬到桌上好看個清楚。庫柏趕在他發現之前放下相框。

「好了，庫柏，」狄金森說，「出來吧，我會讓你很快解脫的。就跟你的小孩一樣。」

膽汁湧上喉嚨。他低聲問：「雪倫？妳還好嗎？」

沒有回應。

昆恩說：「庫柏，我不知道怎麼了。我這裡沒有影像，她也沒回話。」

「我認出你那個恐怖分子女友，」狄金森說，「真遺憾哪，她沒成功。」

唬他的。目的是要激他露面。一定是。

「而且這個小把戲賠上了你家人的性命。很抱歉，可是我們警告過你。」

他閉上眼睛，背貼著隔間牆板。

「唉，庫柏，不用懊惱，孩子再生就有了，一、兩個不算什麼。」

昆恩沒聲音，雪倫也是。他只在螢幕上看到她一閃而過，正要去擺平其中一名槍手，但一定還有另一個。兩個都是高度戒備的專業殺手。

你的家人死了。

庫柏看過一個場面：有輛車撞上某名探員，他整個人被卡在金屬護欄上，肋骨以下慘不忍睹，最後兩條腿都截肢。重大創傷，想活命都難。不過最讓他怵目驚心的是，那位探員十分平靜，不喊不叫，好像感受不到痛苦。

有些創傷大到讓人感覺麻木。

一種心如止水的沉痛感充塞胸臆，那種感覺幾乎是甜的。如果他的家人死了，再堅持下去也沒有多大意義。活著也沒有太多理由。只有一個。

羅傑非死不可。彼得斯也是。

他壓低身體，離開隔間，衝向走道，肩膀貼著最近的牆壁，想像狄金森看得見的角度。爬到會議桌上雖然占據了制高點，握有戰略優勢，但同時也有限制。

狄金森開了一槍，接著又一槍。他附近沒有東西被打碎，可見狄金森是亂槍打鳥，故意要引他出來。

我會出來的，羅傑。你放心好了。

他沿著走道折回門口。牆壁那頭，兩個滑板中間正是他要找的東西。他非得衝過去不可，這麼一來就會暴露行蹤，但除此以外別無他法。

他蹲下來準備起跑，接著放手一拋，盡量把相框往後丟得愈遠愈好。

狄金森立刻反應，連開兩槍。庫柏把握時間衝向另一面牆，瞬間拉近距離。身後傳來玻璃碎掉的聲音，相框不知打中了什麼東西。狄金森很快就會發現是聲東擊西之計，馬上舉槍繼續追擊。

無所謂了。現在除了殺人，什麼都不重要了。庫柏如願衝到門邊牆上的電燈開關前，伸出手用力一掃，日光燈全數暗掉。

一片黑暗，跟他心中的憤怒一樣純粹。

庫柏轉身並站起。現在不需要躲躲藏藏了。燈亮著的時候，庫柏是獵物，狄金森是獵人。現在燈暗了。庫柏成了一抹黑影，狄金森則是站在會議桌上的剪影，沐浴在彼得斯帶來的顯示器發出的光線中。跟站在聚光燈下相差無幾。

狄金森雙手各執一把槍，右手是自己的，左手是庫柏的。他高舉雙手，朝電燈開關方向射擊，但庫柏已經不在那裡。

槍口噴出的火光只會讓他更吃虧，讓他在黑暗中看得更加吃力。

庫柏穩穩往前移動，不跑不跳，免得絆倒或發出聲音，兩眼盯著狄金森在黑暗中轉來轉去，手忙腳亂。他走到桌子前面時，狄金森跳下來，重重著地，但後悔已經太遲。

庫柏上前扣住他的雙手一扭，兩把槍掉下來。

接著他雙手持槍抵住狄金森的胸口，扣下扳機擊發，直到子彈一顆不剩，套筒退到底。

狄金森變成一灘爛泥。庫柏將兩把槍丟在他身上。

他走向桌子，還有顯示器。

他的家人死了。

現在他只是要親眼證實，看一眼螢幕上的世界末日。

庫柏強迫自己面對螢幕。

螢幕上是一間會議室，國會大廈圓頂在遠處閃閃發光。

一名槍手手腳大張躺在地上。

另一名奮力要站起來，頭昏眼花，手扒著桌面正在求救。

沒有他家人的屍體。

上帝保佑妳，雪倫。我的穿牆女孩。

「庫柏？」昆恩的聲音又響起。「我剛收到雪倫在三號電梯的影像。她救出了你的家人，不過右邊腦袋流了很多血，一定是擺平對方時挨了一拳。她對鏡頭豎起拇指，其他人看來都平安無事。」

一瞬間他讓自己沉浸在當下，感覺自己可以一拳就讓屋頂開花，心臟隨時會炸開。

昆恩說：「壞消息是，執法部門的頻道很熱鬧，有一小支軍隊正往這裡趕來。該閃了。」

「彼得斯人呢？」

「他沒在你旁邊？」

「沒有。記憶卡在他手上。」

「什麼？怎麼會？」

「沒空解釋了。監視器上沒看見他的人影？」

「沒有。他沒從電梯出去。」

跟昆恩、雪倫和他的家人趕緊撤退才是上策。先躲起來再想下一步。暫且讓彼得斯帶著唯一的證據離開。

庫柏轉身跑向出口，穿過服務臺，踏出門，門鈴在他身後響起。「昆恩，樓梯有監視器嗎？」

「沒有。」

他憑著直覺左轉，在走廊盡頭找到樓梯口。他推開門，走進明亮的水泥空間。「樓梯直接通到外面嗎？」

「對，照規定是這樣，火災逃生用的，」昆恩回答，接著又說，「可惡。」

庫柏開始下樓，手抓著金屬欄杆一次跳好幾階。彼得斯現在大概已經逃到街上，消失在

——

他並不確定狄金森可以擺平我，不然就會留下來幫忙。

既然沒留下來，就表示他猜測我會贏。

他知道要是我贏了，一定會去追他。

他不會照你想的去做。

——黑夜中。庫柏握住欄杆煞住腳，轉回頭往上跑。小腿發燙，胸腔在大聲抗議。經過十樓、十一樓、十二樓。

昆恩說：「媽的，庫柏，有架直升機飛來了，預計四十五秒內抵達。」

你這個陰險小人，算你狠。庫柏說：「很好。」

「嗄？」

「你們先走。先讓雪倫和我家人離開這裡。我們回頭見。」

「庫柏？」

「馬上。這是命令。」

十二樓的樓梯停在一扇門前。庫柏破門而入，門應聲飛開，前面就是屋頂。礫石地面，不計其數的大型空調，夜晚的冰冷空氣撲面而來，周圍傳來市井喧囂，以及隱隱約約但愈來愈大的螺旋槳轉動聲。

局長站在大樓東南邊，周圍的空地勉強可讓一架直升機降落。

一幅畫面閃過腦海：聖安東尼奧，跟艾麗克斯．瓦茲奎茲站在屋頂上，她被逼到角落，身體成了夜空中的一抹剪影。

彼得斯在跟他距離約十呎遠時聽見他的聲音，扭過頭說：「不要過來！」反手拔槍。庫柏及時抓住他的手臂，往前一扭，轉身用另一手的力量抵住彼得斯的手肘。他的手肘淒厲地喀一聲，指頭一軟，骨頭斷掉，槍從手上掉下來。

庫柏一手抓住他，一手搜他的口袋。記憶卡就放在右前口袋裡。他拿走記憶卡，抓住彼得斯的翻領把他往後拖，三步就到大樓邊緣。天際線在背後灼灼發亮，光線灑在大理石和紀念碑上。光線由下而上照射的白宮貴氣逼人，氣勢非凡。他很好奇沃克總統此刻在不在裡面，是不是正坐在總統辦公室裡，還是換上了睡袍正要鑽進棉被。

直升機愈來愈近。一束探照燈從上面射下，來來回回照著周圍的建築物。正在尋找目標。

彼得斯的臉上浮著一層冷汗，雙眼圓睜，但開口說話時卻異常平靜。「你想殺了我？動手吧。」

「好。」他把彼得斯往後逼進半步。

「等等！」他的皮鞋鞋跟滑了一下，擦過邊緣。「這件事不只是我們之間的私人恩怨。你要是這麼做，世界會大亂。」

「還指望我是真正的信徒，是嗎？」

「我知道你是。」

「或許你說的對，我到現在還是信徒，但我相信的不是你，也不是你玩的下流把戲。」

「不是把戲，是未來。你遲早要選邊站。」

「是嗎，」庫柏說，「這種話我聽多了。」他把過去的良師益友往前一提，然後使出全力往外推。

當彼得斯從屋頂掉下去時，正好跟直升機的探照燈交錯而過。一具布娃娃在一百呎高的半空中揮舞手腳。有那麼一瞬間，刺眼的光束彷彿將他舉了起來。

但只有一瞬間。

40

他花了一個半小時才安全脫身。

從西北第七大道九〇〇號的辦公大樓，直接走到可以俯瞰林肯紀念堂的長椅，只要花大概二十分鐘。如果慢慢走，邊走邊欣賞世界最知名的一條路線，大概要三十分鐘。沿途會經過白宮的東翼，窗內二十四小時都亮著燈；華盛頓紀念碑，深夜裡的一把長矛，頂端的航空障礙燈一閃一閃；憲法公園裡波光粼粼的池塘；閃亮的越戰紀念碑，將山坡一分為二，有如一道黑色傷痕。最後就是宏偉壯麗、新古典主義風格的林肯紀念堂。寬闊的大理石臺階通往溝紋圓柱，內部聚光燈將柱廊打亮，上了年紀、神情嚴肅的正直亞伯[9]（*指林肯總統。）望著遠方陷入沉思，彷彿正在為他過去帶領的國家打分數。

但庫柏沒有直接走到林肯紀念堂。他的首要之務是先離開大樓。樓梯通到外面，他上街之後先往北再往西走，漸漸聽到武裝人員聚集過來。昆恩說有一小支軍隊趕到現場並不誇張，彼得斯召集了附近所有警力。這裡是華府，全國警力最多的城市，那就表示現場不只有應變部的人，還有首都特警、國會大廈警察、交通運輸警察、公園警察、特務局制服分隊，天知道還有哪來的隊伍。

因為沒有人知道出了什麼事或誰是目標，形容場面就像「火車大追撞」也不誇張。

庫柏心想，這可能就是彼得斯的目的。把調得到的人力全部調來，然後從空中指揮作戰。混亂的場面給了他更多捏造故事的空間，比方棄明投暗的應變部叛徒尼克·庫柏綁走家人，被衡平局探員逼到這棟大樓。其他警力的出現給跨部合作打了一劑強心針，不用說，最後的功勞還是會讓應變部搶走。

抱歉了，德魯。我想從十幾樓高掉到水泥路面上壞了你的計畫。

好消息是，少了指揮作戰的人，所有警力大多時間都手忙腳亂。好多警笛和燈光、特警隊和無臉人、拒馬和徽章。庫柏趁亂拉開距離，之後的就只剩下例行步驟。他進進出出不同的大樓，走去搭地鐵，往北坐了一站，再往南坐兩站，在同一街區來回繞了兩次，最後才前往國家大草坪。

一個半小時之後，他坐在公園長椅上，回頭望著林肯雕像。還有二十分鐘才能跟昆恩和雪倫會合。

才能看到他的孩子。

才能決定這世界的命運。

庫柏拿出平板，插入記憶卡。他開了機並準備好要傳送的影片檔。他從約翰·史密斯所犯的錯誤中學到，與其把檔案寄給一小撮可能會被消音的記者，他決定把影片上傳到公開的影片分享系統。只要按下傳送鍵，檔案就會像野火一樣延燒，不到一個小時就會傳給幾千、幾萬人，明天早上就會傳遍每個角落、新聞頻道和網站。全世界都會知道這個醜陋的真相。

只要按下傳送鍵就行了。

彼得斯說什麼？「這件事不只是我們之間的私人恩怨。你要是這麼做，世界會大亂。」

至少執政當局一定會垮臺。一個下令屠殺無辜百姓、惡形惡狀都有影片為證的總統，勢必遭人唾棄、面對刑罰，甚至更慘。

這些對庫柏來說都無所謂。可是火一點燃就會有難以控制火勢的危險。這場火會燒多大？

民眾對政府的信心早已創下新低，到時又會大幅下跌。美國人心中已經不相信領導者會關心人民，對政治人物也厭倦不已，極盡嘲諷之能事，可悲的是，那些嘲諷有些並非無的放矢。但發現政府就是殘殺人民的凶手，卻完全是另一個層次。

還有衡平局。衡平局想要有機會倖存，就得推翻彼得斯，咬定他是個無法無天的狂熱分子。即使如此，衡平局還是可能被迫關門。

這不完全是好事。沒錯，彼得斯利用衡平局遂行己願，不過異能恐怖分子的威脅並非子虛烏有。或許死在庫柏手中的人並非每個都十惡不赦，但很多確實是。少了衡平局，就少了約束他們的力量。

除此之外，影片本身也幫約翰·史密斯洗刷了冤屈，把他從恐怖分子變回自由鬥士，甚至英雄人物。到時會有不少人崇拜他，視他為勇士，甚至是大有可為的領導者。

想到這裡他就毛骨悚然。史密斯確實擁有領導的才能和頭腦，但庫柏不相信他的心。他承認自己幹過埋炸彈、擴散病毒和暗殺百姓這些事，單眼鏡屠殺案雖然與他無關，然而很多壞事他都有分。

或許彼得斯說的沒錯。讓這件事曝光可能導致世界大亂。

當然了，還有別的選擇。

庫柏可以把影片變成他的籌碼，當作勒索沃克總統的工具，藉此吃下衡平局，讓它回歸正軌。他可以坐上彼得斯的位子，好好做事，為了阻止戰爭而非延長戰爭而奮鬥。

很吸引人的選項。長大以來，庫柏一直為了保衛國家而戰，一開始是在軍隊抵禦外侮，之後是為了抵禦更大的危險——未來。一旦異能和一般人勢不兩立，一定會爆發難以想像的血腥衝突，骨肉相殘、夫妻反目的悲劇遲早會上演。

兄弟姊妹也會變成敵人。凱特和陶德有一天難道得干戈相向嗎？

他不會讓這種事發生，他所做的一切都是為了達到這個目標。這世界分成好人跟壞人、正義跟邪惡的一方，全都是因為一個信念：總有一天，這個美麗新世界的子子孫孫必得找到和平共存的方式。

如果他善用手中的籌碼，就能促成這個目標。從內部去改變體制。

庫柏抬頭遠望，夜晚的華府有如一片柔亮的黑絲絨。低垂的雲朵打下紫色的陰影，與大理石、紀念碑、政府機關，以及一座理應代表著什麼的城市所反射的光線相互掩映。

林肯總統從宏偉的圓柱間一臉憂慮地往外望。美國有史以來最血腥的戰爭，在他的凝視、他的統帥下發生。這個國家禁得起第二次內戰嗎？

他瞄了一眼平板上的時間。該走了。

要真相還是權力？

庫柏想到兩個孩子。

然後按下傳送鍵。他把平板留在長椅上，起身離開。

或許世界會大亂。如果把真相攤在陽光下，勢必會引燃這場大火，或許就該這麼做。

無論如何，他在這場戰爭中的任務已經結束。

五分鐘後，一輛計程車放他在劭區某個排屋林立的寧靜街區下車。這裡原本是給恢復自由的黑奴所住的營地，曾經是華府的哈林區（哈林區好的或壞的一面都有），數十年來，中產階級抬頭，人口愈來愈混雜，白領階級逐漸擠掉了藍領黑人。無論好壞，都讓這裡變了個樣。

庫柏付了車錢，在一棟乾淨清爽的維多利亞建築前下車。一樓的窗戶亮著燈，他看得到裡頭有人影走動。昆恩靠在他的車上，手裡轉著一根還沒點燃的香菸。「你成功了。」

「對。我繞遠路回來。」

「彼得斯呢？」

「他也繞了遠路，不過比我快多了。」

「等這天等很久了吧？」

「有一點。我的家人呢？」

「在裡面。我在這裡看守了一個鐘頭，沒發現什麼異狀。」

「雪倫呢？你說她受傷了。」

「對，腦側受了重擊，耳朵都是血，幸好沒事。」昆恩揚起嘴角。「不過她很火大。我看這女的真的以為自己是隱形人。」

「差不多。」

「是啊。說到這……」昆恩從口袋拿出一張很眼熟的記憶卡。「九〇〇號大樓的監視影片。從我們抵達之前半個小時到我們離開的錄影都在裡面。走之前我刪掉了那裡的所有紀錄，所以我們也隱形了。」

「巴比，你真是個天才。」

「別忘記你說過這句話。」老搭檔把菸塞進嘴巴又拿出來。「你怎麼想？你認為衡平局會出面認罪嗎？」

「我懷疑。想必某個公關天才正在構思封面故事要怎麼掰。」

「德魯・彼得斯局長為了表達對當代美學的不滿，先持槍將某家平面設計公司打爛，再從屋頂跳樓自殺。」
「之類的。」閃動的人影抓住他的目光。前門打開，兩個人站出來。「我們在這裡安全嗎？」
「這房子是我朋友的朋友的，沒有直接關係。」昆恩循著他的視線看見站在門廊上的雪倫和娜塔莉。兩人正在交談，即使隔著距離，庫柏也看得出來兩人動作僵硬、氣氛尷尬。前妻跟新……算了。
昆恩似乎也察覺到了。「好怪的畫面。最好趕在刀子亮出來之前閃人。」
「是啊。」他步上走道，又回過頭。「巴比！謝了，我欠你一次。」
「哪是，」昆恩露出微笑，「你欠我的可多了。」
庫柏哈哈笑。
一看見他，娜塔莉全身緊繃。他一如往常馬上看出她在想什麼：既開心也鬆了口氣，同時對六個月來所受的折磨感到憤怒。雪倫的耳朵包了紗布，襯衫上有血漬，一向靈活不羈的姿態變得僵硬。
「嘿。」他說，目光從一個轉向另一個。
「我們安全了嗎？」娜塔莉問。
「嗯。」
「結束了？」
「對。」
「你可以回來我們身邊了？」
「對。」他說，看見雪倫的姿勢更僵硬了。「我想就不用幫妳們介紹了？」

「不用了，」娜塔莉說，「雪倫已經介紹過。她很了不起。」

「我知道。」他的目光停在她細緻的臉頰上。「妳們都是。沒有妳們，我不可能辦到。」

他不知道還能說什麼，顯然她們兩個也是。娜塔莉抱著雙臂，雪倫把重心從一腳換到另一隻腳。過了一會兒，她說：「那我先走了，讓你們全家人好好團聚。」她對娜塔莉伸出手，「很高興認識妳。」

娜塔莉看著她和她的手，然後靠上前抱住雪倫。「謝謝妳，」她輕聲說，「謝謝。」

雪倫點點頭，有點笨拙地回應她的擁抱。「不用客氣。妳的兩個孩子好可愛。」

「而且都安然無恙，多虧有妳。」娜塔莉又擁抱了她一會兒，才後退一步說：「如果妳需要任何幫忙，請不要客氣，任何事都可以，好嗎？」

「好。」她看著庫柏說，「那就回頭見了。」說完便走下門廊，步上走道。

庫柏目送她離開，接著轉過頭看著前妻。在大部分人眼裡，她的姿勢並無洩漏任何訊息，但在他眼裡就像一本讀得滾瓜爛熟的書，一清二楚。由衷的感激加上不自在的感覺。也難怪。這六個月來她同樣像活在噩夢中，一切都是為了孩子，就跟他一樣。想到他的時候，她一定也把他看成某種伴侶，甚至重新把他看成另一半。看見他跟雪倫的曖昧互動，想必傷了她的心。而庫柏最不想做的事，就是傷害她。他會跟她解釋，讓她明白……

「孩子都還好嗎？」

「還好……會慢慢好的。想看看他們嗎？」

「當然了。」他舉步走向門，卻又突然停住。「等一下好嗎？」沒等娜塔莉回答，他便跑下階梯，抓住雪倫的手。「等一等。」

她轉向他，臉上的表情難以參透。「怎麼了？」

他張嘴又閉上，然後說：「我們活下來了。」

「我發現了。」

「而且還拯救了全世界。」

「萬歲。」

「所以……」

她看著他，露出她專屬的笑容。「所以？」

「妳說如果我們活下來，妳就答應跟我約會。」

「哪有。我說如果我們活下來，你可以再問我一遍。」

「對。那麼……」他聳聳肩。「妳說呢？想來一次沒有槍戰的約會嗎？」

「不知道耶。」她擺了個姿勢，頓了頓。「沒槍戰要做什麼好？」

「總會想到的。」他笑了笑，她也笑了。

「好吧，尼克，最好不會太悶。」

「那就這麼說定了。」

「好。快去吧。」

他點點頭，走回屋子，想到一件事又轉過身。「等一下，我還沒有妳的……」

雪倫不見了。

她是怎麼辦到的？

他搖搖頭，自顧自地笑，走回屋子。門開著，他聽見娜塔莉的聲音，下一秒就看見一家三口站到燈光下。

陶德和凱特都臉色蒼白，看起來哭過了。那一剎那，他看見了他們經歷的事、受到的折磨、他消失的這段時間對他們造成的壓力、這世界的殘酷可怕，最可怕的莫過於昨天以來發生的事。那些事他們不了解也無法了解，卻會在他們身上留下痕跡。庫柏突然發現，兩個孩子都受了傷，不是身體受傷，並不是所有的傷都看得見。

這一刻的頓悟讓他心碎。這一刻會永遠凍結在他的腦海中，永生難忘。

接著，孩子看見了他。一時半刻還沒反應過來，一來外頭很黑，二來分別六個月在他們的年紀就像一輩子，所以第一眼還沒反應過來。

先認出來的是凱特。她張大眼睛，抬頭看娜塔莉，再看看他。接著陶德說：「爸？」

下一秒他們便衝下階梯，跑上走道，投入他的懷抱。他抱起他們，三人又哭又笑，叫著彼此的名字。他們的體溫，身上的味道，身心舒暢的感覺，一種他從不知道卻也一直都知道的澎湃感受，一切的一切讓所有努力都值得了。在那一刻，他發現他錯了。

他在這場戰爭中的任務還沒結束。離結束還差得遠。

他的孩子需要一個可以安心成長的世界，一個值得他們託付的未來。在那天來臨之前，他不能停止奮戰。只要有戰爭，他就會繼續奮戰。

那一刻，當他緊緊抱著孩子，跟他們貼在一起；當陶德抓著他的胸膛，凱特把臉埋進他的脖子；當娜塔莉走下階梯環抱住他們三個人；當他聞著兒子的髮香、嚐到女兒的淚水時，其他事物都隨之遠去。

未來可以等一等。至少一下下無妨。

——第一集　完——

致謝

常言道，寫書就像是獨奏，指尖蘸墨的造夢者困居地下室完成一本本著作。「造夢者」與「地下室」是我的寫照沒錯，但我很確定並非靠一己之力完成。在此深深感謝：

我的換帖好兄弟兼經紀人Scott Miller，不僅在我胡思亂想時保持鎮靜，同時提醒我立刻把好點子寫下來。謝謝Creative Artists經紀公司，傑出的團隊，尤其是Jon Cassir、Matthew Snyder與Rosi Bilow，與我分享關於好萊塢的趣聞。

Reema Al-Zaben、Andy Bartlett、Jacque Ben-Zekry、Daphne Durham、Justin Golenbock以及Thomas & Mercer出版社的其他成員，你們是一群熱情的愛書人，建立起一個美麗新世界。

何其有幸擁有兩位創意十足的夥伴：第一位是Sean Chercover，我的搭檔暨異性戀哥兒們，這本書滿滿是他的影子，任何你不喜歡的橋段很可能都是他的錯。第二位是Blake Crouch，他在一萬四千呎高的科羅拉多山巔上，協助我將極其簡要的片段概念轉化成一整個成熟的故事……還幫這本書取了書名。男孩們，酒錢算我的。

一開始讀了這本書並點出哪些地方糟透了的朋友，特別是Michael Cook、Alison Dasho與Darwyn Jones。

Jeroen ten Berge，封面視覺出自他的設計。

Mega Beatie與Dana Kaye，才華洋溢的宣傳人員，好樣的。

芝加哥伊利諾大學的Dale Rosenthal，先是拆解了全球金融市場，然後重新設計防止異常運作的模型。

幫我打造美麗書桌的 Kevin Anthony，我會在這張桌上度過我餘生的書寫時光。

犯罪推理小說社群：書店店員與圖書館員，部落客與書評人，文案與行銷企劃，當然，以及廣大的讀者。

我的兄弟 Matt，他不但細讀了這本書，而且還小心翼翼地撐起我的自尊，並除去其他無益的部分。真有你的。

Sally 與 Anthony Sakey，也就是我媽和我爸，我所擁有的一切都是他們給予的。

最後，謝謝兩位我生命中的摯愛，我太太 g.g. 和我們的女兒 Jocelyn。這世上沒有什麼比妳們更重要的了。

【Echo】MO0050

異能時代
Brilliance

作　　者❖馬可斯・塞基（Marcus Sakey）
譯　　者❖謝佩妏
美術設計❖朱陳毅
內頁排版❖Rubi
總 編 輯❖郭寶秀
責任編輯❖許鈺祥
特約編輯❖林婉華
行銷業務❖力宏勳

發 行 人❖涂玉雲
出　　版❖馬可孛羅文化
10483臺北市中山區民生東路二段141號5樓
電話：(886)2-25007696
發　　行❖英屬蓋曼群島商家庭傳媒股份有限公司城邦分公司
10483臺北市中山區民生東路二段141號11樓
客服服務專線：(886)2-25007718；25007719
24小時傳真專線：(886)2-25001990；25001991
服務時間：週一至週五9:00～12:00；13:00～17:00
劃撥帳號：19863813　戶名：書虫股份有限公司
讀者服務信箱：service@readingclub.com.tw
香港發行所❖城邦（香港）出版集團有限公司
香港灣仔駱克道193號東超商業中心1樓
電話：(852)25086231　傳真：(852)25789337
E-mail：hkcite@biznetvigator.com
馬新發行所❖城邦（馬新）出版集團
Cite (M) Sdn. Bhd.(458372U)
11 Jalan 30D/146, Desa Tasik, Sungai Besi,
57000 Kuala Lumpur, Malaysia
電話：(603)90563833　傳真：(603)90562833
E-mail：cite@cite.com.my
輸出印刷❖前進彩藝有限公司
初版一刷❖2017年1月
定　　價❖420元

國家圖書館出版品預行編目資料

異能時代／馬可斯・塞基（Marcus Sakey）著；謝佩妏譯. -- 初版. -- 臺北市：馬可孛羅文化出版：家庭傳媒城邦分公司發行, 2017.1
面；　公分. --（Echo；50）
譯自：Brilliance
ISBN 978-986-94104-4-1（平裝）
874.57　　105024274

ISBN：978-986-94104-4-1（平裝）

城邦讀書花園
www.cite.com.tw